Für meine Freunde, meine Familie und meine Fans,
in Dankbarkeit für die mir gegebenen Chancen.

NICK SPALDING

EINE FETTE CHANCE

ROMAN

Aus dem Englischen von K. Andrea Black

amazon crossing

Die Originalausgabe erschien 2014 unter dem Titel »Fat Chance«
bei Lake Union, Seattle.

Deutsche Erstveröffentlichung bei
AmazonCrossing, Amazon Media EU S.à.r.l.
5 Rue Plaetis, L-2338, Luxembourg
März 2016

Umschlaggestaltung: semper smile, München, www.sempersmile.de
Umschlagmotiv: © Tatiana Popova/Shutterstock; © studioVin/Shutterstock
Lektorat: Sandra Schmidt, www.text-theke.com
Korrektorat & Satz: Petra Schmidt, www.lektorat-ps.com
Printed in Germany
By Amazon Distribution GmbH
Amazonstraße 1
04347 Leipzig, Germany

ISBN: 978-1-503-93563-1

www.amazon.com/crossing

Einladung auf der Webseite von Radio Stream FM

Veröffentlicht am 3. Januar

Sind Sie ein Paar?
Sind Sie ein FETTES Paar?
Würden Sie gern fünfzigtausend Pfund gewinnen?
Dann melden SIE sich bei UNS!

Stream FM sucht sechs übergewichtige Paare
im Alter von fünfundzwanzig bis fünfundsechzig
für unseren supertollen neuen Wettbewerb:

»VOLL FETT!«

Über einen Zeitraum von sechs Monaten wollen wir sehen,
welches Pärchen am meisten abnimmt.
Die Gewinner erhalten
fünfzigtausend britische Pfund.

Fall Sie und IhrE PartnerIn mitmachen möchten,
laden Sie bitte das Anmeldeformular herunter
und füllen es aus. Fügen Sie hinzu, warum Sie glauben,
dass SIE an diesem Wettbewerb mitmachen sollten
(nicht mehr als hundert Worte).

Abgabetermin für die Bewerbung ist der 31. Januar.

Der Wettbewerb wird Anfang März
in der Frühstückssendung mit Elise und Will beginnen.

Viel Glück!

Zoes Diättagebuch

Samstag, 1. März

92 kg

In meinem ganzen Leben war ich noch nie so nervös, dabei beginne ich nur, ein Tagebuch zu führen.

Das letzte Mal, als ich etwas Tagebuchähnliches schrieb, war ich noch im Englischkurs der Oberstufe – kurz bevor ich wegen häufigen Fehlens von der Schule flog. Das war vor siebzehn Jahren.

... zumindest hauptsächlich wegen häufigen Fehlens.

Da gab es diesen einen Zwischenfall, als Greg und ich im Lagerraum der Kunstlehrer vom Konrektor »in trauter Einigkeit erwischt« wurden. Das hatte wahrscheinlich auch einiges damit zu tun. Ich bezweifle, dass unser Anblick – ich mit den Beinen in der Luft, Greg, der mich derart bearbeitete, dass Schülergemälde von der Wand flogen – irgendetwas zu unseren Erfolgsaussichten in jenem Schuljahr beitrug. Es ist ein Wunder, dass wir beide Arbeit gefunden haben.

Auf jeden Fall wurde von mir noch nie verlangt, mein Leben derart genau zu dokumentieren. Der bloße Gedanke, alles aufzuschreiben, erfüllt mich mit Schrecken.

Die Leute vom Radiosender meinten, ich solle einfach drauf los schreiben und berichten, was mir so widerfährt. Sie haben mir versichert, dass sie die Tagebucheinträge überarbeiten und ausfeilen werden, damit ich so gut wie möglich aussehe. Allerdings befürchte ich, dass sie so viel streichen oder weglassen können, wie sie wollen, meine Neurosen und bizarren Angewohnheiten werden trotzdem nur zu deutlich zum Vorschein kommen.

Was Greg angeht, ihm fällt kreatives Schreiben in etwa so leicht wie einem Elefanten das Rollschuhfahren mit verbundenen Augen. Sollte er es schaffen, mehr als hundert Worte zu schreiben, ohne einen Anfall zu bekommen, würde mich das ehrlich überraschen.

Trotz allem meint meine beste Freundin Elise, wir beide seien schlau genug, diese albernen Tagebücher zu schreiben – auch wenn keiner von uns darin die geringste Erfahrung hat. Also werde ich einfach mal ihrer Einschätzung glauben. »Ihr seid schließlich beide intelligente Menschen, Zoe. Außerdem seid ihr mein absolutes Lieblingspärchen, und ich weiß, dass ihr das super hinkriegen werdet«, bezirzte sie mich mit der ihr eigenen charmanten und überzeugenden Art. »Ihr packt das doch mit links.«

Allerdings bin ich der Selbstzensur nicht mächtig und werde daher wirklich schreiben, was mir in den Sinn kommt, ganz egal, um was es geht. Ich fürchte, die Lektoren des Radiosenders werden in der nächsten Zeit etliche Überstunden machen müssen.

Als erstes, gewissermaßen um den Stein ins Rollen zu bringen, soll ich laut Elise erklären, warum wir überhaupt zugestimmt haben, bei diesem Wettbewerb mitzumachen.

Ich sage ›wir‹, als hätte Greg bei der Entscheidung ein Mitspracherecht gehabt, aber um ehrlich zu sein, habe ich meinen armen Mann damit einfach überrumpelt. Ich möchte …, nein, ich *muss* meine Lebensweise ändern, und Gregs gleich dazu, bevor der Schaden, den wir uns selber zugefügt haben, überhaupt nicht mehr rückgängig gemacht werden kann. Das Gewicht, das wir beide über die letzten zehn Jahre zugelegt haben, hat uns noch nicht zerbrochen, aber so langsam zeigen sich ziemlich böse Risse. Ich sorge mich genauso um seine Gesundheit wie er sich sicherlich um meine. Mag sein, dass er bei diesem Wettbewerb eigentlich nicht mitmachen möchte, und wahrscheinlich werde ich ihn mit Gewalt hinzerren müssen, aber ich weiß, dass er es für mich durchziehen wird – und ich weiß, dass es für uns *beide* das Richtige ist.

Je mehr ich mich der Vierzig nähere, umso mehr spüre ich jedes einzelne der fünfundzwanzig Kilo, die ich in den letzten zehn Jahren zugenommen habe. Genug ist, wie es so schön heißt, wirklich und wahrhaftig genug.

Und wie wird diese monumentale Entscheidung zur Veränderung Realität werden? Wie kommt es, dass Zoe Milton, eine Frau, die in den letzten Jahren in wachsendem Maße gehemmter wurde, zustimmte, bei einem Wettbewerb mitzumachen, der über die kommenden sechs Monate hinweg ihre gesamte schmutzige Wäsche in Übergröße in aller Öffentlichkeit waschen wird?

Es begann Ende letzten Jahres mit einem Kleid … und einer gehörigen Portion unbekümmertem Optimismus.

*

Es handelt sich um ein bildschönes Abendkleid von ›Marks & Spencer‹. Ich habe schon seit mehreren Wochen ein Auge darauf geworfen. Es sind nur noch drei Tage bis zu Sharons

Weihnachtsfeier in der Stadt und ich beschließe, dass ich in diesem dunkelgrünen Seidentraum mit dem hübschen Muster auf den Trägern verdammt umwerfend aussehen würde.

Darüber hinaus besteht die obere Hälfte eindeutig aus einem korsettähnlichen Teil, das Zoe Miltons Fülle brav zusammenhalten wird, während sie früh um drei zu *Girls Aloud* tanzt, was das Zeug hält. Damit wird eine Wiederholung des Vorfalles von Silvester 2010 vermieden, den Greg gern als ›das Tittentrauma‹ bezeichnet, als das geblümte Kleid, das ich bei ›H&M‹ gekauft hatte, den zwecklosen Widerstand gegen meinen ausladenden Busen aufgab und an den beiden Hauptnähten platzte. Das ermöglichte meinem Cousin Jeff freien Blick auf meine linke Brust, während ich beim Refrain von *Come On Eileen* um ihn herum tanzte.

Kein Wunder, dass wir seitdem kaum noch etwas von Jeff gehört haben.

Dieses ›M&S‹-Kleid sieht dagegen aus, als könnte es jeglichen unsachgemäßen Gebrauch aushalten. Während es noch auf dem Bügel hängt und ich bewundere, wie die smaragdfarbene Seide unter dem hellen Bogenlicht der Damenabteilung glitzert, erkenne ich bereits, dass es robust und stabil ist, einfach perfekt für den Anlass.

Es gibt nur ein *kleines* Problem.

Das Kleid ist Größe sechsundvierzig. Ich – leider – nicht. Nicht mehr. Ich bin schon vor etwa einem Jahr über die Schwelle von Damengröße sechsundvierzig zur gefürchteten achtundvierzig gerutscht.

Es ist zwar schon etliche Monate her, dass ich mich das letzte Mal auf die Waage getraut habe, aber ich bin mir ziemlich sicher, dass ich seitdem kein Gramm abgenommen habe, schon allein, weil ich überhaupt keinen Sport getrieben habe.

Wie zu erwarten, gibt es das Kleid in diesem Geschäft nicht größer. Ein kurzes Nachfragen bei Google zeigt, dass ›M&S‹

dieses Kleid überhaupt nicht in Größe achtundvierzig herstellt. Es bricht mir das Herz.

Aber ich will dieses Kleid, verdammt noch mal.

Einmal, nur einmal möchte ich in einem Kleid ausgehen, in dem ich mich ein kleines bisschen sexy fühle. Ein kleines bisschen selbstsicher. Ein kleines bisschen wieder wie das Mädchen, das ich einmal war, bevor ich in diesem müden, traurigen Körper landete.

Pfeif drauf.

Ich werde das blöde Ding trotzdem anprobieren. Man weiß ja nie.

Kleidergrößen unterscheiden sich ja sowieso von Laden zu Laden, und vielleicht habe ich ja Glück und es stellt sich heraus, dass ›M&S‹ seit Neuestem Mitleid mit den fetten Menschen Englands hat und ihre Größentabellen entsprechend großzügig anlegt.

Umwallt von dem grünen Abendkleid marschiere ich zielstrebig und voller Hoffnung zu den Umkleidekabinen.

»Guten Morgen«, begrüßt mich die dünne blonde Verkäuferin, als ich bei den Kabinen im hinteren Bereich des Ladens ankomme. »Wie viele Kleidungsstücke haben Sie?«

»Nur dieses Kleid«, antworte ich und halte ihr besagtes Teil vors Gesicht.

»Okay, das ist in Ordnung«, gibt sie gelangweilt zurück und reicht mir einen Plastikhaken mit der Nummer eins darauf. »Suchen Sie sich eine Kabine aus.« Sie zögert und mustert mich von oben bis unten. Ich weiß, was jetzt kommt. »Die hinterste ist die größte.«

Es gab einmal eine Zeit, da hätte mich diese Bemerkung zutiefst beleidigt. Diese Zeit liegt aber mehr als zwei Jahre zurück. Mittlerweile habe ich mich daran gewöhnt, dass gewisse Leute denken, nur weil ich fett bin, könne ich mich unmöglich in der Welt der Dünnen bewegen, ohne ständig alles umzuschmeißen und mich zu verletzen.

Diese dumme Kuh glaubt wahrscheinlich, dass meine breiten Hüften sofort beim Betreten einer der kleineren Kabinen feststecken und ich ›Marks & Spencer‹ mit der Kabine auf dem Rücken verlassen muss, ähnlich einer riesigen Schildkröte.

»Danke«, erwidere ich mürrisch. »Ich werde mich bemühen, nichts zu essen, solange ich da drin bin.«

Diese Bemerkung erntet einen ausdruckslosen Blick. Ich seufze nur und gehe ohne ein weiteres Wort an ihr vorbei.

Ich sehe mir die große Kabine am Ende des Ganges an und beschließe, sie für den Rest meines Lebens standfest zu ignorieren. Stattdessen wende ich mich einer der normalen Kabinen zu und ziehe in der Gewissheit den dicken weißen Vorhang zur Seite, dass ich weder ein Brecheisen noch eine Flasche Schmieröl benötigen werde, um hineinzupassen – ganz egal, was das dürre Gestell da draußen auch denken mag.

Allerdings ist es doch ziemlich eng hier drin. Eng genug, dass mir das Ausziehen meiner Jeans recht schwerfällt, da ich mich nach vorne beugen muss, um sie hinunterzuschieben. Dabei prallt mein Hinterteil an der Wand ab, sodass ich beinahe kopfüber in den großen Spiegel vor mir fliege.

Ich atme tief durch, um die Welle des Zorns und Selbsthasses zurückzuhalten, die von tief unten in mir aufzusteigen beginnt, ziehe langsam Jacke und Bluse aus und lege sie mit einem langen Seufzer und unterdrücktem Gemurmel auf den Hocker neben die Jeans.

Ich blicke auf das grüne Abendkleid in Größe sechsundvierzig, das jetzt an einem Haken an der Wand hängt, und studiere es wie ein Berufsboxer seinen nächsten Gegner.

Bei näherer Betrachtung erkenne ich, dass ich dieses Kleid über den Kopf ziehen muss. Die Verarbeitung des Oberteils mit dem Korsettteil bedeutet, dass man nicht hineinsteigen und es über die Hüften hochziehen kann. Vorsichtig, um ihn nicht zu sehr zu verknittern, sammle ich den Rockteil mit den Armen zusammen und lasse ihn über Kopf und Schultern fallen.

Voller Freude stelle ich fest, dass ich ohne größere Anstrengung in das Kleid hineinkomme. Ich komme kaum ins Schwitzen und verbringe auch nur dreißig Sekunden mit Ächzen und Stöhnen, bevor sich der Saum unterhalb meiner Knie befindet.

Ha! Erfolg!

... Oh, Mist, ich habe den blöden Reißverschluss noch nicht zugemacht, oder?

Es ist ja schön und gut, dass ich vom Siegesrausch übermannt werde, weil es mir gelungen ist, ein Kleid der Größe sechsundvierzig über meinen Körper Größe achtundvierzig zu stülpen, aber dieser Sieg bedeutet gar nichts, wenn es mir nicht noch gelingt, den Reißverschluss bis oben zu schließen.

Zum Glück befindet sich dieser an der Seite und nicht im Rücken, damit habe ich zumindest eine Chance. Ich atme tief ein, bekreuzige mich innerlich und ziehe den Reißverschluss hoch. Er geht bis fast zur Hälfte, bevor sich die Gesetze der Physik klar und unmissverständlich einschalten und mich das blöde Ding keinen Zentimeter weiter ziehen lassen.

Ich könnte heulen. Das angenehm warme Gefühl des Sieges hat sich in die kalte Asche der Niederlage verwandelt.

»Oh, verdammter Mist«, flüstere ich vor mich hin.

An dieser Stelle sollte ich eigentlich aufgeben, den Reißverschluss öffnen, das Kleid ausziehen, nach Hause eilen und den Rest der Eiskrem verputzen, die wir von gestern Abend noch übrig haben. Das wäre meine übliche Reaktion auf ein solches Desaster.

Allerdings beginnen Zorn und Selbsthass, die ich seit meiner kurzen Unterhaltung mit dem dürren Knochengestell draußen bis jetzt ganz gut unterdrückt habe, jegliche Vernunft meinerseits abzubauen – und das anscheinend mit größtem Erfolg. Daher beschließe ich in der vergeblichen Hoffnung, dass rohe Gewalt das Problem lösen kann, den Reißverschluss weiter nach oben zu zerren.

Wenn »das Problem lösen« aus »am Reißverschlussgriff zu ziehen, bis er abbricht und ich wie eine abgepackte Leberwurst dastehe« besteht, dann habe ich mein Ziel erreicht.

Ungläubig halte ich das winzige Stück Metall in der Hand. Dann versuche ich, es wieder am Reißverschluss zu befestigen, offensichtlich in der Hoffnung, dass ich plötzlich Superkräfte entwickelt habe, die es mir ermöglichen, Metall allein durch Willenskraft anzuschweißen.

Das ist leider nicht der Fall, und so befinde ich mich gefangen in einem grünen Kleid, das meine Möpse derart zusammenquetscht, dass ich fast mein Kinn auf ihnen ablegen kann. Außerdem muss ich in kurzen, flachen Stößen atmen und klinge wie ein hyperventilierendes Eichhörnchen.

Panik will sich ausbreiten. Aber zum Glück hat der Selbsthass mittlerweile Vollgas gegeben, was anderen Emotionen nicht so richtig Platz lässt.

Ich stecke jetzt in einer Zwickmühle.

Soweit ich das überblicke, habe ich drei Möglichkeiten.

Ich kann die Verkäuferin rufen, damit sie mir aus dem Kleid hilft – das ist genauso wahrscheinlich wie ein von Greg für meinen Geburtstag organisierter flotter Dreier mit Bradley Cooper.

Ich kann das Kleid so weit wie möglich nach unten ziehen, damit den Druck auf meinen Brustkorb verringern und mir die Gelegenheit geben, etwas genauer über meine Situation nachzudenken, ohne dabei zu ersticken.

Oder ich kann das Kleid mit einem Ruck rasch und entschieden nach oben reißen, um mich so schnell und effektiv wie möglich aus meinem seidenen Gefängnis zu befreien.

Ein weniger impulsiver Mensch würde es mit der zweiten Möglichkeit probieren, andererseits hätte eine weniger impulsive

Frau gar nicht erst versucht, sich in ein zu kleines Kleid zu zwängen.

Ich hole tief Luft, schließe fest die Augen, fasse mit beiden Händen die Träger und reiße mit aller mir möglichen Kraft das Kleid auf die, wie ich glaube, bereits erwähnte rasche und entschiedene Weise nach oben.

Leider verdreht sich das Kleid dabei nach links und das enge Oberteil zieht sich um meinen üppigen Oberkörper wie eine chinesische Fingerfalle zusammen. Statt also über meinen Kopf zu fliegen, verheddert sich das Kleid um meine Schultern, sodass ich mit über dem Kopf festgeklemmten Armen mit Sicht auf grünen Stoff in der Kabine stehe.

Und nur um diese schreckliche Situation noch schlimmer zu machen, stelle ich nun meine riesige, rosa und schwarz gestreifte Unterhose zur Schau, da der Rockteil des Kleides auf unattraktive Weise um meine Taille geknüllt ist.

Jetzt stecke ich aber ordentlich in der Klemme.

Ich hatte noch nie Platzangst, kann mir das Gefühl in meiner jetzigen Situation aber gut und lebhaft vorstellen. Ich habe keine Ahnung, was ich tun soll.

Aufgrund der Versteifung des Korsettteils kann ich meine Arme nicht senken, um zu versuchen, das Kleid erneut über den Kopf zu ziehen.

Nun setzt die Panik vollends ein und ich kämpfe gegen meine plötzliche Zwangsjacke, in dem ich mit dem ganzen Körper hin- und herschwinge, um mich irgendwie zu befreien. Seit ich Mitte der Neunzigerjahre das letzte Mal auf einer Technoparty war, habe ich mich nicht mehr dergestalt mit den Händen in der Luft gewunden. Es fehlt nur noch *The Prodigy* über das Lautsprechersystem des Ladens, dann könnte ich mich richtig heimisch fühlen.

In meiner leichten Panik habe ich total vergessen, dass ich mich in einer kleinen Kabine mit einem Hocker befinde, auf dem im Moment meine Klamotten liegen. Bei dem Versuch, durch Zentrifugalkräfte das Kleid endlich loszuwerden, fällt mir diese Tatsache wieder ein, als ich bei meiner dritten Umdrehung schmerzhaft mit dem Knie gegen besagten Hocker knalle.

»Aua! Fuck!«, heule ich frustriert und vom Stoff gedämpft auf.

Die normale menschliche Reaktion auf scharfen Schmerz ist, so schnell wie möglich von der Ursache zurückzuweichen. Dadurch stolpere ich in den schweren weißen Vorhang hinein, der die Kabine von der Außenwelt abschirmt. Der Vorhang hat aber gesehen, wie viel Spaß das Kleid mit mir hat und möchte mitspielen. In meiner wachsenden Not drehe ich mich beim Berühren des Vorhangs hastig um, woraufhin sich dieser um meinen ganzen Körper wickelt und mich in eine zweite Lage Stoff hüllt.

»Himmelherrgott!«

Die Situation hat nun eine Possenstufe erreicht, die man sonst nur im Laientheater findet.

Wenn ich so weitermache, dann werde ich höchstwahrscheinlich den Vorhang von seiner Stange reißen und wie der unkoordinierteste Geist aller Zeiten in den Laden stolpern. Kleine Kinder werden schreiend vor diesem voluminösen, fluchenden Monster fliehen. Die Verkäuferinnen werden die Geisterjäger rufen, bevor ich irgendetwas zu meiner Verteidigung vorbringen kann.

Es ist an der Zeit, einen kühlen Kopf zu bewahren.

Ich zwinge mich, still zu stehen und ein paar Mal tief durchzuatmen. Wenn ich mich nur ein wenig beruhigen kann, dann fällt mir sicher eine einfache Lösung ein, wie ich mich mit einem Minimum an weiterer Aufregung aus diesem doppellagigen Gefängnis befreien kann und …

»Ist bei Ihnen alles in Ordnung?«

Herrgott noch mal, das dürre Knochengestell.

Ich antworte nicht gleich, da ich das Gefühl habe, das jegliche Erklärung meinerseits vollkommen unzureichend wäre.

»Brauchen Sie Hilfe?«, fragt das Mädchen schließlich.

»Nein, Herzchen, mir geht es super«, antworte ich. Der Sarkasmus schafft es ohne Weiteres durch den Vorhang und das Korsett. »Ich wickle mir öfter mal mitten in einem Laden einen Vorhang um den Kopf. Ich finde das so beruhigend.«

»Wirklich?«

Ach, du meine Güte.

»Ja. Wenn Sie so nett wären und mir einen Tee aufgießen und ihn mir dann durch das Loch da oben schütten würden, das wäre super.«

»Ähm, ich glaube, Sie sollten da rauskommen.«

»Meinen Sie wirklich?«

»Ja, wirklich. Dem Chef wird das gar nicht gefallen.«

»Ah, wenn das so ist, den Chef wollen wir natürlich nicht verärgern, nicht wahr?«

»Nein. Mister Morris ist bei solchen Sachen sehr streng.«

»Sie haben wohl öfter dicke Frauen im Laden, die sich den Vorhang um den Kopf wickeln?«

»Nein, aber ab und zu benehmen sich Kunden daneben.«

»Aha. Wenn das so ist, würden Sie das Ding bitte von mir ziehen?«

»Okay.«

Die Verkäuferin entwirrt mich erfolgreich aus dem Vorhang, womit nur noch das Problem des Kleides bleibt.

Ich kann sie zwar nicht sehen, aber ich kann mir ihren Gesichtsausdruck vorstellen.

»Ähm, möchten Sie Hilfe mit dem Kleid?«, fragt sie vorsichtig.

»Was? Wollen Sie damit sagen, ich hätte es nicht richtig an?«

»Nein, gnädige Frau. Es gehört nicht so weit nach oben.«

»*Tatsächlich?* Ich habe nämlich gerade erst eine Sendung über die Londoner Modewoche gesehen. Sie können sich gar nicht vorstellen, wie viele der Models mit den Armen in der Luft über den Laufsteg marschiert sind, als würden sie mit einer Waffe bedroht, und allen ihre ›H&M‹-Schlüpfer gezeigt haben.«

Eisige Stille.

»Ziehen Sie mir das blöde Ding einfach vom Kopf«, bitte ich mit erschöpfter Stimme.

Mithilfe des dürren Knochengestells braucht es nur zweimal Ziehen, um mich von meinen Fesseln zu befreien. Ich spüre, wie das Kleid schmerzhaft über die Fettrollen an meinen Armen und meinem Rücken rutscht. Mir kommt der quälende Gedanke, dass Wurst so gemacht wird.

Das Ganze ist derartig peinlich, ich könnte kotzen.

Dann fällt mir ein, dass ich nun in meiner enormen Unterhose und im BH mitten im Flur der Umkleidekabinen stehe und die Peinlichkeitsskala erreicht nie gekannte, stratosphärische Ausmaße der Demütigung. Schlimmer kann es nicht mehr werden.

»Ähm, können wir die Umkleidekabinen benutzen?«, ertönt eine Stimme hinter der dürren Verkäuferin.

Ich recke den Hals zur Seite und sehe nicht weniger als *vier* Frauen mit diversen Kleidungsstücken in den Armen am Ende des Korridors stehen. Zwei von ihnen sind dünn und bemühen sich daher nach Kräften, mich nicht mit einer Mischung aus Schuld und selbstgefälliger Überlegenheit anzustarren. Die dritte scheint sich so wie ich mit gelegentlichen nächtlichen Heißhungerattacken auszukennen und sieht mich mit Mitgefühl und einem gewissen Grad an Selbsterkenntnis an. Das vierte Mitglied der Truppe ist ein etwa zwölfjähriges Mädchen, das ich wahrscheinlich für den Rest seines Lebens traumatisiert habe. Schon allein deshalb, weil ich drauf und dran bin, in den höchsten Tönen zu fluchen.

»Vielen Dank!«, schreie ich die Verkäuferin an. »Sie hätten mich ja warnen können, dass da noch mehr Leute sind!«

Sie blickt mich wie ein getretener Hund an.

Ich seufze, straffe die Schultern und versuche, den mir verbleibenden Rest an Würde zusammenzukratzen, während ich zurück in die Kabine gehe. Der Vorhang wird mit einem bösen Murren über die Stange geworfen. Wieder allein verwandelt sich mein Zorn in Kummer. Ich lasse mich auf den Hocker fallen und merke, wie die Tränen kommen. Es ist nicht das erste Mal, dass ich mich in letzter Zeit so fühle, aber wenigstens konnte ich mich bei den anderen Malen in der Ungestörtheit meiner eigenen Wohnung ausheulen.

Eine Minute lang weine ich auf dem Hocker vor mich hin, bevor es mir gelingt, mich zusammenzureißen und mich anzuziehen.

Als ich fertig bin, sehe ich in den großen Spiegel und betrachte das von hektischen roten Flecken gezierte Gesicht, das mich anstarrt. Toll sehe ich aus.

Super.

Jetzt muss ich nur noch irgendwie aus ›Marks & Spencer‹ herauskommen, ohne dass mich jemand sieht – und mich lange genug beherrschen, dass ich bis zu meiner Haustür komme.

Mit einem bleischweren Seufzer ziehe ich langsam den Vorhang zur Seite und trete in den Korridor. Ich folge ihm bis zum Ende und gelange in den Ladenraum, wo meine Freundin, das dürre Knochengestell, neben einer Stange bunter T-Shirts steht. Sie sieht mich kommen und besitzt doch tatsächlich die Frechheit, mich mitleidig anzuschauen.

Wie kann sie es wagen?

Schlimm genug, wenn ich von oben herab angeschaut werde, weil ich fett bin. Aber Mitleid mit mir zu haben, das geht zu weit.

Ich will nicht, dass ich dir leid tue! Ich möchte nur genauso behandelt werden wie alle anderen! Also gut, vielleicht brauche ich ein wenig mehr Platz als die meisten Leute …, und fordere mich in nächster Zeit nicht auf, einen Vierhundert-Meter-Sprint hinzulegen, aber ansonsten bin ich vollkommen normal, also sei nett, okay?

All das möchte ich ihr ins schmale Gesicht sagen, aber da ich Britin bin, mollig und fürchterlich beschämt, nicke ich ihr nur kurz zu und schenke ihr ein feuchtes Lächeln, bevor ich schnell auf den Ausgang zusteuere.

Bis ich zuhause ankomme, kann ich dank des Selbsthasses, in den ich mich wie in den Vorhang gewickelt habe, kaum noch den Kopf heben. Er fühlt sich wesentlich schwerer an als der Stoff, in den ich nur eine Stunde vorher eingehüllt war. Leider gibt es hierfür keine dürre Verkäuferin, die mir heraushelfen kann, und Greg ist mit seinen Kumpels unterwegs, also muss ich auch auf die Unterstützung meines Gatten warten, bis er nach Hause kommt. Eine Stunde lang sitze ich untröstlich vor dem schwarzen Fernsehbildschirm, dann gehe ich an den Kühlschrank und esse den Rest der Schwarzwälder Torte.

Diese trübe seelische Verfassung hält das ganze Wochenende und bis in den Montag hinein an. Ich fühle mich also sehr verletzlich, als ich mich mit Elise für unseren üblichen Kaffeeklatsch im ›Costa Coffee‹ in der Nähe des Radiosenders treffe. Da wir beide bei ›Stream FM‹ arbeiten, benötigen wir diese tägliche Pause dringend, ja, ich glaube sogar, dass ich ohne sie komplett durchdrehen würde. Bei einem Lokalsender zu arbeiten, kommt gleich nach Flöhe hüten und dabei alle vier Sekunden eine aufs Auge bekommen.

»Ich habe hier etwas, das könnte dich interessieren«, meint Elise und nimmt einen Schluck von ihrem Eggnogcappuccino.

»Und das wäre?«, frage ich und verziehe beim Trinken meines Magermilch-Lattes das Gesicht.

»Sei jetzt bitte nicht beleidigt«, fährt sie fort.

Das bedeutet, dass sie jetzt gleich etwas über mein Gewicht sagen wird. Die Leute fangen ein Gespräch mit mir immer nur dann mit ›Sei jetzt bitte nicht beleidigt‹ an, wenn sie mir sagen wollen, wie dick sie mich finden. Normalerweise macht mich das furchtbar wütend, aber ich bin mir ziemlich sicher, dass in Elises athletischem und gebräuntem Körper keinerlei Platz für eine gemeine Ader ist, daher lege ich ein freundliches Lächeln auf, das es nicht ganz bis zu meinen Augen schafft.

»Nur zu, Elise, keine Bange.«

»Okay. Wir veranstalten Anfang des Jahres einen neuen Wettbewerb.«

... Oh, es geht um die Arbeit. Ich habe die Situation ganz falsch eingeschätzt.

Mir wird irgendwie mulmig. Wenn mir der beliebteste DJ des Radiosenders sagt, ich solle nicht beleidigt sein, und dann ein neues Projekt erwähnt, dann kann das nur bedeuten, dass sie gleich etwas Negatives über meine Arbeit zu sagen hat.

»Ich höre das zum ersten Mal«, sage ich sofort defensiv. »Wir können aber schließlich in der Werbeabteilung keine gute Kampagne entwerfen, wenn wir nicht genügend Zeit dafür bekommen.«

Elise schüttelt den Kopf.

»Nein, nein! Darum geht es gar nicht, Zoe! Das werden die höheren Zehntausend alles nach Silvester klären. Ich erwähne es nur, weil du vielleicht mitmachen willst.«

»Bei was mitmachen?«

»Dem Wettbewerb.«

»Welchem Wettbewerb?«

Elise erklärt mir dann fünf Minuten lang die Einzelheiten von *Voll Fett!*.

»Du und Greg, ihr wärt perfekt dafür«, sagt sie am Schluss. »Ich bin mir sicher, ihr hättet gute Chancen, eines der sechs Pärchen zu werden, wenn ihr euch bewerbt.«

»Elise …, ich arbeite doch für den Sender. Selbst wenn ich das wollte, könnte ich mich unmöglich dafür bewerben.«

»Falsch. Das kannst du wohl! Ich habe Pete aus der Rechtsabteilung gefragt. Du bist eine Angestellte von ›Regency Marketing‹, nicht von ›Stream‹, stimmt's?«

»Schon, aber deswegen arbeite ich trotzdem im gleichen Büro.«

»Macht nichts. Es ist eine andere Firma mit einem Langzeitvertrag. Du kannst mitmachen!«

»Aber das will ich gar nicht.«

Ich nehme einen weiteren Schluck des ekligen Magermilchkaffees und würge ihn hinunter.

»Warum denn nicht?«

Elises wunderschönes Gesicht nimmt einen Ausdruck totalen Unverständnisses an. Jemand, der so viel Zeit im Rampenlicht verbringt wie sie, kann sich wahrscheinlich überhaupt nicht vorstellen, warum ich nicht an so einem großen Event in der Planung des Radiosenders teilnehmen möchte.

»Weil das peinlich wäre«, sage ich mit leiser Stimme.

»Wieso?«

Weil ich fett bin, du hinreißende Idiotin.

»Weil ich … dick bin, Elise.«

»Ja, klar. Aber darum geht es doch?«

Die Frau hat sich schon immer unverblümt ausgedrückt, das muss man ihr lassen. Das erste Mal fiel mir das vor zwei Jahren auf, als wir uns kennenlernten und sie mir sagte, dass ich mit meinen Highlights aussah wie eine Nutte.

»Ich möchte aber die Tatsache, dass ich fett bin, nicht vor Tausenden Leuten zur Schau stellen!«, halte ich dagegen.

»Es ist ein Radiowettbewerb, Zoe.«

»Du weißt genau, was ich meine. Da stehen dann Details auf der Webseite, bei Informationsveranstaltungen …, es wäre einfach nur furchtbar.«

Daraufhin erinnert Elise mich an den einen Punkt, der meine Argumente aufwiegen kann.

»Es geht um *Fünfzigtausend*, Zoe. Um verdammte Fünfzigtausend!«

Ich rühre mit dem Löffel in dem schrecklichen Latte herum und starre auf die langweilige beige Flüssigkeit.

»Das ist ein Haufen Geld.«

»Stimmt! Und wie oft hast du gesagt, dass du zum Abnehmen einen Anreiz bräuchtest?«

»Greg wird da nie mitmachen.«

»Wird er wohl, wenn du ihn dazu überredest. Er ist total in dich vernarrt.« Elise strahlt mich mit einem ihrer urheberrechtlich geschützten DJ-Lächeln an. »Er würde alles tun, was du von ihm willst …, so lange es Sinn macht.«

»Meinst du wirklich, du könntest uns da rein kriegen?«

Ich kann es nicht fassen, dass ich überhaupt darüber nachdenke, aber Fünfzigtausend sind schon eine ganze Menge Geld. Außerdem möchte ich mich eigentlich nicht mehr in einem Kleid verheddern. Diese beiden Gedanken fügen sich zusammen und lassen Elises hirnverbrannte Idee fast vernünftig erscheinen.

»Aber ja! Ich, Will und Danny werden die endgültige Entscheidung treffen, wer mitmachen darf. Ich habe bereits mit ihnen gesprochen, und sie finden ebenfalls, dass ihr tolle Kandidaten wärt.«

Na, dann ist das Ganze eine beschlossene Sache. Will macht immer, was Elise ihm vorgibt, und er ist sich mehr als bewusst, dass er es ihr zu verdanken hat, dass er Teil der erfolgreichsten Frühstückssendung in der Geschichte des Lokalsenders ist. Und Dan, der Controller des Senders, würde sich für die Chance, mit ihr ins Bett zu gehen, mit Freuden ein Bein abschneiden.

»Ich muss erst mit Greg darüber reden«, sage ich.

»Selbstverständlich, kein Problem.« Elise hält das für irrelevant. Sie mag zwar glauben, dass ich meinen Mann um den kleinen Finger wickeln kann, aber ich bin mir nicht so sicher. »Ihr macht es dann also?«, fragt sie erwartungsvoll.

»Ähm …, ich glaube schon, falls Greg nichts dagegen hat.«

Elise klatscht entzückt in die Hände.

»Super!«

Ihre Freude scheint greifbar.

Ich hingegen freue mich überhaupt nicht.

Stattdessen empfinde ich eine Kombination aus Schrecken und tiefsitzender Vorahnung. Das ist möglicherweise das Dümmste, auf das ich mich je eingelassen habe.

Andererseits …, sehe ich da etwa einen schwachen Hoffnungsschimmer unter all den negativen Gedanken?

Aber ja, Zoe, ich sehe ihn auch.

Vielleicht ist das der Tritt in den Hintern, der mir gefehlt hat, um endlich abzunehmen und mein Leben wieder leben zu können.

Jetzt muss ich nur noch meinen Mann überzeugen, mitzumachen.

Gregs Diättagebuch

Freitag, 7. März

128 kg

Das ist die dämlichste Idee, die mir je untergekommen ist. Nicht zu fassen, dass ich hier an einem Freitagabend um neunzehn Uhr dreißig sitze und schreibe.

Ich würde ja einfach aufstehen und den Laptop ausschalten, aber Zoe sitzt auf der Couch und schaut Fernsehen, und wenn ich jetzt mit dem Tippen aufhöre, dann wäre was los.

Warum zum Teufel verlangt der Radiosender überhaupt, dass wir so ein Tagebuch führen? Können sie uns nicht einfach interviewen? Oder irgendeinen Handlanger schicken, der alles aufschreibt, was wir sagen? Ich verbringe schon genug Zeit an meinem Schreibtisch auf der Arbeit. Ich habe keine Lust, meine Abende an einem weiteren zu verbringen und darüber zu schreiben, wie dick ich bin.

Ich weiß, dass ich dick bin.

Ich bin schon seit Jahren dick.

Hundertachtundzwanzig Kilo starren mich jedes Mal an, wenn ich auf die Waage steige (was nicht oft vorkommt).

Ich höre ja, wie ich beim Treppensteigen keuche, und ich möchte gar nicht darüber nachdenken, wie viele zusätzliche Löcher ich in meine Gürtel stanzen musste.

Mein Gewicht hindert mich daran, die Dinge zu tun, die mir Spaß machen, wie zum Beispiel Rugby und lebhafter Sex.

Ich *wünschte* mir, ich wäre dünner …, aber wie das Sprichwort schon sagt: Wenn Wünsche Pferde wären, dann könnten Bettler darauf reiten.

Zumindest, bis aus ihnen Hamburger gemacht würden.

Die ich dann äße.

Ich habe nicht das Bedürfnis, dies alles aufzuschreiben, aber Zoe und Elise behaupten, dass ich das muss, darum sitze ich jetzt hier an einem Freitagabend – wenn ich eigentlich in der Kneipe sein könnte – und schreibe darüber, wie fett ich bin. Wie kolossal, total und wahnsinnig fett ich bin.

Elise meint, diese Tagebücher sollen während des Wettbewerbs die ›Fenster zu unserem Leben‹ sein, damit die Zuhörer uns kennenlernen können und verstehen, was wir in den nächsten sechs Monaten durchmachen.

Das ist die reinste Zeitverschwendung. Ich kann ihnen ganz genau beschreiben, was wir durchmachen werden: das vollkommene Elend.

Diäten sind die Hölle.

Sie machen überhaupt keinen Spaß.

Ich weiß es: Ich habe es einmal probiert und bin nicht weit damit gekommen.

Man kann nur eine bestimmte Zeit lang Salat essen und acht Kilometer auf dem Laufband gehen, bevor einem der Lebenswillen aus den Ohren tröpfelt.

Aber hier finde ich mich wieder … auf einer Scheißdiät.

Ich habe aus zwei Gründen zugestimmt. Erstens: Fünfzigtausend würden es uns ermöglichen, einen großen Teil der Hypothek zu tilgen, und wir könnten endlich den Urlaub auf den Seychellen machen, von dem ich schon so lange träume. Und zweitens würde Zoe mir nie wieder einen blasen, wenn ich nicht mitmache.

»Das ist nicht fair!«, hatte ich gestöhnt, als sie beim ersten Erwähnen dieser bescheuerten Idee damit drohte.

»Ich meine es ernst, Greg. Ich will das durchziehen. Wir *brauchen* das beide. Wenn du nicht mitmachst, dann bleibt mein Mund auf unbestimmte Zeit verschlossen.«

Sehen Sie?

Das ist doch einfach unfair, oder?

Ganz abgesehen davon wäre diese Drohung gar nicht nötig gewesen. Zoe weiß ganz genau, dass es nichts gibt, das ich nicht für sie tun würde. Es ist zwar äußerst ärgerlich, aber wir sind nun schon so lange verheiratet, dass ich es einfach nicht verbergen kann. Ich liebe sie über alle Maßen, und sie nutzt diese Tatsache schamlos aus, um mich dazu zu bringen, Dinge zu tun, die ich sonst mit allen Mitteln vermeiden würde.

Sie hat mich zum Beispiel einmal gezwungen, mit ihr in London das Musical ›Cats‹ anzuschauen.

Welcher vernünftige, heterosexuelle Mann geht denn schon in ein Musical über verdammte Katzen, wenn nicht aus Liebe zu seiner besseren Hälfte? Als der Magische Mister Mistofelees anfing, seine Magie zu besingen, hätte ich mir am liebsten die Pulsadern aufgeschnitten.

Und dann der Urlaub in Ägypten.

Ich hasse Schiffsreisen, ich kann Hitze nicht ausstehen und Geschichte finde ich langweilig. Sie können sich also vorstellen, wie ich mich über eine Woche auf dem Nil bei vierzig Grad und den immerwährenden Anblick beiger Ruinen freute, während meine Haut unter der stechenden Sonne brutzelte.

Und zu guter Letzt muss ich noch den lachsrosa Pulli erwähnen, auf dessen Kauf sie bestand. Ich trug ihn beim Jahresball des Rugbyclubs und wurde monatelang damit aufgezogen. Danach war mein Spitzname ›schicke Doris‹.

Es ist dieses Lächeln auf Zoes Gesicht, verdammt. Ich kriege einfach nicht genug von diesem Ausdruck reinen Glücks. Das Lächeln, bei dem ihre Augen funkeln.

Wenn sie *richtig* glücklich ist, dann wird das Lächeln noch breiter und ihre Oberlippe zieht sich ein bisschen nach oben, sodass man ihre Zähne sehen kann. Falls das klingt, als beschriebe ich ein Pferd, das gleich ein Zuckerstückchen bekommt, dann täuscht das. Glauben Sie mir, es sieht entzückender aus, als es sich auf Papier beschreiben lässt. Selbst wenn man gezwungen wird, einen dämlichen rosa Pulli zu tragen.

Um dieses Lächeln zu sehen, würde ich mir so ziemlich alles gefallen lassen.

Selbst diesen Abnehmwettbewerb. Ein Wettbewerb, der höchstwahrscheinlich bei meinen Rugbykumpeln die schicke Doris wieder auferstehen lassen wird.

Außerdem macht es mir überhaupt nichts aus, dass ich stämmiger bin als früher. Zumindest fast nichts.

Ich meine, ja, die Jungs auf der Arbeit nennen mich seit ein paar Monaten Porkins, wie den dicken Star Wars-Piloten, und Rugby habe ich wegen des Keuchens beim Treppensteigen auch schon jahrelang nicht mehr gespielt, aber alles in allem bin ich eigentlich zufrieden mit mir. Zumindest kann ich essen, was ich will.

Mag sein, dass mich die anderen verarschen und dass ich nicht mehr viel Sport treiben kann, aber ehrlich gesagt ist mir das egal, so lange ich jederzeit mein Kung Po Chilli-Huhn mit Reis bekomme, eine schöne Texas BBQ-Pizza von ›Dominos‹ oder einen Big Mac.

Es ist schließlich mein Körper, und ich mache damit, was ich will!

Aber dann kam Zoe eines Tages vor Weihnachten von der Arbeit nach Hause und erzählte mir von diesem bescheuerten Wettbewerb, den Elise sich unter ihrer blond gefärbten Mähne ausgedacht hat (ja, Elise, ich weiß, dass du das lesen wirst, aber das ist mir egal), und jetzt darf ich nichts Braunes oder Frittiertes mehr essen.

Für den armen alten Gregory Milton besteht die nahe Zukunft aus heftigem Schwitzen, Verhungern und sich rundherum schrecklich Fühlen.

So, das war's. Mehr zu schreiben, habe ich keinen Bock. Was sollte ich auch noch dazu sagen?

*

Anscheinend reicht mein obiges Gemecker nicht, zumindest laut meiner Frau. Sie hat mir das gerade in einem einstündigen, lautstarken Streit klargemacht. Es ist durchaus möglich, dass sich mein Trommelfell nie wieder davon erholt. Zoe hat sich jetzt in unserem Schlafzimmer verschanzt und weigert sich, mit mir zu reden, bis ich nicht etwas Konstruktiveres in dieses doofe Tagebuch geschrieben habe.

»Du bist nicht glücklich darüber, dass du so fett bist, du verdammter Lügner!«, kreischte sie mich an. »Hör auf, so einen Quatsch zu behaupten und sei gefälligst ehrlich!«

»Aber das wird dann von Fremden gelesen«, erklärte ich ihr.

»Deswegen machen wir das doch!«

»Aber ich *will* das nicht.«

Ich hasse, dass ich mich so winde. Ich komme mir vor wie ein Fünfjähriger.

Nichtsdestotrotz sitze ich nun hier am Esstisch und winde mich wie ein Wurm in den Klauen eines ganz besonders sadistischen Kindes – unter dem unheilvollen Blick meiner wütenden Frau.

»Das gehört nun mal dazu, Greg«, sagt sie. »Wenn wir diese Tagebücher nicht schreiben, dann fliegen wir aus dem Rennen.«

»Is mir doch egal«, murmle ich.

»Was?«

»Nichts.« Noch mehr inneres Winden. »Was soll ich denn dann schreiben?«

»Sie haben dir genau gesagt, was du schreiben sollst. Deine Gefühle, Greg. Wie du dich fühlst. So was eben.«

»Im Moment fühle ich mich total gemobbt.«

»Wie es sich anfühlt, fett zu sein, meine ich.«

Ich verschränke die Arme.

»Du meinst, wie schlecht ich mich fühlen sollte, weil ich so dick bin? Ist es das?«

»Ja, Greg! Wir fühlen uns beide schrecklich. Gib es doch zu.«

»Ich fühle mich überhaupt nicht schrecklich. Ich bin vollkommen in Ordnung, danke der Nachfrage.«

»Ach wirklich?« Zoe verschränkt ebenfalls die Arme vor der Brust und wirft mir messerscharfe Blicke zu. »Und was war mit dem Grillfest bei Roger letzte Woche?«

»Darüber möchte ich nicht reden.«

»Nein, natürlich nicht, schon klar. Besonders glücklich über das, was da passierte, warst du aber nicht, oder?«

»Auf gar keinen Fall werde ich darüber etwas schreiben.«

»Doch, das wirst du! Genau darum geht es doch bei der ganzen Sache!« Zoe gibt einen Stoßseufzer von sich und setzt sich neben mich. »Komm schon, Greg. Hör auf, dich selber zu belügen. Du bist genauso unglücklich wie ich. Wir haben die letzten zehn Jahre damit verbracht, viel zu viel zu essen und uns viel zu wenig zu bewegen.« Sie schüttelt den Kopf. »Zu viele Fertiggerichte vor der Glotze. Zu viele Stunden einfach auf dem Sofa verbracht. Es wurde immer mehr und mehr, bis wir an den Punkt gekommen sind, dass ich meinen eigenen Anblick nicht mehr ertrage, und ich bin mir ziemlich sicher, dass es dir genauso geht.« Sie reißt die Augen auf. »Ich keuche wie eine Dampflok, Greg. Eine Frau in meinem Alter hat gefälligst nicht zu keuchen! Wir müssen in unserem Leben etwas ändern, und wenn dazu dieser Wettbewerb nötig ist, dann machen wir das eben.« Sie legt ihre Hand auf meine Schulter und drückt mich. »Es muss sich etwas ändern, Schatz. Wir werden nicht jünger, und wir können doch nicht ewig umher rollen wie ein Paar Stehaufmännchen.«

»Stehaufmännchen?«

»Ja, Greg. Stehaufmännchen.« Zoe steht wieder auf. »Ich geh ins Schlafzimmer lesen. Du bleibst hier sitzen und schreibst auf, was bei Roger passiert ist …, genauso, wie ich die Geschichte bei ›Marks & Spencer‹ aufgeschrieben habe.«

»Ich kann aber nicht so gut schreiben wie du. Bei dir klingt das viel lustiger.«

»Blödsinn, Gregory Milton. Schreiben ist dein Beruf.«

»Ich bin technischer Redakteur bei einer Elektronikfirma, kein Journalist.«

»Gut, dann tu einfach so, als ob du ein Handbuch fürs Fettsein schreibst.«

»Im Ernst?«

»Ja! Fang an zu schreiben, Greg, und hör mit den Ausreden auf!«

Zoe dreht sich herum und marschiert aus dem Wohnzimmer. Ich bleibe allein am Computer zurück und würde es lieber vermeiden, mein Innerstes nach außen zu kehren, aber ich weiß, dass ich dann wüste Schimpftiraden von meiner aufgebrachten Gattin ernten werde.

*

Eine Einladung zum Grillfest hätten Sie in der ersten Märzwoche nicht erwartet, oder? Vor allem im Süden Englands.

Es ist höchstens fünf Grad draußen und ein beißender, bitterkalter Wind weht über das Land. Nicht gerade ideale Bedingungen, um im Freien zu feiern und verkohlte Hamburger zu essen.

»Keine Angst!«, versichert Roger mir im Büro, eine Woche vor dem Fest. »Ich habe diese irre großen Heizstrahler besorgt und wir lassen ein Partyzelt aufstellen. Im Ernst, ich kann dir versprechen, darunter wirst du dir vorkommen wie auf den Bahamas!« Er stößt mich freundschaftlich mit dem Ellbogen in die Rippen. »Und außerdem bist du doch ein kräftiger Kerl. Du wirst bestimmt nicht frieren«, setzt er mit einem Grinsen hinzu.

Warum meinen die Leute immer, nur weil man übergewichtig ist, spüre man die Kälte nicht? Ich bin doch kein verdammtes Walross. Meine Speckschicht ist gegen die Kälte nicht besonders nützlich.

»Also gut, Roger, wir kommen«, antworte ich ihm.

Wenigstens wird das Essen gut sein. Roger hat einen tausend Kilo schweren Grill, den er zum halben Preis bekommen hat, als der Gartencenter letztes Jahr im Oktober pleite ging. Ich weiß, dass er es nicht erwarten kann, ihn zu benutzen. Seine Ungeduld ist wahrscheinlich der Grund für diesen lächerlichen Termin.

Es hilft allerdings, dass seine Frau Köchin ist, was wenigstens das Risiko einer Lebensmittelvergiftung mindert.

»Super!«, meint Roger und wendet sich ab. An der Tür angelangt lässt er die Bombe platzen: »Oh, Eileen möchte, dass es eine Kostümparty wird.«

»Wie bitte?!«, rutscht es mir heraus.

Es gelingt mir nicht, mein Entsetzen zu verbergen.

»Ja. Das wird lustig.«

»Nein, Roger, das wird es nicht. Im Gegenteil.«

»Eileen möchte es aber«, wiederholt er und pflückt einen unsichtbaren Fussel von seinem Jackett.

Ich kenne Roger lange genug, um zu wissen, dass Eileen bekommt, was sie möchte. Er und ich sind uns in dieser Hinsicht sehr ähnlich.

»Oh, scheiß drauf, von mir aus«, sage ich voller Widerwillen. »Ich gehe einfach wie immer im schwarzen Anzug und sage, ich sei John Travolta aus *Pulp Fiction.*«

»Das geht nicht.«

»Warum nicht?«

»Sie hat ein Thema vorgegeben.«

»Ein *Thema*?«

»Ja.«

Roger sieht aus, als hätte er gerade etwas Unangenehmes gerochen.

Ich weiß, dass ich aussehe, als hätte gerade jemand den Lieblingsgoldfisch aus meiner Kindheit erschossen.

»Was für ein Thema, Roger?«

»Fernsehfiguren aus Kindersendungen.«

»Ist das dein Ernst?«

»Ausschließlich aus britischen Sendungen. Aus den Siebziger- und Achtzigerjahren.«

»Du beliebst zu scherzen?«

»Keinesfalls.«

»Verdammter Mist. Warum sagt sie nicht gleich, dass es aus Sendungen sein muss, die 1985 auf unabhängigen Sendern zwischen fünfzehn und sechzehn Uhr ausgestrahlt wurden.«

»Ich habe ihr ja auch gesagt, dass das zu konkret ist.«

»Findest du?«

Roger bemüht sich um ein versöhnliches Lächeln.

»Der Spaß fängt um zwanzig Uhr an, Greg. Ich freu mich auf euch beide!«

Und schon ist er weg, ohne mir Gelegenheit zu geben, noch weiter zu meckern.

Jetzt muss ich mir also ein Kostüm aus einer britischen Kindersendung der Siebziger- oder Achtzigerjahre einfallen lassen.

»Du könntest dich blau anmalen und als dieser Dingsda aus *The Trap Door* gehen«, schlägt Zoe vor, als wir uns am Abend darüber unterhalten.

»Wer? Berk? Lächerlich. Außerdem erfriere ich dann.«

»Grotbags?«

»Grotbags?«

»Ja, du weißt schon. Sie war immer in dieser Sendung mit Rod Hull und Emu.«

»Aha. Du schlägst vor, dass ich einen auf Transvestit mache und mich als grüne Hexe verkleide?«

»Warum denn nicht?«

»Du bist jetzt besser still, Zoe. Also wirklich.«

Zoe zuckt mit den Schultern und geht in die Küche. Ich bleibe mit meinem Problem zurück.

Für sie ist es kein Thema – sie brauchte weniger als drei Sekunden, um sich für eine Verkleidung zu entscheiden. Zoe geht als Velma aus *Scooby Doo*. Ihr Kostüm liegt schon seit der ähnlich schrecklichen Kostümparty ihrer Mutter vor fünf Jahren auf unserem Dachboden. Sie gibt zwar zu, dass sie dank der Extra-Pfunde wahrscheinlich die Nähte ein wenig auslassen muss, aber Zoe konnte schon immer gut mit der Nähnadel umgehen. Abgesehen von ein, zwei Stunden schneiden und nähen dürfte ihre Kostümwahl also geregelt sein. Eigentlich ist die Figur ja nicht britisch, aber Zoe meint, dass die Sendung hier schon seit so vielen Jahren laufe, dass das nichts ausmache.

»Wie wäre es denn mit Captain Pugwash?«, schreit sie aus der Küche über das Surren der Mikrowelle.

»Würdest du bitte aufhören, lauter fette Figuren vorzuschlagen?«, schreie ich zurück.

»Sorry!«

Es vergehen ein paar Minuten, dann habe ich einen Geistesblitz.

»Aha!«, sage ich triumphierend.

»Es ist dir etwas eingefallen?«, fragt Zoe über ihre dampfende Tasse heißen Kakaos.

»Allerdings. Ist mein Anzug gebügelt?«

Zoe stöhnt.

»Du kannst nicht schon wieder als John Travolta gehen.«

»Mache ich doch gar nicht. Ich gehe als Mister Benn!«

»Mister Benn?«

»Ja …, erinnere dich! Eine Zeichentrickserie aus den Siebzigern. Ein Typ in Anzug und Melone, der immer in irgendwelche Klamottenläden ging, in der Kabine ein Kostüm anzog und dann ein Abenteuer erlebte, das zu der Verkleidung passte.«

»Wie, wenn er sich als Ninja verkleidete, dann plötzlich in Japan war und irgendwem die Rübe abhackte?«

»Ich glaube nicht, dass er so etwas jemals gemacht hat, es war schließlich eine Kindersendung. Aber im Prinzip hast du recht.«

»Du hast keine Melone.«

»Die gibt es aber doch bestimmt in dem Kostümladen in der Stadt, meinst du nicht?«

»Wahrscheinlich.«

Wahrscheinlich erweist sich als tatsächlich. Auf dem Heimweg nach der Arbeit am nächsten Tag finde ich einen Plastikhut in der richtigen Form, der mir einigermaßen passt.

Um neunzehn Uhr an diesem Abend stehe ich in meinem schwarzen Anzug mit Binder und mit dem Billighut vor dem Spiegel. Ich sehe nicht *genau* aus wie die Zeichentrickfigur, aber schließlich handelt es sich um eine Gartenkostümparty. Ich glaube kaum, dass irgendjemand supergenaue Doppelgänger erwartet.

Das ist auch besser so, denn es ist nicht zu übersehen, dass mir der Anzug nicht mehr so richtig passt. Ich musste den breitesten und stärksten Gürtel anlegen, um zu verhindern, dass die Hose wieder aufplatzt, und ich kann die Arme nicht mehr als fünfundvierzig Grad anheben. Ich sage mir, dass es ja nur für diesen einen Abend ist, und spätestens um einundzwanzig Uhr werden alle derartig besoffen sein, dass es ihnen egal ist. Dann kann ich ohne Probleme die meisten Teile der Verkleidung ablegen.

»Du siehst sehr elegant aus«, sagte Zoe freundlich.

»Ich sehe aus wie ein Volltrottel, mein Schatz, aber das hatte ich auch nicht anders erwartet.«

Zoe wirft mir einen vernichtenden Blick zu.

»Ach komm schon, sieh es positiv. Vielleicht wird es ja ein lustiger Abend.«

»Vielleicht. Ich hoffe nur, dass Rogers Heizstrahler auch funktionieren. Laut Wetterbericht sollen es morgen Abend zwei Grad werden.«

»Dann ist es ja gut, dass mein Velma-Pulli ziemlich dick ist.«

… und orange. Wirklich *richtig* grell orange.

Als wir am nächsten Abend zum Auto gehen, kann ich mich des Gefühls nicht erwehren, dass ich von einer riesigen, zweibeinigen Mandarine begleitet werde. Allerdings bin ich taktvoll genug, diesen Gedanken für mich zu behalten.

Die Fahrt zu Roger ist sehr unbequem, da der Anzug so eng ist, dass ich die Arme nicht richtig heben kann und sich der Gürtel um meinen Bauch anfühlt, als schneide er sich einen Weg bis zu meinen Gedärmen.

Die Temperaturanzeige am Armaturenbrett verrät mir, dass es draußen bereits angenehme *null* Grad sind, dabei ist es erst neunzehn Uhr dreißig. Ich hoffe, diese Heizstrahler sind riesig!

»'N Abend!«, ruft Roger voller Freude, als er die Haustür aufreißt.

Ich sage Roger, aber eigentlich handelt es sich um Roger in einem erschreckend schrillen Bananenmannkostüm.

Roger Jarvis ist einen Meter neunzig groß, spielt seit Jahren beim Rugby in vorderer Position als Pfeiler und hat die Figur eines besonders stabil gebauten Gartenschuppens. Aber selbst an ihm sieht dieses grellgelbe und blaue Kostüm bescheuert aus.

»Wollt ihr eine Banane?«, fragt er und wedelt mit einem Bananenbündel vor uns herum. »Davon bekommt man Superkräfte!«

»Nein danke, Kumpel,« antworte ich. »Wir wollen uns nicht den Appetit verderben.«

»Verständlich. Kommt erst mal rein.«

Zoe tritt als Erste ein und ich folge ihr, wobei ich krampfhaft versuche, meine Augen vor dem strahlenden Glanz des Bananenmannes zu schützen. Zwischen ihm und dem grellen Orange von Zoes Pulli habe ich das Gefühl, gleich einen epileptischen Anfall zu bekommen.

»Hallo!«

Eileen winkt uns aus dem Wohnzimmer zu. Sie hat eine blonde Vokuhila-Perücke über ihre kurzen roten Haare gestülpt und trägt eine furchtbare silberne Jacke mit Aufschlägen, die so groß sind, dass man sie zum Drachenfliegen benutzen könnte. Außerdem führt sie eine rotkarierte Schlaghose aus. Farbe und Breite der Hosenbeine erscheinen unmöglich. Der Gesamteindruck wird durch das Cocktailglas mit dem Long Island Ice Tea vervollständigt, das sie in einer Hand hält.

»Was ist denn mit dir passiert?«, platzt es ungewollt aus mir heraus.

»Du meinst mein Kostüm?«, fragt sie und grinst mich wie eine Irre an.

»Ja!«

»Ich bin Cheggers!«

Einen Moment lang weiß ich nicht, was sie damit meint. Ist Cheggers eine neuentdeckte Geisteskrankheit, die einen dazu zwingt, sich wie ein kompletter Idiot zu kleiden?

Zoe begreift schneller.

»Cheggers! Ich habe diese Sendung geliebt!«

Dann fällt es mir auch wieder ein. Cheggers ... *Cheggers spielt Pop*. Die bahnbrechende Kinderquizshow der Achtziger, die von dem kleinen, pummeligen Ur-Briten Keith Chegwin moderiert wurde.

»Du bist als Keith Chegwin verkleidet, stimmt's?«, frage ich ungläubig.

»Genau!«

Meine Augen verengen sich.

»War diese ganze Kostümparty nur der Vorwand dafür, dass du dich als Cheggers verkleiden kannst, Eileen? Sei ehrlich.«

»Stimmt!«, ruft sie vollkommen ungerührt.

»Genial!«, schreit Zoe und umarmt Eileen.

»Ich liebe dein Velma-Kostüm, meine Liebe«, sagt Eileen zu meiner Frau, bevor sie mich ganz klar unter dem Einfluss von Long Islands feinstem alkoholischem Getränk schräg von der Seite anschaut. »Bei dir bin ich mir nicht so sicher, Greg. Thomas, die kleine Lokomotive konnte ich noch nie leiden.«

»Was?«

»Du bist doch als der Dicke Kontrolleur verkleidet, oder?«

»Ich bin Mister Benn!«

»Ach ja?«

»Ja!«

»Ach echt?«, tönt Roger hinter seiner Maske aus Gerechtigkeit mit Bananengeschmack. »Ich dachte auch, du seist der Dicke Kontrolleur.«

Mein Gesicht wird rot vor Scham ..., genau wie das des Dicken Kontrolleurs.

»Ich bin als Mister Benn verkleidet«, erwidere ich mit zusammengebissenen Zähnen.

Sowohl Roger als auch Eileen bemerken, was sie mit ihrem Fehler angedeutet haben und lachen nervös, wie man das in solchen Situationen gemeinhin macht.

»Tolles Kostüm!«, ruft Roger.

»Total!«, stimmt Eileen ein wenig zu hastig zu.

»Vielen Dank«, sage ich mit einem aufgesetzten Lächeln.

Trotz allem kann der gesellschaftliche Ausrutscher, der ihnen eben passiert ist, somit ohne ein weiteres Wort unter den Teppich gekehrt werden. Wir tun jetzt alle so, als hätten sie nicht falsch geraten, als wer ich verkleidet bin, nur weil ich ein großer, fetter Blödmann bin.

»Sollen wir dann mal in den Garten gehen?«, fragt Roger und wirft automatisch einen Blick auf meine Wampe. »Ich wette, ihr zwei habt Hunger.«

Oh, aber *selbstverständlich* haben wir Hunger, Roger. Wir sind große dicke Fettsäcke, die nicht an Essbarem vorbeigehen können, ohne sofort darüber herzufallen und es in unsere gigantischen, sabbernden Mäuler zu stopfen.

Diese Party geht im Eiltempo den Bach runter.

Was ganz besonders nervt, ist die Tatsache, dass ich wirklich einen Riesenkohldampf habe, da ich seit Mittag nichts mehr zu essen hatte. Aber jetzt, da Roger und Eileen so nett darauf hingewiesen haben, wie fett Zoe und ich sind, können wir nur noch wie ein Spatz essen, damit aus uns in den Augen der anderen Gäste nicht die Unterhaltung des Abends wird.

In einem unbequemen und übel zusammengestöpselten Kostüm herumstehen und dämlich aussehen halte ich noch aus, aber wenn die anderen mich und meine Frau dann noch anstarren, als seien wir Jahrmarktsattraktionen, die alles vorhandene Essbare sofort vertilgen, dann müsste ich mir die Kugel geben.

Das Publikum wird heute Abend wohl ohne die Vorstellung der *Kugelrunden Zwillinge* auskommen müssen.

»Geh vor«, sage ich mit einem kaum unterdrückten Seufzer zu Roger.

Ich hatte ja Angst gehabt, dass es unter dem Zeltdach wegen des Märzwetters zu kalt sein würde. Diese Angst war unbegründet.

Roger hat nicht nur einen, nicht zwei, nein, er hat *acht* große Heizstrahler für den Garten gekauft und sie um das Festgelände herum positioniert. Jeder Einzelne produziert ungefähr die gleiche Hitze wie ein Nachmittag in der Serengeti. Die Gäste halten deutlich Abstand von ihnen, und manche verlassen das Zelt sogar, um sich in der kalten Nachtluft abzukühlen. Die Gartenstühle aus Plastik, die für die Gäste aufgestellt wurden, laufen wahrscheinlich Gefahr, sich in weiße, geschmolzene Plastikstuhlpfützen zu verwandeln.

Und als wäre das nicht genug, kommt noch das Inferno von Rogers riesigem Grill hinzu, der an der Rückwand des Hauses steht. Wir werden zweifellos alle von Glück reden können, wenn wir hier ohne Verbrennungen dritten Grades und Nierenschäden aufgrund akuter Dehydrierung wieder herauskommen.

Etwa zwanzig Personen befinden sich unter dem riesigen weißen Dach des Partyzeltes. Zum Glück kennen (oder erkennen) Zoe und ich gut achtzig Prozent der Anwesenden. Die meisten arbeiten mit mir oder sind mit im Rugbyclub und gehören der zusammengewürfelten Horde Irrer an, mit denen ich die letzten zehn Jahre verkehre.

»Ich lach mich tot! Der Dicke Kontrolleur!«, höre ich eine Stimme von jenseits der höllischen Terrassenstrahler.

Dieser unverwechselbare Londoner Akzent gehört zweifelsfrei Ali, meinem Freund, Rugbykumpel und Mistkerl der feinsten Sorte.

Er taucht mit dem größten Turban auf dem Kopf, den ich je gesehen habe, aus dem kalten Garten auf. Zusätzlich trägt er ein paar Patronengurte über die nackte Brust geschlungen und eine schwarze Pluderhose, die in Kampfstiefeln steckt. Dieser Aufzug ist mir aus keiner Fernsehsendung bekannt. Ali ist größer und breiter gebaut als ich oder Roger, daher ist der Gesamteindruck ziemlich einschüchternd.

»Ich bin nicht der bescheuerte Dicke Kontrolleur!«, blaffe ich ihn an, während er auf mich zukommt.

»Der Weihnachtsmann bei einem Vorstellungsgespräch?«, gibt er kichernd zurück.

»Ich bin Mister Benn!«

Ali starrt mich an, lacht und nimmt einen kräftigen Schluck aus der indischen Bierflasche in seiner Hand.

»Und was sollst du darstellen?«, frage ich ihn und ziehe argwöhnisch eine Braue hoch.

Er blickt empört.

»Schaut denn keiner von euch Schwachköpfen Filme an? Ich bin ein verdammter Thuggee!«

»Ein was?«

»Ein Thuggee! Aus *Indiana Jones 2*, du weißt schon …«

»Das ist aber keine britische Kindersendung, Ali«, führe ich an.

»Blödsinn. Der Film stammt aus den Achtzigern und Kinder haben ihn angeschaut. Das reicht mir. Außerdem kann ich im Notfall auch als Flaschengeist durchgehen.« Er stellt die Bierflasche ab, verschränkt die Arme und starrt uns an. »Ich gewähre dir drei Wünsche!«, erklärt er im fürchterlichsten arabischen Akzent, den ich je gehört habe. »Dann fress ich ein Kamel und rufe gegen dich einen Krieg aus.«

»Ali!«, ruft Zoe. »Sei nicht so rassistisch!«

»Rassistisch? Ich bin ein verdammter Inder!«

»Ja und?«

»Ich darf das! Das ist mein Volk.«

»Ali, du wurdest in Chepstow geboren«, stelle ich klar. »Ganz abgesehen davon stammt deine Familie aus Mumbai, was bekanntlich nicht im Nahen Osten liegt.«

»Ach, leckt mich doch, wir sitzen alle im gleichen Boot, ihr imperialistischen Schweine.«

»Könnt ihr mal alle zuhören!«, schreit Roger von seinem Posten am Grill.

»Achtung! Der Bananenmann möchte fruchtige Gerechtigkeit verteilen!«, brüllt Ali.

Das mag stimmen, aber die Tragweite dessen, was Roger zu sagen hat, wird höchstwahrscheinlich unter dem Einfluss der rosa Schürze leiden, die er mittlerweile zum Schutz seines Kostüms vor dem Fett des heftig spritzenden Grillgutes angelegt hat.

»Das Essen ist fertig!«, verkündet Roger stolz. »Das Fleisch ist hier an der Seite des Grills auf diesen Tabletts, und Eileen hat die Teller und die anderen Gerichte im Esszimmer vorbereitet. Bedient euch!«

»Super«, meint Ali und wandert in Richtung der Essensberge, die Roger und Eileen angerichtet haben.

In stillschweigendem Übereinkommen rühren Zoe und ich uns nicht von der Stelle. Wir lassen erst alle anderen sich etwas zu essen holen, bevor wir uns an den Tisch trauen. Obwohl ich äußerst hungrig bin, habe ich wirklich keine Lust, das ohnehin fette Klischee der hungrigen Dicken als Erste am Buffet jeder Party zu bestätigen.

»Wollen wir uns etwas zu trinken holen?«, fragt Zoe und dreht sich betont weg.

»Ja, ich glaube, einen Drink könnte ich jetzt gebrauchen«, antworte ich, und gemeinsam gehen wir zur Kultstätte der Alkoholiker, die sich auf einem Gartentisch auf der Rückseite des Zeltes befindet.

Ich lasse mir bei der Auswahl des Getränkes Zeit und wäge das vorhandene Angebot genau ab. Ich bin heute der Fahrer, kann also höchstens ein paar Bier haben. Ich entdecke Alis indisches Bier und nehme mir eine Flasche. Wenn der Scheißkerl mich schon beleidigen muss, dann kann er mit Alkohol dafür zahlen.

Zoe schenkt sich eine Cola mit Rum ein und wir bleiben etwa zehn Minuten plaudernd dort stehen, während sich alle anderen bedienen.

Ich will nichts beschönigen: Diese Selbstbeherrschung erfordert eine übermenschliche Anstrengung meinerseits. Mein Magen knurrt wie verrückt und ich merke, wie sich aufgrund der Unterzuckerung ein leicht pochender Kopfschmerz breit macht.

Schließlich gebe ich auf.

»Also, ich hole mir jetzt was zum Beißen«, sage ich zu Zoe und marschiere los.

Am Grill hat sich der anfangs riesige Fleischberg in einen mäßig steilen Hügel verwandelt. Ich bin mir ziemlich sicher, dass Ali die Hauptverantwortung für diesen geologischen Wandel trägt. Zum Glück ist aber noch mehr als genug für uns übrig und ich wähle zwei besonders saftig aussehende Hamburger.

Dann noch zwei.

Und zwei Würstchen, ein Schweinekotelett und ein Hühnerbein. Ich esse jetzt aus reinem Frust, und was die anderen denken, ist mir scheißegal.

»Nimm gefälligst auch was Grünes«, schimpft mich Zoe und häuft Krautsalat auf ihren Teller neben das Kotelett und den Hamburger, die sie sich ausgesucht hat.

»Also gut«, sage ich und schmeiße eine Handvoll Salat auf den auf meinem Teller noch freien Platz.

Allerdings fühle ich mich von seinem grünen gesunden Aussehen persönlich angegriffen und ertränke ihn in Ketchup und Salatsoße, bevor ich wieder hinaus zur Party gehe.

Ein paar Plastikstühle sind noch frei, wir müssen also nicht im Stehen essen und Verdauungsstörungen riskieren. Leider sind es die beiden Stühle, die direkt neben einem der Heizstrahler stehen, und es gibt keinen anderen freien Platz, an den wir sie versetzen könnten, also müssen wir beim Essen heißen Wüstenwind im Nacken ertragen.

Schlimmer noch, die neben uns sitzenden Gäste sind ein paar kleinbürgerliche Langweiler, die Roger aus seinem Tontaubenschießclub kennt. Er heißt Anthony. An ihren Namen kann ich mich nicht mehr erinnern, aber ›Dörrpflaumengesicht‹ drängt sich spontan auf, bis er mir vielleicht wieder einfällt.

»Gregory, nicht wahr?«, fragt Anthony, als ich mich auf dem Gartenstuhl niederlasse.

Ich spüre, wie seine Plastikarme mein Hüftgold fest umarmen und weiß jetzt schon, dass ich einiges an Kraft anwenden werde müssen, um aus dem Teil wieder rauszukommen.

»Ja, stimmt«, antworte ich. »Wir haben uns an Rogers und Eileens zwanzigstem Hochzeitstag kennengelernt, nicht wahr?«

»Ja, genau! Das war eine tolle Fete.«

»Ja. Erinnern Sie sich an meine Frau Zoe?«

»Aber natürlich! Wie schön, Sie wiederzusehen, meine Liebe. Sie sehen heute Abend ganz besonders glänzend aus!«

Zoe muss kichern. Mit ein bisschen altmodischem Charme kann man sie immer beeindrucken.

Wir warten beide darauf, dass Anthony uns Dörrpflaumengesicht vorstellt, die in der Zwischenzeit vor sich hin starrt und sittsam an einer eingelegten Zwiebel nagt.

Wir warten vergeblich.

»Tolles Essen«, meint Anthony und beißt in ein Würstchen.

»Sieht so aus«, stimme ich zu und beiße herzhaft in eines meiner eigenen Schweinefleischprodukte.

Die nächsten zehn Minuten vergehen unter belangloser Unterhaltung mit Anthony, einschließlich einer Einladung auf seinen Landsitz und die nächste Fasanenjagd im April. Ich habe nicht die geringste Absicht, diese Einladung anzunehmen.

Trotz allem, mein Bauch ist nun voller Fleisch und ich genieße den Rest von Alis Bier, darum kann ich mich das erste Mal an diesem Abend entspannen und so etwas wie Gefallen an der Feier finden.

Zumindest bis ich merke, dass die Beine des Gartenstuhls, auf dem ich sitze, beginnen nachzugeben.

Es ist eher eine Ahnung, aber ich kann auf jeden Fall ein besorgniserregendes Kratzen unter mir hören, wo die Stuhlbeine über die Betonfliesen unter meinen Füßen schrammen.

»… und da habe ich mir gedacht, warum denn auch nicht?«, sagt Anthony. »Man lebt nur einmal, und so viele gibt es ja nicht mehr, also bin ich hingefahren, um sie mal anzusehen.«

Ich weiß, dass er von irgendeiner seltenen Tierart auf der anderen Seite des Planeten spricht, aber ich weiß beim besten Willen nicht, welche. All meine Gedanken konzentrieren sich auf das leise Geräusch der Gefahr, das ich unter mir wahrnehme.

Ich wage kaum, mich zu bewegen. Jegliche plötzliche Bewegung könnte das Gleichgewicht zugunsten der Katastrophe verschieben, und ich glaube nicht, dass ich diese Demütigung ertragen könnte.

Hier sitze ich in einen Gartenstuhl eingezwängt, in einem zu kleinen Anzug und mit einem Hut auf dem Kopf, der aussieht wie ein Weihnachtspudding. Wenn der Stuhl unter mir zusammenkrachen sollte, dann müsste ich von Roger und den anderen Gästen für meine unterhaltsame Clownsdarbietung Eintritt verlangen.

Während Anthony weiter über den seltenen sibirischen Irgendwas schwafelt, sitze ich stocksteif und angespannt und warte auf das Unausweichliche.

Es vergehen jedoch erstaunlicherweise noch weitere fünf Minuten, ohne dass der große Zusammenbruch erfolgt.

»Greg und ich möchten gern auf den Seychellen Urlaub machen, nicht wahr, Greg?«, sagt Zoe.

»Was? Ach so, ja. Irgendwann einmal«, antworte ich, nicht ganz bei der Sache.

»Ah! Ein wunderschönes Plätzchen. Ich war auch schon mal dort, vor zwanzig Jahren, bevor es so kommerzialisiert und einfach nur noch schrecklich wurde«, erzählt uns Anthony.

Ich kann ihm jetzt wieder zuhören, da der Stuhl seinen Protest aufgegeben zu haben scheint.

Ich atme erleichtert auf und fühle mich entspannt genug, den Rest meines Koteletts zu nehmen und weiter zu essen.

Während ich zufrieden kaue, überlege ich, wie ich mich am besten aus dem Stuhl befreien und auf schnellstem Wege zum Esszimmer gelangen kann, um mir noch ein Kotelett zu holen, bevor nichts mehr übrig ist. Die Grillsoße, die Roger darüber gegossen hat, ist ganz beson…

Die beiden hinteren Beine des Gartenstuhls geben urplötzlich nach. Dadurch falle ich rasend schnell nach hinten.

Mein Teller mit dem angenagten Essen fliegt in die Luft, weil ich auf der Suche nach Halt vergeblich mit den Armen wedele.

»Ahhmpf!«, brülle ich.

Der Schreckensschrei wird ein wenig durch den Bissen Kotelett in meinem Mund gedämpft.

»Oh je!«, ruft Anthony.

»Ach, du Scheiße!«, schreit Zoe.

Wie das in solchen Situationen nun einmal ist, scheint die Zeit still zu stehen. Sie möchte offensichtlich, dass man jedes einzelne Detail seiner Blamage genießen kann und hebt daher kurzfristig die ansonsten unveränderlichen physikalischen Gesetze auf, damit man auch wirklich etwas davon hat.

Ich sehe, wie Zoe ihren linken Arm ausstreckt, um mich an der Schulter festzuhalten.

Wie lieb von ihr.

Ihre automatische Reaktion ist der Versuch, mich zu retten, aber ich fürchte, er ist umsonst. Ich wiege über hundertzwanzig Kilo, sie hingegen gerade mal neunzig. Eben diese physikalischen Gesetze, die die Zeit einfach so aufheben, sind für uns Menschen leider nicht zu überwinden.

Diese Tatsache wird bestätigt, als Zoe, statt meinen Fall zu stoppen, mit mir zu Boden stürzt, der Demütigung und leichten Verletzungen entgegen.

Allerdings bewirkt Zoes Eingreifen, dass sich unser gemeinsamer Sturz um ein paar Sekunden verzögert – lange genug, um die meisten Gäste der Fete auf unsere Misere aufmerksam zu machen und das Schauspiel beobachten zu lassen.

Ich falle weiter nach hinten, aber dank Zoes Hilfe schwinge ich nun auch leicht nach links, geradewegs auf den Terrassenstrahler zu, der hinter mir steht.

Zoe schafft es, einigermaßen gerade nach unten zu fallen und ist drauf und dran, mit Rogers und Eileens kaltem, nassem Rasen Bekanntschaft zu machen.

Meine Wenigkeit hat nicht so viel Glück.

Greg Milton fällt heute Abend nicht in weiches Gras.

Meine linke Schulter und mein Hinterkopf knallen gegen den metallenen Heizstrahler und rufen ein Geräusch hervor, das man auf dem Papier nur mit *Bloing* wiedergeben kann.

Und wieder schlagen diese nervigen physikalischen Gesetze zu, als das volle Gewicht des hundertzwanzig Kilo schweren Greg Miltons auf die dreißig Kilo des tragbaren Heizstrahlers treffen und ihn nach hinten werfen wie eine gefällte Buche.

Der Heizstrahler klatscht in eine der Stützen des Zeltes, die daraufhin zerbricht und eine Ecke der riesigen Partyüberdachung einstürzen lässt.

Menschen schreien und benehmen sich wie Statisten in einem Katastrophenfilm. Teller und Tische fliegen über die

Terrasse, während die Opfer versuchen, dem Ort der Zerstörung zu entkommen.

Ich knalle ein zweites Mal gegen den Heizstrahler, was mich zurück auf das Gras wirft, wo ich mich bei der Landung schmerzhaft winde.

Ich finde mich neben Zoe auf dem Rasen wieder, versuche krampfhaft, Luft in meine Lunge zu zwingen, und beobachte aus meiner liegenden Position, wie das Partyzelt einstürzt.

»Scheiße, Greg!«, höre ich Roger schreien, als er mit in der kalten Nachtluft wehendem Bananenmanncape über die kaputte Ecke des Zeltes springt.

Er sieht total wie ein Superheld aus …, bis auf die rosa Schürze und den geschockten Gesichtsausdruck.

»Es tut mir leid, Roger! Ihr alle, es tut mir so leid!«, quietsche ich atemlos und versuche aufzustehen.

Aber nun kommt es zum krönenden Abschluss der Demütigungen dieses Abends. Ich schaffe es nicht aus dem kaputten Stuhl heraus. Seine Lehnen sind noch immer fest um meine breiten Hüften verklemmt.

Haben Sie eine Ahnung, wie schwierig es ist, sich gerade hinzustellen, wenn man einen Plastikstuhl am Hintern stecken hat?

Nein. Nein, haben Sie nicht.

Lassen Sie uns nicht so tun, als hätte irgendjemand in der Geschichte unseres Planeten jemals eine solche Erniedrigung erlebt. Ich fuchtele mit Armen und Beinen und versuche, mich aus dem scheinbar eisernen Griff des zerbrochenen Stuhles um mein Hüftgold zu befreien.

Jetzt sehe ich aus wie ein auf den Rücken gefallenes Schildkrötenbaby.

»Zoe!«, heule ich. »Hilf mir aus diesem Ding raus!«

Meine Frau befreit sich aus ihrem eigenen Stuhl, steht auf und begutachtet die Situation.

»Du musst dich auf die Seite drehen, Greg«, sagt sie schließlich.

»Was?«

»Ich kann diesen Stuhl nicht wegziehen, solange du dich nicht auf die Seite drehst.«

»Oh verdammte Scheiße. Also gut.«

Ich wiege mich ein paar Mal hin und her und rolle mich dann mit Schwung herum.

Jetzt stecke ich mit dem Hintern in der Luft fest und schwinge den Gartenstuhl, als führte ich ein seltsames Paarungsritual aus. Ich habe keine Ahnung, welche Art Lebewesen ich mit diesem Schauspiel zu beeindrucken gedenke, aber ich bin mir ziemlich sicher, dass es riesig, schwachsinnig und höchstwahrscheinlich blind sein müsste.

Zoe fasst ein Stuhlbein und zieht. Außer, dass ich ein Stück Haut von meiner linken Hüfte verliere, tut sich nichts.

»Ich schaffe es nicht, Greg. Ich habe nicht genug Kraft. Ich hole Butter als Gleitmittel.«

Oh Gott, kann das noch schlimmer werden?

»Braucht ihr Trottel vielleicht Hilfe?«, höre ich Ali hinter mir.

»Nein! Wir sind okay!«, rufe ich und winke ab.

»Sei nicht so ein Schwachkopf, Milton. Du bist ganz eindeutig nicht okay. Lass mich mal ran, Zoe.«

Ich spüre, wie Alis riesige Hände die beiden zerbrochenen Stuhlbeine fassen, dann zerrt er ruckartig mit all seiner Kraft.

Meine Hüften bocken und ich fühle mich in die Luft gehoben.

»Auuuu!«, brülle ich schmerzerfüllt, als ich noch mehr Haut verliere.

»Sei nicht so ein Baby!«, schnauzt Ali mich an und reißt erneut an dem Stuhl, was meine Hüften wieder in Höhe schnellen lässt.

Jetzt sieht es aus, als vergewaltigte er mich mit einem Plastikstuhl.

Ich kralle mich mit beiden Händen ins Gras und halte mich fest, damit ich nicht mehr hochgehoben werde. Das scheint zu helfen, da der Stuhl beim dritten Ruck endlich seine tödliche Umklammerung aufgibt.

»Na siehst du!«, ruft Ali und hält mir die Hand hin.

Ich nehme sie und er zieht mich hoch. Alle starren mich an. Selbst Roger, der immer noch das eingestürzte Eck des Zeltes festhält, fixiert mich durch seine Superheldenmaske.

»Tut mir wirklich leid«, wiederhole ich mit erhobenen Händen.

Eileen kommt eifrig bemüht herüber.

»Mach dir keinen Kopf, Greg«, sagt sie. »Das waren billige Stühle vom Gartencenter. Es ist ein Wunder, dass bis jetzt noch keiner unter irgendjemandem eingeknickt ist.«

Das ist aber ja nicht passiert, nicht wahr? Er ist unter *mir* eingeknickt.

Dem Fetten.

Ich bin eigentlich nicht schwerer als Ali, aber da meine Kilos aus Fett bestehen und seine noch aus Muskeln, werden alle denken, dass der Stuhl nur zerbrochen ist, weil ich meine enorme Masse hineingezwängt habe.

So ist das nun mal. Die Dicken sind immer die Schwersten, selbst wenn sie es nicht sind.

Ich wende mich meiner Frau zu.

»Ich glaube, ich habe mich an der Schulter verletzt, Schatz. Ich möchte gern nach Hause.«

Meiner Schulter geht es gut, aber Zoe versteht mich sofort.

»Okay, Liebling, selbstverständlich.«

Während Roger nach besten Kräften das Zelt repariert und alles wieder so richtet, wie es gehört, verabschieden wir uns von allen mit meiner Ausrede. Die meisten scheinen die Geschichte mit der verletzten Schulter zu glauben, aber ich bin mir sicher, sie kennen den wahren Grund unseres hastigen Aufbruchs. Mein unverändert schamrotes Gesicht verrät mich.

»Im Party versauen bist du richtig gut!«, meint Ali, als ich unsere Mäntel hole.

»Danke, Kumpel«, antworte ich und schaffe es nicht ganz, einen gekränkten Ton zu vermeiden.

»Ach, mach dir nichts daraus«, fügt er hinzu. »Ich war mal auf einer Fete derartig besoffen, dass ich auf den Plattenspieler gekotzt habe. Die Leute mussten sich ducken, um nicht vom Erbrochenen erwischt zu werden, das vom Plattenteller flog.«

»Nett.«

»Scheißkomisch war das.« Ali grinst und schlägt mir mit der Hand auf den Rücken. »Ich seh dich dann am Sonntag in der Kneipe, du Volltrottel.«

Und damit wendet er sich ab und eilt zurück zum Alkoholtischchen, wo er zweifelsohne die Tatsache ausnutzen wird, dass alle anderen abgelenkt sind.

»Tut mir so leid, dass ihr schon geht«, sagt Eileen an der Haustür und verzieht das Gesicht.

»Ja, ich hoffe, deine Schulter ist in Ordnung«, fügt Roger hinzu, der seine Aufräumarbeiten im Stich gelassen hat, um uns zu verabschieden.

»Ist bestimmt nicht so schlimm«, sage ich. »Vielen Dank für die Einladung … und noch einmal, es tut mir sehr leid.«

Roger winkt ab.

»Mach dir keine Gedanken. Das gibt eine tolle Geschichte ab!«

Klar. Ich kann es gar nicht erwarten, dass du allen auf der Arbeit davon erzählst, Roger.

Zoe verabschiedet sich ebenfalls und wir gehen stumm zu unserem Wagen.

»Ich will nicht darüber reden«, sage ich, als sie den Mund aufmacht.

»Okay, Schatz«, antwortet Zoe und streichelt meinen Arm, als ich den Motor anlasse.

Ich empfinde eine Mischung aus Scham, Bedauern und Demütigung, während wir heimfahren. Es ist ein Wunder, dass ich das Auto nicht gegen die nächste Wand lenke.

Da haben Sie es also.

Deswegen habe ich zugestimmt, bei diesem bescheuerten Wettbewerb mitzumachen.

Ich kann so nicht mehr weitermachen.

Wenn ich tue, was Zoe möchte, und ich dann auf Partys gehen kann, ohne die Hälfte des Mobiliars zu zerstören, bin ich ein glücklicher Mensch.

Außerdem zaubert es vielleicht wieder dieses gewisse Lächeln auf ihr Gesicht, das ich schon so lange nicht mehr gesehen habe.

Trotzdem hege ich die größtmöglichen Bedenken gegen diesen Plan.

Wir werden sehen.

Zoes Diättagebuch

Dienstag, 8. April

87 kg (5 kg abgenommen)

So langsam habe ich das Gefühl, dass das eine ganz, ganz schlechte Idee war.

Wir hatten jetzt einen Monat Zeit, um uns an unsere Diät zu gewöhnen und daran, im grellen Licht der lokalen Öffentlichkeit zu stehen. Wenn der Rest des Wettbewerbs so weitergeht wie die ersten paar Wochen, dann muss ich mich demnächst in die erstbeste Nervenheilanstalt einliefern lassen. Ich habe durchaus nichts dagegen, dreißig Kilo abzunehmen, aber nicht auf Kosten meiner geistigen Gesundheit, bitte schön!

Die eigentliche Diät ist ziemlich einfach. Ich hatte erwartet, ständig von irgendeinem fürchterlichen Personal Trainer beobachtet zu werden, aber ›Stream‹ will, dass unser Diätplan ähnlich derer ist, die der durchschnittliche Hörer einhalten könnte, was bedeutet, dass wir die meiste Zeit auf uns allein gestellt sind. Allerdings haben wir natürlich die goldene Möhre aus fünfzigtausend Pfund vor der Nase. Ich bin mir ziemlich sicher, dass die meisten Leute eine Diät besser einhalten könnten, wenn sie eine solche Anregung hätten. Ich tausche gern einen dicken Bauch gegen ein dickes Konto.

Ich war von der Menge an Papierkram, den wir am Anfang unterschreiben mussten, etwas befremdet. Massenweise Schadensersatzklauseln und vertragliche Dinge, die ich wahrscheinlich genauer hätte lesen sollen, bevor ich sie unterschrieben habe. Ich bin mir sicher, dass einiges davon festlegt, dass ›Stream‹ nicht verantwortlich ist, falls ich mich zu Tode hungere oder beim Sport einen Herzinfarkt bekomme.

Während die Diät also recht einfach ist und meiner Kontrolle unterliegt, kann ich das über meinen neu gefundenen Promistatus nicht sagen.

Das erste Mal, als ich mein Gesicht auf einem Werbeplakat in der Stadt entdeckte, war so schrecklich, dass ich fast anfing zu weinen. Ich wusste natürlich, dass sie Bilder von uns für die Werbung und das Marketing verwenden würden, als ich den Vertrag für die Sendung unterschrieb, aber ich dachte, das würde sich hauptsächlich auf die Webseite und einige der Lokalblätter beschränken. Auf die Ausmaße dieser Aktion war ich eindeutig nicht vorbereitet. Kein Ereignis, mit dem ich jemals beim Radiosender zu tun hatte, hatte diese Größenordnung, was mir wahrscheinlich ein falsches Gefühl der Sicherheit vermittelt hatte. Schön blöd von mir.

Sie übertreffen sich aber auch wirklich selbst mit diesem Mist. Ich habe das Gefühl, sie haben da mehr Geld hineingesteckt als Hollywood in einen Blockbuster.

Wo ich auch hinsehe, überall scheinen Plakate, Werbebanner, Flugblätter, Poster und Pappaufsteller zu sein – und die meisten von ihnen zeigen meine hässliche Fratze.

Ich weiß nicht, ob ich es schaffen werde, mit dieser Art der Berühmtheit fertig zu werden. Ich weiß genau, dass Greg es nicht kann.

Und ich weiß noch etwas mit Sicherheit: Wenn ich Montage nicht leiden konnte, bevor Eileen mich überredete, bei *Voll Fett!* mitzumachen, dann hasse ich sie jetzt mit einer fast schon heiligen Leidenschaft.

Kurze Nebenbemerkung: Wer hat eigentlich geglaubt, dass der Titel *Voll Fett!* eine gute Idee sei? Ich bin bereit, alles, was ich auf dem Konto habe, darauf zu verwetten, dass das von einem dünnen Menschen kam. Wahrscheinlich dachten sie, dass das ganz besonders sinnreich klingt, ohne auch nur im Geringsten daran zu denken, dass es uns Teilnehmern gegenüber verdammt fies ist.

Wie dem auch sei, montags ist ›Meldetag‹ beim Radiosender, an dem wir alle zu Elise und Will in die Morgensendung gehen und uns darüber unterhalten, wie unsere Diäten voranschreiten. Als wäre es nicht schlimm genug, dass ich mein Innerstes ständig in diesem Tagebuch nach außen kehren muss, nein, am Beginn jeder Woche muss ich auch noch stammelnd Mini-Interviews mit meiner sogenannten besten Freundin und ihrem weibischen Co-Moderator überstehen.

Und auch wenn Elise die reizendste Person ist, wenn sie nicht auf Sendung ist, so verwandelt sie sich, sobald man ihr ein Mikrofon in die Hand drückt, in die Art aggressive Journalistin, die betrügerische Politiker zu fürchten gelernt haben.

Ein gutes Beispiel hierfür war die gestrige Sendung.

Es war unser dritter Auftritt in der Radiosendung. Mittlerweile kennen Greg und ich die anderen Paare, die bei diesem Irrsinn mitmachen. Vor jeder Livesendung mit Elise und Will sitzen wir alle zunächst im Aufenthaltsraum, trinken billigen Instantkaffee und tun so, als wären wir nicht nervös.

Hier ist eine kurze Beschreibung unserer Mitspieler: Ich werde die körperlichen Details übergehen, da es nur eine gewissen Anzahl an Adjektiven gibt, mit denen man übergewichtige Personen beschreiben kann, ohne dass es beleidigend wird (oder ich in den üblichen Selbsthass verfalle).

Valerie und George erscheinen mir, als würden sie irgendwo einen Teeladen betreiben. Einen sehr erfolgreichen Teeladen. Sie sind beide Anfang sechzig und sehen aus wie die Art liebevolle, rundliche Großeltern, die wir uns als Kinder alle gewünscht hätten. George hat einen buschigen Schnurrbart, an dem bestimmt beim Trinken immer die Milch kleben bleibt. Val trägt eine Brille mit winzigen runden Gläsern, die an einer silbernen Kette um ihren Hals hängt, wenn sie sie nicht gerade benutzt, um den neuesten Schnulzenroman zu lesen. Es ist unschwer zu erkennen, dass diese gemütlichen und onkelhaften Leutchen ihre zusätzlichen Pfunde einem Übermaß an Sahne in ihrer Nahrung verdanken. Ich bezweifle, dass sie jemals mit einem Big Mac auf du und du waren, aber Scones und Streichsahne sind ihnen sicher vertraut.

Angela und Dominica sind ein lesbisches Pärchen und sehen ständig irgendwie verwirrt aus. Es scheint, als wären sie sich sicher gewesen, aufgrund ihrer sexuellen Orientierung vom Wettbewerb ausgeschlossen zu werden und als seien sie komplett verblüfft, dass das nicht der Fall war und sie jetzt tatsächlich Teil dieses Wahnsinns sind. Ich finde die zwei aber toll. Schon in den wenigen, kurzen Unterhaltungen, die wir geführt haben, haben sie sich als freundliche und offene Menschen gezeigt. An Angela ist ein Hippie verloren gegangen, sie spricht leise und strahlt Ruhe aus. Dominica hingegen ist eine laute, extravagante Spanierin, die wild mit den Armen fuchtelt, selbst wenn sie über ganz banale Dinge spricht. Keine von beiden trägt Latzhosen, was mich etwas enttäuscht, aber wenigstens hat Angela meistens ein Tuch um den Kopf geschlungen, was dann doch mit dem hoffnungslos veralteten Bild von Lesben übereinstimmt, das ich in meinem im zwanzigsten Jahrhundert geformten Gehirn trage.

Dann gibt es da noch – kein Witz – Frankie und Benny. Ich weiß nicht, ob ›Stream FM‹ eine Art Förderkampagne für die bekannte Restaurantkette gleichen Namens betreibt, aber wenn dem so wäre, dann würden diese beiden Teilnehmer jamaikanischer Herkunft ihren Platz in der Show dieser Tatsache verdanken. Ich mag Frankie, sie ist freundlich und fröhlich, mit einer lauten, dröhnenden Stimme und einem Lachen, das man wahrscheinlich noch in Paris hören kann. Bennys meist leidender Gesichtsausdruck spricht dafür, dass er lieber sonst wo wäre als hier. Ich bin versucht, seine Einstellung zu kritisieren, aber wenn ich mich umblicke, dann sehe ich den gleichen Ausdruck auf dem Gesicht von Greg Milton neben mir, deswegen sollte ich wohl mit dem Mann nicht zu hart ins Gericht gehen. Der Zyniker in mir argwöhnt, dass diese beiden nur deswegen bei *Voll Fett!* mitmachen durften, um eine gewisse Quote zu erfüllen, aber ich bin mir sicher, dass Elise mit einer derartigen Diskriminierung nicht einverstanden wäre, also sind Frankie und Benny bestimmt aus eigener Kraft in der Show gelandet (außer ich habe recht, was die Werbekampagne angeht).

Das dickste der sechs Paare besteht aus Shane und Theresa. Theresa ist locker zwanzig Kilo schwerer als ich, und der arme alte Shane sieht aus, als säße ihm bereits der Tod im Nacken und warte darauf, dass Shane mit einer plötzlichen Bewegung seine lebenswichtigen Organe überfordert. Der Mann muss an die zweihundert Kilo wiegen. Neben ihm sieht mein korpulenter Gatte geradezu magersüchtig aus. Shanes Gesicht hat die ungesunde Farbe eines krankhaft Fettleibigen, und man sieht sofort, dass es ihm schwerfällt, den Alltag zu bewältigen. Um Theresa steht es fast genauso schlecht. Ich weiß verdammt genau, dass ich bald genauso aussehen werde, wenn ich nichts an meinem Leben ändere. Letzte Woche fragte ich sie, wie alt sie sei und war außer mir, als ich erfuhr, dass sie drei Jahre jünger ist als ich. Durch die extreme Belastung auf den Körper durch das viele

Fett sieht die Frau aus, als sei sie Ende vierzig. Wenn jemand den Anreiz zum Abnehmen braucht, den dieser dämliche Wettbewerb bietet, dann sind es diese beiden.

Am Tabellenende befinden sich Lea und Pete. Bis jetzt ist es mir kaum gelungen, mich mit den beiden zu unterhalten, da sie entweder draußen sind und rauchen – nachdem sie ihren überaus fetten, dreijährigen Sprössling bei einer arglosen Produktionsassistentin abgeladen haben – oder sie sitzen mit ihren iPhones in der Ecke und ignorieren den Rest der Gruppe. Er spielt andauernd Candy Crush, sie stellt ständig Statusmeldungen auf Facebook, wie besoffen sie letztes Wochenende waren oder wie besoffen sie *dieses* Wochenende zu werden gedenken. Pete besitzt, soweit ich das zählen kann, fünf Zähne (länger als ein paar Sekunden kann ich ihm nicht auf den Mund schauen, dann wird mir schlecht), und Leas Frisur erinnert an einen schrecklichen, brutalen Unfall mit einem defekten Küchenmixer und roter Lebensmittelfarbe. Es ist ganz klar, dass diese beiden von Elise und ihren Kumpanen für die Schockwirkung angeheuert wurden. Schließlich braucht man für jede Reality-Show mindestens ein paar Leute, die aussehen, als hätten sie es kaum durch die untersten Stufen der Evolution geschafft.

… und das war es dann. Mit Greg und mir sind das für die nächsten Monate die Kandidaten, Konkurrenten, Versuchskaninchen und Gegenstände eines gewissen öffentlichen Interesses. Ein breiter Querschnitt der modernen Gesellschaft, so gestaltet, dass er einer möglichst großen demografischen Gruppe der Zuhörer gefällt. ›Stream FM‹ pumpt eine große Menge Geld in dieses Projekt, es ist also verständlich, dass sie das größtmögliche Publikum haben wollen, aber ich kann mich des Gedankens nicht erwehren, dass dieses offensichtliche Schubladendenken eine künstliche Atmosphäre schafft, die …

Was zum Teufel sage ich denn da? Das ganze Verfahren ist *eintausend Prozent* künstlich.

Ich darf nicht vergessen, dass nicht wir Dicken diejenigen sind, die von der ganzen Sache am meisten profitieren, sondern die Vorsitzenden des Radiosenders, die sich das Ganze ausgedacht haben. Die Anzahl der Werbeverträge, die der Sender in den letzten paar Wochen mit lokalen Fitnessstudios und Naturkostläden abgeschlossen hat, beweist, dass es bei *Voll Fett!* ausschließlich um die Profitmache eines Haufens reicher, gut gekleideter Leute geht, die ich nie kennenlernen werde. Ja, klar, ich kann umsonst das Fitnessstudio benutzen und bekomme einen ziemlich guten Rabatt auf meine Bio-Einkäufe, aber das war's dann auch schon. Die richtige Kohle fließt in andere Kanäle.

Falls der Wettbewerb ein Erfolg wird, dann kann das Elise Baileys Karriereaussichten auch nicht schaden. Sie ist ohnehin der aufsteigende Star des Lokalsenders, und sollte sich *Voll Fett!* als populär erweisen, könnte sie das auf die landesweite Ebene katapultieren – ihr Ziel seit drei Jahren. Das macht mir nichts aus. Die Frau ist mir seit vielen Jahren eine gute Freundin, wenn meine Erniedrigung vor den Massen ihr also in irgendeiner Weise dienlich ist, dann werde ich mich nicht besonders darüber beklagen.

Andererseits hat sie es heute Morgen wirklich geschafft, mich vollkommen auf die Palme zu bringen, als sie etwas in der Sendung erwähnte, das ich ihr im Vertrauen erzählt hatte …

»Hast du 'ne Kippe?«

»Wie bitte?«

»Hast du 'ne Kippe, Herzchen?«

Lea und ihre seltsame Frisur starren mich an.

»Nein, ich fürchte, ich rauche nicht.«

Man kann richtig sehen, wie die Synapsen in ihrem Gehirn arbeiten, um diese Information zu verdauen.

»Oh, Scheiße«, sagt sie und schlappt davon.

Ich bin mir nicht ganz sicher, aber ich glaube fast, sie trägt Pantoffeln zu ihrem Trainingsanzug.

Lottie, eine der zahlreichen Produktionsassistentinnen, die wahllos in den ›Stream FM‹-Räumlichkeiten verteilt zu sein scheinen, erscheint in der Tür des Aufenthaltsraums.

»Also gut, Leute. Wir bringen euch jetzt ins Studio.«

»Auf ein Neues«, brummt Greg neben mir.

»Wird schon gut gehen«, versuche ich ihn zu überzeugen.

»Hauptsache, sie fragt mich nicht wieder, was mein Lieblingsessen zum Mitnehmen ist.«

»Stimmt. Dein Gesabbere aufs Mikrofon war etwas unangenehm«, necke ich ihn.

Wir erheben uns von unseren Sitzen und schlurfen zögerlich mit den anderen Kandidaten durch die Büros. Bei meinem Job für die Marketingfirma Regency stecke ich normalerweise ganz hinten in dem Gebäudekomplex des Senders fest, daher war ich vor dem Start von *Voll Fett!* noch nie im Produktionsbereich gewesen. Er ist der reinste Bienenstock voller junger, verzweifelt aussehender Personen, die mit Zetteln in der Hand umherrennen und sich bemühen, wichtig auszusehen. Außerdem gewinne ich den Eindruck, dass trotz der hektischen Aktivitäten sehr wenig an eigentlicher Arbeit erledigt wird.

Schließlich erreichen wir das Studio und werden in eine Tonkabine geführt, die der gegenüber liegt, aus der Elise und Will die Sendung moderieren. Es versteht sich von selbst, dass dies die größte Tonkabine ist. Schon Shane allein könnte nicht in eine der kleineren passen, geschweige denn wir alle.

Lottie positioniert uns in der Kabine. Mir ist aufgefallen, dass sie Lea und Pete soweit möglich vom Mikrofon fern hält. Von Elise weiß ich, dass die Produzenten die beiden von der Live-Sendung ausschließen möchten, da der Gebrauch des Wortes ›Arsch‹ in Frühstückssendungen nicht so gern gesehen wird. Meine Freundin findet Fluchen im Radio sowieso entsetzlich, ich kann mir also denken, dass es ihr nur recht ist, wenn Lea und Pete so wenig Gelegenheit wie möglich haben, die Atmosphäre mit Schimpfwörtern zu verpesten.

Lottie geht und schließt die schalldichte Tür hinter sich. Das ist der Moment, in dem bei mir die Platzangst einsetzt. Nicht so sehr, weil wir uns auf begrenztem Raum befinden, sondern eher wegen der Vorstellung, dass wir wie eine Herde wilder Tiere in einem Käfig eingesperrt sind und auf eine Meute Touristen warten.

»Wow! Ist ganz schön heiß hier drin«, meint Frankie und fächert sich mit der Hand Luft zu.

»Natürlich ist es das«, antwortet Benny. »Steck genügend verschwitzte Dicke in einen Raum, was soll man da anderes erwarten?«

Ich bin mir sicher, dass Benny in seiner Jugend die Grundregeln des Anstands gelernt hat. Er hält sich nur bewusst nicht daran.

»Guten Morgen, Leute!«, höre ich Elises geisterhafte Stimme aus allen Ecken ertönen.

Ich blicke durch die Glaswand und sehe sie und Will auf der anderen Seite, wo sie sich für den nächsten Teil der Sendung bereit machen.

Wir murmeln ein halbherziges ›Guten Morgen‹ zurück. Wenn man auf kleinem Raum mit anderen zusammengepfercht wird, fühlt man sich irgendwie in seinen Gefühlsäußerungen behindert.

»Im Moment ist Pause«, fährt sie fort, »aber wenn es weitergeht, fangen wir mit unserer heutigen Unterhaltung an. Wie fühlt ihr euch so?«

Auch das erntet nur Gemurmel, was Elise entweder nicht auffällt oder sie bewusst ignoriert.

»Super! Ich habe ein paar Fragen für einige von euch vorbereitet, aber auch wenn ich euch nicht direkt anspreche, dürft ihr gern die einem anderen gestellte Frage beantworten, wenn ihr möchtet.«

Das hat Elise bereits jedes Mal gesagt, wenn wir hier standen, aber bis jetzt hat sich noch keiner getraut, sich vom Rudel zu entfernen und freiwillig Details preiszugeben, ohne dass diese mit Gewalt von den beiden DJs in der anderen Kabine herausgekitzelt wurden.

Für mich hat das ein ernstes Problem geschaffen. Ohne Beiträge der anderen Paare fällt Elise mit ihren Fragen immer wieder auf mich zurück, da ich ihre Freundin bin und außerdem Erfahrung mit der Arbeit bei einem Lokalsender habe. In den bisherigen Sendungen in den letzten beiden Wochen habe ich am meisten erzählen müssen – einschließlich einer jugendfreien Version der Kleiderprobenfarce bei ›Marks & Spencer‹.

»Kannst du wenigstens *versuchen*, mich diese Woche in Ruhe zu lassen?«, sagte ich gestern Abend am Telefon zu Elise.

»Ich werde mich bemühen, Süße«, war ihre eher unverbindliche Antwort.

Die Werbepause ist vorüber, und wir sind drauf und dran, der Welt die neuesten Fortschritte bei *Voll Fett!* zu präsentieren.

»Willkommen zurück in der Sendung«, sagt Elise mit ihrer über Jahre hinweg perfektionierten DJ-Stimme. »Es ist acht Uhr sechsunddreißig, und Sie hören die Frühstückssendung mit Elise und Will bei ›Radio Stream FM‹. Wir haben heute wieder unsere sechs reizenden Pärchen, die bei *Voll Fett!* mitmachen, dem supertollen Abnehmwettbewerb, hier bei ›Stream‹.«

»Das stimmt, Elise«, übernimmt Will. »Und welch eine Freude es ist, sie wieder in der Sendung zu haben. Schwer zu glauben, dass es erst eine Woche her ist, dass sie hier waren, oder?«

»Nein, mir kommt es vor, als sei es erst gestern gewesen«, antwortet Elise wohlgelaunt.

»Aber ich freue mich darauf zu hören, welche Fortschritte sie gemacht haben!«, fügt Will hinzu.

»Ich mich auch. Es wird sicher interessant sein zu erfahren, ob sie abgenommen haben.«

»Genau. Vor allem, weil es nur noch eine Woche bis zum ersten Wiegen ist.«

»Das ist richtig. Nur noch sieben Tage, bis wir sehen werden, welches Paar seit dem Beginn des Wettbewerbs im März prozentual am meisten Körperfett abgenommen hat!«

So eine Unterhaltung können auch nur DJs haben. Was Sie oder ich mit zwei Worten ausdrücken, können diese Kerle in unzähligen Sätzen in die Länge ziehen, und das praktisch ohne Atempause.

»Ich frage mich, welches der Paare nach diesen ersten paar Wochen in Führung gehen wird«, meint Will mit weltklassemäßig geheucheltem Interesse.

»Nun, warum fragen wir sie nicht einfach?«, schlägt Elise vor, als sei ihr dieser Gedanke eben erst gekommen und als sei diese Unterhaltung vor der Sendung nicht dreimal geprobt worden.

»Gute Idee!«, ruft Will aus, als hätte seine Ko-Moderatorin gerade eine neue, intelligente Möglichkeit vorgeschlagen, Krebs zu heilen.

Ich *hasse* Lokalradio.

Und damit beginnen unsere sympathischen Moderatoren, uns in eine qualvoll gekünstelte Unterhaltung zu verwickeln.

Elise probiert es zunächst mit Valerie und George und fragt sie, welches Paar ihrer Meinung nach bis jetzt die besten Fortschritte gemacht hat. Das ist eine ziemlich alberne Frage, da wir uns alle höchstens dreimal gesehen haben.

»Ich weiß nicht«, sagt Valerie und beäugt den Rest der Truppe. »Vielleicht Angela und Dominica?«

»Was meint ihr, Mädels?«, fragt Will. »Hat Valerie recht?«

»Eigentlich nicht«, antwortet Angela zögerlich. »Ich habe kein Gramm abgenommen und Dommy hat sogar ein Pfund zugenommen.«

»Angela!«

»Tut mir leid, Schatz.«

Ich sehe, wie Elise die Zähne zusammenbeißt und sich ein Lächeln abringt.

»Was meinen Shane und Theresa? Bei wem von euch beiden läuft es eurer Meinung nach am besten?«

Shane bekommt die Frage überhaupt nicht mit, weil er die letzten fünf Minuten damit verbracht hat, das Mikrofon neben seinem Kopf anzustarren und es ab und zu anzutippen, um es in seiner Metallhalterung zum Hüpfen zu bringen. Somit muss Theresa antworten.

»Ich weiß nicht so recht. Soweit ich das beurteilen kann, sehen wir immer noch ziemlich fett aus, Elsie.«

Die Augen meiner Freundin weiten sich ein wenig.

»Elise, nicht Elsie«, korrigiert sie.

Ich unterdrücke ein Lachen. Ich werde sie von jetzt an bei jeder möglichen Gelegenheit Elsie nennen.

»Oh, Entschuldigung«, sagt Theresa und stößt Shane in die Seite, bevor er noch einmal an dem tiefhängenden Mikrofon herumfummeln kann.

Will sieht ziemlich verzweifelt drein und versucht es mit einem anderen Pärchen. Leider wendet er zu Elises Schrecken seine Aufmerksamkeit Lea und Pete zu.

»Also dann zu Lea und Pete«, meint Will, was bei seiner Ko-Moderatorin einen leisen, fast unhörbaren Quietscher hervorruft. »Wer, glaubt ihr, macht sich bis jetzt am besten im Wettbewerb?«

»Keine Ahnung, Kumpel«, antwortet Pete. »Wir haben die noch nicht oft gesehen. Und wie die Tussi schon gesagt hat, wir sind immer noch fette Drecksäcke, oder?«

»Ich habe dreißig Gramm abgenommen«, fügt Lea hinzu. »Aber unsere Waage ist so ein Scheißding aus dem Supermarkt, die geht nicht so genau.«

Klasse.

›Stream FM‹ kann sich jetzt auf mindestens zwei potentielle Strafen für Schimpfwörter von der Aufsichtsbehörde gefasst machen.

Will und Elise sehen aus, als stünden ihre Kopfhörer plötzlich unter Strom. Eine kurze Pause entsteht, während sie versuchen, den abscheulichen Gebrauch ordinärer Sprache auf Sendung zu verdauen.

Bis jetzt läuft dieses Interview vollkommen *super.*

Dann passiert das Unausweichliche.

Elise, die versucht, die Situation zu retten, wendet sich mir zu. Unsere Blicke treffen sich und ich schüttele vehement den Kopf. Ich weiß, was jetzt kommt.

»Wage es bloß nicht«, flüstere ich leise.

»Fragen wir doch Greg und Zoe«, sagt Elise mit einem um Verzeihung heischenden Ausdruck. »Wer macht sich eurer Meinung nach bis jetzt am besten?«

Greg wirft einen Blick auf mein knallrotes Gesicht und beschließt zu übernehmen, bevor ich explodiere.

»Ich glaube, Frankie hat abgenommen«, sagt er.

»Och, danke dir, Schätzchen«, antwortet die Dame aus Jamaica mit einem Lächeln.

»Gern geschehen«, antwortet mein Mann, ebenfalls mit einem Lächeln.

»Danke, Greg. Und nun zu Zoe«, fährt Elise fort. »Deine Geschichte letzte Woche, wie es dir in ›Marks & Spencer‹ ergangen ist, hat uns gut gefallen. Hast du noch weitere Anekdoten, die du uns mitteilen möchtest? Vielleicht, welche Diäten du bisher versucht hast?«

Verzweiflung und Flehen stehen Elise ins Gesicht geschrieben. Wenn ich ihr jetzt nicht irgendeine vernünftige Unterhaltung biete, wird diese Sendung nur als die ordinäre Episode mit einem Haufen gelangweilter Dicker in die Annalen eingehen.

Ich weiß genau, was Elise von mir will.

Ich soll über die Kohlsuppendiät reden.

Die habe ich letzte Woche ausprobiert und Elise dummerweise am Telefon davon erzählt.

Ich stehe mit dem Rücken zur Wand. Ich kann entweder meine Freundin hängen lassen oder die Welt erneut mit einer Geschichte über ein weiteres Diätmissgeschick erfreuen.

Seufz.

Manchmal ist es einfach nur stressig, zu Freunden nett zu sein.

Die Version der Geschichte, die ich den Zuhörern von ›Stream FM‹ nun mitteilen werde, ist kurz und bündig und wird einen Großteil der schmutzigen Details auslassen. Der Genauigkeit halber jedoch – und weil ich den Rest dieses Tagebucheintrages mit irgendetwas füllen muss – werde ich an dieser Stelle die Schrecken meines Erlebnisses mit der Kohlsuppendiät hier in voller Länge wiedergeben.

*

Zu meiner Verteidigung muss ich anmerken, dass ich im Einhalten von Diäten noch nie besonders gut war. Bis vor ein paar Jahren hatte ich noch nie das Bedürfnis gehabt, eine Diät zu machen. Ich habe so gut wie nichts zu den diversen Diäten recherchiert – und ob sie überhaupt funktionieren.

Daher hoffe ich, dass man mir verzeihen kann, dass ich dachte, eine Kohlsuppendiät sei eine gute Sache.

Ich hatte auf Google ›schnell abnehmen‹ eingegeben, und diese Diät war einer der ersten Vorschläge gewesen.

In der Theorie klang sie perfekt – und wahnsinnig einfach in der Planung. Man soll einfach so viel Kohlsuppe essen, wie man möchte, zusätzlich zu einer Vielzahl anderer gesunder Gerichte, und dazu nur Wasser oder ungesüßte Obstsäfte trinken.

Ich müsste nur diesem Plan folgen, eine Woche lang Kohlsuppe und andere gesunde Sachen essen, und würde *zehn Pfund* abnehmen!

Zehn verdammte Pfund, Leute!

»Wenn das wirklich so einfach ist, dann werden wir den Wettbewerb locker gewinnen«, sagte ich zu Greg, nachdem ich ihm die Details vom Computerbildschirm her vorgelesen hatte.

»Wenn das wirklich so einfach wäre, dann würden es alle machen«, antwortete er zynisch.

Ich ignorierte ihn.

Wenn die Kohlsuppendiät nicht funktionierte, warum gab es dann so viele Webseiten darüber? Es muss eine gute Diät sein, sonst würden wohl kaum so viele Leute darüber reden, oder?

Oder?

Munter und mit großer Hoffnung beginne ich am Montag mit der Kohlsuppendiät und freue mich darauf, bis zum Sonntag zehn Pfund leichter zu sein.

Der erste Tag ist in Ordnung.

Er ist *vollkommen* in Ordnung.

Bis abends um einundzwanzig Uhr habe ich zwar einen Bärenhunger, aber davon abgesehen bin ich mit mir und der Diät ziemlich zufrieden.

Über den Tag verteilt hatte ich drei Teller Suppe, etwa fünf Liter Ananassaft und mindestens zwölf der empfohlenen fünf Portionen Obst. Ich habe mich genauestens an den Diätplan gehalten und gehe mit dem Gefühl ins Bett, wirklich etwas geschafft zu haben.

Na ja, gut, während der Nacht muss ich siebenmal aufstehen und pinkeln, aber das ist es natürlich wert.

Am zweiten Tag darf ich (natürlich) noch mehr Kohlsuppe und so viel Gemüse wie ich mag essen – und eine begrenzte

Anzahl an Kohlenhydraten, mittels einer Folienkartoffel mit ein wenig Butter.

Das Frühstück lasse ich aus, denn auf Brokkoli und Kohl habe ich morgens um sieben absolut keinen Appetit.

Zur Mittagszeit bin ich so ausgehungert, dass ich meine Portion Kohlsuppe innerhalb von drei Nanosekunden hinunterschütte und sie mit Apfelsaft und einem halben Liter Wasser hinunterspüle.

Die Folienkartoffel hat nicht die geringste Chance beim Abendessen. Außerdem schaffe ich noch einen Teller Kohlsuppe.

So langsam entwickle ich eine echte Abneigung gegen Kohlsuppe. Erst seit achtundvierzig Stunden mache ich diese Diät, aber ich habe bereits das Gefühl, mehr von dem Zeug gegessen zu haben als Leningrads Bevölkerung während des Krieges.

Diese Nacht muss ich nur fünfmal zum Pinkeln aufstehen, was ich positiv bewerte.

Beim Erwachen des dritten Tages fege ich aufgrund von Blähungen, die es eigentlich nur in einem schlecht gezeichneten Comic-Strip geben dürfte, fast die Decke vom Bett.

Das sagen einem diese Scheißkerle auf ihren Webseiten natürlich nicht! Nirgendwo wird auch nur ansatzweise erwähnt, dass man von der ganzen Kohlsuppe mehr heiße Luft entwickelt als ein Heißluftballon.

Heute darf ich nur Kohlsuppe und Obst und Gemüse essen, keine Kartoffeln oder Bananen. Na toll.

Ich esse eine Dose Ananasstückchen zum Frühstück, einen halben Teller Kohlsuppe zu Mittag und abends einen Berg gedünstetes Gemüse.

Ich hasse Gemüse.

Kleine lasche grüne Päckchen ohne Geschmack, in etwa so aufregend wie ein ›Bares für Rares‹-Marathon.

Was gäbe ich nicht für ein Stück Fleisch!

Was gäbe ich dafür, nie wieder einen Kohlkopf auch nur anschauen zu müssen.

Leider habe ich bereits vier Pfund abgenommen, die Diät funktioniert also – was bedeutet, dass ich weitermachen muss.

Am vierten Tag darf ich bis zu acht Bananen essen.

Bis es Zeit zum Mittagessen ist, habe ich die bereits verputzt.

Außerdem habe ich auf der Arbeit so oft einen fahren lassen, dass es mich wundert, dass niemand zur Prüfung der Luftwerte den Arbeitsschutzbeauftragten gerufen hat.

Zum Scheißmittagessen esse ich eine Scheißkohlsuppe.

Um fünfzehn Uhr ist mir ausgesprochen schwindelig.

Um achtzehn Uhr habe ich das Gefühl, mich übergeben zu müssen, als ich die sich in der Mikrowelle drehende Kohlsuppe rieche.

Ich zwinge das Zeug mit einer Begeisterung hinunter, als handele es sich um frisch Erbrochenes.

Mit Armen und Beinen so schwer wie Blei pupse ich mich ins Bett und merke, wie sich hinter meinen Augen ein Spannungskopfschmerz ausbreitet.

Wie ich mich nach dem fünften Tag gesehnt habe! An diesem Tag darf ich ein Stück Fleisch essen! Und ich werde das Scheißding in Fett rausbraten. Ist mir so was von egal, was die anderen sagen.

Die Kohlsuppe, die ich zum Frühstück verzehre, habe ich mit Cayennepfeffer verfeinert, um ihr einen Geschmack (ganz egal welchen) zu verleihen, der in meinem Mund noch eine Stunde weiterbrennt.

Meine Kollegen müssen nun eine Entscheidung treffen. Meiden sie es, hinter mir zu stehen, um den beständig entfleuchenden Blähungen zu entrinnen? Oder meiden sie mich von vorn, um dem aus meinem Mund strömenden atomaren Atem zu entgehen?

Das Aroma des bratenden Rindfleisches ist das Beste, das ich je in meinem Leben gerochen habe. Ich esse den Hamburger so langsam wie möglich und genieße jeden Bissen, zusammen mit den sechs gebratenen Tomaten, die ich mir dazu angerichtet habe.

Als ich ins Bett gehe, habe ich endlich mit der Pupserei aufgehört, und ich schlafe in der Gewissheit, dass ich nur noch zwei Tage dieser Hölle vor mir habe, mit einem Lächeln ein.

Außerdem habe ich acht Pfund abgenommen!

Der sechste Tag ist ein Samstag, und ich habe frei. Das ist auch gut so, denn ich habe den ganzen Tag lang kaum die Kraft zu stehen. Ich fühle mich schwächer als ein neugeborenes Kätzchen und verbringe den ganzen Vormittag auf der Couch, wo ich die Decke anstarre und vor mich hinträume, wie ich mitleidslos einen Kohlbauern foltere. Sein imaginäres Betteln um Gnade erzeugt in mir ein maßloses Gefühl der Freude.

Trotzdem muss ich mittags noch einmal sein Ernteprodukt essen.

Ich kann meinen Hass auf Kohl jetzt gar nicht mehr beschreiben. Es ist eine bescheuerte grüne Pflanze, die nach Erbrochenem schmeckt, aussieht wie ein krankes Gehirn und nach Abwasser stinkt. Es ist vollkommen egal, welche Gewürze man dazu verwendet, um ihm einen besseren Geschmack zu verleihen, es bleibt ein fades, nutzloses Gemüse, nach dessen Verzehr man sich furchtbar fühlt.

Am Nachmittag versuche ich mit Greg einen Spaziergang im nahen Wäldchen zu machen. Das geht eigentlich ganz gut, zumindest bis wir an einen leichten Hügel kommen. Ich schaffe es kaum die Hälfte des Weges, bevor ich umkehren und mich im Auto ausruhen muss.

Ich fühle mich, als sei ich fünfundachtzig. Mag sein, dass ich neun Pfund abgenommen habe, aber dafür habe ich fünfzig Jahre zugelegt – ein ziemlich extremer Tausch, mit dem ich nicht im Geringsten zufrieden bin.

Wie dem auch sei, nur noch ein Tag von diesem Albtraum, dann kann ich Kentucky Fried Chicken haben!

Der siebte Tag erwacht und ich vertreibe Greg aus dem Bett, weil ich das Schlafzimmer in einen Dampfkochtopf verwandle, den kein Mensch aushalten kann. Mein armes Hinterteil hat diese Woche so viel aushalten müssen, es ist erstaunlich, dass es nicht einfach vor Erschöpfung abgefallen ist.

Heute darf ich zu meinem Kohl ein wenig braunen Reis essen. *Oh Freude!*

Kein Mensch mag braunen Reis. Leute auf Diät oder zugekiffte Hippies sind die einzigen, die das Zeug essen.

Heute versuche ich einmal, Zucker auf die Suppe zu streuen, denn, ehrlich gesagt, warum zum Teufel auch nicht? Erstaunlicherweise schmeckt sie davon auch nicht schlimmer als sonst. Das ist der Beweis, dass mir meine Geschmacksnerven mittlerweile den Dienst versagen. Um diese Theorie zu überprüfen, beiße ich in die Küchenrolle. Sie schmeckt nach Kohlsuppe.

Mein Gehirn hungert so sehr nach den nötigen Nährstoffen, dass ich zwei Minuten lang den Namen meines Mannes nicht mehr weiß. Ich bin davon überzeugt, dass er Grant heißt, bis er mich mithilfe von Gesten und einem Schaubild eines Besseren belehren kann.

Um neunzehn Uhr, nach meinem letzten Teller Kohlsuppe (von der ich zwei Löffel voll schaffe), pupse ich mich die Treppen hinauf und wiege mich.

Ich habe tatsächlich zehn Pfund abgenommen.

Leider habe ich auch das Gefühl in meinen Zehen verloren, dazu die Fähigkeit, zu schmecken, mein Langzeitgedächtnis und alle Hoffnung darauf, jemals wieder die Sonne zu sehen.

Am Montagmorgen komme ich zu der überwältigenden Erkenntnis, dass die Kohlsuppendiät kompletter Schwachsinn ist.

Der Großteil meines abgenommenen Gewichts scheint aus Wasser zu bestehen, denn am Ende des Tages habe ich bereits drei Pfund wieder drauf – was eigentlich unmöglich sein sollte, außer man isst sämtliche Sahnetorten beim Bäcker um die Ecke.

Zusammengefasst können Sie also gern die Kohlsuppendiät versuchen, wenn Sie Ihrem Darm Konditionstraining zukommen lassen und einen krankhaften Hass auf alles Gemüse der Kohlfamilie entwickeln möchten. Wenn Sie allerdings wirklich abnehmen wollen, dann probieren Sie es mit einer anderen Diät.

*

Elise und den Zuhörern am Radio erzähle ich wie gesagt eine wesentlich kürzere Fassung meines einwöchigen Experimentes.

»Also, das klingt jetzt nicht unbedingt wie etwas, das ich versuchen würde. Das ist vielleicht nicht für jeden die richtige Diät«, meint Will in jener unverbindlichen, politisch korrekten Art, die kommerzielle Radiomoderatoren bei *jedem* Thema an den Tag legen, aus Angst, die falschen Leute zu beleidigen und die Werbeeinnahmen zu schmälern.

»Nein, sicher nicht«, stimmt Elise höflich zu, genauso irritierend und nichtssagend.

Unter vier Augen habe ich die Frau diese Woche schon mindestens zwei Leute ›Wichser‹ nennen hören, aber ihre Hörer können sich gar nicht vorstellen, dass so etwas Negatives je über die Lippen dieser süßen, attraktiven Blondine kommen kann, die mir mit niedlich schief sitzendem Kopfhörer gegenüber sitzt.

»Gibt es noch etwas, das du über die Auswirkungen eines Lebens als Frau in Übergröße sagen möchtest, Zoe?«, fragt Elise mich dann.

Moment. Ich habe mein Soll erfüllt. Warum fragst du jetzt nicht einen der anderen?

Auf was ist sie damit aus?

»Wie meinst du das?«, frage ich argwöhnisch.

»Nun, dick zu sein, hat sicher ziemlich negative Auswirkungen auf dein Leben, nicht wahr?«

»In welcher Weise?«

»Als Frau, meine ich?«

Oh, du verdammtes Miststück.

Jetzt weiß ich, was sie will.

Tränen der Beschämung und der Wut sammeln sich in meinen Augen, als ich merke, welches Spiel meine angeblich beste Freundin spielt. Ich wurde zum Mitmachen in dieser Show manipuliert, nur damit sie jemanden auf Sendung hat, der ihr pikantes Material bietet.

Und das hier ist das pikanteste.

*

Greg und ich probieren schon seit Jahren ohne Erfolg, ein Baby zu bekommen.

Im natürlichen Verlauf einer Beziehung wie der unseren hätte es schon vor Jahren ein Kind geben müssen. So funktioniert das schließlich, nicht wahr? Man lernt jemanden kennen, verliebt sich, heiratet, kauft ein Haus, bekommt ein Kind.

Greg und ich haben die ersten vier Punkte erfolgreich geschafft, aber das mit dem kleinen Wonneproppen hat noch nicht geklappt. Ich würde gerne behaupten, dass ich mir deswegen nicht ständig Sorgen mache, aber damit würde ich lügen.

Immer wenn ich an unsere fehlenden Kinder denke, fällt mir eine Unterhaltung ein, die wir am Anfang unserer Beziehung hatten. Als Geburtstagsüberraschung hatte Greg mich in den Thorpe Park eingeladen. Mir wäre ein Tag in einer Wellness-Oase lieber gewesen, aber er hatte die Karten für den

Vergnügungspark bereits gekauft, bevor ich widersprechen konnte, und so musste ich mit.

Erstaunlicherweise hatten wir sehr viel Spaß. Wir waren erst seit einem Jahr zusammen und befanden uns noch in der glücklichen Flitterwochenphase, die erst dann aufhört, wenn der eine im Beisein des anderen hörbar furzt. Während jener unschuldiger Jugendtage war es egal, wo wir waren. Das Einzige, das zählte, war, dass wir zusammen waren. Selbst wenn das bedeutete, dass ich mit meinem Freund in Achterbahnen steigen musste, von denen eine schrecklicher war als die andere und die weder meinem Magen noch meiner Frisur dienlich waren.

Apropos Bauch, keiner von uns beiden hatte einen zu der Zeit, wir hatten also keinerlei Schwierigkeiten, in die Sitze der haarsträubenden Fahrgeschäfte des Parks zu passen.

Am Ende des Tages setzten wir uns auf eine günstig platzierte Bank, um unsere müden Beine auszuruhen. Die Bank war in der Nähe der Imbissbuden, um die eine Horde Kinder schwärmte, die so viel Süßes wie nur irgendwie möglich ergattern wollten und ihre Eltern entsprechend bearbeiteten.

Greg rümpfte die Nase und deutete zu den Kindern.

»Würg. Könntest du dir vorstellen, mit so einem Knöchelbeißer durch diesen Park zu schlappen?«

»Was? Du meinst mit einem Kind?«

»Ja.«

Ich blickte hinüber zu einem etwa dreijährigen kleinen Jungen, der seiner Mutter gerade mit einem verzückten Grinsen einen grellgrünen Lutscher hinhielt.

»Ach, ich weiß nicht. Ich glaube, das wäre schon irgendwie witzig.«

Greg sah überrascht aus.

»Wirklich?«

»Ja. Warum denn nicht? Kinder sind doch toll. Vor allem so niedliche, wie der Kleine da drüben mit seinem Lutscher.«

Dann fällt es mir wie Schuppen von den Augen …

Greg und ich haben uns noch nie ›darüber‹ unterhalten. Ob wir Kinder wollen. Kaum zu glauben, aber in dem ganzen Jahr war das Gespräch noch nie darauf gekommen. Wir hatten uns über ehemalige Partner unterhalten, über unsere Träume für unsere berufliche Zukunft, in was für einem Haus wir gerne einmal wohnen würden und wohin wir im Urlaub fahren möchten – aber das Thema Kinder hatten wir noch nie angeschnitten.

»Ähm, möchtest du irgendwann einmal Kinder?«, fragt Greg vorsichtig.

Mein Puls schießt in die Höhe. Das ist eines dieser Themen, die entscheidend für eine Beziehung sind. Falls Greg absolut keine Kinder haben möchte, dann hätten wir ein großes Problem.

»Ja«, sage ich leise. »Eines Tages hätte ich schon gern welche. Und du?«

Er kratzt sich an der Nase und wendet den Blick von mir zu dem kleinen Jungen, der jetzt weint, weil er seinen leuchtenden Lutscher hat fallen lassen.

»Ich habe eigentlich noch nie darüber nachgedacht«, sagt er.

»Oh.«

Ich zupfe an einem Faden, der an der Naht meiner Jeans hängt.

Greg dreht sich wieder zu mir.

»Aber weißt du was? Wenn ich jemals welche möchte, dann nur mit dir.«

»Wirklich?«

»Ja. Ich glaube, wir hätten umwerfende Kinder.«

Genau wie sein Lächeln.

»Und intelligent!«, merke ich an. »Sie wären ganz schön schlau.«

Er grinst.

»Und wenn es ein Junge wäre, dann hätte er einen Schwanz wie ein Esel.«

»Logisch!«

Ich lache und werfe die Arme um ihn.

Greg küsst mich mit einer Leidenschaft, dass ich mir wünschte, wir wären bereits auf dem Weg nach Hause. In diesem Augenblick empfinde ich ein Aufwallen an Zufriedenheit, die mich bis ins Innerste wärmt. Ich liebe diesen Mann mehr, als ich in Worte fassen kann, und irgendwann (wenn ich über dreißig bin, natürlich) werde ich liebend gern sein Kind zur Welt bringen.

Das war zumindest der Plan …

Dann kam uns das Leben in die Quere. Und etwa eine Million Kalorien.

Als wir mit dem Versuch, ein Kind zu bekommen, begannen – mehrere Jahre nach unserer Unterhaltung im Vergnügungspark –, war ich bereits übergewichtig, alles andere als gesund, und hatte geringe Aussichten, schwanger zu werden.

Kein Mensch nimmt sich vor, fett zu werden.

Ich ärgere mich immer wieder über Leute, die meinen, dass Dicke einfach nur faule Hunde sind, die selber daran schuld sind, dass sie so fett sind.

Es ist ja nicht so, als sei man im einen Moment dünn und im nächsten dick. Es geschieht über Monate und Jahre.

Es geschieht, weil einem *das Leben in die Quere kommt*. Weil man irgendwann aufhört, sich selber im Spiegel anzuschauen, weil man stattdessen auf die verdammten Rechnungen schauen muss, außer man hat zufälligerweise einen Kontostand, der eine mehrstellige Summe aufweist.

Falls man nicht fett wird, dann raucht man vielleicht zu viel oder trinkt zu viel oder lässt den Frust an seinen Kindern aus oder zockt – oder entwickelt eine andere Sucht oder eine der tausend schlechten Gewohnheiten, die Menschen annehmen, wenn sie über die Maßen gestresst sind … dank der Launen des täglichen Lebens.

Ich versuche hier nicht, Ausreden für die dreißig Kilo zu finden, die ich im Alter von achtzehn bis siebenunddreißig zugelegt habe. Ich versuche nur zu erklären, dass *ich nicht mitbekommen habe, dass es passierte, bis es zu spät war.* Als es mir dann endlich auffiel, hatte ich weder die Zeit noch die Energie, etwas daran zu ändern. Es gab über dreißig kein Baby. Kein kleines Kind, mit dem ich die Süßigkeitenbuden im Thorpe Park hätte besuchen können.

Stattdessen stopfte ich mir die Süßigkeiten in den eigenen Mund.

Und nun bin ich siebenunddreißig, und die Wahrscheinlichkeit, dass ich jemals ein Kind haben werde, wird immer geringer. Selbst wenn ich nicht so immens übergewichtig wäre, wäre das der Fall.

Und wem hatte ich meine Ängste, Zweifel und Sorgen darüber, vielleicht nie schwanger zu werden, anvertraut?

Elise Bailey.

*

»Was genau willst du eigentlich von mir, Elise?«, antworte ich ihr im eisigsten Ton.

Sie erbleicht. Sie weiß, was gerade in mir vorgeht. Unentschlossenheit spiegelt sich auf ihrem Gesicht.

Lässt sie mich in Ruhe und verliert damit sensationelles Material?

Oder macht sie weiter und drängt mich in die Ecke?

»Ich frage mich halt, ob das Übergewicht dein Leben als Frau beeinträchtigt hat.« Sie schluckt hörbar. »Es gibt Studien, die belegen, dass es schwieriger ist, schwanger zu werden, wenn man übergewichtig ist. Ist dir dieses Problem vielleicht bekannt?«

Unglaublich.

Eine Freundschaft zu riskieren, nur um die Hörerschaft zu unterhalten.

»Das ist es«, sage ich tonlos. Ich merke, wie mein Gesicht knallrot anläuft. »Bis jetzt bin ich noch nicht schwanger geworden.«

»Weil du zu dick bist?«

Das ist genau das, was die Ärzte mir schon seit Langem erzählen, Elise. Und du weißt das, du blöde Kuh.

»Ja, deswegen.«

Ich verschränke die Arme vor der Brust und starre meine ehemalige beste Freundin durch das dicke Studioglas hinweg an, fordere sie heraus, diese Art der Befragung fortzuführen. Ich bin drauf und dran, Elise mit ein paar äußerst unangenehmen Schimpfwörtern zu belegen, die den Sender fraglos zu einer öffentlichen Entschuldigung wegen profaner Ausdrücke zwingen würden.

Elise ist schlau genug, das zu erkennen.

»Nun, danke, Zoe. Hoffentlich hilft dir der Wettbewerb über die nächsten Monate bei der Lösung dieses Problems.«

»Und das war's für heute von *Voll Fett!*, mehr Zeit haben wir leider nicht«, wirft Will ein.

Ihm ist offensichtlich aufgefallen, dass es besser wäre, die Sendung an dieser Stelle schnell zu beenden.

»Bist du okay, Schatz?«, fragt Greg halblaut, obwohl er die Antwort genau kennt.

»Ich will heim. Jetzt sofort«, entgegne ich und dränge mich durch die anderen Paare und durch die Tür der Tonkabine.

Gefolgt von Greg renne ich an Lottie und den anderen Produktionslakaien vorbei.

»Ähm, wir brauchen dich noch für die Nachbesprechung! Wir haben einen Plan für die nächsten fünf Wochen, den wir euch geben müssen!«, ruft Lottie uns nach.

»Du kannst uns das Scheißding zuschicken!«, schreie ich über die Schulter zurück.

Ich habe nicht die geringste Absicht, hier zu bleiben und mir die nächste halbe Stunde lang einen Raum mitleidsvoller Gesichter anzuschauen, also stürme ich mit Greg im Schlepptau durch das Gebäude. Innerhalb weniger Sekunden treten wir durch den Haupteingang in das Licht der Morgensonne.

»Ähm, Liebling, wo willst du hin?«, fragt Greg.

»Heim!«

»Aber du arbeitest doch hier?«

Mist.

Er hat recht.

Ich kann diesen Scheißradiosender gar nicht verlassen, sondern muss jetzt zur Rückseite des Gebäudes laufen und meine Arbeit machen.

Zweifellos haben alle Elises Frage- und Antwortspiel gehört. Die mitleidsvollen Gesichter werden mir den ganzen Tag erhalten bleiben.

Ich blicke in den wunderschönen Frühlingsmorgen und treffe eine Entscheidung.

»Ich nehme heute frei«, sage ich mit den Händen in die Hüften gestemmt zu Greg. »Ich werde es auf den Stress schieben.«

»Stress?«

»Ja, Greg! *Stress*! Tausenden von Menschen während ihres Wegs an die Arbeit zu erzählen, dass ich unfruchtbar bin, ist *stressig*!«

»Das ist verständlich. Ich hole das Auto«, antwortet er so schnell er kann und spurtet Richtung Parkplatz.

Ich bleibe schäumend zurück.

Elise kommt aus dem Gebäude gestürmt, einen Ausdruck aus Schuld und Angst auf dem Gesicht.

»Es tut mir leid, Süße!«

»Warum hast du das getan?«, schreie ich sie an.

»Es tut mir leid! Die Sendung lief schlecht, und ich brauchte etwas, um sie aufzupeppen.«

»Und meine Unfähigkeit, Kinder zu kriegen, war pikant genug, ja, du Miststück?«

»Bitte, Zoe, es tut mir so leid. Ich hätte das nicht tun sollen.«

»Nein, verdammt noch mal, das hättest du nicht!«

»Lass es mich wiedergutmachen.«

»Und wie willst du das anstellen?« Ich schnippe mit den Fingern. »Ach, ich weiß, was hältst du davon, wenn wir jetzt wieder auf Sendung gehen und du erzählst deinen Hörern, wie du vor zwei Jahren im Vollrausch Wills angeblich schwulen Mitbewohner gevögelt hast?«

Elise reißt den Kopf herum, um zu sehen, ob mich irgendjemand gehört hat.

»Himmel, Zoe, sei doch nicht so laut«, zischt sie.

»Oh! Oh! Du möchtest, dass ich leiser rede, was? Ich nehme an, das bedeutet, dass du auch nicht möchtest, dass ich da jetzt wieder hineinmarschiere und deinen Hörern erzähle, dass er versucht hat, es dir in den Hintern zu stecken?«

Es sollte mir eigentlich nicht so viel Freude bereiten, dass Elise sich duckt wie ein geprügelter Hund, aber ich kann mir nicht helfen.

»Bitte, Zoe, sei still!«

Ich hole tief Luft.

»Es ist nicht ganz so lustig, wenn es deine eigene Dreckwäsche ist, die vor allen ausgebreitet wird, nicht wahr?«

Greg ist mit dem Wagen gekommen und beobachtet die Vorgänge mit verzogenem Gesicht.

Elise sieht mich mit Rehaugen an.

»Machst du weiter mit dem Wettbewerb?«

Das Wort ›Nein‹ bildet sich auf meinen Lippen, aber ich schlucke es hinunter. Sosehr ich auch wünschte, nie wieder etwas mit Elise oder diesem albernen Wettbewerb zu tun zu haben, so weiß ich doch, dass ich es für den Rest meines Lebens bereuen würde, wenn ich jetzt aufgäbe. Wenn ich diese Beschämung brauche, um abzunehmen, dann muss das wohl so sein. Ich glaube, ich hätte lieber ein knallrotes Gesicht wegen einer öffentlichen Bloßstellung und nicht wegen eines Herzinfarkts.

Ich seufze.

»Ich hab es angefangen, also bring ich es auch zu Ende.« Ich deute mit dem Finger in Elises Gesicht. »Aber wenn du so etwas noch mal machst, dann *werde* ich allen erzählen, wie schmerzhaft Sitzen eine Woche lang für dich war.«

Damit fühle ich mich ein wenig besser und steige in den Wagen.

»Wir sehen uns morgen?«, fragt Elise vom Gehsteig.

Meine Augen verengen sich.

»Fahr!«, befehle ich meinem Mann, der sofort losfährt.

Jetzt muss ich also damit fertig werden, dass meine Unfruchtbarkeit der ganzen Welt bekannt ist.

Ganz gleich, ob mir das gefällt oder nicht, wird diese Tatsache ab jetzt für die Hörer der Sendung mein Wesen definieren. So funktionieren diese Dinge nun einmal.

Zoe Milton ist ab jetzt ›die, die nicht schwanger werden kann‹.

Elise mag mich heute in der Sendung zutiefst beschämt haben, aber wenigstens weiß ich, dass sie es nicht wieder tun wird.

Die gescheiterte Analsexepisode mit einem verwirrten Schwulen ist nicht die einzige Anekdote, die ich über Elise Bailey zu bieten hätte.

Wenn sie das nächste Mal meint, meine Dreckwäsche in aller Öffentlichkeit ausbreiten zu müssen, dann werde ich allen Umstehenden mitteilen, dass sie manchmal an Scheidenausfluss leidet.

Das dürfte reichen.

Gregs Diättagebuch

Sonntag, 20. April

120 kg (8 kg abgenommen)

Oh Gott.

Oh, lieber, grundgütiger Gott im Himmel.

Mir tut jeder einzelne Körperteil weh.

Sogar meine Augäpfel.

Und die Haare.

Schon allein auf diesem Stuhl zu sitzen und zu schreiben, ist eine monumentale Anstrengung. Jede Handbewegung auf der Tastatur bedeutet Höllenqualen, und jeder einzelne Blick auf den Bildschirm schickt eine weitere Welle des Schmerzes meinen Rücken hinab.

Ich schließe die Augen und konzentriere mich angestrengt. Ich glaube, die Stelle knapp über meiner linken Augenbraue ist schmerzfrei. Das könnte aber auch daran liegen, dass mein Nervensystem nicht mehr richtig funktioniert, nachdem ich eine Woche in der Gesellschaft des Leibhaftigen verbracht habe.

Einen Personal Trainer anzuheuern, schien eine gute Idee zu sein.

Auch wenn ich mir nur eine Woche leisten konnte, würde ich zumindest einen täglichen Sportplan von dem Trainer erhalten, den ich dann so lange wiederholen würde, bis ich schlank wäre.

»Das ist eine tolle Idee«, sagte Zoe zu mir über eine weitere ihrer Rotzsuppenschüsseln gebeugt. Ich mag zwar von anstrengenden Leibesübungen auch nicht besonders erbaut sein, aber wenn ich die Wahl zwischen Sport und dem Essen dieser grünen, eklig riechenden Jauche habe, dann mache ich doch lieber Liegestützen.

»Ich schau mal auf Google, ob es in unserer Gegend Personal Trainer gibt«, sage ich zu ihr und wende mich ab, bevor ich mich übergeben muss.

Ich finde drei private Fitnesstrainer in unserem Viertel, die für mein Portemonnaie erschwinglich scheinen. Ich versuche es zunächst mit Darren Bouchard, weil er uns am nahesten ist und seit acht Jahren als Fitnesstrainer arbeitet.

Leider ist Darren (der am Telefon auch irgendwie zu weiblich klingt, um ein Personal Trainer zu sein) so populär, dass er bis in den Sommer hinein ausgebucht ist. Ich gebe ihm meine E-Mail-Adresse für seine Adressenkartei und lege auf.

Als nächstes kommt Mike McPartlin. Mike ist ein ehemaliger Olympia-Trainer und klingt perfekt.

Außerdem hat er einen schottischen Akzent, der so undurchdringlich ist wie das Amazonasbecken. Mike würde mich liebend gern trainieren, aber er leidet gerade an einer schmerzhaften Achillessehnenverletzung und wird erst in frühestens zwei Monaten wieder fit für die Arbeit sein.

Damit bleibt mir nur meine dritte und letzte Wahl – und sie ist die schlimmste der drei.

Alice Pithering.

Ja, genau, sie heißt Alice Pithering.

Laut der Fotos auf ihrer Webseite ist Alice höchstens einen Meter fünfundfünfzig, dürr wie ein Besenstiel und hat die hervorstehendsten Augen, die ich je gesehen habe.

Anscheinend war sie in der Armee.

Wahrscheinlich in der Heilsarmee, wenn man von ihrer winzigen Größe ausgeht.

Ihre zarte, helle Stimme am Telefon trägt nicht viel dazu bei, den Eindruck zu zerstreuen, dass Alice so zerbrechlich sein muss wie eine Ming-Vase.

»Ja, ich habe in den nächsten Wochen ein paar freie Termine, Greg«, bestätigt sie mir.

Das wundert mich nicht. Es ist erstaunlich, dass die Frau überhaupt Kunden hat.

»Das ist super.«

Ich lüge. Das ist es nicht.

Ich hatte gehofft, sie sei komplett ausgebucht, damit ich einfach den Hörer auflegen und die ganze Sache vergessen kann.

»Sind Sie sich sicher, dass Sie den siebentägigen Intensivkurs machen wollen?«, fragt sie. »Er ist ziemlich schwierig, und wenn Sie nicht an Sport gewöhnt sind, dann sollten Sie vielleicht mit etwas weniger Anstrengendem anfangen.«

Anstrengend? Ich habe früher viermal im Monat Rugby gespielt und fünfmal die Woche dafür trainiert. Ich glaube kaum, dass mich das kleine Frauchen derart strapazieren kann, auch wenn es schon eine Weile her ist, dass ich in Höchstform war.

Meine Selbsttäuschung ist derartig felsenfest, man könnte hinaufklettern und eine Fahne hissen. Das letzte Mal, dass ich viermal die Woche Rugby gespielt habe, war nämlich vor zehn

Jahren. Bei dem Versuch, so zu klingen, als wäre ich durchaus in der Lage, mit der glupschäugigen Miss Pithering und ihrem Fitnessplan fertigzuwerden, vergisst mein Ego praktischerweise die dazwischenliegenden Jahre, genauso wie die mitternächtlichen Döner und Biere und den vollständigen Mangel an Bewegung.

»Nein, der siebentägige Kurs passt«, antworte ich zuversichtlich – und törichterweise.

»Okay. Wenn es Ihnen recht ist, fangen wir am Sonntag im Stadtpark an und machen dann jeden Tag bis zum Samstag zwei Stunden.«

»Das klingt super.«

Nachdem alles geregelt ist, beende ich mein Gespräch mit der näselnden Alice und wende mich meiner Frau zu.

»Alles gebongt«, erzähle ich ihr. »Ist bestimmt ein besserer Weg, um ein paar Pfund abzunehmen, als dieses Zeug zu essen«, füge ich hinzu und schaffe es nicht ganz, einen unangenehm selbstgefälligen Ton zu unterdrücken.

Zoe zieht eine Augenbraue hoch.

»Das werden wir sehen, mein Schatz. Abwarten.«

Die Art und Weise, wie sie mich über ihren Teller voller Schleim anschaut, behagt mir gar nicht. Es wirkt befremdlich.

»Wie meinst du das?«

»Ich glaube, du unterschätzt, wie schwer das wird.«

Ich winke ab.

»Quatsch. Das wird schon. An ein bisschen Muskelkater bin ich gewöhnt.«

»Okay, Schatz. Ich bin mir sicher, du weißt, was du tust«, antwortet sie in diesem nervig singenden Ton, den Leute anschlagen, wenn sie einem nach dem Mund reden.

»Das Timing ist auch gut«, füge ich hinzu. »Ich bitte sie, meinen letzten Termin auf Samstagfrüh zu legen, dann kann ich gleich nach dem Training zum Wiegen beim Radiosender fahren.«

Am nächsten Samstag findet ein offizielles Wiegen statt, das erste von vielen in regelmäßigen Abständen, live auf Sendung bei ›Radio Stream FM‹. Jedes Pärchen wird gewogen, und die beiden, die seit dem Beginn des Wettbewerbs am meisten Körperfett abgenommen haben, werden mit einer Flasche kalorienarmen Sekts (der, soweit ich das beurteilen kann, aussieht wie Pferdepisse) und zwei Eintrittskarten zu einer Fitnessmesse, die nächsten Monat in Earls Court stattfindet, belohnt.

Die Kombination von Zoes seltsamer Kohldiät und meinem einwöchigen Fitnesstraining dürfte uns gute Gewinnchancen einräumen, selbst wenn ich keine Pferdepisse trinken möchte und mir nichts Schlimmeres vorstellen kann, als eine Fitnessmesse in London zu besuchen.

Am Sonntagmorgen wandere ich also im Frühlingssonnenschein hinüber zum Park, um zu sehen, was Alice Pithering mit mir vorhat.

Um einen angemessenen Plan zu erstellen, hatte sie mich vorab gebeten, ihr meine Maße, medizinische Informationen, bisherige Sporterfahrung und was ich mir von der Woche Training erhoffe, zu mailen. Außerdem musste ich ihr für den Kurs dreihundert Pfund im Voraus zahlen, was mir fragwürdig vorkam, aber da sie es so wollte, blieb mir nichts anderes übrig, als zu zahlen.

Auf jeden Fall trage ich die richtigen Klamotten für jemanden, der gerade mit einem erbaulichen Sportprogramm beginnt. Funkelnagelneue Sportschuhe zieren meine Füße, und ich habe sogar meinen teuren Nike-Trainingsanzug von seinen Mottenkugeln befreit. Na ja, zumindest die untere Hälfte. Ich versuchte zwar, das Oberteil mit dem Reißverschluss zu schließen, aber meine Brust wollte einfach nicht hineinpassen. Stattdessen musste ich daher mit meinem Englandrugbytrikot Vorlieb nehmen, was aber auch noch ziemlich sportlich aussieht.

Alice Pithering wartet bei der Bank auf dem Hügel mitten im Park auf mich. Sie ist so gekleidet, wie man sich das von einem Personal Trainer vorstellt – schwarze Elastanshorts und ein lila Elastanhemd. Mir fällt auf, dass die Frau so flachbusig ist wie eine Zwölfjährige. Ich weiß, unter den gegebenen Umständen sollte ich nicht auf so etwas achten, aber Elastan ist nun mal ein Material, das jede vorhandene – oder fehlende – Kurve betont.

Wenn ich so etwas tragen wollte, würde ich aussehen wie eine schlecht gestopfte Wurst.

»Guten Morgen, Greg!«, sagt Alice zu mir, als ich ihr den Hügel hinauf entgegenkomme.

»Morgen«, antworte ich und unterdrücke ein Gähnen.

»Na, sieht so aus, als müssten wir Sie erst ein bisschen wach kriegen!«, ruft sie mit noch weiter hervortretenden Augen.

Diese Augen sind aber auch wirklich äußerst beunruhigend. Am liebsten würde ich bei jeder Bewegung ihres Kopfes meine Hände unter ihr Gesicht halten, um sie gegebenenfalls aufzufangen.

»Wollen wir mit ein paar Aufwärmübungen beginnen?«

»Warum nicht?«, antworte ich und lächle, während die Sonne uns beide mit ihren Frühlingsstrahlen wärmt.

Alice lässt mich mit ein paar Dehnübungen anfangen, damit das Blut in Bewegung kommt. Das scheint ganz gut zu laufen, und ich merke, wie ich zu schwitzen beginne. Nach zehn Minuten bin ich ein kleines bisschen atemlos, aber ansonsten zufrieden.

»Gut!« Alice klatscht in die Hände. »Ich habe mir gedacht, wir fangen mit einer Runde Joggen um den Park an. Wie klingt das?«

»Toll.«

»Hervorragend! Ich werde nach und nach die Geschwindigkeit erhöhen, und Sie versuchen einfach, mitzuhalten.«

Kaum hat sie ausgesprochen, ist sie auch schon weg und hüpft, mit ihren dünnen Fersen den Kies aufwirbelnd, den Weg entlang.

Ich folge ihr und habe die ersten dreihundert Meter keinerlei Schwierigkeiten, mitzuhalten. Es geht mir gut, ich atme gleichmäßig und bin stolz auf mich.

Dann wird Alice ein wenig schneller. Ich passe meine Geschwindigkeit an, um mich anzugleichen. Die nächsten fünfzig Meter gehen noch gut, aber dann beginnt meine Lunge zu protestieren.

Und meine Füße.

Und meine Schenkel.

Und meine Knöchel.

Haben Sie jemals ein Auto länger als ein paar Jahre besessen? Vielleicht ein recht altes?

Dann wissen Sie, wie so ein Auto jahrelang ohne das kleinste Problem laufen kann, aber sobald ein Teil kaputt geht, fällt auf einmal alles an dem Ding auseinander.

Mein Körper macht jetzt genau das Gleiche, allerdings innerhalb weniger Minuten.

»Noch ein kleines bisschen schneller, Greg«, sagt Alice … und zischt davon wie ein aufgescheuchtes Huhn.

Ganz offensichtlich hat die Frau keine Ahnung, was ›langsam steigern‹ bedeutet. Erst joggt sie neben mir her und plötzlich tut sie, als sei sie Usain Bolt mit Raketen im Hintern.

Zu meiner Verteidigung muss ich anbringen, dass ich alles versuche, mich ihrer Geschwindigkeit anzupassen, zumindest für etwa sieben Meter. Dann teilt mir mein Körper unmissverständlich mit, dass ich ihn mal kreuzweise kann.

Und zwar, indem er meine Beine verheddert.

Das ist mir noch nie passiert.

In all meinen Jahren auf diesem Planeten war ich in der Lage, meine Beine ordentlich und koordiniert zu bewegen. Noch nie haben meine unteren Extremitäten beschlossen, die

Knie gegeneinander zu schlagen und mich zu Boden zu werfen, ganz egal, wie betrunken, high, erschöpft oder alles zusammen ich gewesen sein mag.

Heute scheint es jedoch, als klebten Magnete daran.

Die Distanz zu Alice vergrößert sich mit rasender Geschwindigkeit. Ich versuche mit aller Kraft, aufzuholen, dabei knallt mein linker Knöchel schmerzhaft gegen den rechten. Ich zucke zusammen und komme ins Stolpern. Mein nach vorne gerichteter Schwung hält mich lange genug aufrecht, um meine Knie erneut gegeneinander krachen und meine Beine komplett unter mir versagen zu lassen.

»Aliiiiiiice!«, schreie ich verzweifelt und strecke eine Hand nach ihr aus, während die Schwerkraft volle Arbeit leistet und mich auf den Kiesweg wirft.

Beim Laufen in einem Park auf einen Kiesweg zu fallen, tut wesentlich mehr weh, als bei einem Grillfest vom Stuhl zu plumpsen. Allerdings ist der Verlegenheitsfaktor geringer, da es weniger Zeugen gibt.

Ich setze mich mühsam auf und umfasse mein blutendes Knie. Alice kommt zurückgejoggt.

Ich blicke auf in ihr Gesicht und erwarte ob meines Missgeschicks einen mitfühlenden Gesichtsausdruck. Ein paar tröstende Worte mit ihrem dünnen Stimmchen kämen mir jetzt sehr recht.

»Was machen Sie denn?«, fragt sie der Form halber und stützt die Hände in die Seiten.

»Ich bin hingefallen«, erkläre ich ihr und reibe zur Erläuterung mein Knie.

»Und was wollen Sie von mir? Eine Medaille?«

»Wie bitte?«

Das hatte ich nicht erwartet. Anhand ihres bisherigen Verhaltens hätte ich gedacht, das Glupschäuglein wäre voller Mitgefühl, aber anscheinend nicht.

»Ich habe gesagt: Was wollen Sie? Eine Scheißmedaille?«

Ich sehe sie immer noch von unten an und weiß nicht so recht, wie ich reagieren soll.

Sie streckt eine Hand aus.

»Kommen Sie, Greg. Stehen Sie auf. Wir müssen noch um den Rest des Parks laufen, bevor wir richtig loslegen können.«

Sie denkt, ich mach weiter?

»Ich glaube nicht, dass ich das kann«, sage ich. »Ich habe mich verletzt.«

»Sie haben sich das Knie aufgeschlagen, Greg. Stehen Sie auf und lassen Sie sich nicht so hängen.«

»Es tut aber weh.«

»Sind Sie ein Weichei?«

»Wie bitte?«

»Sie haben mich schon verstanden. Sind Sie ein Weichei?«

»Ähm … nein?«

»Gut, dann stehen Sie auf und hören Sie auf, sich wie eine zu benehmen.«

Sie hält mir die Hand hin. Immer noch von ihrem aggressiven Gebrauch dieses politisch nicht korrekten Ausdrucks schockiert, ergreife ich sie.

Alices Griff ist stahlhart.

Sie zieht mich scheinbar ohne die geringste Mühe hoch.

»Also weiter?«, fragt sie.

»Ich denke schon«, antworte ich, voller Angst, wie sie sonst reagieren würde.

»Gut. Los!«

Alice läuft erneut los und ich folge ihr so gut ich kann und versuche, mein pochendes Knie und die schmerzenden Gelenke zu ignorieren.

Ich stecke nun in einer Zwickmühle.

Einerseits würde ich am liebsten mit diesem Affentheater aufhören und für ein Tässchen Kaffee und ein Rosinenbrötchen nach Hause hinken. Andererseits habe ich für dieses Training mehrere Hundert Pfund im Voraus bezahlt, und außerdem ist da auch noch mein Mannesstolz.

Es ist wirklich nicht nett, ein Weichei genannt zu werden. Vor allem von einem winzigen blonden Ding mit Glupschaugen. Ich habe jetzt den starken Drang, Alice zu beweisen, dass ich wirklich kein Weichei bin. Und auch kein Waschlappen und keine Memme.

Deswegen starre ich die nächsten zehn Minuten auf ihren schmalen, Elastan-bespannten Hintern und stolpere den Rest des Weges um den Park herum. Dabei keuche und puste ich dergestalt, dass die drei kleinen Schweinchen im nahesten Atombunker Schutz suchen würden, könnten sie mich hören.

Bis wir die Runde fertig gedreht haben und wieder an der Bank auf dem Hügel sind, bin ich fix und fertig. Aber ich habe auch bewiesen, dass ich kein Weichei, kein Waschlappen und keine Memme bin.

Ich falle ins Gras und blicke in den wolkenlosen blauen Himmel. Außerdem versuche ich, dieses helle Pfeifen beim Ausatmen zu unterdrücken.

»Prima!«, brüllt Alice. »Jetzt sind wir gut aufgewärmt und können mit dem eigentlichen Training anfangen.«

Ich lache heiser.

»Das ist witzig, Alice. Wirklich lustig.«

Sie sieht mich verblüfft an.

»Was ist lustig?«

»Der Witz, den Sie gerade gemacht haben, über das eigentliche Training.«

»Ich mache keine Witze.«

Ihre Hände sind wieder in die Hüften gestützt. Der Ton ist düsterer. Die Glupschaugen sind auf einmal noch glupschiger.

Ich setze mich auf und ziehe mich auf die Bank.

»Sie …, das meinen Sie doch nicht im Ernst? Ich kann heute nichts mehr machen.«

Nun verschränkt Alice die Arme.

»Passen Sie auf, Greg. Sie haben die Wahl. Entweder arbeiten Sie mit mir, nehmen ab und gewinnen diesen Wettbewerb … oder Sie können heulen und blinzeln wie ein kleines fettes Baby und nicht gewinnen. Es liegt ganz bei Ihnen.«

Na toll. Sie vergleicht mich nicht mehr mit Muttersöhnchen, sondern nennt mich gleich ein schreiendes Neugeborenes. Das ist viel schlimmer.

»Aber ich glaube wirklich nicht, dass ich heute noch mehr machen kann«, jammere ich.

»Natürlich können Sie das. Sie sind es nur nicht gewöhnt, sich anzustrengen. Das werden Sie aber müssen, wenn Sie diesen ganzen Walspeck loswerden wollen.«

Muttersöhnchen, Babys, Wale. Klar. Wir haben so ziemlich alle typischen Vergleiche durch, außer vielleicht Schweine.

»Meinen Sie wirklich, ich schaffe das?«

»Ja, natürlich meine ich das. Aber nur, wenn Sie mich meine Arbeit machen und sich von mir ordentlich motivieren lassen. Das ist der einzige Weg, auf dem wir in der Armee etwas zustande bringen.«

Es ist unglaublich, aber ich stelle mich wieder auf meine zitternden Füße und schaue Alice geradeheraus in die Glupschaugen.

»Also gut, dann machen wir das«, sage ich.

»Sind Sie sich sicher?«

»Ja!« Ich versuche mich an all die Kriegsfilme zu erinnern, die ich über die Jahre gesehen habe. »Ähm, Sir, *yes, Sir*!«

Alice klatscht in die Hände.

»Ausgezeichnet!«

Sie lächelt.

Ich lächle auch.

Das Lächeln verschwindet aus ihrem Gesicht.

Auf einmal habe ich eine Höllenangst.

»Auf den Boden, zwanzig Liegestützen! Jetzt sofort!«, befiehlt sie mit tiefer, ziemlich einschüchternder Stimme.

»Was?«

»Sind Sie taub, Sie fettes Schwein? Ich habe gesagt, runter auf den Boden und machen Sie zwanzig Liegestützen, Sie widerliches Stück Dreck!«

Alice deutet herrisch auf den Boden vor ihr.

»Okay«, antworte ich mit dünner, heller Stimme.

»Was haben Sie gesagt?«

»Ich habe okay gesagt.«

»Sagen Sie es so, als ob Sie es auch meinen, Milton!«

»OKAY!«

»GUT! UND JETZT RUNTER AUF DIE KNIE, JUNGE!«

Ich tue wie mir geheißen und werfe mich vor dieser Irren zu Boden.

»Und EINS!«, kreischt sie und der Klang ihres hellen Bellens hallt wie ein Überschallknall durch den Park.

Die Macht ihrer Stimme ist so stark, dass meine Gliedmaßen sofort gehorchen, lange bevor mein Gehirn dazu kommt, ihnen zu sagen, was sie machen sollen. Noch bevor ich richtig weiß, was hier passiert, habe ich den ersten Liegestütz gemacht.

»Und ZWEI!«, ruft Alice.

Ein paar Kinder fallen auf dem Spielplatz von der Schaukel.

»Und DREI!«

Zwei Dutzend Autoalarmanlagen gehen auf dem Parkplatz links von uns los.

»Und VIER!«

Mehrere Vögel fallen zuckend vom Himmel.

»Und FÜNF!«

Ich merke, wie meine Blase sich zu öffnen beginnt – allerdings weiß ich nicht, ob das daran liegt, dass sie auf die Schwingungen von Alices Befehlen reagiert oder ob meine inneren Organe wegen der extremen Überanstrengung den Geist aufgeben.

»Und SECHS! … Ich sagte SECHS! … Greg?! Greg?! Ich sagte SECHS!«

»Ich habe Sie verdammt noch mal schon beim ersten Mal gehört!«, heule ich. »Ich versuch es ja!«

»Dann versuchen Sie es stärker! Und SECHS!«

»Meine Arme funktionieren nicht mehr!«

»Blödsinn. Und SECHS!«

»Hören Sie auf, ›Sechs‹ zu brüllen! Es kommt mir vor, als sähe ich dem Hulk beim Cricket spielen zu!«

»Ich höre auf, ›Sechs‹ zu brüllen, wenn Sie den nächsten Liegestütz machen!« Alice holt tief Luft. »Und SECHS!«

Irgendwie schaffen meine zittrigen Arme es, mich noch einmal hochzustemmen. Ich halte diese Position gute drei Sekunden lang, bevor alle Luft aus mir entweicht und ich zu Boden krache.

»Und SIEBEN!«

»Ach, leck mich«, sage ich, den Mund voller Gras.

Die Hände gehen wieder in die Hüften und die Augen treten noch weiter hervor.

»Das war's? Sechs Liegestützen?«

»So scheint es, ja.«

»Ich dachte, Sie haben mal Rugby gespielt.«

»Ich habe auch mal in eine Jeans Größe zweiunddreißig gepasst.«

Alice wirft mir einen angewiderten Blick zu.

»Von Ihrer E-Mail hatte ich den Eindruck, dass Sie fitter wären als Sie sind.«

»Möglicherweise war mir das Ausmaß meines ungesunden Lebensstils nicht vollständig bewusst.«

»Das können Sie laut sagen.« Sie setzt sich auf die Bank. »Lassen Sie uns fünf Minuten Pause machen, dann sehen wir weiter.«

»Das klingt göttlich.«

Ich krabble langsam wieder auf die Bank und lasse den Kopf hängen.

Ich wusste, dass ich ziemlich außer Form war, aber ehrlich gesagt, das hier ist lächerlich. Ich hatte keine Ahnung, dass mein Körper in den letzten Jahren derartig nachgelassen hatte.

Es ist erstaunlich, wie man sich selber überlisten und sich von Dingen überzeugen kann, die vollkommen falsch sind. Diese zwanzig Minuten Hölle haben mir wirklich und wahrhaftig die Augen für die monumentale Aufgabe geöffnet, die vor mir liegt.

Das sage ich auch Alice.

»Sie sind nicht allein. Sie würden sich über die Anzahl der Klienten wundern, die bei mir anfangen und meinen, dass sie fitter sind, als sie es eigentlich sind. Deshalb verlange ich die Bezahlung im Voraus. Ich bin zu viele Male reingefallen.«

»Scheint fair.«

Sie lächelt mich an.

»Aber ich sage Ihnen etwas. Wenn Sie nur für das bisschen zahlen wollen, das wir heute gemacht haben, dann lassen wir den Rest der Woche weg. Ich möchte nicht mehr von Ihnen verlangen als Sie schaffen können.«

Das klingt nach einer hervorragenden Idee. Meine schmerzenden Knochen und Muskeln stimmen aus vollstem Herzen zu.

Aber was wäre dann? Wie zum Teufel soll ich Zoe mit den Fünfzigtausend helfen, wenn ich so leicht aufgebe?

So lange ich lebe, wird sie mir keinen mehr blasen!

»Nein. Ich will nicht aufgeben.« Ich sehe Alice kleinlaut an. »Aber vielleicht können wir es ein bisschen leichter angehen?« Mir dreht sich alles. »Und zumindest für heute aufhören?«

»Klar. Kein Problem, Greg.«

Alice ist sichtlich froh, dass ich ihr Angebot nicht angenommen habe. Ich bin mir sicher, das liegt hauptsächlich daran, dass sie mein Geld behalten darf, aber ich kann mir auch gut vorstellen, dass es ziemlich entmutigend ist, wenn einem die Kunden ständig abspringen. Wahrscheinlich habe ich sie ganz schön überrascht.

»Wollen wir uns morgen hier um halb fünf treffen, wenn ich von der Arbeit komme?«, frage ich sie.

Alice grinst und klatscht mir aufs Knie. Das tut mehr weh, als ich zugeben möchte.

»Ausgezeichnet! Ich freue mich darauf.« Ihr freudiger Gesichtsausdruck verschwindet mit einer Geschwindigkeit, an die ich mich langsam gewöhne. »Aber für heute schauen Sie, dass Sie Ihren Hintern hochkriegen und ein paar Dehnübungen zum Abkühlen machen, Sie fauler Hund.«

Ich komme mir vor, als würde ich von jemandem mit einer besonders schweren Form einer manisch-depressiven Erkrankung trainiert.

Trotzdem bin ich recht stolz auf mich, dass ich nicht aufgegeben habe, und kann mich beim Heimlaufen (na ja, gut, Heimhinken) nicht des Gedankens erwehren, was für ein tapferer kleiner Soldat ich doch bin.

Sagte ich tapferer kleiner Soldat? Was ich meine, ist ein *riesiger verdammter Idiot.*

Ich hätte einfach aufgeben können. Hätte an jenem Tag heimgehen und mir einfachere, weniger schmerzhafte Möglichkeiten des Abnehmens überlegen können.

Aber *oh nein*, ich musste ja den Macho-Weg gehen, nicht wahr? Musste mich vor Alice *beweisen.*

Ich habe das Gefühl, jeder einzelne Muskel meines Körpers wurde in einer schmerzhaften Prozedur entfernt und durch Brei ersetzt.

Alice Pitherings Vorstellung von ›es leichter angehen‹ unterscheidet sich ganz offensichtlich gewaltig von meiner.

Ich hatte erwartet, am nächsten Tag mit ihr ein paar sanfte Leibesübungen im Park zu machen, vielleicht kombiniert mit einer kleinen Laufrunde.

Stattdessen war es sogar noch schlimmer als am Sonntag.

Wir drehen wieder eine Scheißrunde um den Park, dieses Mal gefolgt von Kniebeugen mit Sprung, Scherensprüngen und diversen weiteren grässlichen Ausdauerübungen, die mit Sicherheit nur Menschen mit ausgeprägten sadomasochistischen Zügen genießen können.

Alice ist aber offensichtlich eine sehr gute Trainerin, denn sie hält die Intensität einer Übung immer genau so, dass sie nicht zu schwierig wird und mich zum Aufgeben zwingt. Sie ist immer genau an der Grenze.

Leider geht sie in Bezug auf Demütigung, Peinlichkeit und Qual über diese Grenze.

Diesem scheußlichen Prozess wird mein armer geschundener Körper die ganze Woche lang ausgesetzt. Mein Leben besteht aus zwei Stunden der reinsten Hölle, gefolgt von zweiundzwanzig Stunden krampfhafter Erholung. Auf der Arbeit kann ich mich dank des ständigen Schmerzes kaum auf irgendetwas konzentrieren, und Zoe bekommt kaum einen oder zwei Sätze aus mir heraus, bevor ich mich ins Bett schleppe und wie ein Toter schlafe.

Miss Pitherings Militärjahre sind anhand der wüsten Beschimpfungen, denen ich mich während des einwöchigen Kurses ausgesetzt finde, klar erkennbar. Zusammen mit der körperlichen Folter runden sie das Bild passend ab.

Sich mit dem zwanzigsten Scherensprung abzukämpfen, ist eine Sache. Es ist eine ganz andere, wenn meine Abstammung dabei von einer kleinen, glupschäugigen Frau infrage gestellt wird.

Ich bin mir sicher, dass mindestens drei Leute an uns vorbeigeeilt sind, die sich bekreuzigt und die Notrufnummer gewählt haben.

»Hatte Ihre Mutter irgendwelche Kinder, die überlebten?«, schreit Alice mich an, während ich mich anstrenge, meine Scherensprünge fertigzumachen und dabei kaum fünf Zentimeter vom Boden komme.

»Keine Ahnung. Hatte Ihre welche, die nicht so teuflisch sind?«, gebe ich atemlos zurück.

»Seien Sie nicht so ein Klugscheißer, Sie fetter Schwachkopf!«

Das ist ein weiterer befremdlicher Aspekt von Alices motivierendem Befehlsstil. Sie hat einen unendlichen Vorrat an Worten, die auf meinen Körperfettgehalt hinweisen.

Im Verlauf der letzten Tage hat sie mich Speckhintern genannt, Wackelpudding, Schweinchen Dick, Wampenmeister, Schwabbelheiner, Fettsack, Schwertransporter, Nelly der Elefant – und, was ich am merkwürdigsten fand, Kapitän Hüftspeck.

Ich dachte, dass ihr spätestens Mitte der Woche die Schimpfwörter ausgehen würden, aber selbst Samstagmorgen gehen die Schimpftiraden weiter.

»Los jetzt, Mr Drall! Hoch mit den Beinen!«

Mr Drall bemüht sich wirklich nach Kräften, die Beine hochzukriegen, aber er hat bereits eine ganze Woche dieser Quälerei hinter sich, und auch wenn der Geist willig ist, so hat das Fleisch doch beschlossen, dass es von dieser Scheiße für den Rest des Lebens genug hat. Es möchte nichts weiter tun, als in einem abgedunkelten Raum zu liegen und die Tränen der Schande von meinem Gesicht zu wischen, bis mich eine süße Bewusstlosigkeit überfällt.

In weiter, ferner Vergangenheit gab es einmal eine Zeit, da ich diese Art des regelmäßigen Sportes genoss – aber damals war ich jung und gesund und keines einzigen vernünftigen Gedankens fähig.

Das verdunkelte Zimmer lockt mich, aber ich muss an diesem Morgen erst noch zum Wiegen bei ›Stream FM‹. Lieblicher, heilender Schlaf ist noch mindestens sechzehn Stunden weit weg.

»Machen Sie schon, Sie fürchterliche kleine Kröte! Noch zwei Minuten!«

»Ich kann nicht mehr!«

»Doch, Sie können!«

»Nein, ich kann nicht!«

»Doch, können Sie wohl!«

»Kann ich nicht!«

Die Debatte darüber, ob ich noch weitere zwei Minuten auf der Stelle joggen kann, überbrückt diese zwei Minuten und ich überstehe sie irgendwie.

»Gut gemacht!«, brüllt Alice und stoppt ihre Uhr. »Letzten Sonntag hätten Sie das nie und nimmer geschafft!«

»Möglich. Aber letzten Sonntag konnte ich auch ohne Schmerzen gehen und blinzeln, ich bin mir nicht sicher, dass das ein guter Tausch war.«

»Das werden Sie schon sehen, wenn Sie sich nachher auf diese Waage stellen«, antwortet Alice mit einer Überzeugung, die ich nicht so recht teilen kann.

»Das hoffe ich. Wenn ich zugenommen habe, dann bring ich mich um.«

»Nur um auf Nummer sicher zu gehen, geben Sie mir doch noch fünfzig Scherensprünge, nur zum Abschluss?«

»Sie belieben zu scherzen, oder?« Ich hebe einen Arm. »Sie sehen doch, wie ich zittere. Ich sehe aus, als bekäme ich Parkinsons.«

Alice seufzt und lässt ihren Blick durch den Park schweifen. Dann wendet sie sich mir zu und schüttelt den Kopf.

»Wissen Sie, wenn Sie über die Jahre genauso viel Energie für Sport aufgewandt hätten wie für die Ausreden, *keinen* Sport zu machen, dann wären Sie jetzt wahrscheinlich nicht in dieser Situation.«

Ich würde gern mit einer geistreichen Entgegnung antworten, aber leider fällt mir aufgrund der Tatsache, dass Alice vollkommen recht hat, keine ein. Ich habe wirklich die letzten Jahre damit verbracht, Ausreden zu finden, warum es mir nicht möglich ist, fit zu bleiben, und daher bin jetzt extrem übergewichtig, ungesund und im Großen und Ganzen mit meinem Leben unzufrieden. Ich denke an die vielen Male, als ich nicht zum Rugbytraining ging, weil es zu kalt war, zu heiß, zu dunkel, zur gleichen Zeit wie ein Fußballspiel oder zur Mittagszeit oder …

Wann hörte ich auf, es auch nur zu versuchen?

Vor fünf Jahren?

Zehn?

»Fünfzig Scherensprünge, sagten Sie?«, frage ich und mache dicke Backen.

»Genau.«

»Gut.«

Ich ziehe mich unter Qualen zum gefühlten (wahrscheinlich tatsächlichen) tausendsten Mal diese Woche auf die Beine und nehme die Startposition ein.

»Eins!«, schreie ich, während mein schwabbeliger Kadaver für einen kurzen Augenblick die Schwerkraft überwindet.

»Zwei!«

»Drei!«

»Vier!«

»Fü… SCHEISSE!«

»Was ist?«, fragt Alice und eilt herbei, um mich zu stützen.

»Mein Rücken«, jammere ich. Schmerzen – dieses Mal richtige Schmerzen, nicht nur die chronischen Wehwehchen, die ich in den vergangenen sieben Tagen hatte – schießen mir durch den oberen Teil des Rückens. Beim fünften Scherensprung fühlte ich etwas in meiner rechten Schulter reißen.

Das erkläre ich Alice.

»Klingt, als hätten Sie sich einen Muskel gezerrt.« Sie klatscht mir auf den Arm. »Das wird schon wieder.«

»Das sind höllische Schmerzen!«

»Ein paar Schmerztabletten, und schon ist es wieder gut«, sagt sie und wischt sich über die verschwitzte Stirn. »Ich bin sogar erleichtert. Nach Ihrem Geheul wie ein kleines Mädchen dachte ich schon, Sie hätten einen Bandscheibenvorfall oder so etwas.«

Bis jetzt habe ich mich noch nicht getraut zu fragen, ob Alice einen Ehemann hat, aber falls es einen gibt, dann tut mir der arme Mann unsagbar leid. Seine Frau hat das Mitgefühl und Einfühlungsvermögen eines verschnupften Darth Vader.

»Wir müssen aufhören«, flehe ich sie an.

Alice begutachtet mich von oben bis unten. Ich bin mir sicher, ich sehe toll aus. Mein Gesicht ist knallrot und aufgedunsen, meine verschwitzten Haare stehen nach oben, mein Rugbytrikot ist total zerknittert und mein haariger Bauch hängt über dem Bund meiner Trainingshose im Freien. Ich bin vornüber gebeugt wie die alte Hexe auf dem Weg zu Schneewittchens Haus und wackle unstet auf meinen Beinen, die jeden Augenblick unter mir nachgeben könnten. Mit anderen Worten: Ich sehe aus wie ein fetter, unsportlicher technischer Redakteur, der in der letzten Woche mehr Sport getrieben hat als in den vergangenen zehn Jahren.

»Wahrscheinlich haben Sie recht«, gibt Alice zu. »Ich wäre allerdings gern noch ein letztes Mal zum Abkühlen um den Park gejoggt …«

»Um Gottes willen, bitte nicht.«

»Nein. Genaugenommen denke ich, dass Sie so ziemlich geschafft sind, Greg.« Sie hebt ein Bein auf unsere Lieblingsbank und beginnt mit Dehnübungen. »Soll ich Sie noch nach Hause fahren?«

»Nein. Ich glaube, ich versuche zu laufen.«

»Sind Sie sich sicher?«

»Ja.«

Teilweise, weil ich auf dem Heimweg an einem Supermarkt vorbeikomme, in dem ich Schmerztabletten kaufen kann, und teilweise, weil ich Angst habe, dass Alice mich vor Erreichen meiner Haustür noch mit Training schikaniert, wenn ich zu ihr ins Auto steige. Ich habe nicht die geringste Lust, die Hauptstraße entlang zu joggen, während sie auf die Hupe haut und ›Schneller, Sie kugelrundes Stück!‹ schreit, bis bei mir noch etwas reißt.

»Okay.« Sie steht auf. »Nun, schön war's.«

»Ja?«

»Finde ich schon. Wenn Sie noch einen Kurs absolvieren möchten – vielleicht einen längeren –, dann rufen Sie mich an.«

»Okay, mache ich.«

Auf gar keinen Fall.

»Prima. Ich werde Ihnen einen Abschlussbericht schicken, wie ich das für alle meine Klienten machen. Er enthält Ratschläge und Hilfen, was Sie als nächstes in Ihrem Sportprogramm machen sollten.«

Nie wieder einen Personal Trainer engagieren?

»Danke, Alice.«

Sie streckt mir die Hand entgegen.

»Viel Glück mit dem Wiegen heute, Greg. Ich werde zuhören.«

»Vielen Dank.«

Ich hoffe verdammt noch mal, dass ich abgenommen habe. Wenn nicht, kann ich mir lebhaft vorstellen, wie Alice den Sender stürmt und mehrere Unschuldige als Geisel nimmt.

»Bis später dann, Greg.«

»Ja, auf Wiedersehen, Alice.«

Und schon ist sie weg.

Meine Peinigerin der letzten sieben Tage joggt den Pfad Richtung Parkplatz entlang und lässt mich in erbärmlichem Elend neben der Parkbank zurück, die ich nie wieder besuchen werde, so lange ich lebe. Nicht nur das, höchstwahrscheinlich werde ich diesen *Park* nie wieder betreten.

Oder sonst einen Ort mit Bäumen, Vögeln, Gras oder Himmel.

Zehn Minuten später schleiche ich durch den Eingang des Supermarktes. Der Schmerz in meinem Rücken und der Schulter ist so akut, dass mir davon ein wenig schwindlig ist.

Ich stehe eine gute Minute vor der Auswahl der Schmerztabletten und versuche zu entscheiden, welche Tabletten ich kaufen möchte. Es gibt Markennamen und die billigeren, gleichwertigen Supermarktmarken. Ich nehme eine der letzteren, weil mir Markenzeichen noch nie wichtig waren.

Ich nehme eine Schachtel mit zweihundert Milligramm Ibuprofen und gehe damit zur Kassiererin.

»Diese sind sehr stark«, meint sie, während sie die Schachtel in einen Beutel steckt.

»Das hoffe ich«, antworte ich.

Eigentlich weiß ich aber nicht, was sie damit meint. Das letzte Mal, als ich solche Tabletten nahm, war, als ich mir im vergangenen Jahr den Knöchel verstauchte. Zwei von den Tabletten halfen überhaupt nicht gegen die Schmerzen, ich musste drei nehmen, damit es wenigstens ein bisschen besser wurde.

Meine jetzigen Schmerzen sind noch viel schlimmer, also schlucke ich auf dem Heimweg vier der kleinen weißen Tabletten, ohne etwas zu trinken. Das müsste den Schmerz etwas mildern.

»Hallo Schatz«, sagt Zoe, als ich eintrete. »Du siehst schrecklich aus.«

»Danke, Baby.«

»Bist du überfahren worden?«

Ich denke an Alices Glupschaugen und ihre strenge Miene.

»Ja, ich glaube, das bin ich.«

»Also, wir sollen in einer Stunde beim Sender sein, du solltest daher duschen und dich anziehen. Denke daran, eine ordentliche Unterhose anzuziehen – wir werden heute ohne Oberbekleidung gewogen.«

»Okay«, stimme ich zu und schlurfe die Treppen hinauf.

Die Dusche wirkt belebend, und als ich damit fertig bin, fühle ich mich ziemlich gut. Der Schmerz in meinem Rücken ist fast ganz verschwunden. Diese Schmerztabletten sind besser als ich dachte!

Ich beginne sogar zu pfeifen, während ich mich anziehe, und als ich die Treppe wieder hinuntergehe, grinse ich über das ganze Gesicht.

»Du siehst besser aus«, sagt Zoe, als ich in die Küche komme.

»Ja …, ja, ich fühle mich auch besser«, antworte ich in einem träumerischen Ton.

Genaugenommen ist es kein träumerischer, sondern ein *bekiffter* Ton. Diese Tabletten müssen wesentlich stärker sein, als ich dachte.

Ich wandere hinüber zum Medikamentenschub, in den ich sie vorhin gesteckt habe, und betrachte die Schachtel.

Oh nein.

Ich habe im Laden die Falsche erwischt.

Ich dachte, ich hätte die mit zweihundert Milligramm gekauft, diese hier haben aber vierhundert Milligramm. Scheiße, doppelt so stark.

Kein Wunder, dass ich irgendwie high bin. Ich habe so viel Entzündungshemmer geschluckt, dass man damit einen Gorilla lahmlegen könnte.

»Geht es dir gut?«, fragt Zoe neben mir.

Ich hatte nicht bemerkt, dass sie hereingekommen war.

»Ja, warum?«

»Weil du seit fünf Minuten diese Schachtel anstarrst.«

»Echt?«

»Ja, Greg.«

»Oh.«

»Bist du fit genug, das Haus zu verlassen?«

Ich lege die Hand auf ihre Schulter. Ihr Pulli fühlt sich unglaublich weich an.

»Hmmmm. Natürlich, Schatz.«

»Was zum Teufel ist denn los mit dir?«

»Gar nichts. Ich habe nur vielleicht etwas zu viel Ibuprofen genommen.«

»Oh, Greg!«

»Psst«, sage ich und lege die Hand auf ihre weiche, warme Wange. »Das ist schon in Ordnung. Ich bin in Ordnung. Alles ist in Ordnung. In Ordnung und gut. Gut wie Mut.«

»Ach, du meine Güte.«

»Du hast wunderschöne Haut. Ich sage dir das nicht oft genug.« Ich streichle ihr Gesicht. »Wunderschöne, tolle Haut. Haut, Haut, Haut, hautige Haut.«

»Ich fahre«, sagt Zoe und unterbricht diese beunruhigende Analyse ihrer Epidermis.

»Okay, Liebling. Du fährst. Ich werde … Ich werde …« Für einen Augenblick treibe ich fort, an einen warmen, federnden Ort. »Ich werde nicht fahren«, füge ich endlich hinzu.

»Oh, das kann ja was werden«, sagt meine Frau mit einer Verzweiflung, die mir vollkommen entgeht.

»Das ist die richtige Einstellung!«, rufe ich voller Freude und laufe direkt gegen die Küchentür.

Auf der Fahrt zu ›Stream FM‹ komme ich zu der Überzeugung, dass ›Kumquat‹ das schönste Wort im Wörterbuch ist.

Bis ich dann im Aufenthaltsraum nur in T-Shirt und Unterhose bekleidet warte, habe ich meine Meinung geändert. ›Albumin‹ ist das schönste Wort. ›Kumquat‹ kommt weit danach auf dem zweiten Platz, gefolgt von ›Moleskin‹, was wiederum knapp vor ›Wombat‹ liegt.

»Ich finde es unmöglich, dass es hierfür ein Scheißpublikum geben wird«, sagt Zoe neben mir.

Das Wiegen soll in der großen Konferenzhalle des Senders stattfinden. Sie haben sie für diesen Zweck zu einem Tonstudio umfunktioniert. Ein eigens ausgewähltes Publikum, bestehend aus einigen Hundert Leuten, wurde dazu eingeladen, um dem Ganzen eine gewisse Atmosphäre zu verleihen. Das Wiegen wird sowohl live im Radio ausgestrahlt als auch auf der Webseite übertragen.

All das macht Zoe verständlicherweise nervös.

Mir geht das vollkommen am rosigen Hintern vorbei. Ich bin viel zu sehr damit beschäftigt, Wörter zu finden, die sich auf *Albumin* reimen.

Ich sehe mir die anderen fünf Paare an und schaffe es nicht, das blöde Grinsen zu unterdrücken. Ehrlich gesagt ist es ein Wunder, dass ich noch nicht zu sabbern begonnen habe.

Die meisten der anderen sehen genauso verängstigt aus wie Zoe – bis auf die beiden Weichbirnen, deren Namen mir gerade nicht einfallen. Sie macht Fotos ihres fetten Kindes mit ihrem iPhone und er bohrt mit einer Begeisterung in der Nase, die man sonst nur bei einem Zwerg in einer Goldmine finden würde.

An Shanes Namen kann ich mich erinnern, er ist der Dickste von uns allen. Selbst in meinem sahnigen Ibuprofenrausch kann ich erkennen, dass er deutlich abgenommen hat, sogar im Vergleich zur letzten Woche. Das schärft meinen vernebelten Geist ein wenig. Wenn er seinen enormen Umfang verringert hat, dann ich hoffentlich auch.

Mein Mannesstolz hat in den letzten Tagen sehr unter Alice Pithering gelitten, aber während ich jetzt hier stehe und die Konkurrenz beäuge, richtet er sich wieder auf.

Leider bin ich immer noch zu wie eine Haubitze und meine Wettbewerbsfähigkeit zerfällt recht schnell, als ich merke, dass das Wort ›Albumin‹ so ähnlich ist wie ›Album‹. So wie in: ›Hast du das neueste Green Day-Albumin gehört? Es ist so toll, dafür braucht man keine Eier.‹

Dieser wirklich lahme Kalauer verursacht bei mir einen Kicheranfall, der erst wieder aufhört, als Lottie, die Produktionsassistentin, hereinkommt und uns sagt, es sei Showtime.

Und was für eine Show! Der reinste Überfluss an Brillanz, grellem Licht und Glamour!

Oder ich bin einfach nur komplett high durch meine legal gekauften Tabletten, und das Wiegen besteht doch nur aus einer großen Waage mit einer LCD-Anzeigentafel darüber und zweihundert irgendwie gelangweilt aussehenden Zuschauern, die darauf warten, dass etwas Fettes passiert.

Wir werden durch die breite Doppeltür zum Seiteneingang des Konferenzraumes geführt, und ich muss den fast überwältigenden Drang, zu muhen, unterdrücken.

Elise und Will, die heute Morgen von innen heraus zu leuchten scheinen, sprechen mit dem Publikum im Saal und den Zuhörern am Radio, während sie auf der provisorischen Bühne in der hinteren Hälfte des Konferenzraumes herumlaufen.

Eine große Leinwand – sie muss ein Vermögen gekostet haben – hängt hinter der Bühne, mit den Worten VOLL FET! darauf. Irgendjemand hat versucht, das falsch geschriebene Wort zu verbessern und hat ein T eingefügt, aber jeder kann sehen, dass da etwas falsch gelaufen ist. Es ist offensichtlich, dass diese Leinwand von der Reprographie-Abteilung auf die Schnelle während der Mittagspause zusammengewürfelt wurde.

»Und hier kommen sie!«, ruft Will, als wir hintereinander den Raum betreten. »Unsere zwölf Kandidaten kommen für das erste Wiegen zu uns auf die Bühne.«

»So ist es. Geben wir ihnen eine Runde Applaus!«, fügt Elise hinzu.

Mit einem Mal ist das Publikum voller Energie. Die Leute haben damit ihr Stichwort erhalten und werden ihre vertraglich festgelegte herzliche Reaktion auf Teufel komm raus erfüllen.

Eine Welle des Applauses rollt über uns hinweg, als wir die niedrige Bühne betreten. Sogar ein paar Jauchzer und Jubelrufe sind zu hören. Ich könnte schwören, ich höre auch jemanden muhen, aber das liegt vielleicht nur am Ibuprofen.

Zwölf Stühle stehen im hinteren Bereich der Bühne und wir lassen uns auf unsere vier Buchstaben nieder, während Will und Elise dem Publikum erklären, wie das Wiegen vonstattengehen wird.

Jedes Pärchen wird an die Waage kommen und jeweils einzeln gewogen werden. Unser kombiniertes Gewicht wird errechnet und zusammen mit dem Gesamtprozentsatz der Gewichtsreduktion auf der schicken Anzeigetafel eingetragen. Nachdem alle sechs Paare gewogen worden sind, wird dasjenige, das am meisten abgenommen hat, dieses erste Wiegen gewonnen haben – und ein Wochenende in London, einschließlich zweier Karten zu einer Show.

Das klingt, als wäre es ein recht guter Weg, um festzustellen, wer von uns am besten abschneidet. Allerdings kann ich mich des Gedankens nicht erwehren, dass es da irgendwo ein Hintertürchen gibt. Wenn ich einfach Zoes Bein abschneide, dann gewinnen wir problemlos dieses Wiegen.

Die einzige Schwierigkeit wäre dann, dass im Verlauf des Wettbewerbs insgesamt neunmal Wiegen geplant ist. Bis wir beim letzten Wiegen ankommen, hätte Zoe dann nur noch ihren Kopf, vorausgesetzt, ich zerhacke ihren Oberkörper in mehrere Stücke.

Ich setze mich am Ende der Reihe auf den letzten Stuhl, stelle mir vor, wie ich den körperlosen Kopf meiner Frau auf die Waage lege, und muss meine Heiterkeit unterdrücken. In meinem von den Schmerztabletten verwirrten Tagtraum ist Zoes Kopf äußerst lebendig und schimpft mich von der Waage aus, weil ich keine saubere Unterhose anhabe.

»Über was lachst du denn so?«, fragt mich die vollständige Zoe Milton-Version an meiner Seite.

»Nichts, mein Schatz«, antworte ich und starre sie an. »Du hast wunderschöne Haare. Kann ich sie ein bisschen streicheln?«

»Oh, verfickt noch mal, Greg.«

»Genau, verfickt noch mal. Ficken, fick, fick, fick. Fiiiiiiiiick. Das ist ein tolles Wort, fick, oder?«

»Sei einfach still und gib Ruhe, damit wir das so schnell wie möglich hinter uns bringen können.«

Ich salutiere schlampig.

»Jawoll.«

Will und Elise reden immer noch. Mittlerweile sind sie dabei, allen Sponsoren zu danken, die die Rechnung für dieses Debakel übernehmen.

Während ich auf meinem Stuhl hänge und darauf warte, ins Rampenlicht treten zu müssen, wird mir auf einmal unangenehm bewusst, wie mein träumerisches, zufriedenes High langsam von einer unwiderstehlichen Müdigkeit verdrängt wird.

Meine Augenlider werden immer schwerer und mein Kopf fühlt sich an, als wäre er voller Watte.

Ich versuche mich darauf zu konzentrieren, was unsere Moderatoren erzählen, um mich aufzumuntern, aber ihre identischen, künstlichen Discjockey-Stimmen haben die entgegengesetzte Wirkung auf mich und machen es noch schlimmer.

Ich muss nur dieses Wiegen überstehen, dann können wir heimfahren und ich kann ins Bett.

Ein benommenes Lächeln breitet sich erneut auf meinem Gesicht aus, als ich an das weiche weiße Laken unter mir denke, an die warme, kuschelige Decke, die sich um meinen Körper wickelt, das schöne Gefühl des Kissens an meiner Wange …

»GREG!«

»Wsisnw?«

»GREG!«

»Hmmmm?«

»Wach auf, du Idiot!«

Ich komme zu Bewusstsein und merke, dass Zoe mich heftig schüttelt.

»Wir sind dran. Reiß dich zusammen!«, zischt sie mich an.

Mit trüben Augen blicke ich auf und sehe in zweihundert erwartungsvolle Gesichter. Von der Vorderkante der Bühne starrt Elise mich an, allerdings weniger mit Erwartung als voller wilder Panik.

Ich winke.

»All's okay. Schau mich nur ein bisschen von innen an.«

Ich stehe auf und reibe mir über das Gesicht.

Ich hole tief Luft, unterdrücke ein Schwanken, lächle in die Menge und gehe nach vorn.

Zumindest fühlt es sich an, als ginge ich nach vorn, aber eigentlich mache ich einen Schritt nach rechts.

… nach rechts, über die Kante der Bühne.

Die Menge schreit auf, als mein rechter Fuß an der Bühnenkante vorbei ins Leere tritt, gefolgt von meinem restlichen Körper.

»OH FUCK!«, schreie ich so laut, dass ich mir sicher bin, dass ›Stream FM‹ mal wieder für Fluchen mit einer Strafe belegt werden wird.

Zum Glück ist die Bühne nur etwa fünfzehn Zentimeter hoch, sonst hätten sie wahrscheinlich den Notarzt rufen müssen. Unter den gegebenen Umständen landet mein Fuß schmerzhaft auf dem Teppich, und ich stolpere wie ein neugeborenes Elefantenbaby nach vorn.

Ich habe zwar etwas abgenommen, aber ich bin immer noch verdammt dick, es ist also nicht so einfach, meinem Schwung entgegenzuwirken.

Genaugenommen ist es so schwierig, dass ich bis durch die Doppeltür aus dem Konferenzraum gestolpert bin, bis ich zum Stehen komme.

Die Zuschauer müssen annehmen, dass ich voller Schrecken vor der Waage geflohen bin. Aus ihrer Sicht haben sie gerade einen Mann erlebt, der unsicher auf die Beine gekommen ist, einen Blick auf die Vorgänger geworfen und daraufhin davongerannt ist wie ein verängstigtes, sechsjähriges Kind.

Ich drehe mich und eile zurück in den Raum.

»Entschuldigung! Entschuldigung, alle zusammen!«, bitte ich und steige mit vor Scham rotem Gesicht zurück auf die Bühne neben Zoe.

»Wir dachten schon, wir hätten dich verloren«, meint Elise und lacht ein unangenehmes Staccato, wie man das macht, wenn man das Gefühl hat, die Kontrolle über eine Situation verloren zu haben.

»Ha! Nein, nein, alles in Ordnung«, antworte ich ihr. »Bin nur ein wenig gemolpert.«

»Ge-was?«, fragt Elise.

»Gestom…, gestondert …«

»Wie bitte?«

Na toll. Offensichtlich ist das Ibuprofen nun dazu übergegangen, das Sprachzentrum meines Gehirns anzugreifen. Ich konzentriere mich so sehr ich kann.

»Ge-stolpert. Ich bin ge-stolpert, Lisa.«

»Elise.«

»Wie du meinst.«

Wie erwartet beendet Elise unsere Unterhaltung und bittet Zoe, auf die Waage zu treten. Meine Frau kommt der Aufforderung nach.

Ihr Gewicht zu Beginn des Wettbewerbs von zweiundneunzig Kilo erscheint auf der einen Seite der viel zu komplizierten Anzeigentafel. Wir alle warten mit angehaltenem Atem darauf, dass die Waage ihre Arbeit erledigt. Über die Lautsprecher ertönt kitschige Countdown-Musik, bis Zoes neues Gewicht mit einem Tusch erscheint.

Achtundachtzig Kilo.

Das Geräusch eines nassen Furzes wäre angemessener gewesen. Das sind nur acht Pfund in sechs Wochen.

Der Ausdruck der katastrophalen Enttäuschung auf Zoes Gesicht bricht mir das Herz. In diesem Augenblick möchte ich nichts lieber, als ihre Hand nehmen, sie von der Bühne führen und nie wieder etwas mit diesem blöden Affenzirkus zu tun haben.

»Du bist dran, Greg!«, sagt Will zu mir, während Zoe von der Waage heruntersteigt und zur Seite tritt.

Ich trete mit Übelkeit von den Tabletten und Magenschmerzen wegen des Kummers meiner Frau auf die Waage.

Ehrlich gesagt ist es mir scheißegal, wie viel ich abgenommen habe.

Zumindest bis ich sehe, dass es mehr als acht Kilo sind.

Von einhundertachtundzwanzig auf unter hundertzwanzig.

Mein lieber Schwan.

Ich kann mir Alice vorstellen, wie sie zuhause umhertanzt.

»Das ist ein ausgezeichnetes Ergebnis, Greg – herzlichen Glückwunsch!«, sagt Elise und schlägt mir auf den Rücken, als ich von der Waage steige.

Ich kann mir nicht helfen, ich muss lächeln. Ich hatte nicht erwartet, so viel abgenommen zu haben!

Mein Stolz ist kurzlebig und verebbt in dem Moment, als ich Zoe anblicke. Sie versucht nach Kräften zu lächeln, aber in ihren Augen steht die Enttäuschung deutlich geschrieben.

»Gut gemacht, Liebling«, sagt sie und nimmt meine Hand.

»Ist doch nichts Besonderes, Schatz«, antworte ich in dem Versuch, ihre Not zu lindern. Ich drücke ihre Hand. »Ich habe schließlich viel mehr abzunehmen, vergiss das nicht.«

Sie nickt, aber ich weiß genau, dass meine Worte nicht geholfen haben.

Je schneller diese Posse heute zu Ende geht, umso besser.

Es muss wohl nicht extra erwähnt werden, dass wir das Wiegen nicht gewinnen. Diese Ehre geht an das älteste Paar, an George und Valerie. Sie haben beide jeweils mehr als sechs Kilo abgenommen. Es ist ein fantastisches Ergebnis für sie.

Gleich hinter ihnen liegen Frankie und Benny. Als Benny merkt, dass sie nur um zwei Prozent verloren haben, sieht er gleichzeitig niedergeschlagen und wütend aus.

Zoe und ich liegen auf dem dritten Platz, unsere Leistung kann also als vollkommen durchschnittlich bezeichnet werden.

»Wir hätten gewinnen können«, sagt Zoe verzweifelt zu mir, als wir eine halbe Stunde später den Aufenthaltsraum verlassen. »Wenn ich mehr abgenommen hätte, dann hätten wir gewinnen können.«

»So darfst du nicht denken«, antworte ich und ziehe meine Jacke an. »Hier geht es doch darum, dass unser Leben besser wird. Wenn wir davon nur unglücklich werden, dann hat das Ganze doch gar keinen Zweck.«

»Du hast doch gut abgeschnitten.«

»Ja, gut, ich hatte aber auch eine dürre Irre, die mich eine Woche lang malträtiert hat. Du hast dafür Kohl gegessen und ständig gefurzt.«

Das hat den erwünschten Effekt. Zoe kichert.

»Ich glaube, ich muss eine bessere Diät finden«, meint sie mit einem verzagten Lächeln.

»Das kannst du laut sagen!«

Bis wir zu Hause ankommen, hat sich Zoes Stimmung so weit gebessert, dass sie für den Nachmittag einen Spaziergang im Wald vorschlägt. Ich würde mich am liebsten hinlegen und tot stellen, aber wenn sie einen Spaziergang braucht, um wieder klar denken zu können, dann soll mir das recht sein.

Nach einem gesunden Mittagessen aus Hähnchen und Salat machen wir uns auf den Weg. Ein Brot mit Schinkenspeck wäre jetzt eine richtige Gaumenfreude, aber Alice würde mir im Schlaf den Garaus machen, sollte sie jemals davon erfahren.

Zoe genießt die zwei Stunden sehr, die wir in der Landschaft herumtapsen, aber ich denke die ganze Zeit an den enttäuschten Ausdruck auf ihrem Gesicht beim Wiegen – wenn ich nicht gerade darum bemüht bin, die Schmerzen in meinen Beinen zu ignorieren.

Ich glaube, keiner von uns beiden wird damit fertig werden können, falls dieses Experiment in die Hose geht. Wenn Zoe nicht so viel abnimmt, wie sie es sich von diesem Wettbewerb erwartet, dann weiß ich nicht, wie ich den Stress und die Qual, die ihr das verursachen wird, aushalten soll.

Während wir durch den sonnendurchfluteten Wald spazieren, erkenne ich mit einem Schlag das Ausmaß der Herausforderung, die vor uns liegt.

Falls wir Erfolg haben und abnehmen, wären die Auswirkungen positiv und lebensverändernd.

… aber falls wir versagen, dann könnte der Schaden, den unser sowieso schon angeschlagenes Selbstwertgefühl nimmt, riesig sein.

In diesem Augenblick bin ich mir nicht sicher, ob es das Risiko wert ist.

Zoes Diättagebuch

Montag, 19. Mai

83 kg (9 kg abgenommen)

Heute wurde ich auf der Straße erkannt.

Ich wandere gerade den Weg entlang, um einen Brief aufzugeben, als eine kleine, grauhaarige Dame unbestimmbaren Alters mit einem Mini-Shih Tzu auf dem Arm zu mir eilt und sagt:

»Sie sind es, nicht wahr?«

»Bitte?«

»Sie sind es! Sie sind in der fetten Sendung auf ›Stream FM‹. Sie sind die, die keine Kinder kriegen kann.«

»Ja, das bin ich«, seufze ich. »Teil der fetten Sendung und kinderlos.«

»Mir gefällt die Sendung sehr. Marienkäferchen und ich hören immer die Sendung mit Elise und ihrem schwulen Kollegen.«

»Marienkäfer?«

Sie hält den Minihund hoch, der aussieht, als leide er unter Verstopfung, und mich kläglich anschaut.

»Das ist Marienkäferchen.«

»Das ist ein Hund.«

»Ja.«

»Sie nennen Ihren Hund Marienkäfer.«

»Ja.«

»Okay.« Ich wedele mit dem Brief vor ihrem Gesicht. »Nun, ich muss weiter. Es war nett, Sie kennenzulernen.«

»Wann, meinen Sie, dass Sie nicht mehr fett sein werden?«

»Wie bitte?«

»Wann, meinen Sie, dass Sie nicht mehr fett sein werden?«

Das ist die deprimierendste Frage, die mir je gestellt worden ist.

»Ich weiß es nicht.«

»Ich hoffe, Sie sind bald nicht mehr fett.«

»Ähm, danke.«

»Ich möchte wirklich, dass Sie und Shane gewinnen.«

»Ich bin mit Greg verheiratet.«

»Oh, ich dachte, Sie seien Shanes Frau.«

»Nein. Ich bin Gregs Frau.«

»Oh. Also, ehrlich gesagt kann ich Sie beide nicht ausstehen.«

»Ach wirklich? Und Ihr Hund hat einen bescheuerten Namen und sieht aus wie eine Klobürste. Auf Wiedersehen.«

Ich mache mich aus dem Staub, bevor diese Verrückte mich weiter belästigen kann. Ich würde ja versuchen, davonzurennen, aber mehr als ein eiliges Schlurfen ist dank der gestrigen *Voll Fett!*-Aufgabe leider nicht drin.

Lassen Sie es mich erklären …

Sehen Sie, es reicht ›Stream FM‹ nicht, die Paare gegeneinander antreten zu lassen, um zu sehen, wer am meisten abnimmt. Das wäre viel zu einfach.

Wir müssen uns nicht nur die Demütigung des öffentlichen Wiegens gefallen lassen, nein, zusätzlich müssen wir im Verlauf der nächsten zwei Monate auch bei einigen Wettkämpfen mitmachen, in denen unsere Ausdauer und unser Durchhaltevermögen getestet werden, die wir auf unserem Weg zu einem glücklicheren und gesünderen Leben entwickeln.

Der erste war ein Spinning-Wettkampf.

Sie wissen natürlich, was Spinning ist. Es ist schließlich mittlerweile bei Leuten, die Elastan für modisch halten, sehr beliebt. Warum man das Kind nicht einfach beim Namen nennt – gemeinschaftliches Standradfahren –, ist mir ein Rätsel. Ich nehme an, das sähe auf den Werbeprospekten nicht so hip aus.

Der Wettkampf war zusammen mit ›Fitness4All‹ organisiert worden, einer Fitnessstudiokette, die einer der Sponsoren des Wettbewerbs ist – genaugenommen der Hauptsponsor. Sie haben ihre Räumlichkeiten und einen Haufen Bargeld zur Verfügung gestellt. Dafür bekommen sie über die nächsten sechs Monate in allen Programmen des Senders Reklame rund um die Uhr. In jeder Werbepause hört man ihre Werbung, jedes Poster ist mit ihrem protzigen Schriftzug verziert.

Und damit nicht genug. Menschen werden zwangsrekrutiert, als menschliche Werbeplakate für ›Fitness4All‹ zu fungieren. Ich muss es wissen, denn ich bin leider einer dieser Menschen.

»Gerade ist ein großes Paket gekommen!«, ruft Greg mir am Samstagmorgen von unten zu.

»Ja, das werden die Trikots sein«, antworte ich und gehe gähnend hinunter.

»Trikots?«

»Ja, du weißt schon. Elise hat es am Montag erwähnt. ›Fitness4All‹ hat gebeten, dass wir ab morgen bei dem Wettkampf alle ihr T-Shirt tragen.«

Greg versucht, das Paket hochzuheben. Es ist riesig.

»Ich glaube nicht, dass da nur T-Shirts drin sind, Schatz.«

Und er hat vollkommen recht.

»Ach, du lieber Gott«, sage ich halblaut, als er das Paket aufschneidet und beginnt, den Inhalt herauszuziehen.

T-Shirts. Viele, viele T-Shirts.

»Die Größen werden immer kleiner«, meint Greg.

»Damit sie auch passen, wenn wir abnehmen«, mutmaße ich.

Greg hält eines hoch. Es hat einen hektischen Rotton und ist von knallblauen und weißen Schriftzügen überzogen. Ich sehe es mir genauer an, während mein Mann damit herumwedelt.

»Meine sind anders als deine«, stellt Greg fest.

»Inwiefern?«, frage ich.

Er hält ein anderes T-Shirt hoch und ich sehe, was er meint.

»Das kann doch wohl verdammt noch mal nicht ihr Ernst sein«, sage ich.

Auf der Vorderseite des T-Shirts ist ein riesiges ›Fitness4All‹-Logo in einem dieser blöden verzogenen Schriftzüge, die Geschwindigkeit andeuten sollen, stattdessen aber nur jedem Legastheniker wahnsinnige Kopfschmerzen verursachen. Das ›Stream FM‹-Logo befindet sich auf der linken Brustseite, womit das T-Shirt aussieht wie ein billiges Fußballtrikot.

Auf der Rückseite wird es noch schlimmer.

Genau wie bei einem Fußballtrikot stehen unsere Namen groß auf dem Rücken. Darunter stehen aber keine Nummern, wie man es bei einem Fußballspieler finden würde.

Stattdessen haben ›Fitness4All‹ und ›Stream FM‹ beschlossen, dass jeder von uns seinen eigenen Slogan braucht. Und zwar in GROSSEN DICKEN BUCHSTABEN über unseren ganzen Rücken.

Auf Gregs steht: ICH MAG'S GROSS.

Meins ist noch schlimmer: FETT, ABER FABELHAFT.

Ich sehe diverse Rottöne, alle dunkler als die T-Shirts.

Nicht fett UND fabelhaft. *Oh nein.* Das wäre ja rundherum falsch.

Schließlich sind dicke Menschen von der Gesellschaft Ausgestoßene, die auf gar keinen Fall fabelhaft *und* fett sein können – selbst wenn sie von Kopf bis Fuß mit Pailletten verziert sind und wie tausend Sonnen strahlen.

Nein, anscheinend bin ich fabelhaft, *obwohl* ich so groß bin wie ein Scheißnilpferd.

Irgendwie habe ich es geschafft, meine schreckliche Missbildung zu überwinden und ein Niveau des Fabelhaftseins zu erreichen, das bis jetzt noch nie von jemandem mit einer Kleidergröße über vierundvierzig erreicht wurde.

Ich bin ein wunderbarer Mensch. Ich gehöre bejubelt und beklatscht, wenn ich auf der Straße erscheine.

Ich finde das ausgesprochen beleidigend. Und wahnsinnig krass.

Und komplett und vollständig vorhersehbar.

Greg kennt mich sehr gut, daher braucht er nur etwa eine halbe Stunde, um mich von der Decke wieder runterzuholen.

»Mach dir nichts daraus«, sagt er. »Es ist nur ein albernes T-Shirt.«

»Du hast leicht reden. Du verbringst deine Zeit damit, es *groß zu mögen.* Damit hätte ich auch kein Problem.« Ich halte eines meiner T-Shirts hoch. »Aber, Greg, ich mag's nicht scheißgroß, oder? Nein, nein, nein. Ich bin fett, *aber* fabelhaft. Ich bin gigantisch, *aber* glücklich. Ich bin dick, *aber* fidel.« Ich schmeiße das T-Shirt durch das Zimmer. »Du weißt schon, was die bei ›Fitness4All‹ sind, oder Gregory?«

»Nein, Liebling, was denn?«

»Fit, *aber* vollkommen dämlich.«

»Ja, mein Schatz. Wollen wir uns den Rest der Sachen anschauen, bevor du einen Herzinfarkt bekommst?«

»Wenn du meinst.« Ich werfe das T-Shirt wieder in den Karton. »Ich werde mir das aber nicht gefallen lassen.«

»Nein, das hatte ich auch nicht erwartet.« Greg zieht ein weiteres Kleidungsstück heraus. »Oh, schau, Kapuzenjacken haben sie auch mitgeschickt. Darin sehen wir aus wie die Mistkerle, die an der Hauptstraße herumlungern.«

»Toll. Ich kann fett, aber fabelhaft sein *und* an der Bushaltestelle herumlungern und alten Leuten Angst einjagen.«

»Mützen sind auch dabei.«

»Ach wirklich, Greg? Und verkünden sie ebenfalls, dass ich, obwohl ich einen Hintern so groß wie ein Hausboot habe, trotzdem noch ein respektables Niveau an Fabelhaftigkeit besitze?«

»Nein, es ist nur das windige ›Fitness4All‹-Logo darauf.«

»Na, Gott sei Dank.«

Wenige Minuten später haben Greg und ich unsere neuen Klamotten an und begutachten einander.

»Ich sehe aus wie ein verdammter Timmy Mallet«, meint Greg.

Er hat nicht ganz unrecht. Die große rote Baseballkappe mit dem roten T-Shirt, der roten Kapuzenjacke und roter Trainingshose wirken zusammen und verleihen ihm das Aussehen des gottlosen Sprösslings eines Kindersendungmoderators aus den Achtzigern und einer Tomate.

Was sage ich denn da?

Wir sehen beide so aus.

Zwei knallrote Tomaten, die voreinander stehen und versuchen, nicht in Tränen auszubrechen.

Wenn wir das nächste Mal zu einer Kostümparty eingeladen werden, dann brauchen wir nur noch Schnäbel in unsere Gesichter zu kleben, um als Angry Birds gehen zu können, wie in dem Computerspiel. Genaugenommen als die dicken, fetten Viecher, die man nach einigen Spielrunden bekommt und die eine ganze Ladung Schweinchen mit einem Wurf des Katapults aus dem Spiel fegen können.

»Ich kann unmöglich so unter die Leute gehen«, sagt Greg mit schwacher Stimme. »Die Leute werden denken, ich hätte aufgegeben.«

»Das müssen wir auch nicht. Wir müssen es nur morgen für die Sendung tragen.«

»Was? Für die Live-Sendung, die auch übers Internet auf dem gesamten Planeten übertragen wird?«

»Ja.«

»Bei der Fotografen der hiesigen Lokalpresse Bilder machen werden?«

»Ja.«

»Na ja, dann ist es ja gut.«

»Sei still, Greg. Ich bin darüber genauso unglücklich wie du.«

… und das bin ich wirklich.

Morgen darf ich eine fette, aber fabelhafte Tomate auf einem Standrad sein.

Ich kann es gar nicht erwarten.

*

Das Fitnessstudio ›Fitness4All‹ bemüht sich nach Kräften, eine Atmosphäre auszustrahlen, in der man Zeit verbringen möchte, selbst wenn man dabei nicht versuchen sollte, fünfhundert Kalorien zu verbrennen.

Zum Beispiel gibt es eine Bar.

Natürlich keine *richtige* Bar. Es gibt keinen Alkohol. Wenn man aber gern einen fettfreien Sojamilchshake möchte oder einen Smoothie, der hauptsächlich aus Eiswasser besteht, dann ist das hier der richtige Ort.

Es gibt einen netten Aufenthaltsraum, wo man gemütlich sitzen und mit anderen plaudern kann, die ebenfalls versuchen, fünfhundert Kalorien zu verbrennen. Ein Flachbildschirm, verbunden mit einer Satellitenschüssel, nimmt eine ganze Wand des Aufenthaltsraumes ein. Der Kochsender ist natürlich gesperrt, aber man könnte stundenlang Sport- und Fitnessprogramme anschauen, wenn man das möchte.

Die Inneneinrichtung besteht größtenteils aus verschiedenen angenehmen Rosa- und Altrosatönen. Ansonsten gibt es noch funkelndes Chrom und strahlendes Schwarz, einschließlich des glänzenden Marmorbodens und des ausladenden Treppenaufgangs.

Absolut *nicht* zu sehen ist auch nur das geringste Anzeichen irgendeines Mitglieds beim Sport. Es gibt keine Fenster zum Fitnessraum und keinerlei offenkundige Hinweise auf auch nur die kleinste sportliche Aktivität. Wenn Sie in der Eingangshalle an der Rezeption stehen und meinen, in einem schicken Londoner Hotel oder einem besonders noblen Kino gelandet zu sein, dann könnte Ihnen das niemand verdenken.

Das ist natürlich absichtlich so. Die Besitzer des ›Fitness4All‹ wollen auf gar keinen Fall, dass Sie von der Eingangstür aus einen Haufen verschwitzter, unattraktiver Leute sehen, die krampfhaft versuchen, fünfhundert Kalorien abzuarbeiten. Der Ausdruck des Schmerzes, des Elends und der Hoffnungslosigkeit auf ihren Gesichtern könnte Sie schließlich davon abhalten, hereinzukommen und einen vollen Monatslohn für das dubiose Privileg, diesem Verein beitreten zu dürfen, herauszurücken.

»Schön, nicht wahr?«, fragt Greg, als wir hineingehen.

»Ja. *Schön*«, antworte ich, ohne mich im Moment weiter festlegen zu wollen. Dann erhasche ich einen Blick auf etwas, das in einer Ecke lauert, und die Frage, ob das Fitnessstudio schön ist oder nicht, verliert vollkommen an Bedeutung. »Was zum Teufel ist das?«, fauche ich.

Neben dem Empfangsbereich steht ein großer Pappaufsteller von der Art, wie man sie im Kino für die Werbung des neuesten Filmhits findet. Nur dass dieser hier gut fünf Meter breit ist und jeden einzelnen Kandidaten des ›Stream FM‹-Wettbewerbs darstellt. Über unseren Visagen sind die Logos des Wettbewerbs und ›Stream FMs‹ gedruckt und der Werbeslogan: »SEHEN SIE DIE *VOLL FETT!*-KANDIDATEN LIVE AM SONNTAG, DEN 18. MAI! Sehen Sie beim Wettkampf zu!«

Sie hätten von mir kein schrecklicheres Bild erwischen können, selbst wenn sie es versucht hätten.

Man kann meinen Gesichtsausdruck nur mit dem Wort ›Pferdegesicht‹ beschreiben.

Es ist erkennbar, dass ich versuche zu lächeln, aber irgendwo auf halbem Weg steckengeblieben bin und nur mit hochgezogenen Lippen meine Zähne zeige, als erwartete ich ein Zuckerstückchen.

Außerdem stehe ich leicht gebückt, bin also noch nicht einmal ein stolzes, aufrecht stehendes Ross …, sondern ein zitternder, abgewrackter Klepper, reif für den Abdecker.

Greg kommt kaum besser davon. Er hat ein albernes Grinsen auf dem Gesicht, das ihm einen leicht verblödeten Ausdruck verleiht. Dazu stehen ihm auf der einen Seite die Haare zu Berge, was den Eindruck erweckt, dass er nicht in der Lage ist, Auftritte in der Öffentlichkeit zu meistern.

Der Rest unserer zusammengewürfelten Crew sieht genauso schlimm aus wie wir, aber das Erscheinungsbild der anderen ist mir, ehrlich gesagt, scheißegal, da ich sie sowieso kaum kenne.

Die einzigen beiden, die sauber, glücklich und attraktiv aussehen, sind Will und Elise, die per lausiger Bildbearbeitung vor die Reihe der Fetten platziert worden sind. Wills Zähne strahlen hell wie eine Supernova und Elises Frisur hat mehr Spannkraft und Schwung als ein gedoptes Känguru.

»Oh je, ich sehe gar nicht gut aus«, höre ich eine Stimme hinter mir.

Ich drehe mich um und sehe Valerie und George, die Gewinner des ersten Wiegens, die sich den Aufsteller mit dem gleichen Entsetzen anschauen wie Greg und ich.

»Guten Morgen«, sage ich zu den beiden, gefolgt von Greg.

»Guten Morgen, Liebes«, antwortet Valerie. »Normalerweise sehe ich aber nicht so aus«, fügt sie hinzu und deutet auf ihre Pappversion.

Ich begutachte sie und sehe, dass Valerie aus irgendeinem Grund einen krankhaften Gelbton aufweist, als hätte sie akute Gelbsucht. Der Rest von uns sieht ziemlich rosig und damit mehr oder weniger gesund aus, daher kann ich nur annehmen, dass es sich hier um einen weiteren missglückten Bildbearbeitungsversuch handelt.

»Du siehst ein bisschen asiatisch aus, mein Schatz«, meint George und verrät damit einen leicht rassistischen Charakterzug.

»Wir sehen alle schrecklich aus, keine Bange«, beruhige ich Valerie. »Ich sehe aus wie ein Gaul und Greg, als sei er gehirnamputiert.«

»Sie hätten uns ja mal fragen können, bevor sie derartig schreckliche Fotos von uns verwenden«, meint Valerie.

»So, wie die Dinge bis jetzt gelaufen sind, glaube ich nicht, dass unsere Meinung sehr viel zählt«, bemerkt Greg ganz richtig.

»Guten Morgen miteinander!«

Wir wirbeln herum und sehen zwei gebräunte, elastanbekleidete Angestellte eifrig auf uns zueilen, ein Mann und eine Frau. Beide sind blond und haben augenscheinlich kein Gramm Fett auf den Knochen. Ich muss Greg nicht anschauen, um zu wissen, dass er krampfhaft versucht, dem Mädchen nicht auf die Brüste zu starren, die dank des engen Elastanoberteils wie auf dem Präsentierteller daherzukommen scheinen. Ich riskiere einen schnellen Blick auf den Mann, um zu sehen, ob ich den

Umriss seines Pimmels erkennen kann, aber entweder hat er einen von der Größe einer Spitzmaus oder die Sporthose, die er trägt, bietet mehr Komfort und Halt, als man annehmen würde.

»Sie sind hier für den Wettkampf, oder?«, fragt das Mädchen fröhlich.

»Das sind wir, mein liebes junges Ding«, antwortet George. Vom aalglatten Ton seiner Stimme her ist es offensichtlich, dass auch er einen ausgiebigen Blick auf ihre Oberweite geworfen hat und sich die Gelegenheit, sie zu umgarnen, nicht entgehen lassen will.

»Fantastisch!«, sagt der Typ.

Ich bin mir sicher, für den Kerl ist alles fantastisch. Elastan ist fantastisch. Sein Kalorienverbrauch ist fantastisch. Sein Körperfettgehalt ist fantastisch. Sein Blutdruck ist fantastisch. Wahrscheinlich ist das Einzige an ihm, das nicht fantastisch ist, sein Geschlechtsteil, aber bestimmt konzentriert er sich viel zu sehr auf seine täglichen Ballaststoffe, als dass er sich darüber Gedanken machen würde.

»Ich bin Tristan, das hier ist Hayley«, fährt er fort.

»Nett, Sie kennenzulernen«, sagt Greg, sieht Hayley in die Augen und ignoriert Mr Fantastisch vollständig.

»Wenn die Damen bitte mit zu den Umkleideräumen folgen wollen«, sagt Hayley. »Tristan wird die Herren zu ihren bringen.«

»Zeig uns den Weg, MacDuff!«, sagt Greg, ein Ausdruck, den ich oft gehört habe, aber dessen Quelle ich nicht kenne.

»Bis gleich, Schatz«, meint Greg und küsst mich auf die Wange.

Dazu muss ich sagen, dass mein Mann nichts von öffentlichen Liebesbezeugungen hält und ich daran merke, dass er wegen des Wettkampfes nervös ist und ein paar Streicheleinheiten braucht. Ich umarme ihn kurz, bevor ich mich mit Valerie und der Herrin des Elastans vom Acker mache.

Hayley führt uns die Treppe auf der linken Seite hinauf, Tristan die Männer auf einer Treppe rechts. Sie leitet uns durch ein wahres Labyrinth an Kraftkammern, Saunas, Tauchbecken und Massageräumen, bis wir an unserem Bestimmungsort, der Hauptdamenumkleide, ankommen.

»Wenn Sie sich hier umziehen würden«, weist Hayley an, »dann können Sie in den großen Fitnessraum kommen, wo alles für den Wettkampf für Sie vorbereitet ist.«

»Ich kann das Publikum hören. Es klingt nicht sehr groß«, sagt Valerie mit einem Ton der Erleichterung in der Stimme.

»Oh, machen Sie sich keine Sorgen, da ist eine ganze Masse an Leuten!«, gibt Hayley aufgeregt zurück. »Sie warten alle darauf, dass die Show beginnt.« Sie blickt auf ihre Uhr. »Was in zwanzig Minuten der Fall sein wird.«

»Toll«, sage ich. »Kann es gar nicht erwarten, meinen dicken fetten Hintern vor ihnen zur Schau zu stellen.«

Hayley drückt meinen Arm.

»Das ist die richtige Einstellung. Schön für Sie!«

Der Ton ist so gönnerhaft, wie er nur sein kann.

Ich schlucke eine Entgegnung hinunter und gehe, gefolgt von Valerie, in die Umkleide.

»So langsam komme ich mir vor wie die Hauptattraktion im Zirkus«, meint Valerie, während wir beide die fürchterlichen roten Kapuzenjacken zumachen.

Valeries Slogan ist: ABNEHMEN HEISST ERSTEN PLATZ NEHMEN. Die Tatsache, dass ich darauf neidisch bin, bezeugt, wie schrecklich mein eigener Slogan wirklich ist.

»Ich weiß, was Sie meinen«, sage ich. »Es würde mich überhaupt nicht wundern, wenn da draußen ein Typ mit einer Peitsche und einer Trillerpfeife stünde.«

Valerie lächelt.

»Sie meinen, wir müssen durch Reifen springen?«

Ich tätschle ihre Schulter.

»Valerie, Schätzchen, das machen wir doch schon seit zwei Monaten.«

Große bunte Schilder zeigen den Weg zum Hauptfitnessraum am anderen Ende der Umkleide an. Ich atme tief ein, bekreuzige mich im Stillen und gehe los, um mich den Massen zu stellen.

Es stellt sich jedoch heraus, dass die eigentlich gar nicht an uns Dicken interessiert sind, wie man der lustlosen Reaktion auf unser Eintreten entnehmen kann.

Als wir den Fitnessraum betreten, finden wir sechs Standräder vor, die mitten im Raum nebeneinander aufgestellt worden sind. Das Publikum sitzt im Halbkreis darum, was den Eindruck eines Amphitheaters erweckt. Die Anzeigetafel vom Wiegen ist auch hier und hängt über unseren Köpfen, bereit, unsere Zeit und Geschwindigkeit auf den Rädern festzuhalten, sobald wir uns darauf setzen.

Linker Hand steht ein provisorischer Radiotisch für Elise und Will und die Produktionsassistenten, die immer dabei sind. Aus einer Anzahl wichtig und kompliziert aussehender schwarzer und grauer Kästen schlängeln sich Hunderte an Kabeln weiß der Teufel wohin.

Ich schleiche mich zu Greg, der bereits sitzt. Während ich mich zu ihm geselle, betrachte ich das Publikum, das aus etwa zweihundert Menschen besteht. Die meisten unterhalten sich oder spielen auf ihren Handys, aber manche starren uns an, als seien wir gerade einer Petrischale entsprungen. Das leise Murmeln der Konversationen ist über das Summen der Klimaanlage zu hören.

»Hm, das ist beunruhigend«, sage ich zu Greg.

»Was?«

»Ich dachte, die wären ein wenig lebhafter bei der Sache.«

»Ja, ich auch. Aber ich habe mich gerade mit Dominica unterhalten, du weißt schon, eine der beiden Lesben. Sie war schon ziemlich zeitig hier und sagt, die sitzen hier schon seit über einer Stunde. Ich nehme an, ihnen ist langweilig.«

»Mir gefällt das nicht. Es scheint, als ob sie diskutieren, was sie mit uns anstellen wollen.«

»Ich weiß, was du meinst.«

»Sie werden jetzt jeden Augenblick entscheiden, ob sie uns auf dem Scheiterhaufen verbrennen oder doch lieber auf die gute alte Art lynchen wollen. Wir haben keinerlei Überlebenschance.«

Zum Glück erscheinen in diesem Moment unsere Retter in Form meiner Freundin, der quietschfidelen Radiomoderatorin, und ihres fröhlichen Sendepartners.

»Hallo zusammen!«, lächelt Elise und winkt, während sie zum Radiotisch geht.

Will tänzelt mit einem breiten Lächeln auf dem Gesicht hinterher und winkt ebenfalls.

Die Menge bricht in Jubel und Applaus aus. Es wird ganz klar, dass ein Dutzend anonymer Fetter nicht annähernd so aufregend sind wie zwei dünne, regionale Promis …, ich nehme an, das ist schon richtig so.

Elise sieht mich und nickt mir heimlich zu, was ich genauso erwidere, als seien wir zwei Spione in einem Schnapsladen in der Innenstadt Karatschis.

Wir versuchen, unsere Freundschaft bedeckt zu halten, solange der Wettbewerb läuft, damit sie nicht der Vetternwirtschaft bezichtigt werden kann. Das verstehe ich zwar, aber trotzdem ist es irgendwie seltsam, dass ich von jemandem wie eine Fremde behandelt werde, deren Haare ich gehalten habe, während sie in mein Klo gekotzt hat.

Wir haben uns wieder einigermaßen versöhnt, nachdem sie in der Sendung meine Unfruchtbarkeit öffentlich gemacht hat. Sie musste einiges an Überzeugungsgeschick an den Tag legen – und mir unzählige Kaffees mit Magermilch spendieren –, aber ich habe ihr unter der Voraussetzung diese Grenzüberschreitung verziehen, dass ich beim nächsten Mal, wenn sie meint, unsere Freundschaft ausnützen zu können, so vielen Leuten wie möglich ihre Geheimnisse mitteile. Ich kenne Elise lange genug, um zu wissen, dass sie eigentlich ein guter Mensch ist – nur fehlt es ihr manchmal, wenn sie unter Druck gerät, an gesundem Menschenverstand.

Elise und Will nehmen ihre Mikrofone und begrüßen die Menge und uns Kandidaten. Ein paar Minuten verbringen sie damit, relativ langweiliges Aufwärmmaterial zu präsentieren, bis die Uhr elf schlägt und wir live auf Sendung gehen.

Die Show läuft an und ich merke, dass sich in meinem Bauch Schmetterlinge breitmachen. Während die beiden Moderatoren das Publikum anheizen, spüre ich Gregs Hand über meiner, und er drückt sie sanft.

Elise und Will teilen dann allen mit, was bei dem heutigen Wettkampf passieren soll. Und ich meine wirklich *allen*, denn selbst wir Kandidaten wissen nicht genau, wie er ablaufen wird.

Das Einzige, was uns gesagt wurde, war, dass der Wettkampf aus einer Wettfahrt auf Standrädern bestehen wird.

Mit wachsendem Entsetzen höre ich Elises und Wills Erläuterungen zu.

Wir werden als Paar an dem Wettkampf teilnehmen – ein Rad pro Paar. Das Ziel ist recht einfach. Das erste Paar, das fünfzehn Kilometer erreicht, hat gewonnen.

Lassen Sie mich das wiederholen.

Das erste Paar, das fünfzehn KILOMETER erreicht, hat gewonnen.

Fünfzehn verfluchte Kilometer.

Ich bin vollkommen platt. Sehen diese Leute denn nicht, wie dick wir sind? Wie wenig fit wir sind?

So eine Distanz ist ja schon für jemanden, der dünn und ziemlich gesund ist, eine Herausforderung, aber für eine Gruppe Leute, die an Flatrate-Buffets gewöhnt sind, sind fünfzehn Kilometer einfach nur *absurd.*

Ich werfe einen Blick auf den armen Shane, der links von mir steht. Er sieht aus, als hätte er gleich einen Herzinfarkt.

Na ja, gut, Shane sieht immer so als, als hätte er gleich einen Herzinfarkt, aber dieses Mal hätte er einen guten Grund.

Das einzig Gute an der Sache ist, dass es ein Rad pro Paar ist und wir uns abwechseln können, so oft wir wollen. Das bedeutet praktisch aber immer noch siebeneinhalb Kilometer pro Person.

Noch nie habe ich Elise mehr gehasst als in diesem Augenblick. Ich wünschte, ich hätte ihr den Kopf in die Kloschüssel gedrückt.

Und der Preis für diese Qual? Eine zweijährige Mitgliedschaft im ›Fitness4All‹, nachdem *Voll Fett!* vorbei ist.

Das ist ungefähr, als schenke man einem Mann, der Verbrennungen dritten Grades erlitten hat, zur Aufmunterung einen Urlaub in der Sahara.

»Bevor wir loslegen, wollen wir noch einen ganz besonderen Gast willkommen heißen«, sagt Will über den vom Publikum verursachten Lärm.

»Ja, wir freuen uns, Ihnen den Mann vorstellen zu können, der dies alles ermöglicht hat«, fügt Elise hinzu. »Bitte begrüßen Sie den Besitzer von ›Fitness4All‹, Adam Edgemont!«

Das Publikum klatscht eher höflich – anscheinend ist ein erfolgreicher Geschäftsmann für diese Meute genauso aufregend wie eine Reihe Dicker – und ein gutaussehender, strahlender junger Mann in einem Anzug, der wahrscheinlich mehr gekostet hat als mein Auto, betritt den Fitnessraum.

Er geht, ohne uns eines Blickes zu würdigen, an uns vorbei. Er schüttelt Wills Hand und umarmt Elise herzlich und zu lange. Ich sehe, wie sie dabei rot anläuft.

Und mit dem klaren und sicheren Wissen, das auf siebenunddreißig Jahren Erfahrung als Erdenbürger beruht, weiß ich, dass diese beiden noch vor Ende des Monats miteinander schlafen werden.

Elise schafft es, ihre Hormone lange genug zu kontrollieren, um mit Mr Edgemont eine so unternehmensbezogene Unterhaltung zu führen, wie ich sie noch nie gehört habe. Der glänzende junge Unternehmer lässt Werbung für seine Firma und für die Sommeranmeldeaktion einfließen, lobt ›Stream FM‹ für die Zusammenarbeit, flirtet mit Elise und wünscht uns allen viel Erfolg für den Wettkampf, und all das in unter einer Minute. Ich bin überrascht, dass ich ihn überhaupt verstehe. Jedes einzelne seiner Worte ist so aalglatt, es ist ein Wunder, dass die Schallwellen nicht einfach, ohne jeglichen Eindruck zu hinterlassen, am Trommelfell abrutschen.

Ich blicke in Wills Gesicht, während Elise sich mit ihrem Sponsor unterhält. Diesen eindeutig eifersüchtigen Gesichtsausdruck muss man gesehen haben.

Mr Edgemont beendet seinen sorgfältig geübten Monolog, umarmt Elise erneut und setzt sich auf einen Stuhl in der Nähe des Radiotisches. Ich hege nicht den geringsten Zweifel daran, dass er über kurz oder lang verschwinden wird. Ich bin mir sicher, der Mann ist so darauf konzentriert, ein erfolgreiches Fitnessemporium zu leiten, dass er nicht das geringste Interesse daran hat, einem Haufen Dicker bei der Nutzung seiner Geräte zuzuschauen.

Nachdem alle Höflichkeiten ausgetauscht worden sind, bittet Will uns, nach vorne zu treten, um mit dem Wettkampf zu beginnen.

»Ich geh zuerst«, meint Greg.

Ich widerspreche ihm nicht.

»Sei vorsichtig«, warne ich ihn, während ich meine Kapuzenjacke ausziehe und sie auf den Stuhl lege. »Überanstrenge dich nicht – damit bringst du dich nur um.«

»Vielen Dank für das Vertrauen, mein Schatz.«

»Sei einfach vorsichtig.«

Greg besteigt ein Rad neben Valerie. Auf ihrer anderen Seite ist Benny, dann kommt Shanes Frau Theresa, dann Dominica.

Auf dem letzten Rad sitzt Pete, der Prolet. Ich sehe, wie er die Türen des Fitnessraumes taxiert. Wahrscheinlich überlegt er sich, ob er das Standrad klauen kann.

»Der Wettkampf beginnt mit einem Hupen«, erklärt Elise allen Anwesenden.

Greg lehnt sich im Sattel ein wenig nach vorn, einen entschlossenen Ausdruck im Gesicht. Ich seufze und verdrehe die Augen. Ich sehe viele Eisbeutel in unserer unmittelbaren Zukunft.

Die Hupe ertönt und die Menge röhrt.

Greg beginnt zu treten, als sei der Leibhaftige hinter ihm her. Neben ihm pumpt auch Valerie die Beine wie eine Irre auf und ab.

Benny hat einen anderen Plan und tritt gemächlicher in die Pedale, ebenso Dominica.

Die arme alte Theresa muss wegen ihrer großen Fülle wesentlich langsamer treten. Pete strampelt ungleichmäßig und zeigt einer Gruppe Männer, die vorne im Publikum sitzen und offensichtlich seine Kumpel sind, andauernd ein Siegeszeichen.

Einige Minuten verstreichen. Gregs Gesicht ist schon so rot wie sein T-Shirt. Ich blicke zurück zu Benny, der mit seiner langsameren Geschwindigkeit viel besser aussieht.

»Greg! Greg!«

»Was?«

»Mach mal ein bisschen langsamer!«

»Was?«

»Du sollst langsamer machen! Du wirst bei dieser Geschwindigkeit viel zu schnell müde.«

»Aber ich will …, ich will gewinnen!«

»Ich auch, du Idiot, aber das kannst du nicht, wenn du nicht weitermachen kannst. Schau dir Benny an – der macht's richtig.«

Greg sieht an der heftig tretenden Valerie vorbei, wie Benny die Sache angeht.

»Also gut«, keucht er und verlangsamt sein Treten auf eine besser kontrollierbare Geschwindigkeit. »Ich hoffe, du hast recht … recht damit.«

»Habe ich. Wir werden hier mindestens eine Stunde brauchen. Lass uns das nicht in den ersten fünf Minuten versauen.«

Ich bin ziemlich stolz auf mich.

Mit Taktik hatte ich es noch nie … oder Geduld. Es war mir noch nie in den Sinn gekommen, dass ein gemessenerer Ansatz eine gute Idee sein könnte. Immer wenn ich bis jetzt etwas haben wollte, dann habe ich alles getan, um es so schnell wie möglich zu bekommen. Zoe Milton war schon immer auf eine sofortige Belohnung erpicht.

Du meinst, du warst raffgierig, sagt eine ziemlich nervige Stimme in meinem Hinterstübchen, während ich Greg zusehe, der gerade die Zweikilometermarke passiert. *Vielleicht sind wir deswegen so fett geworden?*

Ich beiße mir auf die Lippe. Wenn einem derartig unangenehme Dinge auffallen, dann ist das selten ein schönes Erlebnis.

»Ich glaube … glaube, du musst gleich übernehmen«, sagt Greg und wischt sich den Schweiß von der Stirn.

»Okay.«

»Wie läuft es … es bei den anderen?«

Ich sehe wieder nach links. Valerie pumpt immer noch mit aller Kraft, aber ihre unermüdliche Geschwindigkeit hat sich doch etwas verlangsamt. Benny atmet schwer, hält aber weiterhin sein systematisches Treten. Dominica sieht ziemlich fertig aus und tritt langsam, während Shane bereits Theresa abgelöst hat. Pete bohrt sich in der Nase und hat sein Handy in der Hand.

Ich blicke auf die Anzeigentafel. Greg liegt im Moment an zweiter Stelle hinter Valerie, aber Benny kommt immer näher.

»Es ist keiner an die Spitze gestürmt, falls du das meinst«, antworte ich ihm. »Das gelbe Trikot ist vor uns jedenfalls sicher.«

»Okay. Wechseln wir?«

Ich nicke und Greg springt vom Rad.

Sich auf einen Sattel zu setzen, der bereits vom Schweiß eines anderen feucht ist, auch wenn es der eigene Mann ist, ist nicht gerade angenehm. Ich bemühe mich, das leichte Ekelgefühl zu unterdrücken und beginne, in die Pedale zu treten.

Scheiße, das ist schwieriger, als ich dachte.

Ganz offensichtlich haben sie den Widerstand der Räder recht hoch eingestellt, um den Wettkampf entsprechend schwierig zu machen.

Als ich die Vierkilometermarke passiere, fangen meine Oberschenkel an zu brennen.

Aus dem Augenwinkel sehe ich, wie George Valeries Platz einnimmt, kurz darauf gefolgt von Frankie, die ihren Mann Benny ersetzt. Es scheint, als trete Frankie mit der gleichen Geschwindigkeit wie ich, während George so schnell anfängt wie seine Frau vor ihm. Die anderen drei Paare kann ich mittlerweile ausschließen. Dominica und Angela sehen wirklich nicht so aus, als wären sie voll bei der Sache. Shane und Theresa können dank ihres Leibesumfanges diesen Wettkampf nie im Leben gewinnen, und Lea und Pete …, nun ja, sind halt Lea und Pete. Sie sitzt jetzt auf dem Rad, ebenfalls mit dem iPhone in der Hand. Wahrscheinlich verschickt sie an den Rest der Familie eine SMS mit dem Sicherheitscode des Fitnessstudios, damit sie in der Nacht zurückkommen und den Laden ausrauben können.

»Wie lange fahren wir denn schon?«, frage ich Greg, der mit in den Nacken gelegtem Kopf auf dem Boden neben mir sitzt.

Er sieht zur Anzeigentafel hinauf.

»Fast fünfzehn Minuten.«

»Und wie weit sind wir gekommen?«

»Knapp über fünf Kilometer.«

»Ist das gut oder schlecht?«

»Keine Ahnung. Aber du liegst jetzt vor George. An zweiter Stelle.«

Juhuu!

Meine Taktik funktioniert. George hat sich bereits verausgabt und wird mit jeder Sekunde langsamer. Frankie und Benny sind jetzt unsere Hauptkonkurrenten.

Ich blicke auf und sehe Elise mit einem Mikrofon herüberhüpfen. Ein Stöhnen entweicht meinen Lippen. Sie will mich interviewen.

»Hallo Zoe«, sagt sie und steckt mir das Mikrofon unter die Nase.

»Hallo Elise«, antworte ich atemlos.

»Du liegst ganz knapp hinter Frankie auf der Anzeigentafel, machst dich also recht gut. Wie fühlst du dich?«

Ich werfe ihr einen vernichtenden Blick zu.

»Spitze, danke der Nachfrage. Es gibt nichts, das ich mehr liebe als den Geruch meines eigenen Schweißes.« Ich mache Pause, um Luft zu bekommen. »Oder das Gefühl meiner an der Stirn klebenden Haare«, noch ein Atemzug, »und das Gefühl eines halben Liters Schweiß, der mir den Rücken runterläuft.«

Elise verdreht die Augen und starrt mich böse an, bevor sie wieder das unechte Moderatorenlächeln auf ihr Gesicht zaubert.

»Sieht aus, als hättest du schon ziemlich viel abgenommen, Zoe.«

»Ähm, danke.«

»Kein Problem. Ich bin mir sicher, dass deine Gewichtsreduzierung dir und Greg sehr bald mit dem Kinderwunsch helfen wird.«

Oh, du blöde Kuh.

Fast öffne ich den Mund, um eine passende Beleidigung zu erwidern, aber ich halte mich zurück. Es gibt einen besseren Weg, mich zu revanchieren.

»Da hast du sicher recht«, antworte ich zähneknirschend. »Und wie geht es dir so?«, frage ich.

Das bringt Elise aus dem Konzept. Sie ist es nicht gewohnt, dass der Befragte den Spieß herumdreht und ihr eine Frage stellt.

»Ähm, gut, danke.«

Ich lächle teuflisch.

»Und, hast du schon das Treffen mit Adam Edgemont arrangiert, das du unbedingt wolltest?«

Elises Augen weiten sich. Ich habe soeben ihr zur Schmach der gesamten Hörerschaft mitgeteilt, dass sie für unseren Sponsor schwärmt. Wollen wir doch einmal sehen, ob sie noch einmal etwas über mich und eine Schwangerschaft zu sagen hat.

Elise zieht das Mikrofon aus meinem Gesicht.

»Nun, danke für das Gespräch, Zoe …, wollen wir doch einmal sehen, wie es George nebenan geht.«

Und schon eilt sie an mir vorbei zum nächsten Rad.

Ich finde, es sind diese kleinen Siege im Leben, die uns glücklich machen.

»Greg! Zeit zum Wechseln!«

»*Jetzt schon?*«

»Ja! Beweg deinen Hintern hier rauf!«

Ich springe vom Rad und gebe meinem unwilligen Mann den Sattel frei. Er fängt mit einer ziemlich gemäßigten Geschwindigkeit an zu treten und passiert dabei die Achtkilometermarke.

Ich versuche, das Gummigefühl in meinen Beinen zu ignorieren und werfe einen Blick auf die Anzeigentafel. Wir liegen immer noch an zweiter Stelle, aber die Distanz zu Frankie hat sich ein wenig vergrößert. Beunruhigenderweise liegen Lea und Pete nun auf dem dritten Platz.

Wie zum Teufel konnte das passieren? Beide sehen aus, als läge ihnen mehr daran, Angry Birds zu spielen, als den

Wettkampf zu gewinnen. Ich blicke auf ihr Rad und merke, dass sie, trotz des scheinbaren kompletten Desinteresses, schnell und gleichmäßig in die Pedale treten.

»Die Proleten holen auf«, informiere ich meinen Mann.

»Was?«

»Du musst schneller fahren.«

Greg stöhnt und beginnt, seine Beine ein wenig schneller auf und ab zu bewegen.

Auf einmal wird das Gummigefühl in meinen Beinen wesentlich schlimmer. Ich stolpere zu einem Stuhl, lasse mich darauf fallen und massiere meine Oberschenkel.

Es ist wirklich lächerlich, wie schnell man jegliche Fitness verliert, wenn man nicht höllisch aufpasst.

Nach einigen Minuten der Beinmassage und schmerzverzogenen Grimassen sehe ich auf die Uhr. Wir machen diesen Wahnsinn jetzt seit fast fünfunddreißig Minuten. Es ist unglaublich, aber Lea hat sich mittlerweile an Greg und Benny vorbeigeschoben und liegt an erster Stelle. Muss wohl am vielen Davonlaufen vor der Polizei liegen.

Genaugenommen liegt Greg jetzt Kopf an Kopf mit Benny, der zunehmend müder wirkt. Sein Plan, langsam und stetig zu treten, war gut, aber selbst der beste Plan nützt nichts, wenn der Körper, der ihn ausführen soll, der Aufgabe nicht gewachsen ist. Ich sehe zu, wie er vollkommen erschöpft praktisch vom Rad stürzt, um von Frankie ersetzt zu werden, die trotz der Pause, die sie gerade hatte, nicht viel besser aussieht.

Die anderen drei Paare sind mittlerweile weit zurückgefallen.

Während wir die letzten fünf Kilometer in Angriff nehmen, sind George und Valerie nun so langsam geworden, dass sie über einen Kilometer zurückliegen. Dominica und Angela sind sogar noch weiter hinten, und Shane erhält gerade Sauerstoff vom medizinischen Team des Fitnessstudios, während Theresa mit nach vorn gesunkenem Kopf im Fahrradsattel sitzt und kaum mehr die Beine bewegt.

Es läuft also auf ein Duell zwischen uns und den Proleten hinaus.

Greg liegt etwa zweihundert Meter hinter ihnen, als wir uns der Zwölfkilometermarke nähern.

Meine Beine schmerzen, meine Augen brennen vom Schweiß, mein Kopf droht zu explodieren. Aber ich muss von diesem Stuhl aufstehen und meinen Mann auf dem Rad ablösen und diesen Scheißwettkampf gewinnen.

Ich kann mich nicht daran erinnern, wann ich das letzte Mal derartig felsenfest von etwas überzeugt war. Es ist, als hätte dieser bescheuerte Wettkampf heute etwas in mir geweckt, das schon viel zu lange unter einem Haufen Neurosen und Selbsthass begraben war.

Ich bin Zoe Milton.

Ich bin alt. Ich bin fett. Ich bin unglücklich.

Aber ich werde dieses Radrennen gewinnen, und wenn es das Letzte ist, was ich jemals tue.

Ich stelle mich auf meine wackligen Beine und gehe zu Greg, der keucht und hechelt.

»Steig vom Rad, Greg«, weise ich ihn tonlos an.

Er widerspricht nicht.

»Bist … du okay, Schatz?«, fragt er.

»Ja. Ja, das bin ich.«

Ich steige auf das Rad und beginne zu treten. Es ist die Hölle. Die Hitze der angestauten Milchsäure foltert jeden einzelnen Muskel. Und trotzdem trete ich heftiger in die Pedale.

Und *heftiger*.

Ich senke den Kopf und umklammere die Lenkstange.

»Die Entscheidung hängt von zwei Paaren ab!«, höre ich Elise über das Rauschen der Menge ausrufen. »Pete auf Rad Nummer eins, Zoe auf Rad Nummer sechs!«

»Zoe? Schon dich, Schatz!«

Ich kann durch das Pochen in meinen Ohren kaum hören, was Greg zu mir sagt.

Ich wage nicht, ihn anzusehen. Wage es nicht, auch nur ein Wort zu sagen. Wenn ich mich jetzt ablenken lasse, dann werde ich ganz bestimmt versagen.

»Nur noch dreihundert Meter!«, schreit Will. »Zoe holt immer weiter auf! Die Distanz zwischen beiden beträgt nur noch fünfzig Meter!«

Das ganze Universum besteht nur noch aus dem Feuer in meinen Beinen und dem Donner in meinen Ohren.

Ich werde das in den nächsten Stunden gründlich bereuen. Ich werde vor lauter Schmerzen morgen freinehmen und den Tag mit Tagebucheinträgen verbringen müssen.

Aber hier und jetzt ist mir das vollkommen egal.

Ich werde gewinnen.

»Fast an der Ziellinie!«, kreischt Elise.

»Fahr, Zoe!«, höre ich Greg neben mir rufen.

Noch einhundert Meter.

Fünfundsiebzig.

Atmen wird immer schwieriger. Sogar über das Jubeln des Publikums höre ich das raue Krächzen meiner Lunge.

Fünfzig Meter.

Dreißig.

»Sie liegen Kopf an Kopf!«, grölt Will. »Unmöglich zu sagen, wer vorne liegt.«

Zwanzig.

Zehn.

Fünf.

Null.

Ich schreie vor Schmerz und Erleichterung auf.

»Und es ist vorbei! Das Rennen ist vorüber!«, höre ich Elise sagen.

Sie schreit noch etwas, aber ich bin so erschöpft, ich verstehe sie nicht. Mir verschwimmt alles vor den Augen.

Ich fühle Gregs Arme um mich, als er mir vom Rad hilft.

Ich lege meinen Kopf an seine Schulter.

»Wer hat gewonnen?«, frage ich ihn mit kratziger Stimme.

Er drückt mich fest an sich.

»Du, Baby. Du hast gewonnen.«

Was für eine herrliche Kombination dieser fünf Worte!

»Ich?«

»Ja.«

Er küsst mich mit einer Leidenschaft, die ich schon lange nicht mehr bei ihm gespürt habe.

Die Intensität des Kusses bringt die Welt um mich herum wieder zurück.

Ich blicke auf und sehe, dass die Leute im Publikum auf die Füße gesprungen sind.

Für mich.

Die Leute stehen für mich.

Elise und Will kommen gerannt.

Die anderen Paare klatschen und bejubeln meinen Sieg. Na ja, zumindest die, die dazu fähig sind.

Shane hat immer noch die Sauerstoffmaske auf und Pete hängt auf seinem Rad, als würde er gleich in Ohnmacht fallen, während Lea ihn auf den Arm boxt, wahrscheinlich vor Ärger, dass er verloren hat.

»Herzlichen Glückwunsch!«, ruft Elise. »Gut gemacht, Zoe! Gut gemacht, Greg!«

»Das war fantastisch!«, fügt Will hinzu.

Beide sind so aufgeregt, es ist ein Wunder, dass ihre Köpfe nicht platzen.

»Wie fühlst du dich?«, fragt Elise und steckt mir wieder das Mikrofon ins Gesicht.

»Mmpfl«, antworte ich hilfreich.

»Es geht uns klasse!«, wirft Greg ein, weil er sieht, dass ich im Moment nicht in der Lage bin zu reden. »Zoe hat das super gemacht. Ich bin so stolz auf sie!«

»Das kann ich mir vorstellen«, sagt Elise und wendet sich an das Publikum. »Und ich wette, Sie stimmen zu, nicht wahr? Hat sie das nicht super gemacht?«

Die Menge freut sich, endlich auch etwas beisteuern zu können, und bricht in aufrichtige Jubelrufe und Geschrei aus.

Während ich nach und nach mein volles Bewusstsein zurückerlange, sehe ich, wie Adam Edgemont zu uns herüberkommt. Er hat einen entzückten Ausdruck auf dem Gesicht, der sicherlich an der tollen kostenfreien Werbung liegt, die er an diesem Morgen erhalten hat.

»Und hier kommt unser Sponsor, Mr Edgemont, um den Gewinnern zu gratulieren«, sagt Will, als wären wir tatsächlich wichtig. »Er hat die beiden Gratismitgliedskarten für zwei Jahre im ›Fitness4All‹ in der Hand, die er den Miltons übergeben wird.«

Ach ja, die *tollen* Zweijahreskarten. Ich bin mir sicher, die werden die nächsten zehn Jahre aufgeräumt im Küchenschub sehr schön aussehen.

»Herzlichen Glückwunsch!«, sagt Mr Edgemont und strahlt uns mit einem ausgesprochen unechten Lächeln an.

»Danke«, murmle ich.

Bevor ich weiß, wie uns geschieht, hat sich Mr Edgemont zwischen mich und Greg gestellt und ein Fotograf macht Fotos von uns, mit Elise und Will jeweils an einer Seite.

Na toll, jetzt muss ich mich auch noch fotografieren lassen. Ich freue mich schon darauf, morgen Bilder von mir in meinem jetzigen überhitzten, verschwitzten und erschöpften Zustand in der Zeitung zu sehen.

»Hier sind Ihre Gratiskarten für das Fitnessstudio für zwei Jahre«, sagt Mr Edgemont und versucht, so wenig wie möglich zu atmen.

Greg und ich riechen ganz schön streng, ich kann es ihm also nicht verdenken.

Die Welt verschwimmt wieder vor meinen Augen und mir ist übel, als ich die Karten aus seiner makellos manikürten Hand in Empfang nehme.

»Vielen Dank.«

»Wie hat Ihnen das Radfahren gefallen?«, fragt er.

»Was?«

»Das Rad? Das ist die neueste Technologie. Hat es Ihnen Spaß gemacht, darauf zu fahren?«

»Ich denke schon«, meint Greg.

»Ausgezeichnet!«

Elise steckt mir erneut das Mikrofon ins Gesicht.

»Möchtest du noch irgendetwas hinzufügen, Zoe?«

»Ja, Elise. Wenn es dir nichts ausmacht, möchte ich mich jetzt ein wenig übergeben.«

»Wie bitte?«

Adam Edgemont heult entsetzt auf, als ich ihm auf die teuren Schuhe kotze. Ich hoffe für ihn, dass irgendwo eine chemische Reinigung geöffnet hat, damit er meinen Mageninhalt wieder loswerden kann, der nun in seinem Hosenumschlag schwimmt.

*

Und so sitze ich hier nun vierundzwanzig Stunden danach.

Meine Oberschenkel tun mir fürchterlich weh, meine Brust fühlt sich total verengt an und in meinem rechten Auge ist ein Äderchen geplatzt. Ich fühle mich scheiße und sehe auch so aus.

Auf dem Tisch vor mir liegt eine Ausgabe der Stadtzeitung. Auf Seite vier ist die Zusammenfassung des gestrigen Wettkampfes, einschließlich eines Bildes von mir, wie ich gerade

Adam Edgemont vollkotze und der Überschrift: *VOLL FETT!* BRICHT WÜRDIGE GEWINNERIN HERVOR.

All diese Ereignisse müssten eigentlich zusammenwirken, damit ich mich ganz schrecklich fühle.

Ich müsste mir vor Schmach, Demütigung und Schmerzen eigentlich die Augen aus dem Kopf heulen.

Tue ich aber nicht.

Im Gegenteil, so glücklich habe ich mich schon lange nicht mehr gefühlt.

Weil ich gewonnen habe.

Weil Zoe Milton nicht aufgegeben, nicht klein beigegeben und nicht versagt hat. Ich habe etwas begonnen … und zu Ende gebracht.

Zum ersten Mal habe ich Spaß daran, bei *Voll Fett!* mitzumachen.

Und, was dem Ganzen noch die Krone aufsetzt: Die Gebote für die ›Fitness4All‹-Mitgliedskarten stehen bereits bei dreihundert Pfund auf eBay!

Gregs Diättagebuch

Donnerstag, 29. Mai

113 kg (15 kg abgenommen)

Nun, ich habe das getan, was kein heterosexueller Mann mit dem geringsten Anflug von Selbstachtung jemals auch nur in Betracht ziehen sollte.

Eine Diät machen.

Igitt.

Schon allein diese Worte zu schreiben, lässt mich erschaudern.

Ja, ich weiß, ich klinge nicht gerade, als lebte ich im einundzwanzigsten Jahrhundert, aber das ist mir egal. Ich stamme nun einmal aus einer Zeit, in der Männer dem Gedanken einer Diät keinen Platz in ihrer präfrontalen Kortex einräumten. Es war außerdem die Zeit lähmender Gefühllosigkeit und unterdrückter Gefühle, außer, wenn es um Fußball ging, aber diesen Aspekt ignorieren wir jetzt einfach mal.

Laut Meinung der Neandertaler meiner Generation gehört das Wort ›Diät‹ in die gleiche Kategorie wie ›Weichei‹ und ›Muttersöhnchen‹.

Allerdings geht es hier um fünfzigtausend wunderbare britische Pfund, daher habe ich mich damit abgefunden, dass ich an meiner Nahrung irgendetwas ändern muss, wenn ich die erforderlichen Kilo abnehmen und die herrlichen Pfunde gewinnen möchte.

Auf keinen Fall kann ich noch mehr Sport machen. Den wenigen Stunden nach der Arbeit und vor dem Schlafen gelingt es mir, mindestens eine Stunde Joggen abzutrotzen – oder diverse wetterunabhängige sportliche Betätigungen, wie Bauchmuskelübungen und Liegestützen. Ich halte mich weiterhin an eine etwas weniger brutale Version des Plans, dem ich während der Höllenwoche mit Alice Pithering folgen musste.

Meine Gewichtsabnahme durch den Sport ist erkennbar, aber ich nehme immer noch nicht so schnell ab, wie ich das gerne hätte.

Im Verlaufe der Wochen habe ich gemerkt, dass Sport allein nicht reicht, um das Fett loszuwerden. Man muss auch die Kalorienzufuhr verringern.

Das finde ich äußerst lästig.

Es ist eine Sache, wenn man seinen Hintern jeden Tag eine Stunde durch den Park quält. Es ist eine ganz andere, wenn man sich die Dinge vorenthalten muss, die man zum Überleben unbedingt braucht – wie zum Beispiel Schinkenspeckbrote, Garnelen mit Reis und Pommes und den After Eight Mint McFlurry.

Wie dem auch sei, ich habe mich nun einmal darauf eingelassen, jetzt muss ich auch in den sauren Apfel beißen und hinnehmen, dass ich in nächster Zeit nichts wirklich Schmackhaftes zu mir nehmen werde.

Das Hauptproblem ist, dass ich keine Diät ausprobieren möchte, die mich auch nur im Geringsten weibisch erscheinen lässt. Da aber die meisten Diäten für das schönere Geschlecht entworfen werden, ist das nicht einfach.

Es versteht sich von selbst, dass ich keinen Gedanken an Diäten verschwende, bei denen regelmäßige Treffen angesagt sind. Ich kann mir nichts Schlimmeres vorstellen, als mit anderen Dicken in einem Kreis zu sitzen und darüber zu lamentieren, wie mein Leibesumfang mein Sexleben zerstört hat. Zweifellos wird da auch noch *geheult.* Ich weiß, dass manche diese Horrorgeschichten zur Selbstmotivation brauchen, aber ich habe schließlich die goldene Möhre aus fünfzigtausend Pfund vor meinen kleinen Pausbacken hängen, ich bin also bereits so motiviert, wie ich nur sein kann, ohne einer Tracy lauschen zu müssen, die erzählt, dass sie sich nicht mehr auf ihren Mann setzen kann, weil sie ihn sonst erstickt.

Dann gibt es da noch die Diäten, die in diesen seltsamen Frauenzeitschriften beschrieben werden, die jeder mit einem Penis selbst unter optimalen Bedingungen nicht verstehen kann. Sie wissen schon, diese Diäten, die immer nach ihrem jeweiligen Erfinder benannt werden: Atkins, Dukan und Stillman.

Die Namen allein klingen schon nach einer Anwaltskanzlei, die man zum Verklagen besagter Erfinder braucht, nachdem man sich dank ihrer dämlichen Diäten lebenswichtige Organe versaut hat.

Mit Abnehmprogrammen, die den Verzehr nur eines bestimmten Nahrungsmittels vorschreiben, kann ich auch nichts anfangen. Die Sache mit der Kohlsuppe war für mich gegessen, sobald ich Zoes ersten nächtlichen Furz ertragen musste, die Grapefruitdiät klingt nach einem Rezept für ernsthaftes Sodbrennen und die Plätzchendiät klingt vollständig hirnrissig, da ich ohne das geringste Problem locker eine ganze Packung Schokochipplätzchen essen kann.

Ich bin schon fast am Verzweifeln bei dem Gedanken, dass ich nie eine männliche, ernsthafte und vernünftige Diät für mich finden würde.

Dann, wie Busse, kommen gleich zwei daher.

Beide klingen so anstrengend, männlich und schwierig wie nur irgendwie möglich: die russische Luftwaffendiät und die israelische Armeediät.

Kompromissloser, strenger und schnörkelfreier als die russischen und israelischen Streitkräfte geht es ja wohl kaum. Die einen verbrachten Jahre eingefroren an der östlichen Front, um sie vor den Deutschen zu verteidigen, die anderen weichen seit Jahrzehnten in der knallheißen Sonne Sprengkörpern aus, die von einem Haufen griesgrämiger Araber auf sie geworfen werden. Eine solche Mühsal bringt *richtige* Männer hervor – und *richtige* Diäten, verdammt noch mal!

Nach reiflicher Betrachtung beider Möglichkeiten entscheide ich mich zunächst für die russische Luftwaffendiät, da sie ein kleines bisschen weniger schrecklich wirkt als die andere.

Ich sage ein kleines bisschen, da keine der beiden angenehm klingt. Beide verlangen eine ernsthafte Reduzierung der Kalorienzufuhr und beschränken die Nahrungsmittel, die man essen darf, auf ein Minimum.

Gemeinsam ist ihnen, dass man massenweise Kaffee in sich hineinschütten darf. Ich kann daraus nur schließen, dass man zum nächtlichen Vermeiden deutscher Patrouillen und palästinensischer Bomben viel Koffein benötigt.

Das Frühstück bei den Russen besteht aus Kaffee und Toast. Trockener Toast, natürlich – glauben Sie bloß nicht, Sie könnten Butter oder Ähnliches darauf schmieren.

Normalerweise trinke ich im Schnitt nur eine Tasse Kaffee oder Tee am Tag, aber wenn einem der Magen knurrt wie ein Güterzug, weil er nur eine einsame Scheibe trockenen Toast bekommen hat, dann muss man irgendetwas hinterherschütten, daher ging mein Kaffeekonsum sofort auf drei Tassen hoch, noch bevor ich ins Auto gestiegen war, um zur Arbeit zu fahren.

Ich muss sagen, der Arbeitsweg ist gleich noch mal so stressig, wenn man eine hohe Dosis Koffein in den Adern hat. Eigentlich bin ich ziemlich friedfertig (zumindest für einen Mann), wenn es um miserable Fahrer geht, aber nach drei Tassen besten Kaffees möchte ich nur jedem einzelnen Scheißkerl auf der Straße neben mir den Kopf abbeißen, ganz egal, ob er etwas getan hat, das meinen Zorn verdient, oder nicht.

Bis ich endlich auf den Parkplatz meiner Arbeitsstelle fahre, bin ich auf das gesamte Universum wütend. Sonst begrüße ich auf dem Weg ins Büro unseren Sicherheitsbeamten Malcolm immer freundlich, aber heute bringe ich nur ein leises Grunzen heraus. ›Xpert‹ – die Elektronikfirma, für die ich arbeite – ist eine dieser progressiven Organisationen, bei denen eine entspannte Arbeitsatmosphäre großgeschrieben wird, wie in vielen Technologiefirmen im Silicon Valley der USA. Wie gesagt, normalerweise bin ich ziemlich entspannt, passe also gut zum Konzept. An diesem koffeingetränkten Tag gehen mir die weichen Möbel und attraktiven Bilder an den Wänden einfach nur auf die Nerven. Ohne Frage hat man einen schlechten Tag, wenn einen schon seelenlose Gegenstände durch ihre bloße Existenz nerven.

Selbst mein eigentlich bequemer Bürostuhl fühlt sich beim Setzen hart und unnachgiebig an.

Ich bin es einfach nicht gewohnt, dass so viel Kaffee durch meinen Körper fließt, und als die Uhr elf schlägt, möchte ich mich am liebsten mit einem der Kissen des limonengrünen Sofas im Pausenraum erschlagen.

Außerdem bin ich es nicht gewohnt, keinen Zucker intus zu haben. Bis zur Mitte des Vormittags habe ich sonst immer bereits eine große Schüssel knuspriger Nusscornflakes, ein Schinkenspeckbrot und einen Donut aus der Cafeteria zu mir genommen.

Es ist wirklich erstaunlich, welchen tiefgreifenden Einfluss die Chemikalien, die wir unserem Körper zuführen, auf unser tägliches Wohlbefinden haben. Zuckerentzug gekoppelt mit einem Koffeinrausch verwandelt Greg Milton von einem freundlichen Fettsack in Mussolinis unfreundlichen kleinen Bruder.

Na ja, wenigstens kann ich mich auf das Mittagessen freuen.

… Oh, nein, Moment. Ich kann mich nicht auf das Mittagessen freuen, weil ich auf der russischen Luftwaffendiät bin. Das bedeutet, dass mein Mittagessen aus zwei ohne Öl gebratenen Rühreiern und einer Tomate besteht, die ich in einem Plastikbehälter mit an die Arbeit gebracht habe und in der Mikrowelle aufwärmen werde.

»Was zum Teufel ist das denn, Greg?«, fragt die irre Debbie mich in der Küche, als ich meinen Plastikbehälter mitsamt der eiigen Enttäuschung hervorhole.

»Das ist mein Mittagessen«, antworte ich.

»Sieht eher aus wie etwas, das meine Katze letzte Nacht hochgewürgt hat«, teilt sie mir mit.

Ich weiß auch nicht, warum meine Mittagsmahlzeit immer gleichzeitig mit der der irren Debbie stattzufinden scheint. Es ist, als hätten mein und ihr Magen über die Jahre, seit ich dort arbeite, eine Verbindung aufgebaut. Daraus kam es zu zahlreichen Unterhaltungen mit der Frau, während wir vor der Mikrowelle stehen und darauf warten, dass unsere Mahlzeiten warm werden. Vor dieser doofen Diät hatte ich immer ziemlich viele Sachen zu erwärmen, denn normalerweise brauchte ich mindestens einige Hamburger und ein paar Fleischspieße, um den Nachmittag zu überstehen, daher dauerten diese kleinen Plaudereien oft recht lang.

Aufgrund dieser Unterhaltungen bin ich davon überzeugt, dass die irre Debbie tatsächlich durchgeknallter ist als ein Karton voller Eichhörnchen.

Mit ihren langweiligen Arbeitsoutfits und strähnigen braunen Haaren sieht sie zwar ziemlich normal aus, aber unter der braven Schale schlägt das Herz einer komplett Geistesgestörten.

Ich weiß zum Beispiel alles über ihre Lamabesessenheit. Die Lamabücher, die sie liest, die Lama-T-Shirts, die sie an den Wochenenden trägt, die Lamaplüschtiere, die sie bei sich zu Hause hat. Ich gebe zu, all das klingt nicht übermäßig verrückt. Man kann sich in alle möglichen Tiere verlieben, und wenn man es genau nimmt, sind Lamas auch nicht besser oder schlimmer als Pferde.

Aber dann erzählte mir die irre Debbie, dass sie während eines Wanderurlaubs in Tibet ein rohes Lamaherz gegessen habe, woraufhin sich bei mir ernste Bedenken über ihren Geisteszustand regten. ›Es schmeckte gummiartig‹, meinte sie, während mein Hähnchenspieß vor sich hin köchelte. In den folgenden zehn Minuten erklärte sie mir dann, dass sie das rohe Herz aß, weil sie die Seele des Lamas in sich aufnehmen wollte, um dadurch seinen Platz im Universum besser zu verstehen. Danach konnte ich nur die Hälfte des Hähnchenspießes essen.

Die irre Debbie hat auch gern mal Sex auf dem Parkplatz mit Fremden, besitzt eine Sammlung Samuraischwerter und spricht fließend Jiddisch. Dabei ist sie nicht einmal Jüdin.

Im Büro redet kaum jemand mit ihr, daher weiß ich, dass ich dank unserer mittäglichen Mikrowellenpläuschchen der Einzige bin, der das ganze Ausmaß ihrer Verstörtheit begreift.

»Wo ist denn dein übliches Mittagessen, Greg?«, fragt die irre Debbie mich mit zusammengekniffenen Augen.

»Ähm, ich mache eine Diät, Debbie.«

»Ach ja?«

»Hm, ja. Hast du gar nicht gemerkt, dass ich in letzter Zeit viel weniger esse?«

»Eigentlich nicht.«

»Ich habe an die fünfzehn Kilo abgenommen.«

»Oh. Ist mir gar nicht aufgefallen.«

Das ist sowohl entmutigend als auch überraschend.

Es ist keine Überraschung, dass sie meinen Gewichtsverlust nicht bemerkt hat, aber dass sie nicht mitbekommen hat, dass ich eine Diät mache, ist doch seltsam. Meine Teilnahme an *Voll Fett!* wurde im Büro ausgiebig diskutiert. Trotz ihrer fehlenden Kommunikation mit den Kollegen erstaunt es mich, dass Debbie nichts davon gehört hat, da ich kaum zwei Schritte durch die Firma gehen kann, ohne dass ich darauf angesprochen werde. Sogar Gunta, unsere lettische Reinigungskraft, die kaum unsere Sprache spricht, weiß, dass ›großer Mister Gregory ist in fett Radiosendung‹.

»Du hörst wohl nicht ›Stream FM‹?«, frage ich die irre Debbie.

»Was soll das sein?«

»Unser Lokalradiosender.«

Debbies Gesicht verdüstert sich argwöhnisch.

»Ich höre kein Radio«, sagt sie kurz angebunden.

Fast frage ich warum, aber dann kommt mir der Gedanke, dass jemand, der grundlos Jiddisch spricht und Lamaherzen isst, höchstwahrscheinlich einen Grund hat, nicht Radio zu hören, den ich lieber nicht kennen möchte.

Die irre Debbie sticht mit einem ihrer irren Finger in Richtung meiner Plastikdose.

»Was ist das?«, will sie wissen.

»Zwei Eier und eine Tomate.«

»Nicht gerade ein tolles Mittagessen.«

»Nein.«

»Warum kein Salatzeug? Oder Knäckebrot? Oder Gemüse?«

Oder ein *Lamaherz*?

»Ich mache die russische Luftwaffendiät.«

»Die was?«

Ich erkläre ihr, dass ich sieben Tage lang nur Toast und Kaffee zum Frühstück haben werde, gefolgt von einer winzigen Kombination aus Fleisch, Eiern, Gemüse und Obst für die anderen beiden Mahlzeiten. Wenn ich möchte, darf ich das Ganze in Worcestersoße, Pfeffer und Senf ertränken.

Dabei fällt mir auf, dass die Diät, wenn man sie so erklärt, vollkommen bescheuert klingt.

»Ach so. Klingt vernünftig«, meint die irre Debbie, als ich mit meiner Erklärung fertig bin. Sie überlegt eine Sekunde lang. »Hab ich dir schon mal von meinem russischen Freund Juri erzählt? Ich habe ihn auf dem Parkplatz bei Sainsbury an einem Abend im letzten Sommer kennengelernt. War ein strammer Bursche. Fuhr einen alten Mercedes Benz. Der hatte eine richtig große, bequeme Rückbank, die wir …«

Ding.

Die Mikrowelle, die mir mitteilt, dass mein Essen fertig ist, ob ich es will oder nicht, bewahrt mich vor der detaillierten Beschreibung der Geschichte der irren Debbie und des wilden Russen.

»Ach, schau, mein Essen ist fertig!«, sage ich ein wenig zu schnell und öffne die Tür.

Der Geruch, der der Mikrowelle entströmt, gleicht einem triumphalen Furz.

Ich stehe nun vor der Wahl.

Ich kann die Furztomate essen oder hier stehen bleiben und mir weitere Geschichten aus dem Leben der irren Debbi anhören.

Letztendlich ist die Entscheidung leicht.

»Nun, ich muss wieder an meinen Schreibtisch. Hab einen Haufen Arbeit«, sage ich zu ihr und wende mich zum Gehen, wobei ich die Furztomate auf Armeslänge halte, als handle es sich um eine gezündete Granate.

»Zu viel solltest du aber auch nicht abnehmen, Greg«, sagt Debbie ominös.

»Wieso … wieso nicht?«

»Du wirst einige Fettreserven zum Überleben brauchen, wenn es passiert.«

Ich schiebe mich näher zur Tür.

»Wenn was passiert?«, frage ich, obwohl ich es eigentlich gar nicht wissen will.

»Du weißt schon. Der Weltuntergang.«

»Okay, Debbie. War schön, mit dir zu plaudern! Ich geh jetzt mal. Einen schönen Tag noch!«

Ich eile zurück an meinen Schreibtisch und setze mich. Mindestens zwanzig Minuten lang wage ich es nicht, den Kopf zu heben, aus Angst, die irre Debbie mit einer Ausgabe des *Buch der Toten* über mir stehen zu sehen.

Die Furztomate ist furchtbar. In der Mikrowelle erwärmte Eier sind nie gut, aber wenn man dann noch eine Tomate hinzufügt, dann erhält man eine wässrige Sauerei, die tatsächlich etwas ähnelt, dass die Katze nach einer durchzechten Nacht hervorbringen könnte.

Den Rest meines Tages verbringe ich damit, mich von meinem Koffeinrausch zu erholen, mit meiner Unterzuckerung fertig zu werden und den Gedanken an die irre Debbie als Vorbotin des Weltuntergangs zu verdrängen.

Bis ich nach Hause komme, fühle ich mich miserabel, bin müde und habe Kopfschmerzen. Und das ist nur der erste Tag der Diät.

Zum Abendessen bekomme ich einige Gramm Rindfleisch und einen Salat. Über die genaue Menge des Salates gibt es keine Angaben, daher erlaube ich mir, einen ganzen Kopf Eisbergsalat zu essen.

»Wie war dein erster Tag?«, fragt Zoe mich, während ich eines der vier großen Gläser Wasser trinke, die von der Diät täglich angeraten werden.

»Also, ich hasse die weichen Möbel an der Arbeit, werde nie wieder ein Pfannengericht essen können und habe den überwältigenden Drang, der ›Rette die Lamas-Stiftung‹ Geld zu spenden.«

»Du würdest also sagen, es läuft ganz gut?«

»Aber ja doch.«

Manchmal überrascht mich meine eigene Dummheit.

Ich hätte einfach nach dem ersten Tag mit der russischen Luftwaffendiät aufhören sollen, es war mir schließlich klar, dass sie mir nicht guttat. Allerdings kann ich, wenn ich mir selbst überlassen bleibe, unglaublich stur sein und darum beschließe ich, statt aufzugeben, die sieben Tage durchzuhalten – und am Ende der Woche verdammt stolz auf mich zu sein.

Am nächsten Morgen trinke ich wieder drei Tassen Kaffee zu meinem Toast und vibriere auf dem Weg zur Arbeit. Außerdem brülle ich unschuldige Fahrer an, als hätten sie versucht, eine meiner ältlichen Tanten zu vergewaltigen.

Wir wissen alle, dass Nikotin unglaublich abhängig macht und dass man möglicherweise nach nur einer Zigarette süchtig werden kann, aber mir war nicht klar, dass das Gleiche auch für Koffein gilt.

Im Verlauf des Vormittags fühle ich mich wieder schrecklich. Ich arbeite zurzeit an einer ziemlich komplexen Bedienungsanleitung für einen medizinischen Scanner und brauche meine gesamte Konzentration, um gute Arbeit zu leisten. Leider ist das Einzige, an das ich über die Tastatur gebeugt denken kann, wie belegt sich meine Zunge anfühlt. Und meine Nase pfeift. Jedes Mal, wenn ich ausatme, klinge ich wie einer dieser altmodischen Wasserkessel. Die Kombination aus Belag und Pfeifen lenkt mich vollständig von meiner Aufgabe ab.

Ich brauche irgendetwas, um mein Gehirn wieder in die richtige kognitive Bahn zu lenken.

Ich gehe in die Küche hinunter und mache mir eine Tasse Schnellkaffee. Sicherheitshalber gebe ich zwei gehäufte Löffel in die Tasse. Im Nachhinein gebe ich gerne zu, dass das ein Fehler war.

Innerhalb von zwanzig Minuten, nachdem ich die dicke, bittere Brühe geschluckt habe, schießen meine geistigen Fähigkeiten in die Höhe. Die belegte Zunge und pfeifende Nase sind wie weggewischt und ich bin zielgerichteter auf meine Arbeit konzentriert, als es das Hubble-Teleskop sein könnte.

Meine Finger wirbeln über die Tastatur. Die Maus fliegt geradezu mit Überschallgeschwindigkeit über ihre Unterlage.

Als ein Kollege vorbeikommt und mit mir eine für den nächsten Tag geplante Besprechung diskutieren will, scheuche ich ihn mit einigen Grunzern und Quietschern davon und kehre zurück an meine hastige Arbeit.

Wenn ich etwa eine Woche danach diese unglaubliche Produktivität begutachte, wird schnell klar werden, dass ich kompletten Blödsinn geschrieben habe, aber jetzt – während ich mich im Fluss befinde – bin ich davon überzeugt, dass ich gerade meine beste Arbeit *aller Zeiten* produziere.

Bis es Mittag ist, sind zwei Dinge geschehen.

Ich habe das gesamte Pensum geschafft, das ich mir für heute vorgenommen hatte, und ich bin von meinem Koffeinrausch abgestürzt wie die verdammte Hindenburg.

Immerhin, das Mittagessen ruft. Etwas zu essen, müsste mich wieder aufrichten.

Heute bekomme ich statt einer Furztomate einen kleinen Rindfleischburger und etwas Salat.

An dieser Stelle mache ich eine Pause, um mich direkt an etwaige Mitglieder des russischen Militärs zu wenden, die möglicherweise dieses Tagebuch lesen.

Meine Frage an Sie lautet:

Warum?

Oh, grundgütiger Gott im Himmel, *warum*?

Ich weiß, dass es da oben kalt ist und es nicht viel zu tun gibt, wenn man erst mal außerhalb Moskaus ist und den Rotlichtbezirk nicht mehr sehen kann, aber warum um Gottes willen machen Sie Ihr Leben schlimmer als es eh schon ist und essen eine derartig bescheuerte Diät?

Ja, ich weiß, der Kalte Krieg war ganz schön scheiße, und eine ordentliche Mahlzeit hinter dem Eisernen Vorhang zu bekommen, war alles andere als einfach. Aber das ist jetzt zwanzig Jahre her, Leute!

Haben Sie schon einmal gesehen, was die Soldaten der amerikanischen Armee essen dürfen? Ich bin mir ziemlich sicher, gehört zu haben, dass ein McDonalds auf einer Militärbasis eröffnet wurde.

Diese Yankee-Burschen dürfen alles mögliche Leckere essen.

Und wissen Sie, was? Sie auch!

Stalin ist tot, falls Ihnen das noch nicht aufgefallen sein sollte. Sie müssen sich nicht mehr so ernähren, als sei das Ende der Welt drei Tage her.

Und es ist ja nun auch nicht so, als hätte diese strenge Diät Ihnen in letzter Zeit geholfen, massenweise Kriege zu gewinnen, nicht wahr? Die USA haben Ihnen im Kalten Krieg einen Tritt in den Hintern verpasst, die Tschetschenen bereiten Ihnen immer noch einen Haufen Ärger, und je weniger über das, was in den Achtzigerjahren in Afghanistan vorgefallen ist, gesagt wird, desto besser.

Das soll nicht heißen, dass ein gelegentlicher Big Mac notwendigerweise zum überragenden Sieg über Ihre diversen Gegner geführt hätte, aber wenigstens hätten Sie nach der Niederlage ein wenig Futter für die Seele gehabt. Ein paar Eisbecher hätten den Schreck über den Fall der Berliner Mauer etwas mildern können, mehr will ich damit gar nicht sagen.

Wie dem auch sei.

Ich beschließe, den einsamen Burger kalt an meinem Schreibtisch zu essen. Ich versuche mir vorzustellen, dass ich an einem Gaskocher an der Ostfront kauere, umzingelt von den Deutschen, aber das dadurch entstehende Bild ist ziemlich deprimierend, daher vertreibe ich es mit einem Schluck Cola Light und mache mich wieder an die Arbeit.

Die Cola Light wirkt wie der Kaffee als zuverlässiger Koffeinlieferant, und als ich mit der zweiten Dose des braunen Brausegetränks fertig bin, befinde ich mich wieder in den Wolken und surre geschäftig wie ein ganzer Bienenstock. Der Rest des Arbeitstages vergeht in Windeseile.

»Fühlst du dich okay?«, will Zoe wissen, als ich sie abends zur Begrüßung küsse. »Deine Augen sind blutunterlaufen und du blinzelst andauernd.«

»Mir geht's gut, Zoe. Total gut. Ich glaube, ich hatte heute nur ein wenig zu viel Koffein. Das liegt an dieser Diät, die ich mache. Da muss man viel von dem Zeug trinken, weißt du. Diese Russen lieben anscheinend Kaffee. Ist aber nicht schlimm. Ich habe heute viel Arbeit geschafft und fühle mich komischerweise auch nicht sehr hungrig. Das würde man gar nicht meinen, oder? Vor ein paar Tagen konnte ich nur daran denken, wie hungrig ich war, aber heute habe ich kaum gemerkt, dass ich fast nichts gegessen habe. Ich wette, ich hab abgenommen. Ich muss mich heute Abend wiegen, um zu sehen, wie viel ich abgenommen habe. Ich weiß, dass Elise gesagt hat, wir sollen das nicht tun, sondern bis zum offiziellen Wiegen warten, damit es eine Überraschung ist, aber ich glaube einfach nicht, dass ich die Willensstärke besitze, nicht nachzusehen. Was meinst du, Schatz?«

»Was?«

»Nichts. Haben wir Cola im Haus?«

»Im Schrank ist eine Flasche von dieser Billigmarke, aber ich glaube nicht …«

»Das passt! Das ist in Ordnung! Ich habe nichts gegen Billigcola! Ich meine, es ist nicht so gut wie das richtige, nicht wahr? Ich finde immer, es schmeckt wässriger und nicht ganz so süß.

Aber ich denke, deswegen können sie es so billig machen, weil sie sich nicht darum scheren, wie es schmeckt. Wo sie es wohl herstellen lassen? Meinst du, sie produzieren es in Russland und importieren es dann? Das wäre einleuchtend, denn den Russen scheint es egal zu sein, wie ihr Essen oder ihre Getränke schmecken, solange sie billig sind. Willst du auch ein Glas?«

Zoe braucht einen Moment, bevor sie antwortet.

»Nein, danke«, sagt sie schließlich mit einem äußerst besorgten Gesichtsausdruck.

»Gut, ich schenke mir selber eine Tasse ein. Tasse? Eine Tasse? Cola trinkt man doch nicht aus einer Tasse, oder? Glas meine ich natürlich. Man trinkt Cola aus einem Glas. Kaffee trinkt man aus der Tasse. Bin ich albern. Ich muss wohl hungrig sein.«

Und damit verschwinde ich in die Küche und lasse meine Frau im Wohnzimmer zurück, wo sie versucht, diese Unterhaltung zu entwirren und ihr irgendeine Bedeutung zu entnehmen.

Es versteht sich von selbst, dass die nächsten beiden Tage ähnlich verlaufen.

Ich weiß nicht, wie es ist, wenn man heroin- oder kokainsüchtig ist, aber wenn meine neuentwickelte Abhängigkeit von der legalen Droge Koffein ein Indiz ist, dann stelle ich es mir verdammt unangenehm vor.

Wenn ich ehrlich sein soll, fällt es mir schwer, einen eindeutigen Bericht über diese achtundvierzig Stunden abzugeben. Ich weiß, ich habe irgendetwas unternommen. Zoe und ich sind zum Beispiel ins Kino gegangen. Allerdings habe ich nicht viel von dem Film gesehen, weil ich alle fünf Minuten aufs Klo musste und so den Großteil der Handlung verpasste. Zum Glück war es eine romantische Komödie mit Jennifer Aniston, den Großteil zu verpassen, war also wahrscheinlich ein Geschenk des Himmels.

Seit ich so viel Koffein trinke, scheint meine Blase auf die Größe eines Golfballes geschrumpft zu sein. Dieser Tage halte ich es kaum eine halbe Stunde aus, ohne dass ich unterbrechen muss, was ich gerade mache, um für kleine Jungs zu gehen. So langsam mache ich mir Sorgen, ob meine Prostata dabei Schaden nimmt.

Das Problem meiner Abhängigkeit von koffeinhaltigen Getränken spitzt sich am fünften Tag der Diät zu, genauer gesagt am Freitagabend.

Da fand unser monatliches Abendessen mit meinen Schwiegereltern statt – ein Ereignis, auf das ich mich nie besonders freue, auch nicht, wenn ich essen kann, was ich will. Dieser spezielle Abend versprach zehnmal schlimmer zu werden als sonst, da meine herzhafte Mahlzeit des Abends nach der Luftwaffendiät aus fürstlichen zweihundertfünfzig Gramm Rindfleisch bestand. Übersetzt war das ein ziemlich blutarm aussehendes Stück Steak von der Fleischtheke des Supermarkts.

Wir waren dran mit der Einladung, was auch besser war, denn es wäre mir doch sehr peinlich gewesen, mit meinem blutarmen Steak in einer Tupperware-Schüssel bei meinen Schwiegereltern aufzukreuzen.

Damit ich nicht gar so seltsam wirke, beschließt Zoe, für alle Steak zuzubereiten. Auf diese Weise muss ich mich nicht ganz so ausgeschlossen fühlen. Gut, ich werde nichts von den köstlichen Röstkartoffeln oder dem knackig gedünsteten Gemüse haben dürfen, aber wenigstens bin ich in ihrer Nähe, während ich auf meinem kleinen Stück Rindfleisch herumkaue.

Und ich werde das Scheißding verschlingen, da ich gerade meine siebte Tasse Kaffee an diesem Tag getrunken habe. Dann noch zwei Dosen Cola Light. Ich bin so high auf Koffein, ich könnte nicht stillstehen, selbst wenn man mir mehrere Pistolen an den Kopf halten würde.

*

Die Türglocke klingelt um Punkt sieben Uhr dreißig. Die Türglocke klingelt *immer* um Punkt sieben Uhr dreißig, wenn Alan und Barbara Davenport zum Essen kommen. Alan war dreißig Jahre lang bei der Handelsmarine und Babs leidet an Zwangsneurosen, die normalerweise ausgiebige Behandlung bräuchten. Da sie am heutigen Abend mit einem Taxi gekommen sind, frage ich mich, wie sie es geschafft haben, ihre Ankunft so genau zu planen. Ich kann mir allerdings bildlich vorstellen, wie Alan vor der Tür steht und zehn Minuten lang auf die Uhr starrt, bis es genau halb acht ist.

»Guten Abend, Gregory«, sagt Alan, als ich schwungvoll die Tür öffne.

Ich hasse es, wenn man mich Gregory nennt.

»Guten Abend, Alan, guten Abend, Barbara«, antworte ich schnell und strecke ihnen die Hand entgegen. »Kann ich eure Mäntel nehmen?«

Die armen Leutchen sind noch nicht einmal im Haus, und ich versuche schon, sie auszuziehen.

Meine laute, entschiedene und koffeinhaltige Stimme hat einen solchen Ton an sich, dass Alan noch auf der Schwelle seinen Mantel auszieht.

»Ähm, danke, Gregory«, sagt er und geht in den Flur.

»Kein Ursache, keine Ursache, ich helfe doch gern!«, gröle ich und wedele mit der ausgestreckten Hand vor meiner Schwiegermutter herum, die ihrem Mann herein folgt. »Und deiner, Barbara? Dein Mantel? Kann ich deinen Mantel haben? Gib mir deinen Mantel.«

Babs sieht leicht erschrocken aus. Wahrscheinlich hat sie ein bestimmtes Zwangsritual, das sie normalerweise ausführt, bevor sie ein Kleidungsstück auszieht, aber dazu lasse ich ihr heute Abend keine Chance.

Ich reiße ihr gewissermaßen den langen Wollmantel vom Leib, während sie an mir vorbeieilt.

»Danke, danke, gut gemacht«, sage ich zu beiden, als hätten sie ein neues Kunststückchen gelernt.

Ich öffne die Tür des Schrankes und versuche, die zwei Mäntel aufzuhängen. Die Haken sehen allerdings bereits überladen aus, daher schmeiße ich Alans einfach über das Bügelbrett.

»Wo ist Zoe?«, fragt Alan, als ich die Tür schließe und ihn angestrengt angrinse.

»Zoe? Zoe? Sie ist in der Küche, Alan, und kocht uns ein wunderbares Essen. Na ja, kocht *euch* ein wunderbares Essen. Ich mache im Moment diese Diät, wisst ihr. Sie heißt die russische Luftwaffendiät. Sie ist sehr gut, ich habe diese Woche schon eine Menge abgenommen. Das einzige Dumme ist, dass ich zum Abendessen nicht viel bekomme. Ich werde wahrscheinlich mit meinem Essen fertig sein, noch bevor ihr die erste Kartoffel im Mund habt!«

Ich beende mein hektisches Geschwafel mit einem ziemlich hysterischen Kichern. Bis das verklungen ist, sind wir im Wohnzimmer angekommen und ich trete unruhig auf der Stelle, als müsste ich pinkeln. Muss ich auch, klar.

Zoe kommt aus der Küche und umarmt ihre Mutter und ihren Vater.

»Wie geht es euch beiden?«, fragt sie herzlich.

»Uns geht es gut, danke«, meint Babs. »Greg hat uns gerade von seiner Diät erzählt.«

Ich kichere wieder und hüpfe weiter von einem Bein aufs andere.

»Ja, ja, ja, habe ich. Ist eine sehr gute Diät. Wirklich wahr.«

»Auf jeden Fall scheint sie dir eine Menge … Pep zu geben«, antwortet Alan.

»Oh ja«, erwidere ich und kichere und hüpfe noch mehr.

Wenn ich als Clown verkleidet wäre und ein Küchenmesser ablecken würde, könnte ich auf die beiden im Moment auch nicht befremdlicher wirken.

Zoe seufzt und reibt sich die Augen.

»Das liegt am Koffein, Dad. Bei dieser Diät muss er viel Kaffee trinken, und das ist er nicht gewohnt, daher …«

»Ah, ich verstehe.«

»Ja, ja!« Kicher/hüpf. »Mengenweise Koffein, jeden Tag!« Kicher/hüpf. »Aber Hunger habe ich gar keinen, Barbara!« Zoes Mutter erbleicht. »Überhaupt nicht! Na ja, ein kleines bisschen vielleicht, aber meistens bin ich einfach nur sehr, sehr glücklich und begeistert.« Ich habe das überwältigende Bedürfnis, Babs zu umarmen, und tue das auch. Ich merke, wie sie sich in meinen Armen versteift. »Und ich freue mich so, so sehr, euch beide zu sehen.«

Jetzt kicher und hüpfe ich und umarme meine Schwiegermutter gleichzeitig. Das Ganze ist mittlerweile so gruselig, dass eine gewisse religiöse Intervention von Nöten sein könnte.

»Lass Mum in Ruhe, Greg«, weist Zoe mich an. »Schenk uns doch schon mal ein Glas Wein ein, während ich mich mit ihnen unterhalte.«

»Okay, okay, das klingt super.«

Ich surre in die Küche und gebe Zoe die Gelegenheit, mein doch recht seltsames Verhalten zu erklären und bestimmt auch um Verständnis zu bitten.

Von zu viel Koffein wird man nicht nur unruhiger als eine unter Strom stehende Katze, man wird auch wahnsinnig unentschlossen. Diese äußerst ungünstige Nebenwirkung entdecke ich, als ich in der Küche stehe und meinen Schwiegereltern etwas zu trinken einschenken möchte.

Wir haben Wein in allen drei Farben im Vorrat. Da Zoe und ich ja versuchen abzunehmen, wurde in letzter Zeit nicht viel davon getrunken, aber das hat unsere Freunde nicht davon abgehalten, uns im Verlauf der letzten Wochen bei ähnlichen Partys wie dieser immer wieder mal eine Flasche zu schenken. Das hat zu einer richtigen Sammlung geführt, und ich habe nun die Wahl zwischen nicht weniger als drei Flaschen Weißwein, zwei Flaschen Rotwein und einer Rosé.

Ich verbringe ein paar konstruktive Minuten damit, vor den Flaschen herumzuhüpfen, bis ich mich für Weißwein entscheide. Das hilft aber auch nur teilweise, denn nun habe ich noch die Wahl zwischen Chardonnay, Pinot Grigio und Sauvignon.

Am besten frage ich nach.

»Entschuldigt bitte?«, töne ich von jenseits der Küchentür.

»Was ist, Greg?«, antwortet Zoe.

»Ich wollte nur wissen, welchen Wein sie trinken möchten. Weil wir nämlich ziemlich viel haben. Wir haben Chardonnay, Pinot oder Sauvignon. Ich dachte mir, vielleicht den Pinot, weil der Chardonnay etwas billig wirkt – du weißt schon, Schatz, es ist die Flasche, die du von deiner Firma für das Erreichen der gesetzten Ziele bekommen hast. Gut gemacht, übrigens. Habe ich schon gut gemacht gesagt? Ich kann mich nicht erinnern, ob ich gut gemacht gesagt habe. Gut gemacht! Der Sauvignon ist der gleiche, den wir Weihnachten im Supermarkt gekauft haben. Der, der mir nicht geschmeckt hat. Weißt du noch? Ich fand, der war zu süß für einen Sauvignon. Nicht, dass ich mich groß mit Wein auskenne. Bier ist mir allemal lieber, aber bei einem Abendessen mit Gästen kann man ja kein Bier trinken, nicht wahr? Das wäre einfach nicht *richtig*, glaube ich. Also nehm ich den Pinot, oder? Ja, ich schenke euch allen den Pinot ein. Das wird das Beste sein.«

Ohne auf eine Antwort zu warten, ziehe ich mich wieder in die Küche zurück. Es hat sich gezeigt, dass man sehr wohl Entscheidungen treffen kann, wenn man einen Koffeinrausch hat; man merkt es nur nicht.

Ah, aber sind ihnen große oder kleine Gläser lieber?

Scheiße.

Hm.

Ähm.

Große!

Groß ist immer besser!

Ich schenke Babs und Alan zwei Gläser von der Größe ein, nach denen man verhaftet wird, wenn man ein Auto auch nur anschaut. Ich leere fast die ganze Flasche für die beiden Gläser.

Da wir ja beide abnehmen wollen, schenke ich für Zoe und mich zwei winzige Gläser ein. Damit scheine ich zum Ausdruck bringen zu wollen, dass ich meine Schwiegereltern für komplette Alkoholiker halte.

Wie ihren entsetzten Mienen zu entnehmen ist, als ich ihnen die Gläser gebe, denken sie das auch.

Die nächste halbe Stunde ist die reinste Qual. Zumindest für die anderen drei Teilnehmer an unserer Unterhaltung. Ich selber fühle mich sauwohl.

Die Kombination aus Koffein und Alkohol ergibt eine nette Mischung im Sprachzentrum meines Gehirns, und ich verbringe dreißig Minuten damit, meiner erweiterten Familie diverse Themen um die Ohren zu hauen, an die ich mich jetzt kaum mehr erinnern kann.

Soweit ich noch weiß, fing ich damit an, sie über den Zuckergehalt in Wein aufzuklären und dann über die Zuckermenge in Käse. Danach kam eine Geschichte über einen aus Käse gemachten Stuhl, die ich irgendwo gelesen hatte, und *dann* eine Geschichte über einen Stuhl aus Bierdosen, die ich auch gelesen hatte. Danach erklärte ich ihnen, dass Bier auf Spanisch *Cerveza* heißt, und dass Zoe und ich ja gern in der Karibik Urlaub machen würden – oder auf den Seychellen oder vielleicht in Key West oder vielleicht in China …

Der Rest ist ein wenig undeutlich, aber ich weiß noch, dass ich aus irgendeinem Grund angefangen habe, ein lustiges Lied aus einer Radiosendung der Fünfzigerjahre zu singen, als Zoe mich mit in die Küche zieht, damit ich ihr beim Servieren helfe.

»Ying tong, ying tong, ying tong, ying tong tiddle ei puuh«, singe ich fröhlich auf dem Weg durchs Wohnzimmer neben meiner stinkwütenden Gattin.

»Wirst du wohl aufhören!«, faucht sie mich an, sobald wir außer Sicht ihrer Eltern sind.

»Mit was?«

»Du benimmst dich wie ein Drogenabhängiger. Sie glauben bestimmt, du bist in Wirklichkeit auf Kokain statt Koffein.«

»Nun, weißt du, genaugenommen war Kokain tatsächlich ein Bestandteil des ersten Coca Cola-Rezepts, glaube ich, also nehme ich an, dass der Name davon abgeleitet ist, daher …«

»Halt den Mund!«

Ich tue wie mir geheißen, auch wenn es mir sehr schwerfällt.

Ich schaffe es, mein Dauergelaber so lange unter Kontrolle zu halten, wie Zoe und ich die Teller herrichten. Bis wir uns dann aber zum Essen hinsetzen, bin ich schon wieder auf den Quasselzug aufgesprungen.

Es wäre alles keine Problem, wenn ich eine ordentliche Menge an Nahrung hätte, die ich mir ins Maul stecken und die mich ruhig schalten könnte, aber ich verschlinge das Ministeak in zehn Sekunden, was mir ausreichend Zeit verleiht, weiter zu quatschen, während meine Frau und ihre Eltern sich bemühen, trotz der unerwünschten Begleitmusik meines ununterbrochenen Redens ihre Mahlzeit zu genießen.

Die Situation erreicht ihren schockierenden Höhepunkt, als Alan und Babs sich an die Crème brûlée machen, die Zoe extra für sie zubereitet hat.

»Crème brûlée ist ein faszinierender Nachtisch«, quassle ich weiter. »Den Zucker richtig zu karamellisieren, ist unglaublich schwierig und erfordert viel Geschick. Zoe kann es jetzt sehr gut, aber ihr hättet mal ihre früheren Desaster erleben sollen. Ach ja, wirklich. Ich war oft mit ihr in der Küche, während sie es wieder und wieder versuchte. Der Geruch von verbranntem Zucker ist einfach nur schrecklich, finde ich. Unser Dunstabzug wurde kaum damit fertig. Aber immerhin, mittlerweile hat sie die Kunst gemeistert, wie ihr bestimmt an dem Dessert merkt, das ihr gerade esst. Sie ist eine sehr talentierte Köchin, eure Tochter. Auf jeden Fall viel besser als ich. Ich bin mir sicher, das hat sie bestimmt von dir, Barbara. Ich freu mich immer darauf, wenn wir zu euch zum Essen gehen. Sie kommt eindeutig ganz nach …«

»Sei still, Greg«, sagt Barbara mit leisem, gereiztem Ton.

»Wie bitte?«

»Sei ruhig. Bitte, *bitte* sei einfach ruhig, wenigstens für ein paar Minuten.«

Ich bin fassungslos. Barbara ist normalerweise eine äußerst höfliche und sanfte Frau. Ihre vielen Neurosen verursachen ein Temperament, das nicht konfrontationstauglich ist.

»Es tut mir leid, Barbara«, entschuldige ich mich. »Ich wollte dir nur ein Kompliment machen, weil du so gut kochst. Ich hätte nicht gedacht, dass ich dich damit beleidigen würde. Obwohl, weißt du, es ist erstaunlich, wegen welcher Dinge die Leute heutzutage beleidigt sind. Ich sah vor einigen Tagen eine Frau in den Nachrichten, die sich total über irgendetwas aufregte, das sie letzte Woche auf BBC gesehen hat. Irgendwas mit Religion. Sie war vollkommen sauer, weil …«

»Kannst du nicht einfach aufhören zu reden?«, wirft Alan ein. »Wir sind ja noch gar nicht zu Wort gekommen.«

»Nicht? Wirklich? Ich dachte, wir hätten eine wunderbare Unterhaltung. Immerhin haben wir uns doch über Käse unterhalten und über die Chinesen und alte Bands und Bierdosen und China. Sagte ich China bereits? Also, auf jeden Fall haben wir darüber gesprochen …«

Ich kann mir nicht helfen. Ich bin einfach nicht in der Lage, die Worte aufzuhalten, die mir mit rasender Geschwindigkeit aus dem Mund fließen.

Außerdem merke ich, dass sich ein geballter Schmerz in meinem Hinterkopf breitmacht.

»Greg!«, fährt Zoe mich an. »Geh um Himmels willen nach oben und beruhige dich!«

Und hier haben wir den schmachvollen Abschluss. Ich werde wie ein ungezogenes Kind auf mein Zimmer geschickt.

Alan und Barbara bleiben stumm, als ich meinen Stuhl zurückschiebe und aufstehe. Ich will mich bei ihnen für das viele Reden entschuldigen, aber halte mit offenem Mund inne. Wenn ich jetzt wieder zu sprechen anfange, dann gibt das bestimmt einen weiteren unsinnigen Wortschwall, der alles nur noch schlimmer macht.

Ich beuge mich zu Zoe und küsse ihre rote Stirn, bevor ich das Zimmer verlasse.

Während ich die Treppe hinaufsteige, höre ich Zoe sich bei ihren Eltern entschuldigen und ihnen erneut die nötige Erklärung geben.

»... es liegt am Koffein«, sagt sie. »Er ist einfach nicht daran gewöhnt. Das ist, als gäbe man einem Fünfjährigen zu viel Zucker.«

Ich schließe die Schlafzimmertür, um nicht noch mehr zu hören. Die Demütigung ist mehr, als ich ertragen kann.

Die nächste Stunde verbringe ich hibbelig im Schlafzimmer, bis ich Zoe rufen höre, dass ihre Eltern gehen wollen.

Wie das oben bereits erwähnte ungezogene Kind schleiche ich mit hängendem Kopf die Treppe wieder hinunter.

»Es tut mir leid, dass ich so aufgedreht war«, sage ich zu Barbara und Alan, während diese ihre Mäntel anziehen.

Babs legt versöhnlich die Hand auf meine Schulter.

»Ist schon gut, Greg. Zoe hat uns erklärt, wie viel du von dem Zeug wegen der Diät trinkst.«

»Und du hast anscheinend ganz schön abgenommen«, meint Alan, was mir zum ersten Mal, seit ich nach oben verbannt wurde, ein Lächeln auf das Gesicht zaubert.

»Findest du wirklich?«, sage ich. »Ich freue mich so, dass es dir auffällt. Schließlich ist das ja der Grund, dass ich diese Diät mache. Wäre ja ziemlich nutzlos, den ganzen Kaffee zu trinken, wenn ich dabei nicht abnehmen würde, oder? Nein, nein. Das wäre die reinste Zeitverschwendung. Die Diät ist eigentlich nicht *so* schlecht. Ich fühle mich seit Tagen kaum mehr hungrig. Was mich überrascht, denn bei den Mengen, die ich sonst an Lebensmitteln verputzen konnte, würde man meinen, dass mir das Essen mehr fehlen würde. Ich nehme an, Kaffee muss eine appetitzügelnde Wirkung haben. Ein bisschen wie Zigaretten, glaube ich. Nicht, dass ich je Zigaretten zum Abnehmen versuchen würde. Ich meine, da würde man ja nur ein Übel gegen ein anderes austauschen …«

»Greg!«, blafft Zoe.

»Entschuldigung! Entschuldigung!«

Ich presse die Lippen zusammen und verabschiede mich vorwiegend mit Gesten von meinen Schwiegereltern.

Sobald Zoe die Haustür hinter ihnen geschlossen hat, beginne ich, an einem Fingerknöchel zu kauen, denn ich weiß, dass ich gleich Schelte beziehen werde.

»Nun, herzlichen Dank, Speedy Gonzales«, fängt Zoe an. »Ich versuche nach Kräften, unseren Familien zu vermitteln, dass diese Diäten die ganze Anstrengung und Zeit wert sind, und dann kommst du daher und benimmst dich wie ein Heroinsüchtiger.« Ich öffne den Mund, um zu antworten. »Sei bloß still!«, bellt Zoe und klatscht mir auf den Arm. »Halt einfach den Mund und hör mir zu. Dein Kiefer kann die Pause weiß Gott gut gebrauchen. Es ist ein Wunder, dass er von der ganzen Quasselei nicht abgebrochen ist.«

Damit geht Greg Miltons Abend mit einem streng auf ihn deutenden Finger und wüstem Geschimpfe zu Ende, das kein Mann im Koffeinrausch ertragen müssen sollte.

Das ist komplett gelogen. Aufgrund des vielen Koffeins, das ich den Tag über getrunken habe, geht mein Abend noch lange nicht zu Ende.

Tatsächlich ist er dann so gegen drei Uhr morgens vorbei, gut vier Stunden nachdem Zoe ins Bett gegangen ist.

Den Großteil dieser Zeit verbringe ich zitternd in einer Ecke des Wohnzimmers, wobei ich ständig zwischen ›Location, Location, Location‹, einer Sendung über Häuserkauf, und vier Episoden einer australischen Kochsendung hin und her schalte, beides natürlich sehr leise.

Bis ich mich endlich müde genug fühle, um ins Bett zu gehen, hätte ich Ihnen locker erklären können, wie lange man eine Doppelhaushälfte mit drei Schlafzimmern im Seenland kochen muss, bis sie durch ist, oder wie hoch die Hypothek genau sein müsste, die man für einen Schokokirschkuchen mit ausgezeichnetem Seeblick benötigt.

… oder zumindest so ähnlich. Mittlerweile ist mein Gehirn durch den Crash nach dem Koffeinrausch so benebelt, dass ich möglicherweise etwas verwirrt sein könnte.

*

Am nächsten Tag klettere ich um zehn Uhr fünfzehn aus dem Bett. Meine Augen sind noch gut und gern zwanzig weitere Minuten wie zugekleistert.

Ich stolpere in die Küche und mache mich sofort auf die Suche nach dem löslichen Kaffee.

»Oh nein, auf gar keinen Fall, Kumpel!«, faucht Zoe mich an. »Du trinkst keine einzige Tasse mehr von dem Zeug, außer, es ist koffeinfrei.«

»Aber die Diät …«

»Pfeif auf die Diät! Trink jetzt einen Orangensaft, und nachher kaufen wir entkoffeinierten Kaffee.«

Wenn man es genau bedenkt, hätte ich das schon vor drei Tagen tun sollen. Die Umstellung auf koffeinfrei ist schmerzhaft. *Sehr* schmerzhaft.

Der Entzug von der Substanz, von der ich so schnell abhängig geworden bin, ist ein Unterfangen, das ich nie mehr wiederholen möchte. Innerhalb von achtundvierzig Stunden bin ich vollkommen teilnahmslos, verwirrt, gereizt und leide an der schlimmsten Verstopfung meines Lebens – die ganze fünf Tage anhält.

Ich bin immer noch ziemlich reizbar und blaffe jeden an, mit dem ich zu tun habe.

Trotz allem bin ich als Brummbär mit Kopfschmerzen besser zu ertragen als der tasmanische Teufel, der ich vorher war. Auch wenn ich im Verlauf der letzten paar Tage ziemlich unhöflich zu allen war, so habe ich ihnen zumindest nicht meine gesamte Lebensgeschichte innerhalb von fünf Minuten erzählt und sie dabei mit Speichel besprüht.

Ich muss gestehen, dass ich es einfach nicht über mich brachte, nach meiner Erfahrung mit der russischen Luftwaffendiät die israelische Armeediät auszuprobieren, da diese noch mehr Koffein und noch weniger Nahrung vorschreibt.

Ich glaube einfach nicht, dass mein Gehirn oder mein Darm das ausgehalten hätte.

Es gibt einen ausgezeichneten Grund, warum solche Diäten nicht populär werden. Es liegt daran, dass sie ausgesprochen dämlich sind. Dämlich und äußerst ungesund.

Von Kaffee abhängig zu sein und kaum Nahrung zu benötigen, mag für die Angehörigen des russischen oder israelischen Militärs taugen, aber für einen dicken Engländer mittleren Alters geht das gar nicht.

Ich werde mit diesen Diäten nie wieder etwas zu tun haben.

Kann sein, dass ich diese Worte zurücknehmen und meine Entscheidung revidieren muss, sollten wir jemals von Horden brüllender Tschetschenen oder von Granaten werfenden Arabern überrannt werden, aber bis dahin lasse ich die Finger davon.

Zoes Diättagebuch

Dienstag, 10. Juni

78,5 kg (13,5 kg abgenommen)

Schwer zu glauben, dass wir das jetzt schon seit drei Monaten machen. Die Zeit scheint so schnell zu verschwinden wie die Zentimeter um meine Taille. Trotz des Schreckens der Kohlsuppendiät und einiger anderer Abnehmmethoden, die ich zusätzlich anwende (und über die ich an dieser Stelle noch nicht schreiben kann, das erlaubt mein anfälliger Gemütszustand leider nicht. Fragen Sie noch mal nach, wenn ich nicht unter eingeschränkter Kalorienzufuhr leide), schaffe ich es gerade so, meine geistige Gesundheit zu erhalten.

Ich glaube, ich habe einen Punkt erreicht, an dem sich sowohl mein Körper als auch mein Geist an die massive Lebensumstellung gewöhnt haben …, aber manchmal steht das Ganze schon noch auf Messers Schneide. Gestern verbrachte ich zum Beispiel zwanzig Minuten mit der Fantasie, in einem See aus

Sahne zu schwimmen. In der Mitte des Sees war eine Insel aus jamaikanischem Ingwerkuchen. Das Schwimmen war nicht einfach – Sahne ist schließlich ziemlich dickflüssig –, aber ich öffnete den Mund und trank so viel wie möglich, das erleichterte mir den Weg.

Nachdem mich ein Anruf aus meiner Fantasie riss, war ich den Rest des Nachmittags todunglücklich. Ich hätte gern bis ans Ende meiner Tage auf dieser braunen, saftigen Insel gelebt.

Um mich aufzumuntern, holte ich mir auf dem Heimweg ein paar Reisebroschüren über Jamaica. Es wirkt ganz nett, aber das Meer ist zu blau und hat so gar nichts von Sahne, und die Insel selber sieht überhaupt nicht essbar aus.

Wie gesagt, manchmal steht es noch auf Messers Schneide.

Einen Einfluss hat dieses ständige Diäthalten aber, das kann ich Ihnen sagen. Es macht mich spitz.

Spitz wie Nachbars nymphomanischer Lumpi.

Ich habe mittlerweile dreizehn Kilo abgenommen, Greg mehr als sechzehn, und man soll gar nicht glauben, welch unreine Gedanken diese kombinierten Kilos in einer Frau hervorrufen.

Mir war nicht bewusst, dass strenges Diäthalten die Libido derart ankurbeln kann.

*

Vor dem Beginn des Wettbewerbs war meine Lust am Sex total auf Null, und um ehrlich zu sein, war unser Sexleben durch unsere ungesunde Lebensweise schon seit *Jahren* auf Sparflamme gelaufen.

Als Greg und ich uns in der Schule kennenlernten, und ich werde mich so delikat ausdrücken, wie mein gegenwärtiger, fast ständig sexuell erregter Zustand es zulässt, vögelten wir eigentlich die ganze Zeit und überall.

Ich wog siebenundfünfzig Kilo und war topfit. Greg wog zweiundachtzig Kilo – fast ausschließlich Muskelmasse, dank des vielen Rugbytrainings.

Offen gesagt sahen wir beide einfach super aus, und wir wussten das auch.

Wir lernten uns kennen, als wir beide achtzehn und berauscht von unserer Jugend und Dummheit waren. Der Vorstand der Rugbymannschaft wollte, dass ich als Modell für eine Damen-Version der neuen Rugbyuniform fungierte, für die er fast das ganze Budget der Sportfakultät ausgegeben hatte, was ich nur zu gern tat, vor allem weil er mir hundert Pfund versprach, die mir für meine Wochenendpläne gerade recht kamen. Das Fotoshooting wurde mit mir und einem der Rugbyspieler arrangiert, der die Spielerversion tragen sollte. Der Spieler, der dafür ausgewählt wurde, war Gregory Milton.

Der prachtvolle, herrliche Gregory Milton.

Ich kann mich immer noch an das einem Stromschlag ähnelnde Gefühl erinnern, das durch meinen ganzen Körper schoss, als ich ihn das erste Mal sah.

Ich saß auf einer Bank in der Turnhalle und zog gerade die langen weißen Strümpfe nach oben, die zu der Uniform gehörten, als ich aufblickte und ihn durch die Doppeltür auf der anderen Seite der Halle kommen sah. Zum Glück war er an jenem Tag nicht von irgendwelchen Schmerzmitteln high und kam nicht wie besoffen hereingestolpert. Nein, in jenen Tagen lag in Greg Miltons Schritt so viel Selbstvertrauen und Haltung, dass mein Herz gleich doppelt so schnell schlug.

Er trug einen Rugbyball, den er ohne hinzuschauen immer wieder lässig in die Luft warf und auffing. Bis er an der Stelle ankam, wo die Kamera für die Aufnahmen aufgestellt wurde, konnte ich kaum meine Blicke von ihm nehmen.

Später stellte sich heraus, dass es ihm genauso ging.

»Die Art und Weise, wie du mit diesen langen Strümpfen gespielt hast«, erzählte er mir Wochen später, »und diese engen weißen Shorts? Es ist ein Wunder, dass ich nicht über meinen eigenen Penis gestolpert bin.«

Der Fotograf war Lionel, einer der Lehrer, die Fotografie unterrichteten.

Lionel gehörte zu jener Sorte Mann, die in der Nähe eines Teleobjektivs absolut nichts zu suchen haben, vor allem in der Nähe anderer Menschen. Er hatte den Ruf, ein ziemlich perverses Schwein zu sein.

Angeblich war sein Haus voller schwarzweißer ›Kunstdrucke‹ von jungen Frauen in diversen kompromittierenden Posen. Außerdem war er angeblich auch ein polizeibekannter Sexualstraftäter, aber ein solches Gerücht kommt schnell in Umlauf und ist schwer zu überprüfen.

Die Art und Weise, wie Lionel mich während der Aufnahmen verführerisch an und um Greg drapieren wollte, gab mir allerdings das eindeutige Gefühl, dass mit dem Mann irgendetwas nicht stimmte.

»Also, Zoe, lege doch mal deine Hände um Gregs Bizeps und drück dich an ihn«, schlug Lionel vor.

»Im Ernst?«

»Ja, ja, ich finde, das sähe toll aus.«

Fast musste er sich den Sabber vom Kinn wischen.

Wenn Greg nicht ein solcher Adonis gewesen wäre, hätte ich Lionels Bitte sicher nicht entsprochen. Aber so sah ich meinen zukünftigen Ehemann fragend an und schob mich ein wenig näher.

»Findest du das in Ordnung?«, fragte ich ihn.

Greg schluckte schwer.

»Ähm, ich glaube schon. Wenn Lionel meint, dass es gut aussieht.«

»Bestimmt.«

Ehrlich gesagt war mir vollkommen egal, wie es aussah. Ich wollte ihn nur nah genug zum Anfassen.

Ich wand meine Arme um Gregs harten Bizeps, drückte mich an ihn, drehte mich zur Kamera und lächelte.

Greg roch phänomenal! Ich brauchte meine gesamte Selbstbeherrschung, um nicht an Ort und Stelle zu zerfließen. Ein solcher Anblick hätte kein besonders gutes Foto abgegeben.

»Ich glaube, du solltest vor Greg stehen und seinen Ball halten«, wies Lionel mich an.

Ich nahm an, dass Lionel den Rugbyball meinte, den Greg mitgebracht hatte, obwohl ich wahrscheinlich meine Hand lieber in seine Hose gesteckt und da etwas gehalten hätte.

»Lege bitte deine Arme um sie«, sagte Lionel zu Greg, als ich meine Position eingenommen hatte.

Als ich seine starken Arme sanft auf meinen Schultern liegen fühlte, blieb mir die Luft weg. Fast hätte ich den blöden Rugbyball fallen lassen.

Bis Lionel endlich mit dem Fotografieren fertig war, war ich dermaßen sexuell erregt, dass es an ein Wunder grenzte, dass ich den armen Gregory Milton nicht gleich hier in der Turnhalle vernaschte.

»Danke, dass du mitgemacht hast«, sagte er, während wir zu den Umkleideräumen gingen. »Diese Sets bei den Spielen zu verkaufen, war meine Idee, und mit den Fotos können wir bestimmt mehr davon verhökern.«

»Es war mir ein Vergnügen.«

»Du siehst auf jeden Fall besser darin aus als ich«, sagte er unbeholfen, als wir die beiden Türen zu den Umkleideräumen erreichten.

»Das finde ich nicht«, antwortete ich. »Du siehst auch ziemlich gut damit aus.«

Die Hormone wallten so geballt um uns, man konnte sie fast sehen.

Greg fuhr sich mit der Zunge über die Lippe. Ich wusste, was gleich kam.

»Hast du jetzt was vor?«, fragte er. »Ich meine, hättest du Lust, mit mir einen Kaffee in der Cafeteria zu trinken?«

Okay, das war nun nicht gerade eine Einladung ins Ritz, aber ich war achtzehn, und ein Kaffee in der Cafeteria klang wunderbar.

»Klar, das wäre schön. Ich sehe dich dann auf der anderen Seite?«

»Ja, ja, prima. Das ist prima. *Prima.*«

Nachdem das geklärt war, verschwand Greg wie der Blitz durch die Tür zum Umkleideraum.

»Greg!«, rief ich ihm nach.

»Ja?«

»Willst du deinen Ball nicht zurück?«

Ich hielt ihm den Ball hin, lächelte und legte den Kopf so kokett wie nur möglich schief.

Das hatte den gewünschten Erfolg.

Greg nahm den Ball. Ließ ihn fallen. Hob ihn hoch. Lächelte mich verlegen an und verschwand wieder.

Ich hingegen ging ruhig und langsam in die Mädchenumkleide und fühlte mich sehr überlegen.

Schauen Sie, ich will Ihnen gar nichts vormachen oder Sie gar anlügen: Greg und ich schliefen etwa vier Stunden später das erste Mal miteinander.

Ich werde mich dafür auch nicht entschuldigen.

Meine sexuelle Erfahrung beruhte bis zu diesem Zeitpunkt auf einen Typen namens Chris, mit dem ich im Jahr davor ein paar Monate zusammen war. Als erste Sexerfahrung war Chris ein recht guter Einstieg in die Welt der Fleischeslust, aber vom Hocker haute er mich nicht gerade. Wenn ich vor dem ersten Mal mit Greg zum Orgasmus kam, dann nur, wenn ich ihn mir selber verschaffte, und meistens bekam ich dabei Krämpfe in den Fingern.

Greg war vor mir mit zwei Mädchen zusammen gewesen, aber beide Male nur einmal, erfahrungsmäßig lagen wir in diesem Bereich also ziemlich gleich.

Aus dem Kaffee in der Cafeteria wurden mehrere alkoholische Getränke in der Kneipe um die Ecke, gefolgt von einem ziemlich schwankenden Spaziergang im Park, heftigem Geknutsche auf einer Bank und dem bereits erwähnten Sex im Haus von Gregs Eltern.

Es war gut, dass sie im Kino waren, denn die Geräusche, die ich bei dem massiven Orgasmus von mir gab, als Greg in mir kam, hätten sie sicher im höchsten Maße beunruhigt, hätten sie im Stockwerk unter uns ›Carrie, die jüngste Tochter des Satans‹ angeschaut.

Ich schämte mich ein kleines bisschen, als ich hinterher neben Greg auf seinem schmalen Bett lag und versuchte, wieder zu Sinnen zu kommen. Es gibt ein Wort für Mädchen, die gleich beim ersten Ausgehen mit einem Kerl schlafen. Es reimt sich auf Lampe, Wampe und Pampe.

Dieses ungute Gefühl blieb mir über die ersten paar Wochen erhalten, bis ich merkte, dass ich mich auf den ersten Blick in Greg verliebt hatte. Und wenn das passiert, dann gelten einfach keine Regeln mehr.

Im Verlauf der nächsten Monate durchliefen wir einen wahren Sexmarathon, wie ihn nur zwei verliebte Teenager ohne ernstere Schäden überstehen können. Wenn ich jetzt hier sitze und zurückblicke, dann kann ich ehrlich sagen, dass unser Liebesleben in den ersten Jahren unserer Beziehung durchgehend unglaublich normal, abwechslungsreich und äußerst regelmäßig war.

… bis wir heirateten und in unseren Vollzeitjobs versumpften. Aber selbst dann achteten wir darauf, dass wir mindestens ein-, zweimal die Woche Sex hatten, außer ich hatte gerade meine Periode oder einer von uns machte Überstunden.

Genaugenommen war unser Liebesleben bis vor etwa sieben Jahren sehr aktiv, als wir beide dreißig wurden und auf einmal so zunahmen.

Wenn man dreißig wird, passiert etwas Komisches mit dem Stoffwechsel. Er beschließt offensichtlich, dass er keine Lust mehr hat, Energie mit der bisherigen Geschwindigkeit zu verbrauchen und findet wohl, dass es an der Zeit ist, ab jetzt weniger zu arbeiten. Wenn man bis dahin locker über zweitausend Kalorien am Tag verputzen konnte, ohne dass es etwas ausmachte, beginnen die Pfunde, sich jetzt langsam anzusammeln.

Man merkt davon natürlich nichts. Wenn es einem auffiele, dann würde man ja etwas dagegen unternehmen. Wenn man aber achtunddreißig Stunden pro Woche arbeitet und sich um solche Sachen wie eine Hypothek und Autoversicherung Sorgen machen muss, dann vergisst man erstaunlich schnell, sich um seine Gesundheit und das körperliche Wohlbefinden zu kümmern.

Dann kommt unausweichlich der Tag, an dem man die Jeans anziehen will, die man seit letztem Sommer nicht mehr getragen hat …, und merkt, dass das blöde Ding nicht mehr zugehen will. Daraufhin eilt man ins Bad, entfernt die Spinnweben von der Waage, die seit zwei Jahren hinter dem Wäschekorb verstaubt, und stellt sich mit klopfendem Herzen darauf.

Das war der Tag, an dem ich das erste Mal hinuntersah auf die elektronische Anzeige und ein Gewicht von über dreiundsechzig Kilogramm sah.

Selbstverständlich fing ich auf der Stelle eine Diät an. Und eine Zeit lang funktionierte das sogar. Mein Gewicht fiel wieder auf unter dreiundsechzig und ich erklärte meinen Sieg.

Aber die Jahre verstreichen. Dreißig verwandelt sich schnell in dreiunddreißig, dann vierunddreißig.

Und der Stoffwechsel wird immer langsamer.

Und die Hypothekenzahlungen werden weiterhin vom Konto abgezogen.

Das Leben besteht nur noch aus sich finanziell über Wasser halten und jeden Tag an die Arbeit gehen.

Sex verwandelt sich von einer täglichen Freizeitaktivität zum monatlichen Sondervergnügen.

Und es wird immer weniger ein Vergnügen, je mehr man merkt, dass die Speckrollen im Weg sind. Das, gekoppelt mit dem Gegeneinanderklatschen der neuerworbenen Körperfülle, macht dem Liebesleben dann gänzlich den Garaus.

Wo man sich vorher Unanständigkeiten ins Ohr flüsterte und sich für sexy Rollenspiele verkleidete, läuft das Ganze nun vor dem Schlafengehen mechanisch ab und ehrlich gesagt ist frau überrascht, wenn dabei ein Orgasmus herausspringt.

Wenn ein Paar längere Zeit zusammen und das Liebesleben nicht mehr ganz so prickelnd ist, dann versucht es oft, wieder ein wenig Spannung in die Beziehung zu bringen, entweder indem es etwas Gewagtes ausprobiert oder indem es den Zauber der früheren Jahre sucht.

Greg und ich machten den Fehler, Letzteres zu versuchen.

Es war etwa sechs Wochen bevor wir mit dem Wettbewerb anfingen. Wir befanden uns beide auf dem absoluten Tiefstand, sowohl was unser Liebesleben als auch unsere allgemeine Lebensqualität anging.

Januar ist nie ein guter Monat, wenn man dick ist. Man musste sich gerade mit dem Schlemmen der Weihnachtsfeiertage auseinandersetzen. Und was hatten wir dieses Jahr geschlemmt! Wir verputzten hemmungslos Dosen voller Pralinen und stopften auf Teufel komm raus mit Truthahn belegte Brote in unsere Münder. Ich trank mich durch einen ganzen Ozean aus Rotwein und Greg tat es mir mit Bier gleich.

Ich gebe zu, dass dieses kulinarische Ausschweifen zum größten Teil meine Schuld war. Der demütigende Schock, einen Monat vorher in dem grünen Kleid stecken zu bleiben, lastete mir schwer auf der Seele und ich versuchte, mich auf die einzige Art aufzumuntern, die ich kannte: essen.

Was für ein grausames und idiotisches Teil so ein menschliches Gehirn doch ist.

Man sollte meinen, dass es einen anregen würde, etwas *Positives* zu unternehmen, wenn man sich mit den Widrigkeiten einer solchen Sucht konfrontiert sieht. Logisch betrachtet müsste doch zumindest ein Teil des Gehirns bereit sein, einem im übertragenen Sinne eine zu klatschen, bis man wieder zur Vernunft kommt und beginnt, Tofu zu essen, wenn man von zu viel Fett und Zucker abhängig wird. Aber *nein*, das kleine blöde Gehirn macht eben das gerade nicht. Stattdessen versucht es, mit der Misere der Abhängigkeit fertigzuwerden, indem es einen noch tiefer in die Arme der Sucht treibt, die man besiegen müsste!

Es ist in etwa, als wenn man sich die Hand verbrennt und immer wieder zum Feuer zurückkehrt, nur um zu sehen, wie knusprig man die Haut braten kann, bevor der Körperteil abfällt.

Also leckte ich über Weihnachten die Wunden meines verletzten Selbstwertgefühls, indem ich mir noch mehr Fett anfraß. Es war eine glorreiche Talfahrt, an deren Ende ich zum Waschen den Waschlappen an einen Stock hätte binden müssen und nicht mehr in der Lage gewesen wäre zu laufen, wären Elise und ihr Radiowettbewerb nicht dazwischengekommen.

Zwischen Weihnachten und der dritten Januarwoche hatte ich drei Kilo zugenommen und Greg vier. Sex hatten wir auch schon mehr als einen Monat nicht mehr gehabt. Genaugenommen nicht, seit ich versucht hatte, das grüne Kleid anzuziehen – eine Tatsache, die wohl kaum jemanden überrascht.

Das bedeutete, dass wir das erste Mal seit unserer Hochzeit während der Weihnachtsfeiertage überhaupt nicht miteinander geschlafen hatten. Kein romantisches Zusammensein unter dem Weihnachtsbaum, keine schnelle Nummer während der Ansprache der Queen, kein betrunkenes Bumsen nach der Party am zweiten Weihnachtsfeiertag.

Überhaupt nichts.

Ich bin mir sicher, dass Greg sich ein paarmal einen runtergeholt hat, schließlich kann kein Mann einen Monat überstehen, ohne wenigstens einmal Hand anzulegen, aber mein Sextrieb war zum ersten Mal in meinem Leben vollständig verschüttet.

Dabei hat mir Sex immer gefallen.

Nein, stimmt nicht. Ich habe Sex *geliebt*.

Seit dem ersten Mal mit Greg, und dann über die Jahre, bis die Pfunde sich derart angehäuft hatten, war unser Liebesleben der Pfeiler unserer Beziehung, die die beste Beziehung war, die eine Frau sich nur wünschen kann.

Mein Ehemann ist liebenswürdig, rücksichtsvoll, intelligent und liebevoll. Außerdem hat er einen großen Penis. Das hat absolut keinen Einfluss darauf, wie sehr ich ihn liebe, aber wenn man einen leckeren Kuchen serviert bekommt, dann freut man sich doch, wenn noch ein Sahnehäubchen obendrauf ist.

In all unseren Jahren zusammen war noch nie ein Monat ohne Sex vergangen, zumindest nicht bis zum letzten Weihnachten.

Noch nicht einmal, als Greg sich sein Bein brach und wir ein hastig entworfenes Gestell mit Flaschenzug benutzen mussten, damit er seinen Teil erfüllen konnte. Noch nicht einmal, als ich eine Grippe hatte, die ein Nashorn zu Fall gebracht hätte. Am Ende dieses speziellen Unterfangens kübelte ich zwar über den gesamten Teppich, aber, Herrgott noch mal, das war trotz allem guter, harter Sex in jener Nacht, … soweit ich mich wegen des Fiebers noch daran erinnern kann.

Die Erkenntnis, dass wir so lange nicht mehr gevögelt hatten, kam uns eines Abends vor dem Fernsehen. Wir sahen gerade ›Eisenthron‹, eine Serie, die ganz besonderes Vergnügen daran zu finden scheint, ziemlich regelmäßig Fantasielebewesen beim Sex in allen Lebenslagen zu zeigen.

Während eine wunderschöne, schlanke Rothaarige auf einem markant attraktiven Mann auf und ab hüpfte, im Schlafzimmer eines mittelalterlichen Schlosses, in dem jedes Mädchen liebend gern mal eine Nacht verbringen würde, wendete Greg sich mir zu und fragte:

»Wann haben wir das eigentlich das letzte Mal gemacht, Schatz?«

»Wir haben noch nie in einem Schloss übernachtet, Greg. Ich wollte das letztes Jahr, falls du dich erinnerst, aber du hast mich stattdessen zum Goodwood Festival of Speed gezerrt und ich musste mir Autorennen anschauen.«

»Das meine ich nicht. Ich meine nur …, du weißt schon …, was die zwei da machen.«

»Ach so, ja.« Ich wurde rot. »Das ist schon etwas her.«

Greg begann, die Tage an seinen Fingern abzuzählen. Ich wusste ganz genau, wie lange es her war, seit wir das letzte Mal miteinander geschlafen hatten, aber es interessierte mich zu sehen, ob er ungefähr auf die gleiche Zahl kam.

»Das muss schon über einen Monat her sein«, sagte er schließlich.

»Vierunddreißig Tage«, antwortete ich.

»Wirklich? Das ist aber lange für uns.«

»Ja, Greg, das ist es«, seufzte ich und zupfte an der Ecke eines Sofakissens.

Greg setzte sich auf und betrachtete mich einige Sekunden lang genau, dann hielt er ›Eisenthron‹ mitten in der Sexszene an, setzte sich neben mich auf das Sofa und legte tröstend den Arm um mich. Mein Mann erkennt meine Gefühlslagen immer genau.

»Was ist denn los, Schatz?«, fragte er und küsste mich auf die Wange.

»Ich bin nicht sexy«, antwortete ich gedrückt.

»Was?«

»Ich bin nicht sexy, Greg. Ich bin dick und fett und hässlich.«

»Sei nicht so verdammt albern!«

»Doch, das bin ich. Deswegen haben wir seit ewigen Zeiten schon keinen Sex mehr gehabt.«

»Es war doch nur ein Monat! Und wir hatten beide viel zu tun. Das hat überhaupt nichts mit deinem Aussehen zu tun! Für mich bist du immer die Schönste!«

Ich merkte, wie mir die Tränen in die Augen stiegen, was mich wahnsinnig ärgerte, wogegen ich aber leider machtlos war.

»Aber davor war es auch schon fast ein ganzer Monat!«, heulte ich. »Wir tun es immer seltener, Greg. Und das liegt daran, dass ich immer fetter werde!«

»Nein, nein. Das ist nicht …, es ist nicht …, ich finde nicht …«, polterte Greg. Ich wusste, er versuchte eine Ausrede zu finden, damit ich mich besser fühlte, aber ich wusste auch, dass er keine finden würde. Er ließ den Kopf hängen und fuhr sich mit der Hand durchs Haar, dann kniff er in sein eigenes Hüftgold und schwabbelte es hin und her. »Zumindest liegt es nicht daran, dass du dicker geworden bist, Schatz.«

Na toll. Jetzt waren wir beide von unserer kombinierten Gewichtszunahme deprimiert. Das entwickelte sich ja zu einem ganz wunderbaren Abend.

Greg ließ die Serie weiterlaufen und wir sahen den beiden dünnen, gesunden Menschen ein wenig länger dabei zu, wie sie auf dem Bett auf und ab hüpften.

»Mach's bitte einfach aus«, sagte ich nach einer Weile, als ich den Vergleich einfach nicht mehr aushielt.

Wir saßen einige Minuten wortlos nebeneinander, bevor Greg dann den Satz aussprach, den wahrscheinlich alle Paare, die zehn Jahre oder länger verheiratet sind, früher oder später sagen.

»Vielleicht könnten wir etwas tun, um … um es spannender zu machen?«

»Was denn zum Beispiel? Auf Rollschuhen?«

»Nicht unbedingt.« Er schwieg wieder. Dann sah ich den Funken einer Idee in seinen Augen. »Ich weiß was! Wir verkleiden uns ein bisschen.«

»Verkleiden?«

Greg wackelte mit den Augenbrauen.

»Ja, du weißt schon. Wir besorgen uns ein paar sexy Sachen und machen Rollenspiele.«

Ich warf ihm einen vernichtenden Blick zu.

»Du glaubst doch nicht im Ernst, dass es Dessous in meiner Größe gibt. Wenn ich versuche, einen dieser Tangas zu tragen, sehe ich höchstens aus wie eine abgepackte Blutwurst.«

Greg hatte den Anstand, nicht zu widersprechen.

Weitere stumme Minuten verstrichen. Ich nahm den iPad und surfte ziellos im Internet, als Greg wieder etwas zu sagen hatte.

»Wie wäre es …, wie wäre es, wenn wir wieder die Sachen tragen, die wir bei unserem Kennenlernen trugen?«

»Du meinst die Rugbyuniformen?«

»Ja.« Seine Augen glänzten. »Ja, die Rugbyuniformen. Ich sehe dich immer noch vor mir.«

Ich überdachte den Vorschlag einen Moment lang.

Er war gut.

Zum ersten Mal seit ich wusste nicht wie lange spürte ich eine schwache sexuelle Erregung.

Die Idee, die Erregung unseres ersten Zusammenseins wieder zu erleben, vom Fotoshooting bis zu Gregs Bett ein paar Stunden danach, fand ich total gut. Außerdem gab es Rugbyuniformen in allen möglichen Größen, somit könnten wir sogar zwei gleiche finden, die uns passten.

Greg ließ seine Finger auf dem Sofa wandern.

»Vielleicht … vielleicht könnten wir ja sogar ein paar Fotos machen?«

Zum Teufel, der Gedanke war mir noch gar nicht gekommen! Das klang *super*! Und ziemlich verrucht obendrein!

»Okay«, sagte ich ein wenig atemlos. »Ich schau online nach den Klamotten. Du schaust, dass du eine digitale Kamera auftreibst.«

Es dauerte nur drei Tage, bis die Rugbysets geliefert wurden. Sie waren nicht genau so wie die, die wir damals getragen hatten, aber es war ein ähnliches Blau und die Shorts waren genauso schneeweiß wie die vor fast zwanzig Jahren.

Greg schaffte es, eine Kamera zu finden. Sie war nicht das neueste Modell, aber sie würde ihren Zweck erfüllen, wenn wir sie auf der Kommode am Fußende des Bettes aufstellten.

Selbstverständlich fehlte dieses Mal Lionel, der Perverse, aber das war auch besser so.

Wir zogen die Rugbymonturen an und trafen uns im Schlafzimmer. Greg hatte ein Fotoalbum in der Hand, aufgeschlagen auf der Seite mit dem ziemlich verblichenen ersten Foto von uns. Lionel hatte uns einen heftigen Preis dafür berechnet, der Mistkerl, aber das war es wert gewesen.

»Wollen wir dann unser erstes Foto nachstellen?«, schlug Greg vor, legte das Album aufs Bett und küsste mich ausgiebig.

»Warum nicht?«, antwortete ich mit einem kecken Lächeln.

Greg ging zur Kamera und stellte den Selbstauslöser ein. Dann kam er zurück und ich versuchte so gut es ging, die gleiche Position einzunehmen wie damals.

Der Verschluss der Kamera machte *klick*.

»Lass uns gleich nachschauen, ja?«, sagte ich mit klopfendem Herzen. Ich fand das Ganze äußerst aufregend. In Gedanken war ich bereits bei dem, was an jenem Tag später noch gefolgt war, und ich war so erregt wie schon lange nicht mehr.

Greg holte die Kamera und fummelte an den Einstellungen herum, bis die letzte Aufnahme im Display erschien.

Wir saßen am Fußende des Bettes und schauten es uns genau an.

Mein sexuelles Verlangen erlosch sofort, als ich das Bild sah.

Das Problem war, dass es uns gelungen war, die Position von damals ein wenig *zu gut* einzunehmen. Das erlaubte einen genauen und unangenehmen Vergleich mit dem Originalbild.

Offen gesagt sah es so aus, als hätte man den beiden jungen, sexy Teenagern im ersten Bild Schläuche in den Hintern gesteckt und sie mit Wackelpudding vollgepumpt.

Man bräuchte einige Stunden mit Adobe Photoshop und der ununterbrochenen Anwendung des Aufblaswerkzeugs, um die Veränderung der jungen Versionen von Greg und Zoe zu den jetzigen zu illustrieren.

Statt das erotische Gefühl unserer Jugend wieder herzustellen, hatten wir mit diesem kleinen Experiment nur geschafft, uns ein für alle Mal klarzumachen, wie fett wir in den dazwischenliegenden Jahren geworden waren.

»Oh Gott«, flüsterte Greg.

»Ich weiß. Ich sehe aus wie ein Wal im Polohemd.«

»Ich habe Titten, Zoe. Schau dir diese riesigen Hängetitten an.«

Greg hielt das alte Foto hoch und wir blickten schockiert von einem zum anderen.

»Lösch das!«, befahl ich.

»Okay.«

Greg fummelte erneut an den Knöpfen der Kamera herum und das furchtbare Bild verschwand auf Nimmerwiedersehen. Allerdings blieb es fest vor meinem inneren Auge verankert.

»Ich denke, ich ziehe die Uniform lieber wieder aus«, meinte Greg. »Ich bin nicht mehr in der Stimmung.«

»Ja, ich glaube, das ist eine gute Idee«, antwortete ich. »Und dann sollten wir sie verbrennen, finde ich …, und nie wieder über diese Sache sprechen.«

Unnötig zu erwähnen, dass an diesem Abend kein Sex stattfand.

Auch in den Nächten danach fand keiner statt, sondern erst wieder, als wir mit *Voll Fett!* anfingen. Es brauchte verrückte Diäten und strapaziöse Trainingspläne, damit ich wieder Lust bekam.

Das passierte aber auch nicht von heute auf morgen.

Ich wachte nicht eines Morgens auf, nachdem wir mit dem Diäthalten angefangen hatten, und hungerte nach Sex. Zunächst war ich zu sehr damit beschäftigt, nach Nahrung zu hungern.

Aber als wir so nach und nach ein paar Pfunde abnahmen, begann ich, Greg wieder zu bewundern, wenn ich ihn ansah, und ich hasste meinen eigenen Körper sogar ein kleines bisschen weniger, je mehr ich abnahm.

Es ist erstaunlich, was eine so kleine Veränderung für die Psyche tun kann.

Und es liegt nicht nur am eigentlichen Abnehmen. Statt des Fettes und Zuckers Vitamine und Mineralien zu sich zu nehmen, wirkt ebenfalls Wunder. Die Haut wird reiner, das Haar wird voller.

Viele kleine Veränderungen summieren sich zu einer großen.

Und die Lust auf Sex kommt auch schließlich zurück …, aber wie!

So sehr, dass mein Verhalten letzthin dafür sorgte, dass wir fast aus dem Heimwerkermarkt geflogen wären.

*

Es ist wirklich keine gute Idee, zum Baumarkt zu gehen, wenn man so richtig spitz ist und einen Mann hat, der als stattlicher Handwerker verkleidet ist. Mir blieb allerdings keine Wahl, da wir einige Fliesen unserer Terrasse ersetzen mussten.

Greg trägt für diesen Job sein altes Arbeitshemd und eine zerschlissene schwarze Cargohose, und ich stehe daneben und sehe bewundernd zu, wie er die schweren Steinfliesen auf den Handwagen lädt. Sein Bizeps wölbt sich unter dem dünnen T-Shirt und der Schweiß rinnt ihm den Rücken hinunter und befleckt den Stoff. Wenn einen ein schweißgetränktes T-Shirt derartig antörnt, dann weiß man, dass man ziemlich notgeil ist.

Wir sind weit hinten im Außenbereich des großen Baumarktes, wo das Gartenzubehör verkauft wird, und wir sind ganz alleine.

Ich sehe zu, wie Greg drei der Fliesen auf den Wagen hebt, bevor ich es nicht mehr aushalte.

»Hey Schatz«, sage ich zu ihm.

Greg richtet sich auf und wischt sich mit dem verschwitzten Arm über die Stirn.

»Was?«

Sein Gesicht ist gerötet und seine Haare stehen wie ein Pfauenrad nach oben, aber ich finde, er sieht hinreißend aus.

»Hier sind kaum Leute, oder?«, sage ich und komme näher.

Er blickt sich um und sieht mich dann an.

»Nö. Auf was willst du hinaus?«

»Na, ich habe gerade gedacht, dass die Ecke hinter den Büschen da drüben ziemlich geschützt aussieht.«

Ich lege die Hände um seinen Oberarm.

»Ja? Und? Fühlst du dich gut, Zoe? Ich wollte dich eigentlich bitten, mir zu helfen, diesen Wagen zur Kasse zu schieben, aber wenn du dich nicht gut fühlst …«

»Greg, mir geht's super! Ich meine nur, dass wir hier ganz alleine sind und es hinter den Büschen *total geschützt aussieht.*«

Auch darauf ernte ich nur Verwirrung.

»Willst du damit sagen, dass du diese Büsche bei uns im Garten haben möchtest? Die sehen allerdings ziemlich teuer aus, und ich finde, unser Zaun reicht doch.«

Grundgütiger Gott.

Manchmal können Männer so richtig begriffsstutzig sein.

Ich schlinge die Arme um Gregs Hals und blicke ihm tief in die Augen.

»Gregory, ich möchte, dass du mit mir hinter diese Büsche gehst und mich vögelst. Meinst du, du kannst das?«

Endlich kapiert er es.

»Ähm …, im Ernst?!«

Ich greife ihm in den Schritt.

»Nein, Greg, das ist alles nur ein Scherz und in Wirklichkeit massiere ich auch nicht gerade deinen Schwanz.«

»Das geht doch nicht, Zoe!« Er dreht den Kopf in alle Richtungen. »Wenn uns jemand erwischt? Das geht nicht!«

Der große Greg sagt Nein, aber sein kleiner Freund sagt ganz eindeutig Ja. Normalerweise ist es kein gutes Zeichen, wenn ein Mann mit dem Penis denkt, aber in diesem Moment freue ich mich darüber.

Ohne weitere Argumente gelten zu lassen, ziehe ich meinen Mann hinter die Büsche. Praktischerweise liegen dort einige relativ weiche Säcke voller Kompost und Rindenmulch. Es scheint fast, als *wollten* die Götter der Heimwerker, dass wir mitten in diesem Baumarkt vögeln.

Ich brauche exakt drei Nanosekunden, um meine Jeans und Unterhose abzustreifen. Daher habe ich ausreichend Zeit, meinem Mann beim Auffummeln seiner Cargohose zu helfen. Zum Glück, denn wäre diese Aufgabe ihm überlassen geblieben, dann säße ich heute noch unberührt auf dem Komposthaufen.

Als Greg endlich so weit ist, drehe ich mich um und beuge mich über die Mulchbeutel. Er dringt in mich ein, ein rundherum himmlisches Gefühl. Gut, ich spüre mehrere Rindenstücke, die mich in Bauch und Brust piksen, Greg riecht streng nach altem Käse und von dem Plastik, auf dem ich liege, werde ich horrende Schürfwunden davontragen, aber Himmelherrgott, diesen Sex werde ich so schnell nicht vergessen.

Leider gebieten die Umstände, dass es nicht sehr lange währt. Wir erreichen beide innerhalb weniger als zwei Minuten einen mehr als zufriedenstellenden Höhepunkt. Das ist offiziell die kürzeste Zeitspanne, in der ich einen Orgasmus hatte, seit ich mir vor sieben Jahren einen Vibrator kaufte.

Den benutzte ich einmal und hatte einen derartig heftigen Orgasmus, dass mir zwei Zahnfüllungen herausfielen. Das Teil verschwand für immer im Schrank, denn der Gedanke, dieses intensive Gefühl noch einmal zu erleben, erfüllte mich mit Schrecken. Außerdem bin ich Privatpatientin, das wäre mir auf die Dauer zu teuer.

Nachdem Greg seine Pflicht erfüllt hat, sinkt er über mir zusammen, was dem üblichen Ablauf dieser Situation entspricht.

Bevor ich ihn aus mir herausrutschen lasse, darf ich nicht vergessen, meine Beine nach hinten zu strecken, denn meine Unterhose ist mir bis zu den Knöcheln gerutscht, und ich habe nicht die geringste Lust, einen Schwall Samen in den Zwickel zu kriegen, wenn er sein bestes Stück herauszieht. Wenn ich nur darauf achte, dass meine Hose nicht direkt unter meinem Po ist, wenn ich …

»Ist bei Ihnen alles in Ordnung?«

Ach, du lieber Gott.

»Tut der Mann Ihnen was, Miss?«

Der gute Mann ist ungefähr siebzig Jahre alt. Bestimmt ist der arme Kerl es nicht gewöhnt, zwei dicke Kunden in kompromittierender Position übereinandergestapelt auf einem Mulchhaufen zu sehen, und hat zwingendermaßen den Schluss gezogen, dass ich gerade attackiert werde.

»Verdammte Scheiße!«, schreit Greg und schreckt von mir zurück, als stünde ich plötzlich unter Strom.

Dadurch ergießt sich natürlich der gesamte bereits erwähnte Samen in meine Hose.

Trotz allem ist nasse Unterwäsche immer noch besser als eine Anzeige wegen Erregung öffentlichen Ärgernisses, daher zerre ich meine Jeans hoch und versuche dabei krampfhaft, meinen Unterleib hinter dem Haufen Kompost und Mulch zu verbergen.

Haben Sie schon einmal probiert, Unterwäsche und Hose hochzuziehen, während Sie vornübergebeugt sind? Es ist wesentlich schwieriger, als es klingt.

Ich muss mein gesamtes Gewicht auf die Beutel voller Erde und Holz verlagern und meine Beine nach hinten wegstrecken, damit die Jeans über meine Schenkel rutschen kann.

An dieser Stelle möchte ich voller Stolz anmerken, dass ich ganz schön abgenommen habe, aber trotzdem bin ich noch ziemlich schwer. Schwer genug, um die großen, vollen Plastiksäcke unter mir zum Umfallen zu bringen. Mit einem Schmerzensschrei folge ich ihnen zu Boden.

»Oh je!«, ruft der alte Mann und kommt herüber, um mir zu helfen.

Wo mein verdammter Mann ist, wenn ich ihn am meisten brauche, weiß ich nicht.

Ich sehe mich um.

Ach, da steht er ja, stocksteif erschrocken, wie ein kleiner ungezogener Junge, der beim Naschen erwischt wurde.

»Greg! Hilf mir bitte!«, flehe ich ihn an.

»Tut mir so leid«, murmelt er und kommt mir zu Hilfe.

Mein Mann und der altersschwache Verkäufer ziehen mich auf die Beine.

»Danke«, sage ich und bemühe mich, das unangenehme feuchte Gefühl zwischen den Beinen zu ignorieren.

»Ja, vielen Dank. Wie nett von Ihnen, herüberzukommen«, sagt Greg.

Was? Und uns beim Vögeln zuzuschauen?

»Brauchen Sie Hilfe?«, fragt der Mann etwas unsicher.

Offensichtlich wurde er von seinen Vorgesetzten darauf programmiert, den Kunden gegenüber immer schön höflich und hilfreich zu sein. Ich kann mir aber nicht vorstellen, dass es eine Trainingseinheit für neue Verkäufer gibt, die sie auf Situationen mit auf den Gartenprodukten bumsenden Kunden vorbereitet.

»Ah, nein. Ich glaube, es ist alles in Ordnung«, antworte ich.

»Ja! Vollkommen in Ordnung!«, fügt Greg in einer hohen Stimmlage hinzu, die ich von ihm gar nicht kenne. »Wir kaufen nur ein paar neue Terrassenfliesen«, erklärt er weiter. Der alte Trottel blickt auf die Beutel hinunter, die nun verstreut zu unseren Füßen liegen. »Und Rindenmulch natürlich!«, setzt Greg hinzu. Er bückt sich, um einen Beutel hochzuheben. Es ist der, auf dem ich gerade gevögelt wurde. »Rindenmulch brauchen wir unbedingt.«

Kein Mensch braucht *unbedingt* Rindenmulch. Niemand braucht das Zeug, außer man stammt von Termiten ab.

Immerhin, die Taktik scheint zu funktionieren. Der Verkäufer glaubt die Lüge.

»Okay. Aber wenn Sie noch irgendetwas brauchen, dann rufen Sie mich. Mein Name ist Roger.«

Selbstverständlich ist sein Name Roger. Wie sollte er auch sonst lauten?

Mit der Sauerei in der Hose sind die nächsten fünfzehn Minuten die reinste Freude, wie Sie sich sicher vorstellen können. Vor allem der tolle Augenblick, als ich mich ins Auto setze.

Trotz allem bin ich bester Stimmung, als wir nach Hause kommen und die Fliesen fertig verlegen, nachdem ich schnell geduscht habe.

Die Wiederauferstehung und das reibungslose Funktionieren der Liebeslust sind ein unerwarteter Nebeneffekt der strengen Diät. Ein durchweichter Zwickel und ein paar Schürfwunden sind mir allemal lieber als Selbsthass und keinerlei Sex.

*

Bevor ich mit diesem Tagebucheintrag fertig bin, sollte ich noch hinzufügen, dass Greg und ich uns vor ein paar Tagen noch einmal mit den Rugbyuniformen aus dem Internet beschäftigt haben. Ich hatte sie doch nicht verbrannt, sondern nur ganz hinten im Schrank verstaut.

Wir sahen immer noch total lächerlich in ihnen aus, aber dieses Mal, weil uns beiden die Shorts ständig runterrutschten. Die Trikots wallten wie Segel um unsere geschrumpften Oberkörper.

Aber wir hatten Sex in den Klamotten, und es war super!

Die Geschichte der Rugbyuniformen hört hier allerdings noch nicht ganz auf.

Sehen Sie, ich habe nämlich ein Ziel vor Augen. Eines, das noch besser ist als der Gewinn von fünfzigtausend Pfund am Ende des Wettbewerbs im September.

Vor all den Jahren und ungesunden Mahlzeiten war Zoe Milton nicht nur eine schlanke Größe achtunddreißig, sondern auch eine Gelegenheitsdiebin.

Die Rugbyuniform, die mir für das Fotoshooting mit Lionel gegeben worden war, wurde nie zurückgegeben. Sie verschwand in meinem Rucksack und blieb dort, bis ich sie beim Leeren des Rucksackes eine Woche später fand. Bis dahin war ich bereits über beide Ohren in Greg Milton verliebt. Die Uniform symbolisierte unser Kennenlernen, unser erstes Miteinander-Schlafen und den Beginn einer, wie ich hoffte, dauerhaften Beziehung.

Also behielt ich sie und verstaute sie an einem sicheren Ort.

Seit fast zwanzig Jahren liegt die Rugbyuniform sauber gefaltet in diversen Schränken und Schubladen – ohne das Wissen meines Mannes oder des Rests der Welt – und wartet darauf, dass ich sie wieder anziehe.

Das ist mein Ziel.

Das ist meine eigentliche Herausforderung.

Diese Rugbyuniform wird mir wieder passen, das verspreche ich Ihnen!

Gregs Diättagebuch

Donnerstag, 26. Juni

108,5 kg (19,5 kg abgenommen)

Ich kann Rennen nicht leiden.

Ich *verabscheue* Joggen.

Ich *hasse* Sprinten.

»Aber genau dafür sind unsere Körper gemacht!«, erklärte mir ein wohlmeinender, in Elasthan gekleideter Irrer letzthin im Fitnessstudio. »So haben wir in Urzeiten die afrikanische Savanne überquert.«

Ich war noch nie in der afrikanischen Savanne und habe auch nicht die Absicht, das jemals zu ändern.

Wenn die Ereignisse sich jedoch gegen mich verschwören sollten und ich doch dort hin muss, dann wird das mittels moderner Fortbewegungsmittel geschehen. Ich werde in einem Flugzeug auf den afrikanischen Kontinent fliegen, und wenn ich erst einmal dort bin, werde ich das blöde Ding in einem klimatisierten Jeep durchqueren. Das wird mir ausreichend Gelegenheit geben, die heimische Fauna zu fotografieren und ausgiebig mit meinem freundlichen Touristenführer Akibu über sein Manchester United-Fußballtrikot zu reden. Das könnte ich wohl kaum, wenn ich durch hohes Gras joggen und mir wegen Löwen Sorgen machen müsste, nicht wahr?

Rennen bereitet mir nicht das geringste Vergnügen. Ich bin zu groß und wuchtig, um effizient zu laufen. Es gibt schon einen Grund, warum die Langstreckenläufer Paula Radcliffe und Mo Farrah so dürre kleine Dinger sind. Wenn man zu schwer ist, dann verschiebt sich der Körperschwerpunkt und man riskiert bei fast jedem Schritt eine schmerzhafte Kollision mit Mutter Erde. Ich weiß das aus eigener Erfahrung, denn seit ich mit dem Laufen angefangen habe, bin ich öfter gestürzt als ein Alkoholiker mit Mittelohrentzündung.

Eingedenk dieser Tatsache können Sie sich meine Freude sicher vorstellen, als ›Stream FM‹ beim Wiegen am vorletzten Sonntag den zweiten *Voll Fett!*-Wettkampf bekanntgab.

Genau, es ist ein Volkslauf. Volle acht Kilometer Laufhölle.

Und damit nicht genug, bei dem Lauf dürfen auch mehrere glückliche Zuhörer mitlaufen, deren Namen von Elises Produktionsassistentin aus einem Hut gezogen wurden. Zusammen mit uns armen Dickerchen werden dreißig fröhliche – und wahrscheinlich dünne – Leute aus dem ›Stream FM‹-Publikum laufen, zweifelsohne, um das Schauspiel noch größer zu gestalten.

… und das Publikum scheint jeden Tag anzuwachsen. Im letzten Monat hat sich die Popularität von *Voll Fett!* unheimlich vervielfacht.

Ich nehme an, die zusätzlichen Läufer wurden dem Rennen deswegen zugefügt, damit die armen Zuschauer entlang der Route nicht ständig einen Haufen Dicker vor Augen haben müssen, die sich zu Tode schwitzen. Sollte einer von uns mit einem Herzinfarkt zu Boden gehen, so bin ich mir sicher, dass die ausgewählten Läufer Anweisungen haben, den geblähten Leichnam so lange abzuschirmen, bis der Gerichtsmediziner vor Ort ist.

Der Lauf wird auf geschlungenen Pfaden im Park beginnen, dann durch Nebenstraßen der Stadt weitergehen und schließlich am Rundfunkgebäude von ›Stream FM‹ in acht Kilometer Entfernung enden.

Das erste Paar, das die Ziellinie überquert, wird den Wettkampf gewinnen – und zwei Karten für das Freundschaftsspiel England gegen die Ukraine im Wembley Stadion. Ich kann Fußball nicht ausstehen, und Zoe auch nicht, daher ist unsere Motivation für diesen Wettkampf eher gering.

»Können wir nicht einfach am Start eine ernsthafte Verletzung vortäuschen und aufgeben?«, schlägt Zoe vor, nachdem wir die E-Mail vom Radiosender gelesen haben.

»Das wäre eine Möglichkeit, obwohl ich annehme, dass es schon irgendwie auffiele, wenn wir beide zwanzig Meter nach dem Start schmerzgekrümmt zu Boden stürzen.«

»Vielleicht tu *ich* dann nur so.«

»Oh nein. Wenn ich dieses Scheißding laufen muss, dann du auch.«

Zoe streckt mir die Zunge raus und isst weiter ihren Salat.

»Und dieser Lauf ist am Sonntag?«

»Ja.«

»In weniger als einer Woche. Ich wünschte, sie hätten uns ein wenig mehr Vorwarnung gegeben.«

»Was? Damit wir uns darauf vorbereiten könnten? Unwahrscheinlich. Ahnungslose Dicke sind unterhaltsamer. Der verwirrte und leidvolle Ausdruck auf unseren kleinen Pausbacken ist richtig großes Kino.«

»Auch wieder wahr.« Zoe tippt gedankenverloren mit der Gabel auf die Küchentheke. »Das heißt, wir haben sechs Tage, um uns auf den längsten Lauf vorzubereiten, den wir beide je gemacht haben.«

»Selbst unsere jüngeren und dünneren Tage mit eingerechnet.«

»Genau.«

»Das ist der langen Rede kurzer Sinn.«

»Na super.«

»Und wir dürfen es mit einem Haufen dürrer Idioten tun, die uns wahrscheinlich in drei Sekunden davongelaufen sind.«

Zoe deutet mit der Gabel auf mich.

»Das ist aber noch nicht das Schlimmste, das passieren könnte.«

»Nicht?«

»Nein. Was, wenn sie beschließen, uns anzufeuern? Uns mit nützlichen, motivierenden Worten und herzlichem Applaus zu ermutigen?«

Mir wird der ganze Schrecken dieses Szenarios bewusst. Mein Gesicht wird unnatürlich blass.

»Das werden sie tun, oder? Deswegen hat ›Stream FM‹ diese Horde zum Mitlaufen ausgewählt. Nicht um uns zu schlagen …«

»… sondern um uns über die Ziellinie zu bringen.«

Ich greife erschrocken den Arm meiner Frau.

»Das kann ich nicht, Zoe. Ich kann keine gesunden Leute um mich herumrennen haben, die schreien: ›Du schaffst das, Fettsack!‹. Das gäbe mir den Rest.«

»Wenn du die Fünfzigtausend am Ende von diesem ganzen Mist haben willst, dann wirst du das sehr wohl können. Immerhin liegen wir im Moment auf dem zweiten Platz. Wir haben eine echte Chance, diesen Wettbewerb zu gewinnen, wenn wir so weitermachen wie bisher.«

Leider ist Zoes Logik unanfechtbar.

Beim Wiegen am Tag zuvor waren wir schockiert und erstaunt, als wir sahen, dass wir an zweiter Stelle liegen, gleich hinter Frankie und Benny, die beide mit jeder Woche merklich dünner werden. Sie liegen drei Kilogramm vor uns, Valerie und George nur vier Pfund hinter uns. Wenn wir, wie Zoe sagt, so weitermachen wie bisher, dann können wir uns von dem Teeladenpärchen absetzen und den Abstand zu unseren größten Konkurrenten verkleinern.

Allerdings erfordert dies, acht Kilometer in der Öffentlichkeit in diesen doofen knallroten Klamotten zu rennen wie eine verdammte verschwitzte Tomate.

Klasse.

Das Wetter, das man sich für einen solchen Volkslauf wünscht, wäre mild und sonnig und nicht sehr windig. Selbstverständlich zieht der Sonntag kalt, regnerisch und mit Böen herauf. Wir müssen nicht nur die idiotischen roten ›Fitness4All‹-Anzüge tragen, wir kommen jetzt auch noch in den Genuss, sie dank des ständigen Regens und Windes an unserer klammen Haut kleben zu haben.

Das schlechte britische Sommerwetter scheint die Mengen aber nicht vom Zuschauen abzuhalten. Im Gegenteil.

Das Publikum des Radwettbewerbs wurde durch die Größe des Fitnessstudios bestimmt. Aus diesem Grund hatten wir keine rechte Vorstellung davon, wie populär dieser Wettbewerb mittlerweile geworden ist. Der Park steht jedoch Gott und der Welt offen, und die Anzahl der Zuschauer, die sich an diesem Morgen eingefunden haben, ist schockierend riesig. Es sind Tausende.

Zoe und ich sind auf unserem Weg zur Startlinie immens erstaunt. Wir kämpfen uns durch wogende Massen aus Körpern zu den Leuten des Radiosenders, die um einen Halbkreis im Gras kauern, der mit Metallabsperrungen markiert wurde, um die Menge zurückzuhalten.

Während wir uns den Weg bahnen, höre ich mehrere Leute im Publikum meinen und Zoes Namen rufen. Mehr als ein

Dutzend Spruchbänder und Plakate werden hochgehalten. Auf einem steht: ›Frankie und Bennie sind die Besten!‹ Auf einem weiteren: ›Los, Angel und Dom!‹ Am peinlichsten ist ein drittes, auf dem steht: ›Wir lieben die Miltons!‹ Ich schaue mir das junge Mädchen an, das es hochhält. Ich habe nicht die geringste Ahnung, wer sie ist.

Eine vollkommen Fremde hält ein Schild hoch, um mich und meine Frau zu unterstützen … Was für ein äußerst seltsames Gefühl.

Die Miltons haben Fans. Echte, richtige Fans.

Ich versuche, diesen Gedanken zu verdrängen, als wir die abgegrenzte Stelle erreichen. Das Letzte, das ich jetzt brauche, wäre, dass sich mein Ego vor Stolz auf und davon macht, noch bevor meine Füße die Gelegenheit haben, loszulaufen.

Ich entdecke Elise neben einem Turm aus elektronischen Geräten. Ihr wird gerade ein Radioholster über ihrem weißen, engen Elasthantrikot befestigt, was darauf hindeutet, dass auch sie mitlaufen wird. Das Elasthan überlässt nichts der Vorstellung. Normalerweise würde mein Gehirn die Chance nutzen und sich eine Minifantasie über einen besoffenen Dreier mit Zoe und Elise ausdenken, aber ich bin immer noch so schockiert über unsere Berühmtheit, dass es gar nicht daran denkt.

»Ich dachte, du sagst den Start des Rennens an und Will läuft mit?«, sagt Zoe zu ihr, als wir sie erreichen.

Elise verdreht die Augen.

»Er hat sich gestern Abend beim Training den Knöchel verstaucht.« Sie deutet hinüber zu Will, der einen Becher Kaffee genießt und mit einigen seiner ihn anhimmelnden Zuhörer plaudert. »So wie er gejammert hat, hätte man denken können, sein Fuß sei von einem Dachs abgebissen worden.« Sie verengt die Augen. »Er scheint heute aber nicht das geringste Problem zu haben, mit dem Fuß aufzutreten.«

Elise reibt sich die Augen und gähnt.

»Bist du dir sicher, dass du das schaffst?«, frage ich sie.

»Ich glaube schon. Ich war nur gestern Abend bis spät unterwegs und habe einen Mordskater. Deswegen freu ich mich nicht gerade darauf, diese Strecke mit der Elektronik um den Bauch laufen zu müssen.«

Zoe grinst.

»Und wie läuft es so mit Mr Wonderful?«

»Ich habe viel Spaß mit Adam«, antwortet Elise leicht abweisend. Ihre Beziehung mit dem Hauptsponsor von *Voll Fett!* wurde in der Regionalpresse ausgiebig breitgetreten. Man merkt, dass diese unerwünschte Aufmerksamkeit nervt. »Egal. Die Show fängt gleich an. Ihr zwei solltet zu den anderen gehen.«

»Oh je, wir werden weggeschickt«, sage ich verschmitzt zu Zoe.

»Klingt, als möchte die sexy blonde Radiomoderatorin nicht mehr mit uns über ihr Liebesleben reden«, stimmt Zoe zu.

Elise zeigt uns diskret den Stinkefinger und eilt hinüber zu Will. Meine Frau und ich gehen zu den anderen Kandidaten, um mit ihnen auf den Beginn des Wettrennens zu warten.

Es gesellen sich die dreißig glücklichen Zuhörer zu uns, die ausgewählt wurden, mit uns bis zum Sendegebäude von ›Stream FM‹ zu laufen. Wie befürchtet, sehen die meisten von ihnen unerträglich fit aus. Um das Ganze noch schlimmer zu machen, tragen sie alle ziemlich geschmackvolle weiße Laufoutfits mit dem ›Fitness4All‹-Logo. Diese Aufmachung ist wesentlich würdevoller als das schreckliche rote Ensemble, das ich wieder tragen muss.

»Hallo Greg!«, sagt eine Frau mittleren Alters mit einem Stirnband zu mir.

Genau wie bei dem Mädchen mit dem Poster habe ich keine Ahnung, wer diese Person ist, aber wie man von der freundlichen Begrüßung ableiten kann, scheint sie zu glauben, dass sie mich gut kennt.

»Morgen«, sage ich ein wenig unsicher.

»Ich freue mich darauf, heute mit Ihnen zu laufen«, fährt sie glücklich fort.

»Ja, ich mich auch, glaube ich.«

»So ist's recht!«, kräht sie und boxt mich freundschaftlich auf den Arm, gefolgt von mehreren schmerzhaft aussehenden Ausfallschritten zum Aufwärmen direkt vor mir.

Alle weiß Gekleideten sind gleichermaßen fröhlich und erwartungsvoll.

Alle rot Tragenden wirken entschieden weniger selbstsicher.

Bis auf Frankie und Benny. Die beiden sehen fest entschlossen aus, zu gewinnen.

Benny macht sogar bei den Aufwärmübungen mit und starrt die Route entlang, als sei er ein Formel Eins-Fahrer auf der Piste, der auf das Ausgehen der Ampel wartet. Das ist der Moment, in dem mir klar wird, dass es sinnlos ist, dieses Rennen gewinnen zu wollen – das jamaikanische Pärchen hat es geistig bereits abgeschlossen, noch bevor der Startschuss fällt.

Die restlichen von uns in Rot sehen nur verängstigt aus. Acht Kilometer mögen nicht schlimm klingen, wenn man einen gesunden Körpermasseindex hat und nicht dreißig überschüssige Kilos mit sich herumschleppt. Wenn man aber in den letzten zehn Jahren zu viele Döner verputzt hat, dann könnten acht Kilometer genauso gut achttausend sein. Ich spüre jetzt schon die Enge in der Brust und das Brennen in den Beinen.

Shane und Theresa sehen von uns allen am besorgtesten aus, was wohl kaum überraschend ist. Obwohl sie augenscheinlich beide sehr viel abgenommen haben, sind sie im Vergleich mit uns anderen immer noch unglaublich übergewichtig.

Als ich in Shanes besorgtes Gesicht blicke, merke ich plötzlich, wie krass dieses ganze Unternehmen wirklich ist. Eine johlende Menge hat sich versammelt, um einem Haufen Fetter zuzusehen, die sich bis zum Umfallen anstrengen.

Und was, wenn sie wirklich umfallen? Tja, das wäre einfach sensationell für die Einschaltquoten, nicht wahr? Ich könnte mir vorstellen, dass der Anblick von Shane mit dem Gesicht nach unten auf dem Boden genau das Richtige für diese Meute wäre.

Meine zynischen Betrachtungen werden von Elises und Wills Anfeuern der Menge unterbrochen. Es braucht nicht viel. Alle erwarten dieses Rennen mit Spannung, außer uns natürlich. Shane und ich sehen uns an, und ich lächle ihm ermutigend zu und hebe den Daumen hoch. Er erwidert die Geste zögernd. Ich sehe, wie sehr seine Hand zittert.

»Also gut, Leute!«, schreit Will in sein Mikrofon. »Alle an die Startlinie. Lasst uns das Rennen beginnen.«

Wir schlurfen nach vorne in die Startpositionen, während Will den Zuschauern Details über die Rennstrecke erklärt. Elise kommt herüber und stellt sich zwischen mich und Zoe.

»Falls du uns interviewen willst, würde ich dir raten, das in den ersten zweihundert Metern zu tun. Danach wirst du wahrscheinlich nur Schweiß und Spucke ernten.«

»Mach dir keine Sorgen«, antwortet Elise und umklammert ihr Mikrofon fest mit einer Hand. »Falls ich irgendjemanden interviewe, dann wird das sehr kurz ausfallen. Mir ist speiübel.«

In mir regt sich leichtes Mitgefühl für sie. Ich spielte einmal ein Rugbyspiel mit einem Kater, wie er nur in Balladen besungen wird.

Will beginnt, von zehn rückwärts zu zählen und hält die Startpistole hoch. Der von den Zuschauern produzierte Lärmpegel erreicht ein fast schmerzhaftes Niveau.

Ich nehme meine Position ein und warte auf den Startschuss. Wenn ich religiös wäre, würde ich mich jetzt wahrscheinlich bekreuzigen. Ich blicke nach links die Startaufstellung entlang und sehe Valerie dies ebenfalls tun.

Der Countdown erreicht die Null, Will drückt ab und mit dem scharfen Knall der Pistole in meinen Ohren renne ich los.

Na ja, gut, ich sage *rennen*. Genaugenommen wäre ›ungeschickt joggen‹ eine bessere Bezeichnung.

Alle weißen Trikots laufen mit einem flotten Tempo los, selbst Elise mit ihrem Kater ist noch der reinste Blitz im Gegensatz zu mir.

Frankie und Benny setzen sich von Anfang an weit an die Spitze der Kandidaten, was mich nicht überrascht.

Benny hält so ziemlich mit den weißen Trikots mit, als wir die erste Dreihundertmetermarke erreichen. Frankie tut sich allerdings schwerer, und ich kann mir jetzt schon den Ehestreit in circa sieben Kilometern vorstellen, wenn sie es nicht schaffen sollte, mit ihrem Mann mitzuhalten. Sieger ist das erste *Paar* über der Ziellinie, nicht der erste *Läufer*.

Ich werde mit meiner Gattin dieses Problem nicht haben. Zoe sieht genauso begeistert aus wie ich. Ihre Geschwindigkeit entspricht meiner und wir laufen Schulter an Schulter in einer herzerfrischenden Darbietung ehelicher Einigkeit.

Frankies und Bennys Entschlossenheit, dieses Rennen zu gewinnen, ist auch bei den anderen Paaren angekommen. Valerie und George joggen mit der gleichen Geschwindigkeit wie wir, die zwei lesbischen Mädels sind ein kleines bisschen schneller, aber nicht viel. Pete und Lea trotten sieben Meter hinter uns, und Shane und Theresa gehen so langsam, dass sie kaum die Startlinie verlassen haben. Keiner scheint den Mumm zu haben, den Kampf mit dem jamaikanischen Pärchen aufzunehmen, das den Abstand zu uns bereits weiter vergrößert hat.

In der Tat sind wir so langsam, dass ein Großteil der riesigen Menge uns entlang der Laufstrecke folgen kann und uns dabei mit Rufen und Schreien anfeuert.

Ich höre mehrere Zurufe von: ›Kommt schon!‹, ›Ihr schafft das!‹ und ›Lauft weiter!‹. Allerdings höre ich auch etliche weniger nette Parolen. ›Lauft, ihr fetten Schweine!‹, ist eine davon, genauso wie: ›Du bist so was von scheißlangsam, du fetter Mistkerl!‹. Diese geistreichen Beleidigungen werden von großem Gelächter der ausgelasseneren Mitglieder unserer Gefolgschaft begleitet.

Ich knirsche mit den Zähnen. Der Eindruck, wie ein abgerichteter Affe vor der entzückten Menge meine Kunststückchen zeigen zu müssen, macht sich erneut in mir breit, während ich mich zum Ausgang des Parks quäle.

Als wir dort ankommen, sehe ich, dass viele der Läufer mit den weißen Trikots langsamer geworden und einige von ihnen sogar am Parkausgang stehen geblieben sind. Sie sehen die Strecke entlang zu uns zurück und winken und klatschen ermutigend mit den Händen.

Jetzt komme ich mir vor wie ein Hund, der von seinem Herrchen gerufen wird.

»*Komm, Greg! Na komm schon, mein Guter!*«

Ich bin erstaunt, als ich merke, dass das tatsächlich noch schlimmer ist, als *fetter Mistkerl* genannt zu werden. Wenn man es genau nimmt, kann man mit Beleidigungen leicht umgehen. Entweder man ignoriert sie oder man haut dem Scheißkerl eine in die Fresse. Aber von Herzen kommende Unterstützung kombiniert mit gutmütigem Mitleid? Was zum Teufel soll man damit anfangen? Man kann wohl kaum jemandem eine knallen, weil er einen anfeuert, oder? Das könnte als Undank gewertet werden.

Meine knirschenden Zähne machen es mir ziemlich schwer, den Fans ein unechtes Lächeln zuzuwerfen, während ich an ihnen vorbei und auf die aus der Stadt führende Straße trotte.

»Das entspricht nicht gerade meiner Vorstellung von einem gemütlichen Sonntagnachmittag«, keucht Zoe neben mir.

»Nein, eher nicht«, antworte ich. »Man sollte meinen, gönnerhaft behandelt und aus jeder Ecke beleidigt zu werden, wäre jede Menge Spaß, zumindest theoretisch. In Wirklichkeit ist es aber erstaunlich unerfreulich, nicht wahr?«

»Ja. Wenn mir noch so ein Idiot im weißen Hemd mitteilt, wie prima ich das mache, dann trete ich ihm wohin.«

»Dann beglückwünscht er dich höchstens, wie kräftig der Tritt war und dass du damit mindestens fünf zusätzliche Kalorien verbrannt hast.«

Zoe lacht, obwohl sie sich die Luft dazu im Moment lieber sparen sollte, aber es bringt ein Lächeln auf mein Gesicht. Meine Frau zum Kichern zu bringen, ist immer gut genutzte Zeit.

Das Lächeln friert mir ein, als ich aus der Menge jemanden ›Du fette Sau!‹ schreien höre. Ich weiß nicht, ob das gegen mich persönlich gerichtet ist, aber in diesem Moment macht das kaum einen Unterschied.

Zoe bemerkt meinen Stimmungswechsel.

»Mach dir keine Gedanken darüber, Schatz. Das sind Idioten.«

»Ich bin nicht auf diese Leute sauer. Manche Menschen können einfach nicht anders und müssen sich bei jeder Gelegenheit wie Hornochsen benehmen. Auf den Scheißradiosender bin ich wütend, dass sie uns in diese Situation gebracht haben.«

»Versuche am besten, nicht darüber nachzudenken.« Zoe deutet nach vorn. »Elise joggt in unsere Richtung und sie hat ihr Mikrofon in der Hand.«

Ich stöhne und blicke von der Menge nach vorn, von wo Zoes Freundin mit einem erwartungsvollen Ausdruck auf uns zukommt.

Elise bleibt stehen und wartet auf uns, dann schiebt sie sich zwischen uns beide und läuft mit.

»Will schaltet gleich für ein kurzes Interview mit euch zu mir herüber«, teilt sie uns mit. »Habt ihr genug Luft zum Reden?«

»So ziemlich«, antworte ich.

Diese Tatsache allein ist schon erstaunlich. Ich muss mittlerweile gut über zwei Kilometer gejoggt sein und kann mich immer noch einigermaßen entspannt unterhalten. Vor ein paar Monaten wäre das ein Ding der Unmöglichkeit gewesen. Die einzige Unterhaltung, die mir im Januar nach so viel Laufen möglich gewesen wäre, hätte mit Petrus am Himmelstor stattgefunden.

Dieser Gedanke heitert mich unheimlich auf und die Vorstellung, der öffentlichen Belustigung zu dienen, scheint ein kleines bisschen weniger schrecklich. Wenn ich mich ›fetter Mistkerl‹ nennen und wie einen Hund behandeln lassen muss, um das Risiko einer Herzerkrankung zu verringern, dann kann ich das aushalten.

»Wage es nicht, mich wieder über meinen Kinderwunsch zu befragen, Elise«, sagt Zoe zu ihr. »Außer, du möchtest live diskutieren, wie gut Adam Edgemont mit seiner Zunge ist.«

Elise ächzt.

»Keine Sorge, ich bin für so was gar nicht in der Stimmung«, sagt sie und holt tief Luft. »Ehrlich gesagt will ich nur ein heißes Bad und ein Nickerchen.«

»Gut, dann mal los.«

Elise spricht kurz in das Mikrofon ihres Kopfhörers, um Bescheid zu sagen, dass wir bereit sind. Ein paar Augenblicke verstreichen, dann verwandelt sie sich urplötzlich von einer müden und verkaterten Freundin in eine lebhafte und begeisterte Radiomoderatorin. Diesen Wechsel muss man gesehen haben!

»Danke, Will!«, ruft sie ins Mikrofon. »Ich bin hier bei den Miltons, die sich bis jetzt als eines der beliebtesten Paare in unserem Wettbewerb erwiesen haben.«

Ach ja?

»Sie passieren gerade die Dreikilometermarke und sehen gut aus!«

Ach ja?

»Wie fühlst du dich, Greg?«, fragt sie mich und streckt mir das Mikrofon vors Gesicht.

»Ähm, ja, ziemlich gut, glaube ich. Meine Füße tun mir ein bisschen weh.«

»Das ist super!«

Ach ja?

»Und, Zoe, Frankie und Benny liegen weit in Führung. Meinst du, ihr könnt sie noch einholen?«

»Keine Ahnung«, antwortet meine Frau. »Sie sahen an der Startlinie ziemlich fest entschlossen aus. Ich glaube, du müsstest mir jetzt schon eine Rakete in den Hintern stecken, wenn ich sie noch einholen sollte.«

Manchmal kann Zoe nicht anders, sie muss ihrer Freundin einfach das Leben schwer machen.

Elise boxt genervt gegen Zoes Schulter und schwenkt das Mikrofon wieder zu mir.

»Und was hältst du von der heutigen Unterstützung, Greg? Ist es nicht toll, dass all diese Läufer gekommen sind, um euch zu helfen?«

Ich finde, ich sollte ein wenig aufgeweckter klingen, schon allein, um der armen Frau einen Gefallen zu tun.

»Das ist es, Elise!«, platzt es aus mir heraus. »Ich habe mich noch nie so unterstützt und ermutigt gefühlt!«

»Fantastisch!«

»Genau! Ich kann es gar nicht erwarten, die Ziellinie zu überqueren und mich gebührend zu bedanken …, vielleicht gibt mir einer der Zuschauer dann auch einen Hundekuchen!«

Verwirrung steht Elise ins Gesicht geschrieben.

»Außerdem«, fahre ich fort, denn jetzt bin ich richtig in Stimmung, »kann ich den Zuschauern gar nicht genug dafür danken, dass sie uns auf der ganzen Strecke folgen!«

»Okay …«

»Ja, wirklich! Wenn sie mich nicht ständig daran erinnern würden, dass ich fett bin, dann würde ich das in all der Aufregung glatt vergessen!«

Elise ist nicht gerade ein Genie, aber selbst sie erkennt, wenn ein Interview nicht mehr zu retten ist.

»Danke für das Gespräch, liebe Miltons!«, sagt sie und zieht schnell das Mikrofon weg, bevor wir sie noch mehr in Verlegenheit bringen können.

»Gern geschehen!«, tönen Zoe und ich gleichzeitig.

»Wir schalten zurück zu Will, der in der Zwischenzeit an die Ziellinie gefahren ist«, informiert Elise die Zuhörer und beendet die Übertragung. Sie lässt das Mikrofon in die Halterung an ihrer Hüfte fallen und starrt uns böse an. »Ihr seid doch total bescheuert.«

Zoe und ich lachen schallend.

Elise spuckt noch einige weitere verärgerte Beleidigungen in unsere Richtung, dann joggt sie davon, zweifellos auf der Suche nach einem weiteren Opfer für ein Gespräch.

»Das war schon ein bisschen gemein«, sagt Zoe, nachdem ihr Kicheranfall verebbt ist.

»Auch nicht gemeiner, als einen Haufen Dicker zur Volksbelustigung durch die Gegend zu scheuchen«, gebe ich zurück.

Der nächste Kilometer verstreicht mehr oder weniger wie die ersten drei.

Ich atme zwar etwas schwer und meine Beine fühlen sich an wie Gummi, aber ansonsten fühle ich mich nach der Hälfte der Strecke ziemlich gut und bin mir sicher, dass ich den Wettlauf beenden kann, ohne mich zu blamieren. Mit viel Glück könnte ich sogar einige der Weißhemden schlagen!

Das ist der Moment, in dem die Götter der übertriebenen Selbstsicherheit beschließen, mir für diese gewaltige Anmaßung einen Besuch abzustatten.

Ihre Strafe ereilt mich über die Joggingschuhe an meinen Füßen. Ich habe sie speziell für dieses Rennen in einem Sportladen gekauft.

Meine alten Laufschuhe waren dank des vielen Sports, den ich in letzter Zeit getrieben hatte, an dem Punkt angelangt, an dem die Sohle sich vom Schuh trennt. Der Gedanke, dass sie mir vor Erreichen der Ziellinie von den Füßen fallen könnten, gefiel mir gar nicht, daher hielt ich es für besser, mir für den Achtkilometerlauf ein neues Paar zu kaufen.

Zu diesem Zweck fuhr ich am Samstag zu dem riesigen Sportgeschäft im Einkaufszentrum gleich außerhalb der Stadt. Markennamen haben mich noch nie interessiert, darum ging ich schnurstracks an den teuren Marken wie Asics und Nike vorbei und zu dem Regal mit den Billigmarken.

Das erwies sich nun als ein riesiger Fehler.

Billigschuhe sind in Ordnung, wenn man nur mal eben um die Ecke geht, um Milch und einen Döner zu holen. Wenn man aber tatsächlich in ihnen joggen will, dann ist das gleich eine ganz andere Geschichte. Durch das Joggen entstehen weitaus mehr Druck und Reibung, und wenn man ein Paar erwischt hat, das selbst die verarmten Kinder in Bangladesch, die es hergestellt haben, nicht anziehen würden, dann ist eigentlich klar, dass man damit keine Freude haben wird.

Schlecht verarbeitete, billige Laufschuhe passen nicht richtig, sie stützen den Fuß nicht ausreichend und lassen unangenehmes Reiben zu. Das führt zum Albtraum eines jeden Läufers: *Blasen.*

Sie fragen sich jetzt vielleicht, wie lange es dauert, bis ein billiges, schlecht verarbeitetes Paar Laufschuhe schmerzhafte, lähmende Blasen verursacht?

Oh, etwa vier Kilometer eines Volkslaufes, würde ich sagen.

Das erste Zeichen, dass etwas nicht stimmt, spüre ich, als wir den Hügel beim Bahnhof hinauflaufen. Das ist das erste

Stück des Rennens, das bergauf geht, und die Steigung reicht aus, die Schuhe an mehreren Stellen schmerzhaft reiben zu lassen.

Meine Füße haben mir schon seit dem Beginn des Laufes wehgetan und schienen empfindlich zu sein, aber an dieses Gefühl war ich von meinem täglichen Sport her gewöhnt und konnte es mehr oder weniger ignorieren. Als jetzt der Weg aber nach oben führt, bekomme ich scharfe, stechende Schmerzen in beiden kleinen Zehen, meiner linken großen Zehe und Ferse.

»Mist«, verziehe ich das Gesicht, als wir an einem Gasthaus vorbeilaufen, von dessen Biergarten aus uns etwa zwanzig Leute anfeuern.

»Bist du okay?«, fragt Zoe.

»Ich weiß nicht. Meine Zehen tun mir auf einmal weh. Es fühlt sich an, als hätte jemand eine heiße Nadel hineingesteckt.«

»Aua. Möchtest du kurz anhalten und nachschauen?«

Die folgenden Worte, die mir von den Lippen fallen, sind die törichsten, die ich je geäußert habe.

»Nein. Es geht schon. Ich glaube nicht, dass das noch schlimmer werden kann.«

Selbstverständlich kann es das doch, aber mein Gehirn hat in den Ignorier-es-dann-geht-es-von-selber-wieder-weg-Modus geschaltet, daher schaffe ich es für den nächsten Kilometer, mich davon zu überzeugen, dass die Schmerzen nicht schlimmer werden. Bis wir aber den Hügel wieder hinuntergelaufen und im weitläufigen Vorort angekommen sind, der den Stadtkern umringt, ist jeder einzelne Schritt eine Qual.

Es fühlt sich an, als liefe ich barfuß über heiße Kohlen.

Ich ziehe mit jedem Schritt die Luft durch die Zähne und klinge wie eine überforderte Dampflok.

Um den Schmerz abzumildern, versuche ich, so vorsichtig und leicht wie nur möglich zu laufen, um so viel Gewicht wie möglich von meinen armen geschundenen Zehen fernzuhalten.

Haben Sie jemals versucht, mit 108 Kilogramm und nach fünf Kilometern Volkslauf vorsichtig und leicht zu joggen?

»Greg?«, fragt Zoe.

»Ja?!«

»Bist du in Ordnung?«

»Ja?!«

»Warum läufst du dann so komisch?«

»Wie … laufe … ich … denn?«

»Wie jemand, der sich gerade in die Hosen geschissen hat?«

»Füße … tun … weh!«

»Dann halt an!«

»Nein! Ich … will … zum … Ziel!«

Zoe bleibt stehen und ich stolpere noch ein paar Schritte weiter. Ich merke, dass sie nicht mehr neben mir ist und halte ebenfalls an.

»Warum hast du angehalten?«

»Du musst nach deinen Füßen schauen, Greg. So kannst du nicht weiterlaufen. Komm hier zu dieser Bank und setz dich hin.«

»Aber …«

»Setz dich!«

Ich sehe mich um. Erstaunlicherweise scheinen wir im Moment alle Mitläufer und die Menge verloren zu haben. Ich werte das als gutes Zeichen und humple zurück zu der Bank, auf der sich meine Frau bereits niedergelassen hat.

Das Gefühl der Erleichterung, als mein Hinterteil die Sitzfläche berührt, ist unbeschreiblich. In dem Augenblick, in dem die Bank mein Körpergewicht übernimmt, lässt der Schmerz in meinen Schenkeln nach und die schreckliche Höllenqual in meinen Füßen reduziert sich auf ein dumpfes Dröhnen.

Was in diesen billigen Joggingschuhen vor sich geht, wird allerdings kein schöner Anblick sein, daher zögere ich noch einen Moment.

Ich lehne mich zurück und stoße einen Seufzer des Wohlbefindens aus. Stillsitzen ist so eine einfache Sache. Ich muss versuchen, das öfter zu genießen.

»Komm schon«, meint Zoe und knufft mich in den Arm. »Das Rennen ist noch nicht vorbei. Lass mal sehen, wie schlimm es ist.«

Ich richte mich auf und stöhne erneut, dieses Mal voller Verzweiflung, und binde meinen linken Schuh auf. Das ist der Fuß, der am meisten wehtut, darum will ich ihn mir zuerst ansehen, um den Schaden zu beurteilen.

Nachdem der Schuh ab ist, ziehe ich vorsichtig den Strumpf herunter.

Etwas so simples, wie einen Strumpf auszuziehen, sollte nie von solchen Schmerzen begleitet werden, die ich empfinde, als ich ihn über die Ferse ziehe. Es fühlt sich an, als hätte jemand eine rostige Käsereibe genommen und damit heftig über meine Haut gerubbelt.

»Verdammte Scheiße!«, schreie ich entsetzt.

»Oh Gott!«, sagt Zoe und schlägt sich eine Hand vor den Mund.

Ich bin mir nicht sicher, ob sie das aus Schreck tut oder um sich nicht zu übergeben.

Mein Fuß ist die reinste Horrorshow. Er lässt die Filme *Hostel*, *Saw* und *Tanz der Teufel* wie *Findet Nemo* aussehen.

Zunächst einmal hat der ganze Fuß eine seltsame Färbung angenommen. Er zeigt eine Mischung aus hektischem Rot und fahlem Weiß, mit mehreren kleinen, beunruhigenden lila Flecken dazwischen.

Das ist jedoch nur die Leinwand, auf der sich der eigentliche Horror meiner Zehen und der Ferse abspielt.

Meine kleine Zehe hat sich praktisch in eine einzige große Blase verwandelt. Sie reicht vom Nagel bis zu der Stelle, an der die Zehe in den Fuß übergeht, und verläuft an der Unterseite weiter. Diese Blase ist milchig weiß, und wenn ich sie mit dem Finger antippe, dann kann ich den Eiter unter der halbdurchsichtigen Haut herumschwappen sehen.

Eine zweite, riesige Blase verläuft entlang der Seite meiner großen Zehe. Auch sie ist ein geschwollenes Kissen aus Haut und Eiter, entstanden durch die ständige Reibung über fünf Kilometer hinweg.

Um meine Ferse steht es aber am schlimmsten. Irgendwann während des Rennens muss sich eine weitere große Blase gebildet haben. Durch den ständigen Druck beim Auftreten ist sie jedoch geplatzt und hat eine solche Abscheulichkeit gebildet, dass ich es hier kaum zu beschreiben wage.

Zunächst einmal hat der Eiter meinen Strumpf durchtränkt und eine Art biologischen Kleister gebildet, der den Stoff mit der Haut verklebt hat und die Ursache der Schmerzen beim Ausziehen des blöden Dinges war. Dadurch wurde die Haut, die die Blase bildete, weggerissen und hängt nun lose als zwei Hautfetzen. Darunter befindet sich eine große Stelle frischer rosa Haut, die selbst bei der leichtesten Berührung unheimlich wund und empfindlich reagiert.

»Ist alles in Ordnung?«, höre ich eine fröhliche Stimme vor mir sagen.

Es ist die Frau mittleren Alters mit dem Stirnband, die ich an der Startlinie bemerkt hatte. Sie hat uns hier sitzen gesehen und ist wohl herübergejoggt, um uns moralischen Beistand zu leisten.

»Ja, danke«, sage ich schnell.

»Ruhen wir uns ein bisschen aus?«, fragt sie und joggt dabei auf der Stelle.

Hinter ihr sehe ich Valerie und George an uns vorbeilaufen. Das Stirnband hat sich offensichtlich von der die beiden umringenden Meute gelöst, um zu sehen, was mit den Miltons los ist.

Ich verstecke meinen Fuß unter der Bank, damit ich sie nicht erschrecke.

»Nein, eigentlich nicht«, antwortet Zoe in dem abweisenden Ton, den man anschlägt, wenn man möchte, dass der andere sich verpisst.

»Sie müssen sich wirklich nicht schämen, wenn es Ihnen zu viel geworden ist«, sagt das Stirnband und hüpft weiterhin auf der Stelle.

Und plötzlich bin ich wütend. Sie nimmt automatisch an, dass wir angehalten haben, weil wir dicke, fette Saftärsche sind.

Mag sein, dass diese Leute hier sind, um uns bei diesem Volkslauf zu unterstützen, aber das heißt noch lange nicht, dass sie nicht genauso voreingenommen sind wie die, die uns aus dem Schutz der Menge mit Schimpfwörtern belegen.

»Wir haben wegen meines Fußes angehalten«, erkläre ich ihr. »Kommen Sie nur her, ich zeige es Ihnen.«

Das Stirnband lächelt zustimmend.

»Okay.«

Die Frau lehnt sich nach vorn und ich hole den Fuß des Schreckens hervor und schlage sie mit der vollen Wucht der doppelten Blasen und des aufgerissenen Fleisches.

»Oh Gott!«, schreit sie.

»Genau das habe ich auch gesagt«, antwortet Zoe.

Ich deute auf die schnell kleiner werdenden Val und George.

»Sie sollten wieder zu den anderen gehen. Am besten sofort!«

Das Stirnband zieht sich zurück, sie hat verstanden, was ich ihr sagen wollte.

»Ja, ja, Sie haben recht«, sagt sie, sichtlich angeekelt. »Viel Glück dann mit dem Rest des Rennens!«, fährt sie fort und hüpft davon.

Ich blicke auf meinen geschwollenen Fuß.

»Ich glaube, die Chance, dass es für mich einen Rest des Rennens gibt, ist eher gering«, sage ich gedrückt.

»Lass uns noch den anderen Fuß anschauen und sehen, wie schlimm es um ihn steht«, schlägt Zoe vor.

Ich ziehe den anderen Schuh und Strumpf aus und bin erfreut, dass der Schaden nicht ganz so groß ist. An der kleinen Zehe ist ebenfalls eine Blase, aber abgesehen davon ist es nicht schlimm.

Mein linker Fuß hat mittlerweile an der frischen Luft eine gesündere Farbe angenommen. Aber joggen kann ich nicht mehr. Der bloße Gedanke, meinen Strumpf und den Billigschuh über meine offenen Wunden zu ziehen und weiterzulaufen, ist furchtbar.

Zoe stößt die Luft aus.

»Das war's dann wohl.«

»Ja, Schatz, tut mir leid.«

Ich lege den Arm um sie, während wir Pete, Lea und das lesbische Pärchen beobachten, wie sie mit einer weiteren Schar weißbehemdeter Volksläufer an uns vorüberjoggen. Sie erinnern mich an die Pilotfische, die immer die Wale im Meer umkreisen.

»Mach dir nichts daraus, das passiert eben«, sagt Zoe und tätschelt mein Bein. »Wir haben uns trotzdem ganz gut gemacht.«

»Ich hätte die aber zu gern geschlagen«, antworte ich und nicke in Richtung der uns überholenden Konkurrenten.

»Wir haben den letzten Wettbewerb gewonnen. Mir reicht das schon.«

Ich pruste verärgert und lehne mich zurück. Einige köstliche ruhige Minuten verstreichen, während der ich den Nieselregen mein Gesicht und meine bloßen Füße kühlen lasse. Wir werden bald aufstehen und uns um ein Transportmittel kümmern müssen, aber im Moment genieße ich einfach die relative Ruhe ohne die unerträgliche Meute. Alle Läufer haben uns nun überholt, es gibt nur noch uns und ein paar Fußgänger.

»Greg …, *schau!*«

Am Ende der Straße erscheinen Shane und Theresa. Sie sind vollkommen allein. Nicht ein einziges weißes Hemd läuft mit ihnen. Sie sehen mitleiderregend aus. Theresa schleppt schnaufend und keuchend einen Fuß vor den anderen. Shane reckt den Kopf in den Himmel, den Hals so nach oben gestreckt, als kämpfe er aktiv gegen das große Gewicht, das er mit sich schleppt, an. Sie sind unglaublich langsam, aber sie sind noch im Rennen.

»Die zwei hatte ich ganz vergessen«, sage ich.

»Ich auch. Ich hätte gedacht, dass sie längst aufgegeben haben.«

»Alle anderen haben sie anscheinend aufgegeben.«

Ich merke, wie der Zorn, den das Stirnband in mir ausgelöst hat, zurückkehrt.

Alle wollen die Dicken unterstützen, vorausgesetzt, die Dicken sind nicht *zu* dick. Keiner will sich mit den Langsamsten und Dicksten auseinandersetzen. Das finden sie anscheinend nicht so unterhaltsam.

Shane und Theresa sind nun auf Höhe der Bank. Shane hält den Daumen hoch und blickt zurück zur Straße. Theresa versucht zu lächeln, aber es sieht eher nach einer Grimasse aus.

Als sie an uns vorüberziehen, spüre ich den starken Drang, mit ihnen zu gehen.

Ich sehe auf meine geschundenen Füße. Auf gar keinen Fall kann ich in diesen billigen Scheißschuhen weiterlaufen.

Aber wenn Shane und Theresa durchhalten können, dann kann ich das auch, und wenn ich es in meinen kaputten, verschwitzten Socken tun muss.

»Greg? Was machst du denn?«, fragt Zoe, als ich unter Schmerzen die Socken wieder über meine Füße stülpe.

Ich schmeiße die Laufschuhe in den Abfalleimer neben der Bank und blicke zurück zu Shane und Theresa.

»Ich denke, ich leiste ihnen ein bisschen Gesellschaft.«

»Du kannst doch nicht mehr rennen!«

»Stimmt, aber sie können überhaupt nicht rennen und machen trotzdem weiter.« Ich reiche ihr die Hand. »Komm, Schatz, wir gehen mit den beiden. Sie sollten das nicht alleine durchstehen müssen.«

Zoe nimmt meine Hand und steht auf. Ihre Augen sehen ein wenig wässrig aus.

»Manchmal bin ich einfach froh, dass ich dich geheiratet habe, Greg«, sagt sie mit bewegter Stimme.

»Wir werden sehen, ob du das immer noch denkst, wenn dieses Rennen vorbei ist«, antworte ich und hinke die Straße entlang.

Als wir Shane und Theresa einholen, werden kaum Worte gewechselt. Sie sind beide zu sehr außer Atem, um zu sprechen, und ich habe zu große Schmerzen von den Blasen. Zoe ist diejenige, die sie fragt, ob es ihnen etwas ausmache, wenn wir sie bis zur Ziellinie begleiten.

Es ist schwierig, ihre Emotionen unter den hektisch roten Gesichtern voller Schweiß zu interpretieren, aber ich glaube, sie sind beide dankbar für die Begleitung.

Die letzten drei Kilometer sind die Hölle. Wir müssen uns Shanes Geschwindigkeit anpassen, da er der Langsamste von uns vieren ist, daher brauchen wir fast eine Stunde, um uns dem ›Stream FM‹-Gebäude auf Sichtweite zu nähern. Während dieser Zeit platzt die Blase an der Seite meines linken Fußes und mein ganzer rechter Fuß wird wegen des fehlenden Schuhs vollkommen taub.

Auf den letzten fünfhundert Metern des Wettlaufes kann ich nur noch langsam die Straße entlanghumpeln. Ich könnte gar nicht schneller gehen als Shane, selbst wenn ich das wollte.

Die Menge beginnt wieder anzuschwellen, je näher wir der Ziellinie kommen. Die Zuschauer können sehen, welche Qual wir leiden und reagieren darauf mit immer lauter werdendem

Jubel, der mir tatsächlich mehr Mut gibt und mich die Schmerzen so weit vergessen lässt, dass ich durchhalten kann.

Als wir uns der Ziellinie nähern, erkenne ich, dass Shane sich immer mehr abmühen muss. Er torkelt unsicher über die Straße, die Schultern vor lauter Anstrengung zusammengesunken.

Er kann nicht mehr.

Wenn ich nichts unternehme, dann kollabiert der arme Kerl hier vor all diesen Menschen und wird zur morgigen Titelgeschichte.

Ich hinke zu ihm hinüber, winde meinen Arm unter seinen und richte ihn wieder auf. Das erhöht den Druck auf meine bereits ruinierten Füße um ein Vielfaches, aber auf gar keinen Fall werde ich zulassen, dass diese Meute sich am Sturz und Scheitern eines übergewichtigen Mannes aufgeilt.

»Da...danke«, sagt Shane und hebt den Kopf.

Mit meiner Hilfe kann er wieder gerade laufen, und die Ziellinie kommt immer näher.

Als es nur noch etwa fünfzig Meter sind, tippe ich ihm auf die Schulter und frage:

»Schaffst du den Rest alleine, Kumpel?«

Er wirft mir einen Blick aus den Augenwinkeln zu und nickt.

Ich nehme den Arm weg und verlangsame meinen Schritt noch mehr, damit Shane und Theresa vor uns ankommen.

»Sie verdienen es, die Ziellinie vor uns zu überqueren«, sage ich zu Zoe, die zustimmend nickt.

Begleitet von donnerndem Applaus passiert Shane zusammen mit seiner Frau die Ziellinie mit in die Höhe gereckten Armen und jubelnder – wenn auch erschöpfter – Miene. Mit hoch erhobenem Kopf stößt er einen langen, lauten Schrei aus, von dem ich annehme, dass er eine Kombination aus Schmerz und Triumph darstellt.

Ich muss sagen, die Begeisterung der Massen ist um kein bisschen leiser, als auch Zoe und ich die Ziellinie überqueren.

Allerdings habe ich nicht das Bedürfnis, die Arme zu heben und zu schreien. Mein einziger Gedanke gilt mich zu setzen und die Füße in wohltuendes, warmes Wasser stecken zu können.

Wir werden sofort von den anderen Paaren und den Weißhemden umringt, die uns abwechselnd auf die Schultern klopfen und uns sagen, wie unglaublich toll wir doch seien.

Komisch, vor nur einer Stunde und drei Kilometern waren wir ihnen vollkommen egal.

Elise interviewt Shane und Theresa, während Will sich mit Zoe und mir unterhält. Ich versuche die Tatsache, dass ich das Rennen in Strümpfen beendet habe, herunterzuspielen, aber Will lässt das nicht zu. Es scheint, dass meine Blasen einige Tage lang Gesprächsstoff für den Radiosender und die Zeitungen liefern werden.

Die wahren Helden sind jedoch Shane und Theresa, und das ist auch richtig so. Die Radiomoderatoren und Reporter können leicht erkennen, wie sehr sie sich anstrengen mussten, um das Rennen bis zum Ende durchzuhalten, und sie werden die Geschichte für ihre Sendung und ihre Artikel bis zum letzten Tropfen melken.

Ich entdecke Frankie und Benny in einer Ecke. Sie sehen ein wenig verstimmt aus, und ich empfinde Mitleid mit ihnen. Sie haben den Wettlauf gewonnen, aber die Aufmerksamkeit aller ist auf den Letzten im Ziel gerichtet.

Verzeihung …, den Vorletzten. Die Ehre des Trostpreises gebührt meiner Wenigkeit und meinen Blasen.

»Ich wette, Shane und Theresa werden morgen in den Zeitungen dominieren«, sage ich ein wenig später zu Zoe im Taxi nach Hause.

»Bestimmt. Ich bin mir sicher, sie werden ein Foto von ihm drucken, wie er mit den Armen hochgereckt die Ziellinie überquert. Das war wie eine Szene aus *Die Stunde des Siegers.* Nur wackliger.«

Als ich jedoch am nächsten Tag die Zeitung sehe, bin ich erstaunt, dass das Bild, das zur Illustration des dramatischen Endes des Volklaufs verwendet wurde, nicht eines von Shane beim Überqueren der Ziellinie ist, sondern eines, das Shane und mich kurz vor dem Ziel zeigt, mit unseren Frauen an unserer Seite. Mein Arm steckt fest unter seinem und die Anstrengung und Strapazen stehen uns beiden deutlich ins Gesicht geschrieben.

Der Untertitel der Geschichte zitiert eine Liedzeile: *Er ist nicht schwer, er ist mein Bruder.*

Ein besseres Klischee kann man sich kaum denken, oder?

Aber Klischee hin oder her, ein bisschen stolz bin ich schon auf mich.

Zoe ist offensichtlich *sehr* stolz auf mich, denn am Ende des Tages hat sie den eingerahmten Zeitungsartikel bereits in der Küche hängen. An dem Abend hat sie außerdem Sex mit mir, wie ihn die meisten Männer sich nur erträumen oder spät nachts auf einem der höheren Sky-Sender anschauen können.

Die Blasen an meinen Füßen sind noch nicht ganz abgeheilt, und ich glaube, ich sollte wegen meiner linken Ferse zum Arzt gehen, aber ich bin trotzdem unheimlich froh, dass wir den Volkslauf bis zum Ende durchgehalten haben.

Und sei es nur, weil ich die Gelegenheit hatte, einem anderen zu helfen, die Arme zu heben und seinen Triumph in den Himmel zu schreien.

Außerdem habe ich eine wertvolle Lektion gelernt.

Manchmal hat Qualität tatsächlich ihren Preis …, vor allem, wenn es um Schuhe geht.

Zoes Diättagebuch

Dienstag, 8. Juli

71,5 kg (20,5 kg abgenommen)

Mein Leben ist doch sehr seltsam geworden.

Ja, ich würde sogar so weit gehen, es bizarr zu nennen.

Im einen Moment bin ich die langweilige alte Zoe Milton, Vertriebskoordinatorin und seit achtzehn Jahren Ehefrau; im nächsten Augenblick bin ich berühmt.

Im Verlauf der letzten vier Monate, seit *Voll Fett!* begann, musste ich mich daran gewöhnen, mein Gesicht auf diversen Werbeplakaten, Postern, Webseiten und Broschüren zu sehen.

Am Anfang war das das Schlimmste in der Geschichte des Weltalls, da keine unsichere, übergewichtige Frau möchte, dass ihr hässliches Konterfei in der ganzen Stadt verteilt wird. Wenn es schon schwer ist, morgens in den Spiegel zu schauen, dann ist es geradezu unmöglich, an einem Poster vorüberzugehen, auf dem man aussieht wie ein Volltrottel, ohne dass man an Ort und Stelle kleinkindhaft in Tränen ausbricht.

Nach einigen Wochen war es mir möglich, all diese Bilder geistig auszublenden, ungefähr so, wie stinkreiche Leute Obdachlose ausblenden, an denen sie jeden Tag auf dem Weg zu ihren hochbezahlten Jobs vorübergehen. Wo ich vorher bei der Fahrt auf der Schnellstraße mein fettes Gesicht mit dem Doppelkinn auf mich herabstarren sah, befand sich nun ein Loch im Gewebe des Universums, eine Fläche dumpfer, negativer Energie, auf der es absolut nichts von Bedeutung zu sehen gab.

Dieser angenehme Zustand hielt bis vor ein paar Wochen an, als meine Beziehung zu all diesen schrecklichen Bildern eine interessante und unerwartete Wandlung erfuhr. Wo ich vorher bei ihrem Anblick Selbstverachtung und Verzweiflung verspürte, empfand ich nun eine seltsame Mischung aus Mitleid und Stolz. Mitleid für dieses arme, übergewichtige Ding, das da auf mich herabblickte, und Stolz, weil ich nicht mehr dieses arme übergewichtige Ding war.

Ich bin ganze zwanzig Kilo leichter als zum Zeitpunkt der Aufnahmen, und falls ich jemals einen Beweis gebraucht hätte, was für einen Unterschied das im Aussehen macht, dann muss ich nur in den Spiegel blicken und dann auf das Plakat an der Schnellstraße auf dem Weg zur Arbeit.

Mit unbeseelten Dingen wie Plakaten umzugehen (oder Pappaufstellern in der Eingangshalle des Fitnessstudios – das blöde Teil steht immer noch dort und verhöhnt mich jedes Mal, wenn ich zum Sport gehe), ist natürlich eine Sache. Mit der unerwünschten Beachtung durch meine Mitmenschen fertigzuwerden, ist eine ganz andere.

Seien es Familie, Freunde, Kollegen oder vollkommen Fremde, die Einstellung aller mir gegenüber wird durch *Voll Fett!* bestimmt.

Zu meinem Leidwesen ist der Wettbewerb ein riesiger Hit geworden.

Die Hörerzahlen bei ›Stream FM‹ sind in die Höhe geschossen, Besuche auf der Webseite, um die Videos anzuschauen, sind über hundert Prozent gestiegen, und die Frühstückshow hat mittlerweile die größte Hörerschaft aller regionalen Frühstückssendungen. Vor allem an Montagen, wenn wir für das wöchentliche Gespräch alle in der Sendung sind.

Diese Montage bilden die unschöne Konstante meines Lebens.

Montagmorgen ist nie besonders lustig, und wenn man dann noch die besondere Freude hinzufügt, über das Radio zu mehreren Tausend Hörern zu sprechen, dann wird er gleich um ein Mehrfaches schlimmer. Ich bin von Natur aus nicht so veranlagt, dass ich gern im Rampenlicht stehe, auch nicht auf einer Bühne, auf der niemand mein Gesicht sehen kann – darum ist dieser wöchentliche Versuch, unterhaltsam und interessant zu erscheinen, in etwa so leicht, wie jemandem einen Zahn zu ziehen. Zum Glück haben sich mehrere der anderen Kandidaten mittlerweile auch daran gewöhnt und ›machen gutes Radio‹. Das bedeutet, dass Elise mich nicht mehr in die Ecke drängen muss, damit ich etwas Interessantes von mir gebe, wie sie es während der ersten paar Wochen ständig für nötig hielt.

Die Unterhaltungen am Montagmorgen haben sogar einige richtige Unterhaltungskünstler unter uns offenbart. Dominica ist zum Totlachen, wenn sie in ihrem starken spanischen Dialekt über Diäten und Sportprogramme spricht, und sie wird von Woche zu Woche lebhafter. George und Valerie geben ein wohlgesittetes Komikerduo ab, das ich mir gut beim Edinburgh Kulturfestival vorstellen könnte, wenn sie nur wollten. Dabei geht es nicht so sehr darum, was sie sagen, sondern wie sie es sagen – mit einem lakonischen, trockenen Humor, über den einfach jeder lachen kann. Man muss nur die Geschichte des

Besuchs einer Kirchweih hören, der damit endet, dass George im Sitz eines Fahrgeschäfts mit riesigen Teetassen stecken bleibt, um eine Vorstellung davon zu bekommen, wie der Dialog zwischen den beiden hin und her fliegt.

»Es war ganz schön unbequem«, erzählt George.

»Und noch dazu hatte er seine neue Hose an«, fügt Val hinzu.

»Stimmt. Und das war eine schöne Hose. Von Burtons. Schien eine Schande, sie zu zerreißen.«

»Der nette junge Feuerwehrmann war aber ziemlich beharrlich.«

»Ja, schon. Er erinnerte mich an Gareth.«

»Gareth?«

»Ja. Der Junge bei uns in der Straße. Der große. Schultern wie ein Stier.«

»Du meinst Grant.«

»Ja?«

»Ja. Gareth war Pauls bester Schulfreund. Er schielte und hatte eine dieser Frisuren, vor denen deine Mutter dich gewarnt hat.«

»Ach, du hast natürlich recht. Der warme Bruder. Könnte ihn mir gar nicht als Feuerwehrmann vorstellen.«

»Nein. Seine Hände waren viel zu schlaff.«

»Keine Frage … Ähm, entschuldige, Elise, über was sprachen wir noch gleich?«

Ich bin mir nicht sicher, ob dieses geistesabwesende Hin und Her natürlich ist oder gestellt. So oder so ist es äußerst unterhaltsam.

Wenn die wöchentlichen Gespräche ein Hit sind, dann müssen die Einschaltquoten beim monatlichen Treffen zum Wiegen die Führungskräfte beim Radiosender komplett aus dem Häuschen bringen.

An einem Wochenende im Monat kauern die Zuhörer um ihre Radios, um zu hören, wer im Wettbewerb vorn liegt.

… oder es wäre so, wenn dies das Jahr 1952 wäre. Ich weiß, dass die meisten Leute heutzutage über ihr Handy Radio hören, aber im Grunde meines Herzens bin ich Romantikerin, und die Vorstellung der Familie, die sich um den großen Kasten in einer Ecke des Wohnzimmers drängt, gefällt mir. Es hilft mir, mir all diese Menschen, die ein solches krankhaftes Interesse daran haben, wie viel ich im letzten Monat abgenommen habe, bildlich vorzustellen, und das tue ich auf die mir angenehmste Weise. Handys finde ich nicht im Geringsten romantisch.

Das Wiegen mag für die Zuhörer spannend sein, aber wenn man selber Teil davon ist, dann ist es nichts als stressig. Einerseits, weil man sich praktisch vor einem Publikum ausziehen muss, andererseits, weil man beim Wiegen herausfindet, wie man sich im Vergleich zu den anderen Kandidaten macht.

Wir dürfen schließlich nicht vergessen, dass es hier um fünfzigtausend britische Pfund geht, und beim monatlichen Wiegen bekommt man eine Vorstellung davon, wie wahrscheinlich es ist, dass man sie in die Finger bekommt.

Greg und ich waren bis jetzt noch nie so richtig in Führung, aber wir waren immer entweder an zweiter oder dritter Stelle, nachdem wir von der Waage gestiegen sind und die Anzeigentafel unseren kombinierten Gewichtsverlust angezeigt hat. Frankie und Benny standen regelmäßig ganz oben, bis auf einmal, als George und Val dank eines besonders guten Monats ein Wiegen gewannen, nachdem ihr Sohn Paul ihnen eine Woche in einer Abnehmklinik spendiert hatte.

In einer Woche ist das nächste Wiegen, und ich hoffe wirklich, dass Greg und ich den Abstand zu Frankie und Benny genug verringern konnten, damit wir in den letzten Wochen des Wettbewerbs noch eine Chance haben.

Ich befinde mich in einer Phase meines Lebens, in der ein bestimmter Punkt von größtem öffentlichen Interesse ist.

Noch nie wurde um die Taille einer Frau ein solches Aufhebens gemacht. Zumindest nicht, seit Kate Middleton schwanger war.

Mein Abnehmen ist nun bei jedem Zusammensein mit Freunden oder Familienmitgliedern das Hauptthema. Immer wieder kommen die gleichen Fragen:

»Wie viel hast du diese Woche abgenommen?«

»Meinst du, ihr habt mehr abgenommen als das nette schwarze Pärchen?«

»Müsst ihr unbedingt diese roten Anzüge tragen? Darin seht ihr aus wie Tomaten …«

Und so weiter.

Meine Mutter und mein Vater sind unheimlich stolz auf mich, worüber ich mich sehr freue.

»Es ist herrlich, dich so aufblühen zu sehen«, sagte meine Mum vor ein paar Tagen zu mir, und ich kam mir vor wie eine Tulpe.

Dads Beitrag war unverblümter.

»Bin nur verdammt froh, dass du endlich abnimmst, mein Schatz. Du warst ja schon ein wandelnder Herzinfarkt.«

Seine Worte hätten einen größeren Eindruck gemacht, wenn er dabei nicht gerade eine Zigarette geraucht hätte.

Die seltsamste Veränderung in meinem Leben aufgrund meines neuen Promistatus' ist die Beziehung zu meinen Kollegen. Die Dynamik zwischen uns hat sich verschoben …, leider nicht in allen Fällen zum Besseren.

Zoe Milton war am Arbeitsplatz immer eher unauffällig. Ich denke, dass ich meine Arbeit stets gut gemacht habe, aber ich versuchte nie, herauszustechen oder mich vorzudrängeln, um eine Machtposition oder Einfluss zu gewinnen. Ich gebe gerne zu, dass ich mit Konfliktsituationen nicht sehr gut umgehen kann, daher habe ich nie irgendwelche riskanten Schachzüge gewagt, um die Karriereleiter hinaufzuklettern. Ich bin als Vertriebskoordinatorin vollkommen zufrieden, und solange keiner mir diesen

Posten streitig macht, bin ich genauso zufrieden damit, friedlich vor mich hin zu arbeiten.

Leider ist es etwas schwierig, unauffällig zu bleiben, wenn man Teil eines äußerst erfolgreichen Wettbewerbs und der dazugehörigen Werbekampagne ist, die zumindest teilweise von dem Büro geleitet wird, in dem man selber arbeitet.

Selbstverständlich habe ich persönlich nichts mit der Werbe- und Propagandaarbeit für *Voll Fett!* zu tun. Diese wird ausschließlich durch ›Stream FMs‹ engagiertes Kommunikationsteam gemanagt, damit kein Interessenskonflikt entstehen kann. Das hält dieses Team aber nicht davon zurück, mich ständig wegen Feedbacks und Einfällen zu nerven. Ich versuche, meine Arbeit zu machen und Werbezeit zu verkaufen, aber ich werde andauernd von Leuten unterbrochen, die fragen, ob es mir etwas ausmache, ihnen ein kurzes Zitat zu geben, wie toll es doch sei, auf einem der viertausend Pfund schweren Laufbändern bei ›Fitness4All‹ zu laufen, oder was ich von dem neuen Poster hielte, das im Supermarkt aufgehängt werden soll.

Seit dem Anfang des Wettbewerbs im März habe ich mich von einer höflichen Marketingangestellten, die keine Gans hätte erschrecken können, in ein wertvolles Mitglied des Teams an vorderster Front und das Maskottchen für den Erfolg des Radiosenders verwandelt.

Die meisten meiner Kollegen unterstützen mich gern dabei und haben keinerlei Probleme mit meiner neuen Berühmtheit.

Leider kann ich das Gleiche nicht von meiner Chefin sagen.

Caitlin Marks konnte mich noch nie so richtig leiden.

Schon vom ersten Tag an, als ich sie während des Gesprächs mit dem Einstellungsgremium kennenlernte, hatte ich den Eindruck, dass sie mich nicht besonders mochte. Wäre meine Einstellung allein von ihr abhängig gewesen, dann hätte ich die Stelle nie bekommen. Ich habe keine Ahnung, warum sie eine solche Abneigung gegen mich hat. Vielleicht hat ihr der Rock nicht gefallen, den ich trug, oder meine schnippischen Witze während des Interviews. Caitlin hat so viel Humor wie ein Sack voller Schweinemist, darum nehme ich an, es lag an den Witzen.

Über die Jahre hat sich unsere Beziehung allerdings ein wenig normalisiert, hauptsächlich, weil ich täglich meine Arbeit mache und immer ohne großes Theater alles erledige, was sie mir aufträgt. Caitlin ist so ein Mensch, der Leute nur dann mag, wenn sie ihren angestammten Platz kennen, und bis vor ein paar Monaten kannte ich meinen Platz ganz genau: *unter ihr*.

Dann fing *Voll Fett!* an und alles ging den Bach runter.

Sehen Sie, Caitlin Marks kann es nicht nur nicht leiden, wenn andere vermeintlich meinen, etwas Besseres zu sein, sie ist auch unheimlich fett. Nicht ganz so dick, wie ich es war, aber sie trägt hundertprozentig Größe achtundvierzig – und nicht besonders gut. Manche Damen mit Übergröße sehen dabei immer noch schick aus. Sie bestehen aus sexy Kurven und Hintern. Sie schreiten durch die Welt voller Stolz darüber, kräftig gebaut zu sein und tun alles, diesem Bild gerecht zu werden.

Caitlin ist dagegen einfach nur pummelig. Pummelig, unkoordiniert und mit einem Teint, den man nur fahl nennen kann.

Solange diese sanftmütige und höfliche Zoe Milton dicker war als sie, war alles in Ordnung, aber seit ich unter ihre Kleidergröße gefallen bin *und* noch dazu Gesprächsstoff Nummer eins im Büro wurde, behandelt sie mich nur noch mit Eiseskälte.

Der Satz: ›Sie sind schon wieder zu spät dran‹ ist ihr neuer Lieblingsspruch, sobald ich in ihre Nähe komme.

Die Tatsache, dass ich wegen *Voll Fett!* zu spät komme, ignoriert sie natürlich!

Die Situation eskalierte letzten Montag, als ich erst um fast elf Uhr dreißig erschien, weil die Radiosendung fast zwanzig

Minuten überzog. Val und George waren mitten in einer witzigen Anekdote über ihre Woche in der Abnehmklinik und keiner wollte sie unterbrechen, bevor sie ihr Erlebnis, von Kopf bis Fuß mit Schlamm bedeckt zu werden und Kieselsteine auf dem Kopf zu balancieren, beschreiben konnten. Das war alles schön und gut, aber es führte zu einer Konfrontation zwischen Caitlin und mir, vor der meine weniger selbstbewusste Version noch vor vier Monaten schreiend Reißaus genommen hätte.

*

»Guten Morgen, Maz. Hat sich das Schwein schon sehen lassen?«, frage ich Maz (ihr eigentlicher Name ist Mary), eine der Verwaltungsassistentinnen, die mit in meinem Büro sitzen.

Mary erfand die Bezeichnung ›Schwein‹ für Caitlin vor einigen Monaten.

In jedem Büro gibt es jemanden wie Mary, jemanden, der allen Spitznamen verpasst, die unweigerlich so lustig oder passend sind, dass sie den Zielpersonen für den Rest ihres Arbeitslebens anhaften. ›Schwein‹ ist wahrscheinlich eher eine der weniger intelligenten Bezeichnungen, die Mary sich ausgedacht hat, aber sie beschreibt Caitlins Charakter doch so gut, dass zumindest ich sie mir gemerkt habe, wenn auch sonst niemand.

Mein Spitzname lautet ›Zoeballs‹. Ob das nun besser oder schlechter ist, weiß ich auch nicht.

»Ja, und sie sieht ziemlich düster aus«, antwortet Maz.

»Mist. Wirklich?«

»Ja. Weißt du noch, letztes Halloween, als Meems und ich das Büro ohne ihre Erlaubnis mit Kürbissen und Hexen dekorierten?«

»Ich erinnere mich.«

»Der gleiche Gesichtsausdruck. Nur noch ein paar mehr Falten auf der Stirn.«

»Na super. Ich verhalte mich am besten unauffällig und kümmere mich um die E-Mail an die Baufirma Sanderson.«

Maz zwinkert mir zu.

»Guter Plan, Blümchen.« Dann betrachtet sie mich von oben bis unten. »Gut siehst du aus, Zoeballs. Und in der Sendung heute klangst du auch gut.«

»Danke, Maz.«

»Ich bin froh, dass ich in der Tippgemeinschaft auf dich und Greg gesetzt habe.«

»In der was?«

»Der Bürowette, Dummerchen. Dafür, wer den Wettbewerb gewinnt. Ich und Meems haben auf euch gesetzt, und ich glaube, da haben wir die Gewinner gewählt.«

»Ihr *wettet* darauf, dass wir gewinnen?«

»Na klar! Meems hat auch bei ihrem Friseur auf euch getippt. Sie ist ganz aus dem Häuschen.«

Mir läuft es kalt den Rücken hinunter.

»Gibt es viele solcher Wettgemeinschaften?«, frage ich mit piepsiger Stimme.

»Ja!«, antwortet Maz mit breitem Lächeln. »Toll, nicht wahr?«

Scheiße, nein!

»Ich weiß nicht.«

»Du solltest auch auf euch setzen. Gäbe euch zusätzliche Motivation.« Maz wirft einen Blick über meine Schulter und ihr Lächeln verschwindet. »Pass auf. Das Schweinderl nahet.«

Ich drehe mich um und sehe meine Chefin über den dünnen grünen Büroteppich marschieren, einen wütenden Ausdruck im Gesicht. Ich stähle mich für den Angriff.

»Ich maile Ihnen seit einer Stunde, Zoe!«, sagt Caitlin, als sie mich erreicht.

Ich beschließe, mich am besten so versöhnlich wie möglich zu geben, lächle entschuldigend und hebe die Hände.

»Es tut mir leid, Caitlin. Die Sendung ging länger, deswegen komme ich jetzt erst.«

»Erzählen Sie mir nicht so einen Blödsinn. Ich habe die Nase voll von Ihren Ausreden, Zoe.«

Ihr Gesicht hat eine unglückliche rote Färbung angenommen. Es sieht aus, als ob sie sich diesmal wirklich über mein Zuspätkommen aufregt. Ich fürchte, ein dämliches Grinsen und ein entschuldigender Tonfall werden mir hier nichts nützen.

»Kommen Sie bitte in mein Büro!«, spuckt sie, wirbelt herum und marschiert über den dünnen grünen Teppich wieder zurück.

»Auweia. Schotten dicht«, warnt Maz.

Ich atme tief durch, folge Caitlin kleinlaut in ihr Büro und mache mich auf das Schlimmste gefasst.

Kaum ist die Tür hinter uns ins Schloss gefallen, fährt sie scharfes Geschütz auf.

»Ich habe wirklich genug von Ihrer Einstellung, Zoe.«

»Aber ich …«

»Unterbrechen Sie mich nicht! Die Häufigkeit Ihres Zuspätkommens ist absolut untragbar!«

»Viermal in vier Monaten?«

»Genau! Und wenn Sie dann hier sind, ist Ihre Einstellung gegenüber Ihrer Arbeit und Ihren Kollegen äußerst desinteressiert.«

Ich kann sehen, wie sich Schweiß auf Caitlins Stirn bildet. Offensichtlich ist es sehr anstrengend, ein solch schwieriges Wort in einen Satz einzubauen.

»Wollen Sie sagen, ich sei *faul*?«, antworte ich, wobei mir mein leicht wimmernder Tonfall gar nicht behagt.

»Zumindest glaube ich, dass Ihre Arbeitsmoral in den vergangenen Wochen sehr nachgelassen hat, ja. Und Ihre Produktivität leidet darunter.«

»Es … es tut mir leid«, stammle ich.

Ich senke den Blick ob dieser Schande. Ich hasse es, *hasse es*, so heruntergemacht zu werden. Ich bilde mir etwas darauf ein, dass ich gute Arbeit leiste, und wenn jemand in übergeordneter Stellung das infrage stellt, dann fühle ich mich so klein mit Hut.

Ich nehme an, der Wettbewerb beeinflusst meine Arbeit vielleicht doch. Vielleicht bin ich ein kleines bisschen langsamer geworden?

Immerhin bin ich jetzt immer so müde, weil ich so viel Sport mache, und meine kalorienreduzierte Diät könnte meine Konzentration verschlechtert haben.

Vielleicht hat Caitlin recht?

Vielleicht habe ich meine Arbeit nicht so gut gemacht, wie ich es sollte, weil …

Moment mal …

Was zum *Teufel* mache ich denn da?

Ich lasse das Schwein mich überzeugen, dass ich unrecht habe … Und das, ohne die geringste Ursache!

Meine Arbeit hat überhaupt nicht unter *Voll Fett!* gelitten. Wenn überhaupt, dann ist sie besser geworden. Der neue Vertrag mit Sanderson, den ich verhandelt habe, die Sendezeit, die ich dem Kino verkauft, und der Handel, den ich letzten Monat mit dem Autohändler Makepeace abgeschlossen habe …

Ich habe gute Arbeit geleistet, wenn es Ihnen beliebt, Sie königliches Oberschwein!

Es geht gar nicht um meine Arbeit. Es geht darum, dass sie die Veränderungen nicht mag, die Zoe Milton in der letzten Zeit durchlebt hat.

Die unschöne Wahrheit ist, dass meine Chefin gerade auf mich eifersüchtig ist und beabsichtigt, ihr Missfallen auf jede mögliche Art und Weise zum Ausdruck zu bringen. Das ist schlicht und ergreifend ein Machtspiel. Caitlin möchte ihre Autorität über mich bestätigen – sonst gar nichts.

Und ich habe es beinahe zugelassen.

Ich balle die Fäuste.

Tief in meinem Innersten höre ich das schüchterne, nette, dicke Mädchen, das ich einmal war, schreien, dass ich mich entspannen, die Standpauke hinnehmen und wieder an meinen Schreibtisch gehen soll.

Wirble keinen Staub auf, Zoe. Mach keinen Ärger, Zoe. Tue bloß nichts Riskantes, Zoe. Frauen wie du können nicht gewinnen, Zoe. Du kannst dich nur dumm anmachen lassen und dann nach Hause gehen und einen ganzen Kuchen essen, damit du dich wieder besser fühlst.

Du schluckst deinen Zorn hinunter, dann schluckst du die Kalorien. So funktioniert das eben.

Nur, dass ich zwanzig Kilo abgenommen habe. Mein Gesicht findet sich auf Werbeplakaten. Ich bin im Radio. Leute wetten darauf, dass *ich* gewinne.

Ich muss überhaupt nichts mehr hinunterschlucken, wenn ich das nicht möchte.

»Caitlin«, sage ich ruhig. »Ich stimme Ihrer Meinung über meine Arbeit nicht zu.«

»Was soll das heißen?«, fragt sie ungläubig.

Unglaublich.

Es ist ihr tatsächlich nicht möglich zu verstehen, dass ich es wage, anderer Ansicht zu sein.

»Das heißt, dass ich nicht Ihrer Meinung bin. Meine Arbeit hat *nicht* gelitten. Meine Einstellung ist *nicht* schlechter geworden, und die paar Male, die ich zu spät gekommen bin, hatte ich einen guten Grund, und das wissen Sie auch.«

»Also jetzt hören Sie mir mal …«

Ich halte standhaft die Hand hoch.

»Nein, lassen Sie mich bitte ausreden. Ich glaube nicht, dass Sie den geringsten Anlass haben, meine Arbeit infrage zu stellen, außer, dass Sie mit mir als Mensch ein Problem haben. Ich finde, Sie verhalten sich höchst unprofessionell, Caitlin.«

Grundgütiger Gott. Ich bin komplett verrückt geworden.

Ihre Augen sind so groß wie Untersetzer.

»Wie können Sie es wagen, so mit mir zu reden!«, wettert sie. »Ich werde ein Disziplinarverfahren gegen Sie einleiten!«

Jetzt habe ich sie wirklich am Wickel.

»Bitte tun Sie das. Ja, ich bestehe sogar darauf«, antworte ich seelenruhig und verschränke die Arme.

Das wirkt wie ein Schwall kalten Wassers auf ihren Zorn. Caitlins Gesicht ist plötzlich voller Zweifel. Ich habe ihren Köder nicht geschluckt.

»Es tut mir leid, Zoe. Das war ungerechtfertigt.«

»Aber nicht doch! Bitte. Ich glaube, wir sollten auf jeden Fall ein Disziplinarverfahren einleiten. Auf diese Weise kann ich zeigen, dass meine Arbeit nicht im Geringsten gelitten hat.« Ich verenge die Augen. »Ich kann sogar nächste Woche darüber und über Sie in der Sendung reden. Das dürfte eine richtig gute Geschichte für Elise und Will abgeben, der sie dann auf den Grund gehen könnten.«

Am liebsten würde ich das Handy hervorholen und ein Foto von Caitlins Gesicht machen. Noch nie zuvor habe ich pure Angst so herrlich verkörpert gesehen.

»Das ist wirklich nicht nötig«, meint sie.

Es ist richtig schön, meinen eigenen, wimmernden Tonfall von vorhin jetzt bei ihr zu hören.

»Nein? Also gut, Caitlin. Dann lassen Sie uns die Sache vergessen«, antworte ich.

Immerhin habe ich diese Auseinandersetzung gewonnen, ich muss es ja nicht übertreiben.

»Ja, das wird wohl das Beste sein.« Sie richtet sich wieder auf. »Achten Sie nur darauf, dass Sie in Zukunft pünktlich zur Arbeit erscheinen und im Büro mehr die Initiative ergreifen.«

Unglaublich. Sie will immer noch die Oberhand behalten.

»Wissen Sie was, Caitlin? Sie können mich mal.«

»Was?«

»Ich habe gesagt, Sie können mich mal. Sie sind ein Tyrann. Und kein besonders guter.« Ich deute mit dem Finger auf sie. »Wenn Sie sich noch einmal ohne Grund mit mir anlegen, werde ich dafür sorgen, dass *alle* davon erfahren.«

Jetzt bin ich zu weit gegangen. Das ist mir klar, sobald ich die Worte ausgesprochen habe.

Ihr so zu drohen, bedeutet, dass sie von jetzt an erst recht hinter mir her sein wird. Bei der kleinsten Verfehlung riskiere ich nun, meinen Job zu verlieren. Aber ich kann nicht anders. Caitlin, das Schwein, hat sich in ein Symbol für alle Menschen verwandelt, die je versuchten, mich niederzutrampeln.

Ich verstumme. Meine Chefin auch.

Ich denke, es ist uns beiden klar, dass diese Unterhaltung besser niemals stattgefunden hätte. Sie hat mir mit einem unbegründeten Disziplinarverfahren gedroht, ich ihr mit Rufmord in einer Radiosendung. Wir haben klar eine Grenze überschritten und müssen so schnell wie möglich einen Rückzieher machen.

»Ich glaube, Sie sollten jetzt gehen, Zoe«, sagt sie. »Es muss nichts weiter über diese Angelegenheit gesagt werden.«

»Okay. Da stimme ich zu.« Ich überlege einen Augenblick lang. »Soll ich Ihnen den Sanderson-Vertrag vor dem Mittagessen herüberschicken?«

»Ja, bitte.«

»Dann gehe ich jetzt wieder an meinen Schreibtisch.«

»Tun Sie das.«

Ich schiebe mich aus Caitlins Büro und stoße einen Seufzer der Erleichterung aus, als ich die Tür hinter mir schließen kann.

Das waren ein paar tolle unangenehme Minuten meines Lebens.

Nicht nur wegen des Streits, sondern auch wegen der Erkenntnis, dass ich einen Großteil meines Lebens damit verbracht habe, meine Probleme wegzuessen, anstatt sie direkt anzugehen und zu lösen. Caitlin hat mir an diesem Morgen unwissentlich eine bitter benötigte Schocktherapie verabreicht. Ihre Dummheit hat mir meine eigene offenbart.

Wie oft habe ich in den vergangenen Jahren Schokoladenkuchen gegessen, anstatt mich zu verteidigen?

Wie oft bestand mein Rückgrat aus dem gleichen Gelee wie der Wackelpudding, von dem ich die ganze Schüssel verputzte?

Nun, damit ist jetzt Schluss.

Diese Zeiten sind vorbei.

Von jetzt an besteht Zoe Miltons Rückgrat nicht mehr aus Wackelpudding.

Seit unserer kleinen privaten Diskussion in ihrem Büro hatte ich keinen Ärger mehr mit Caitlin. Ein unbehaglicher, aber notwendiger Waffenstillstand ist eingetreten – zumindest so lange, wie ich bei *Voll Fett!* mitmache. Was passieren wird, wenn meine kurzlebige Berühmtheit wieder vorbei ist, bleibt abzuwarten. Ich hoffe nur, ich habe genug Standhaftigkeit gezeigt, dass sie versteht, dass es ein großer Fehler wäre, sich mit mir anlegen zu wollen, und dass sie das bereuen würde.

*

Dieses neugefundene Selbstwertgefühl ist eine tolle Sache, aber es hilft einem überhaupt nicht, wenn man bei ›IKEA‹ von einer Irren verfolgt wird.

Ich ging nur hin, um einen neuen Wok und ein paar dekorative Buchstützen zu kaufen.

›IKEA‹ ist der perfekte Laden, wenn man solche gegensätzlichen Dinge erwerben möchte. Ganz egal, welch scheinbar willkürlich ausgewählte Sachen man braucht, die Wahrscheinlichkeit ist groß, dass sie in irgendeiner Ecke des blaugelben Megaladens zu finden sind.

Teesieb und Grabgabel? Eingerahmtes Bild zweier Elefanten und ein Käsebrettchen? Eine Flasche Insektenbekämpfungsmittel und ein Deckbettenbezug für ein Doppelbett in einer ungewöhnlichen, milchigen Grünschattierung? Das kann man alles bei ›IKEA‹ finden – wenn man gewillt ist, den unverständlichen Grundriss in Kauf zu nehmen, und seine besten Laufschuhe trägt.

Normalerweise traue ich mich ungern ohne Greg zu ›IKEA‹. Sein Orientierungssinn ist meistens besser als meiner, und ohne ihn besteht das Risiko, dass ich mich zwischen den Tischlampen verlaufe und nie wieder herausfinde. An diesem Sonntag spielt er jedoch zum ersten Mal seit Jahren mit seinen Freunden im Freizeitcenter Rugby, daher muss ich mich allein auf den Weg machen. Ich beruhige mich mit dem Gedanken, dass mein Handy ja eine Navigationsfunktion hat und ich ganze vier Stunden zur Verfügung habe, um den Weg nach draußen zu finden; das müsste also zu schaffen sein. Ich habe allerdings Anweisung gegeben, die Suchmannschaften loszuschicken, falls ich bis Donnerstag nicht wieder aufgetaucht bin.

Genau wie die Kreise in Dantes Inferno führt der Weg durch ›IKEA‹ über mehrere Stockwerke bis hinunter zur Hölle selbst (oder den Kassen, wie weniger fantasiebegabte Menschen es nennen).

Leider muss der unbedachte Reisende jedes Stockwerk durchqueren, ob er will oder nicht, ganz egal, was er kaufen möchte. Sollten Sie zum Beispiel, so wie ich, nur einen Wok und ein paar Buchstützen holen wollen, um Gregs schwere Rugbybücher am ständigen Umfallen zu hindern, so müssen Sie doch an jedem einzelnen Produkt vorbei, das es bei ›IKEA‹ zu kaufen gibt. Sie müssen den langen und umständlichen Weg gehen, den die sadistischen Schweden zwischen Ihnen und den Ausgang ausgelegt haben.

Kein Mensch hat je gesagt: ›Ich bin schnell bei ›IKEA‹ vorbei und habe ein paar Fleischbällchen gekauft. Möchtest du ein spag bol?‹

Man kann nicht ›schnell‹ zu ›IKEA‹. Man muss den Besuch minutiös wie eine militärische Offensive planen.

Täuschen Sie sich nicht: Dort einzukaufen, darf nicht auf die leichte Schulter genommen werden. Nicht, wenn Sie sowohl Ihre geistige Gesundheit als auch Ihr Bankkonto erhalten wollen.

All das habe ich bedacht und parke das Auto in der Nähe des Ausgangs. Es besteht natürlich die Möglichkeit, dass ich es nie wiederfinden werde, da der Parkplatz und das Labyrinth, in das ich mich gleich stürzen werde, riesig sind, aber ich glaube, dass ich eine bessere Chance habe, wenn ich meinen verbeulten Golf so nahe wie möglich am Ausgang parke, sollte ich je wieder das Licht der Sonne erblicken.

Die Fahrt nach oben im Aufzug verläuft ohne Zwischenfälle. Ich verlasse den Aufzug auf dem obersten Parkdeck und begebe mich durch die gigantischen offenen Tore in die erste Halle des Ladens.

Ich nehme einen der riesigen gelben Einkaufstaschen und flüstere »Wok und Buchstützen, Wok und Buchstützen« vor mich hin. Ich finde, es hilft, wenn man beim Navigieren der Gänge ein Mantra vor sich hinsagt. Auf diese Weise ist es wahrscheinlicher, dass man sich auf die zu erledigende Aufgabe konzentriert und sich nicht von den knallblauen Gießkannen und äußerst günstigen Couchtischen ablenken lässt.

Selbstverständlich funktioniert das überhaupt nicht. ›IKEA‹ ist der Herr des Spontankaufs. Auch wenn Sie nur wegen etwas Langweiligem, Billigem und Notwendigem hingehen, können Sie Ihre letzte Münze darauf verwetten, dass Sie am anderen Ende nicht herauskommen, ohne mindestens ein großes, teures Teil mit albernem Namen gekauft zu haben.

Zehn Minuten nach dem Betreten stehe ich mitten im dritten Stockwerk (Schlafzimmermöbel … und, nach Dante, der Ort der Ketzer) und frage mich, ob ich ein Beistelltischchen der Serie Goopli oder lieber eines der Serie Smerferdle kaufen soll.

Der von Goopli sieht größer aus, aber der von Smerferdle passt besser zur Couch.

Die Buchstützen und den Wok habe ich total vergessen, und ich kann Ihnen versichern, dass ich den Laden an diesem Tag verlassen werde, ohne weder das eine noch das andere zu kaufen. Das passiert bei ›IKEA‹ oft. Daran müssen Sie sich gewöhnen.

Nein, in Zoe Miltons Leben dreht sich jetzt alles um Goopli und Smerferdle.

Mein Blick fliegt voll quälender Unentschlossenheit von einem zum anderen. Ich stehe unbeweglich und lasse die anderen Kunden um mich herumfließen wie ein Felsbrocken das Wasser des Flusses. Ich werde mich nicht von der Stelle rühren, bis eine Entscheidung getroffen wurde. Goopli oder Smerferdle. Smerferdle oder Goopli. Ich muss mich entscheiden. *Ich muss mich entscheiden*. ICH MUSS MICH ENTSCHEIDEN.

»Oh Gott, Sie sind es!«

Die Stimme ist hoch, hektisch und überschlägt sich fast vor Aufregung.

Außerdem reißt sie mich total aus meiner Konzentration. Ich war *so nah dran*, mich für Goopli zu entscheiden, aber jetzt muss ich wieder von vorn anfangen.

Nicht, dass ich dazu Gelegenheit hätte, denn nun habe ich diese hohe hektische Stimme im Ohr, die keinerlei Rücksicht auf mein schwerwiegendes Dilemma nimmt.

»Sie sind es, nicht wahr? Sie sind es!«

Ich sehe meine neue Gesellschaft an.

Es handelt sich um eine Frau, die man nur als ›eklektisch‹ bezeichnen kann.

Wenigstens, wenn man höflich sein möchte.

Wenn man das nicht möchte, dann müsste man sie als jemanden beschreiben, der gekleidet ist wie eine Geisteskranke. Sie sieht aus, als hätte sich der Second-Hand-Laden der Heilsarmee über ihr ausgekotzt.

Wir beginnen an den Füßen: Gummistiefel. Der eine ist rot mit gelben Punkten, der andere blau mit grünen Punkten. Die Strumpfhose ist ganz nett, nur ein bisschen zu orange für meinen Geschmack. Die kurze Jeanshose hingegen scheint ziemlich vernünftig – ein verblichenes Schwarz mit Stulpen, die gut und gern acht Zentimeter breit sind.

Nun kommen wir zum Poncho.

Ponchos sind ja auch unter den besten Voraussetzungen eine gewagte Kleiderwahl, wenn besagter Poncho aber ein grobgestricktes Teil in allen Farben des Regenbogens ist, dann wird dieser Ausdruck seiner einfach nicht gerecht. Auch ›mutig‹, ›beherzt‹ oder ›kühn‹ reichen nicht ganz aus.

›Verrückter als eine ganze Kiste voller Dachse‹ kommt aber sicherlich hin.

Normalität wird wiederhergestellt, wenn wir zum Gesicht kommen. Sie hat ein offenes, angenehmes Mondgesicht mit fröhlichen Augen, umrahmt von einem Bob aus braunem Haar.

Dann kommen wir zum Zylinder.

Ja, zum Zylinder.

Die Frau trägt einen Zylinder.

Das ist Ihnen immer noch nicht verrückt genug?

Okay, im Hutband des Zylinders steckt eine Plastikgeranie. Sie wirkt, als könnte man damit Wasser verspritzen.

Reicht Ihnen das?

Sie sieht aus, als moderiere sie eine Kindersendung. Eine, die man seine Kinder nicht länger als eine Minute anschauen lässt.

… und sie weiß, wer ich bin.

Möge Gott mir beistehen.

»Hallo. Was … ähm, was möchten Sie von mir?«, sage ich kurz angebunden.

Ich bin verärgert, dass ich von meinem Goopli/Smerferdle-Problem abgelenkt wurde und man hört den Ärger in meiner Stimme.

»Sie sind Zoe Milton, nicht wahr? Aus der Radiosendung? Von dem Wettbewerb?«

Sie zittert vor Aufregung.

Eigentlich sollte ich jetzt das einzig Vernünftige tun und lügen. Wenn ich es mit ausreichender Überzeugung sage, dann geht sie vielleicht weiter. Leider habe ich aber blöde moralische Regeln verinnerlicht, die mich vom Lügen abhalten. Das hat mir über die Jahre schon öfter Ärger eingebracht, als ich zählen kann.

»Ja, ich bin Zoe Milton.« Das ist der richtige Zeitpunkt, das patentierte falsche Lächeln der widerstrebenden Berühmtheit aufzusetzen. »Die Sendung gefällt Ihnen also?«

Sie klatscht dreimal schnell in die Hände.

»Oh ja! Sie ist herrlich. Ich bin ja selbst ein wenig übergewichtig, daher sind Sie für mich so eine große Inspiration!«

»Das ist schön.«

»Das ist es, das ist es! Wirklich, das ist es!«

Weiteres Klatschen.

»Wie heißen Sie denn?«, frage ich und bemühe mich, höflich zu bleiben.

»Veronica! Ich heiße Veronica! Ich kann gar nicht fassen, dass ich mit Zoe Milton rede!«

Klatsch, klatsch.

Ich lächle sie unsicher an.

»Tja, tun Sie aber.«

Auch wenn ich absolut nicht verstehen kann, warum Sie deswegen so aufgeregt sind.

Ich glaube nicht, dass ich auch nur halb so begeistert wäre, wenn plötzlich bei den Hockern Johnny Depp splitterfasernackt auftauchen würde.

»Ich kann es einfach nicht fassen!«, kreischt Veronica und kichert wie jemand, dem eine Gummizelle nicht ganz unbekannt ist. »Ich liebe Sie so sehr!«

Klatsch, klatsch. Kicher, kicher.

Ich muss das irgendwie beenden.

»Nun, es war nett, Sie kennenzulernen«, sage ich und mache mich auf den Weg.

»Ja! Ja! Ich kann es nicht glauben, dass ich Sie kennengelernt habe!« Dann hebt Veronica den Poncho hoch. »Würden Sie mir ein Autogramm auf meine Titten geben?«

Unter dem Poncho befindet sich eine dünne grüne Bluse, so weit aufgeknöpft, dass ein beeindruckendes Dekolleté erkennbar ist. Ich erkenne eine ganze Reihe an Unterschriften darauf. Sie sehen aus wie Tätowierungen.

Jetzt habe ich ein echtes Problem.

»Ähm … hm …, ich glaube nicht, Veronica.« Ich werfe einen Blick auf meine Uhr. »Ich habe wirklich keine Zeit und muss sehen, dass ich weiterkomme. Aber es war nett, Sie kennenzulernen.«

Ich versuche, mich zu entfernen, aber Veronicas Dekolleté lässt das nicht zu.

»Oh bitte, unterschreiben Sie! Es wäre so ein toller Beitrag zu meiner Sammlung.« Sie deutet auf eine leere Stelle auf der linken Brust. »Sie können hier unterschreiben, neben Cliff Richard und Sir Chris Hoy.«

»Nein! Nein! Tut mir leid, ich muss gehen!«, rufe ich und mach mich davon, so schnell die Füße tragen.

Es ist unfassbar, aber Veronica verfolgt mich, was mich zwingt, meinen Hintern noch schneller zu bewegen. Ich muss direkt rennen. Ich habe ihr den Rücken zugekehrt und laufe zur

Abkürzung, die zur Treppe führt – und meiner Rettung, wie ich hoffe.

Was für ein Erlebnis.

Ich versuche, einer Frau im Zylinder mit Körbchengröße 95E zu entkommen, die mich mit wilder Entschlossenheit durch ›IKEA‹ jagt.

Ich versuche es, aber es gelingt mir nicht.

Veronica ist nur etwa fünf Meter hinter mir. Sie hat einen schwarzen Filzstift von wer weiß woher hervorgezogen.

»Kommen Sie zurück, Zoe! Unterschreiben Sie, bitte!«

»Nein, verschwinden Sie!«

Ich wedele mit den Händen vor ihr herum.

»Bitte! Bis jetzt hat es noch jeder irgendwann gemacht!«

»Nein. Verpissen Sie sich!«

Das ist wahnsinnig unhöflich, aber ich bin am Rand der Verzweiflung.

»Unterschreiben Sie!«

»Ich sagte, verpiss dich!«

Ich komme um eine Ecke und sehe die Treppe vor mir. Für einen kurzen Moment hat Veronica mich aus den Augen verloren. Das ist meine Chance zur Flucht.

Aber die Treppe ist zu weit weg! Bis ich sie erreiche, wird es zu spät sein. Meine Verfolgerin wird mich wieder sehen und ich werde es nie schaffen, sie loszuwerden!

»Hey! Hierher!«

Ich reiße den Kopf herum. Eine hochgewachsene blonde Frau winkt mich zur offenen Tür eines der Kundenlifts. Ein Mann mit einem entnervten Gesichtsausdruck blockiert die Tür des Aufzugs, damit sie sich nicht schließen kann. Zwischen den beiden steht ein hübsches, etwa fünfjähriges kleines Mädchen mit einem Finger im Mund, die mich voller Sorge betrachtet.

»Kommen Sie schon!«, faucht die Frau und winkt erneut.

Wenn ich Pech habe, ist das die nächste Irre, die von mir verlangt, dass ich auf irgendwelchen Teilen ihrer Anatomie unterzeichnen soll, aber wenigstens trägt sie keinen Zylinder.

Genau in dem Augenblick, in dem die irre Veronica um die Kurve stürmt, verschwinde ich in den offenen Lift, die blonde Frau direkt hinter mir. Während die Türen zugehen, kommt Veronica in Sichtweite. Sie blickt sich um und sieht mich im Lift stehen.

»Komm zurück, Zoe!«, heult sie und läuft auf uns zu.

Der entnervte Mann hämmert auf den Knopf zum Schließen der Türen ein, und sie beginnen, sich aufeinander zuzubewegen. Ich halte den Atem an. Wenn sie nicht schnell genug schließen, dann kommt Veronica mit uns in den Lift und ich werde gefangen sein. Dann gibt es kein Entkommen vor den tätowierten Titten und dem Zylinder.

Gott sei Dank ist das Letzte, das ich von Veronica sehe, ihr gequältes Gesicht und die ausgestreckte Hand. Die Lifttüren schließen sich und beenden ihre unerbittliche Verfolgungsjagd.

Die blonde Frau stößt prustend die Luft aus.

»Himmel, das war knapp«, sagt sie und tätschelt mir den Rücken.

»Woher wussten Sie denn, was da los war?«, frage ich sie.

»Wir hörten sie herumschreien, dass Sie auf ihren Titten unterschreiben sollten, und dann sahen wir Sie wegrennen. Da dachten wir uns, wir könnten Ihnen ja beistehen. Sah so aus, als bräuchten Sie Hilfe.«

»Ja, ja! Vielen Dank.«

»Um ehrlich zu sein, ich wollte mich Ihnen selber auch vorstellen und Hallo sagen, und dass ich oft ›Stream FM‹ höre.«

»Sie werden mich jetzt aber nicht bitten, auf irgendetwas zu unterschreiben, oder?«, frage ich argwöhnisch.

»Natürlich nicht!«

»Super.« Ich strecke die Hand aus. »Ich bin Zoe …, aber ich denke, das wissen Sie bereits.«

»Tun wir!«, sagt sie mit einem Lächeln, und wir schütteln die Hände. »Ich bin Laura, das ist mein Mann Jamie.«

Der Mann winkt und lächelt mir verständnisvoll zu.

»Schön, Sie kennenzulernen.«

»Sie sind die Radiofrau«, meldet sich das Mädchen in sachlichem Tonfall zu Wort.

»Ja, Schätzchen, das ist sie. Sei bitte nett. Sie hat einen anstrengenden Tag«, sagt Laura zu ihr.

»Das können Sie laut sagen«, antworte ich. »Ich kam nur herein, um einen Wok zu kaufen, und dann ging alles bergab.«

»Klingt normal für ›IKEA‹«, meint Jamie. »Ich kam mal wegen einer Schokotorte herein und landete für drei Stunden in der Notaufnahme.«

»Wirklich? Wie kam das?«

Jamie verzieht das Gesicht.

»Das würden Sie mir nicht glauben.«

Ich denke an Veronica, den Zylinder und die Wahl zwischen Goopli und Smerferdle.

»Wissen Sie was? Wahrscheinlich schon!«

Der Lift pingt und die Türen öffnen sich zum Parkhaus.

»Ich glaube, das sollten wir uns für ein anderes Mal aufheben«, sagt Laura. »Sie sollten sich wahrscheinlich beeilen und gehen, bevor sie in einem der anderen Lifte erscheint.«

Ich erstarre.

»Oh Gott! Daran hatte ich gar nicht gedacht!«

»Es hat uns gefreut, Ihre Bekanntschaft zu machen«, fügt Laura hinzu.

»Mich auch. Und noch einmal vielen Dank für Ihre Hilfe.«

»Keine Ursache«, sagt Jamie. »Viel Glück mit dem Rest des Wettbewerbs.«

»Auf Wiedersehen, Radiofrau«, sagt das kleine Mädchen.

Ihr zuwinkend, entferne ich mich von den dreien, dankbar, dass sie gerade im richtigen Augenblick zu meiner Rettung erschienen sind.

Ich beschleunige meinen Schritt, als ich hinter mir das Dingen einer weiteren Lifttüre höre.

Ich wage es nicht, mich umzudrehen, aus Angst, Veronica mit Cliff Richard und Chris Hoy auf ihrem gebirgigen Busen wackelnd und mit gezücktem Stift hinter mir her sprinten zu sehen.

Als ich zu Hause ankomme, bestelle ich Goopli online.

Gelobt sei der Erfinder des Internets.

Wenn Caitlin und Veronica eines gemeinsam haben, dann dass sie beide meine Bedeutung im Universum vollkommen falsch einschätzen.

Ja, ich bin auf Plakaten und im Radio, aber deswegen bin ich noch lange kein Star.

Der einzige Star in dieser ganzen Geschichte ist der Wettbewerb. Schließlich würde niemand hinter Zoe Milton in der Schlafzimmerabteilung herrennen, wäre sie nicht Teil des aus dem Abnehmwettbewerb des Radiosenders bestehenden Ungetüms. So faszinierend oder charismatisch bin ich einfach nicht – auch wenn ich mir das nach ein paar Drinks gern einbilde.

Aber auch nur einen kleinen Anteil an Berühmtheit zu erlangen, hat seltsame Auswirkungen. Es erhöht einen in den Augen der anderen, ganz egal, ob man diesen Status verdient oder nicht.

Außerdem scheint man in gewisser Weise sein Selbstbestimmungsrecht zu verlieren. Manche Leute meinen, man gehört irgendwie ihnen, nur weil sie den Namen der vermeintlichen Berühmtheit kennen und sie in einer Gruppe erkennen können.

Für meine Wenigkeit ist das alles ein wenig zu viel.

Im Verlauf der letzten Monate habe ich ein Ausmaß an Selbstvertrauen wiedergefunden, das ich für immer verloren glaubte, aber das bedeutet nicht, dass ich plötzlich im Mittelpunkt des Interesses stehen möchte.

Immerhin, der Ruhm ist schließlich nur flüchtig. Wenn *Voll Fett!* erst einmal vorüber ist, kann ich wieder in mein anonymes Leben verschwinden, sicherlich ohne durch meine kurze Erfahrung der Berühmtheit größeren Schaden davongetragen zu haben – außer einer anhaltenden Tendenz, beim Anblick eines Zylinders in Panik zu verfallen.

Und bei ›IKEA‹ kaufe ich auch nie wieder ein.

Man kann über den ›B&Q‹-Baumarkt sagen, was man will, aber wenn man dort vor dem Farbregal von einem Irren in die Enge getrieben wird, hat man wenigstens freie Sicht auf den Ausgang.

Gregs Diättagebuch

Mittwoch, 6. August

97,5 kg (30,5 kg abgenommen)

Wow, weniger als ein Monat noch, bis das Ganze vorbei ist.

In nur fünfundzwanzig Tagen werden wir herausfinden, ob Zoe und ich genug abgenommen haben, um diese herrlichen fünfzigtausend Pfund zu gewinnen.

Zusammen haben wir mittlerweile siebenundfünfzig Kilogramm abgenommen. Das hat Zoe gewogen, als wir uns kennenlernten! Was für ein vollkommen bizarrer Gedanke.

Einen solchen Gewichtsverlust bemerkt jeder sofort, der einen seit ein paar Wochen nicht mehr gesehen hat. Letzthin lief mir ein ehemaliger Kollege über den Weg, der die Firma kurz vor Weihnachten wegen eines Jobs in Dubai verlassen hatte. Er ging einfach an mir vorbei, ohne mich zu erkennen, obwohl wir vorher vier Jahre lang im gleichen Büro gearbeitet hatten. Ich holte ihn ein und brauchte über eine Minute, um ihn davon zu überzeugen, dass ich nicht mein dünnerer Zwillingsbruder war.

Selbst jene, die man regelmäßig sieht, können nicht anders, sondern müssen sich dazu äußern, wenn sie sehen, dass man innerhalb einer Woche wieder drei oder vier Pfund abgenommen hat. Mir gefällt dann immer ihr Gesichtsausdruck. Er drückt meist eine Mischung aus Erstaunen und Vergnügen darüber aus, dass jemand, den sie persönlich kennen, sich sozusagen vor ihren Augen verwandelt.

Unerklärlicherweise macht Essengehen wegen der Diät wieder mehr Spaß. Zoe und ich gingen früher, in den ersten paar Jahren unserer Ehe, wahnsinnig gern zum Essen aus. Es war einer der Eckpfeiler unserer Beziehung. Als wir unseren fünften Hochzeitstag feierten, waren wir mit den meisten Restaurantmanagern in unserer Gegend auf Du und Du.

Wenn ich jetzt so zurückdenke, dann waren wir mit den Restaurants in der Nachbarschaft vielleicht ein wenig zu vertraut. Das Geld und die Zeit, die wir dort verbrachten, haben über die Jahre wahrscheinlich ihren Beitrag zu unseren gemeinsamen zusätzlichen Pfunden geleistet. Jedenfalls verließen die Miltons in jenen Tagen ein Restaurant nie hungrig oder unzufrieden.

Diese Abende wurden natürlich immer weniger, je mehr wir zunahmen. Wenn einem erst einmal auffällt, dass man übergewichtig ist, dann isst man lieber in der Privatsphäre der eigenen vier Wände, wo einem niemand zuschauen und sich ein Urteil bilden kann.

In den vergangenen Wochen haben wir aber unsere Freude am Essengehen wiederentdeckt und sind sogar so weit gegangen, im Freien zu essen, wenn das Wetter es erlaubte. Der Unterschied ist jetzt, dass wir gesündere Sachen auswählen und nicht auch noch eine oder zwei Flaschen Rotwein zum Essen trinken. Wo wir sonst ohne viel Zeit zum Unterhalten aßen und aßen und aßen, genießen wir jetzt unser Essen und lösen dabei die Probleme der

Welt. Ich weiß nun mehr denn je über Zoes Leben außerhalb unseres gemeinsamen Erlebens. Das Gleiche gilt für sie.

Wo sich früher beim Essen alles ums Essen drehte, geht es jetzt darum, dass wir schöne Momente zusammen verbringen.

Allerdings ist nicht alles an dieser Abnehmerei eine gute Sache.

Klamotten, zum Beispiel.

Wenn man über längere Zeit hinweg abnimmt, dann kann das den Modegeschmack und das Portemonnaie ziemlich durcheinander bringen. Genaugenommen hat man zwei Möglichkeiten: Entweder, man trägt weiterhin die Sachen, die man bereits hat, um die zusätzlichen Ausgaben zu vermeiden, oder man geht regelmäßig einkaufen und besorgt sich alle paar Monate eine komplett neue Garderobe.

Am Anfang probierte ich es mit der ersten Möglichkeit, da ich eine gewisse Genügsamkeit gewöhnt bin. Das funktionierte nur leider gar nicht. Als ich anfing, zusätzliche Löcher in meine Gürtel zu stanzen, sah ich aus wie ein kleiner Junge in den Sachen seines Vaters. Ich musste ständig die Jeans hochziehen, und die Polohemden meiner beträchtlichen Sammlung bauschten sich wie Segel um meinen immer schmäler werdenden Körper. Der Tropfen, der das Fass zum Überlaufen brachte, war, als ich in meiner Stammkneipe von jemandem mitfühlend gefragt wurde, ob ich mir eine ernsthafte Krankheit zugezogen hätte.

Wenn gesundes Abnehmen mit einer tödlichen Krankheit verwechselt wird, dann ist es an der Zeit, neue Kleidung zu kaufen.

Und wie ich zuschlug. Ein Besuch bei ›Marks & Spencer‹, und mein Bankkonto brauchte Wochen, um sich davon zu erholen.

Das war alles gut und schön, aber ich nahm ja immer noch ab, und es dauerte nicht lange, bevor ich erneut Löcher in meine Gürtel stanzen und die Jeans hochziehen musste.

Ich überlegte mir ernsthaft, mir so eine Hose aus Nylon mit Gummibund zu kaufen – entschied mich aber dann dagegen, da ich fand, es sei immer noch besser wie ein Todkranker auszusehen als wie ein Typ, der gerade aus dem Irrenhaus entflohen ist.

Also ging ich wieder zu ›Marks & Spencer‹. Dann lief ich geradewegs *durch* ›Marks & Spencer‹ hindurch und bog dann scharf links zum Discountladen ab. Wenn ich alle paar Monate meine Garderobe erneuern muss, dann muss ich mir eben das billige Zeug kaufen, auch wenn es schlecht verarbeitet ist und ich davon Juckreiz bekomme.

Für Zoe ist das natürlich noch viel schlimmer.

Uns Männern ist meistens so ziemlich egal, was wir anziehen. Wir reden mit anderen Männern nicht über Klamotten und wir vergleichen schon gar nicht, was wir in den Schränken haben.

Frauen scheinen hingegen ihre bloße Existenz auf ihrer Mode und der der Frauen in ihrem Umfeld aufzubauen.

Die arme Zoe muss wegen des Abnehmens ständig ihre Garderobe auffrischen. Manchmal kauft sie sogar das gleiche Kleidungsstück in drei verschiedenen Größen. Das ist die Art westlichen Konsumverhaltens, über das die Menschen der Dritten Welt sich mit Recht aufregen.

Darauf wies ich sie vor Kurzem an einem Abend hin. Die Reaktion war nicht besonders angenehm.

»Rede mir jetzt bloß keine Schuldgefühle ein, Gregory«, meckerte sie. »Wenn ich mich in Klamotten zeige, die mir zu groß sind, dann zerreißen sich die anderen das Maul über mich, sobald ich weg bin.«

»Aber wären die dann nicht nur neidisch, weil du so viel abgenommen hast?«, antwortete ich und zeigte damit, dass ich nicht die geringste Ahnung davon habe, wie das weibliche Gehirn funktioniert.

»Nein, Greg, darüber würden sie *nicht* reden. Vierundzwanzig Kilo abgenommen zu haben, ist in ihren Augen nichts im Vergleich dazu, dass ich wie eine Obdachlose daherkomme.« Sie stützte die Hände in die Hüften. »Nimm es für jetzt einfach hin, dass unsere Kreditkarte überbeansprucht werden muss und dass mein normalerweise vorhandenes Mitgefühl mit den armen Menschen in den Entwicklungsländern im Vergleich zu der zwingenden Notwendigkeit, dass mein Hintern in Chiffon gut aussieht, zweitrangig ist.«

Das war das Letzte, das zu dieser Sache gesagt wurde.

Seit dieser Unterhaltung habe ich mich stur geweigert, mit meiner Frau auch nur in die Nähe eines Einkaufszentrums zu gehen, vor lauter Angst, dass ich dann gute sechs Stunden vor den Umkleidekabinen sitzen muss, während sie alles in Reichweite anprobiert.

Allerdings kann ich der Qual des weiblichen Kaufrausches nicht ganz entgehen. Zoe hat angefangen, Sachen online zu bestellen, und so muss ich ständig irgendwelche Päckchen von diversen Webseiten entgegennehmen. Mittlerweile kenne ich den Postboten schon beim Vornamen.

»Ist sie verrückt geworden?«, fragte Wilfred, der redselige alte Postler, als er mir ihre letzte Errungenschaft überreichte. »Das ist das fünfte Paket diese Woche.«

»Gut möglich«, antwortete ich und nahm den braunen Karton in Besitz.

Er warf mir einen höchst mitleidsvollen Blick zu.

»Joan war genauso, mit Schuhen. Ich musste ihr mit Scheidung drohen, bevor sie uns beide in den Bankrott trieb.«

»Und wie ging das aus?«

Wilfred sah düster drein.

»Ich habe nach der Scheidung den Hund bekommen. Sie hat das Haus und die Schuhe.«

Ich wusste nicht so recht, was ich darauf antworten sollte, darum wendete ich die Unterhaltung wieder dem Geschäftlichen zu und sagte ihm, dass er, sollten wir bei weiteren

Paketlieferungen nicht zu Hause sein, doch bitte durch das Gartentor an der Seite hereinkommen und die Pakete im Schuppen hinterlegen solle. Er schien ein wenig niedergeschlagen, weil ich das Scheitern seiner Ehe nicht näher erörtert haben wollte.

Es besteht kein Zweifel: Abnehmen ist teuer.

Sie mögen vielleicht denken, dass wir das ganze Geld, das wir für Klamotten ausgeben, ja schließlich an Nahrungsmitteln sparen. Aber da täuschen Sie sich gewaltig.

Stimmt, wir verwöhnen uns nicht mehr zweimal oder öfter pro Woche mit Fertiggerichten zum Abholen und verzehren auch wesentlich weniger ungesunde Mahlzeiten und Snacks. Das Problem ist allerdings, dass wir schließlich *etwas* essen müssen, und gesunde Nahrungsmittel sind immer teurer als das ungesunde, zuckrige Zeug. Ein Salat aus Mungbohnen und ein frisches Obstkompott sind zwar der richtige Fahrschein zu einer schmaleren Taille, sie kosten aber auch viermal so viel wie eine Familienlasagne und Pommes, die ein paar Gänge weiter im Gefrierfach lauern.

Ich wusste immer, dass ein strenges Diätprogramm auch eine große körperliche Anstrengung verlangen würde, aber mir war nicht bewusst, wie groß der finanzielle Aufwand dabei ist. Ich verstehe jetzt viel besser, warum so viele Menschen mit geringem Einkommen übergewichtig sind. Es ist schwer, eine Wespentaille zu behalten, wenn der Salat drei Pfund, aber der Hamburger dreißig Pennys kostet.

Und von den richtigen Diätlebensmitteln habe ich noch gar nicht gesprochen. All diese Milchshakes, Smoothies, gesunden Snackriegel und Trockenobst kosten ein verdammtes Vermögen.

Wie zum Teufel wollen wir denn unsere Bevölkerung dazu bringen, abzunehmen, wenn niemand etwas dafür unternimmt, dass gesunde Nahrung billiger wird als das giftige, fette Zeug, das ein ganzes Volk dicker Saftsäcke mit zu vielen Zahnfüllungen hervorbringt?

Und leider hören die Ausgaben auch hier noch nicht auf. Wenn gesundes Essen schon das Portemonnaie belastet, dann kann Sporttreiben es ganz ausrauben.

Die Gebühren für Fitnessstudios sind, ehrlich gesagt, vollkommen idiotisch.

Wenn die Regierung möchte, dass die Bevölkerung abnimmt, dann sollte sie veranlassen, dass die Fitnessstudiobetreiber weniger für das Privileg verlangen, ihre glänzenden, komplizierten Maschinen nutzen zu dürfen.

Seien wir doch ehrlich, wer treibt schon gern Sport, vor allem nach einem achtstündigen Arbeitstag, den man steif am Schreibtisch verbracht hat? Das Letzte, das wir dann alle wollen, ist eine Halle voller verschwitzter Leute und selber ins Schwitzen zu kommen.

Die Leute bräuchten einen Anreiz, ihre Hintern zu bewegen und zum Sport zu gehen. Fünfzig Pfund im Monat mit einjähriger Vertragslaufzeit zu berechnen, ist meiner Meinung nach der Sache nicht besonders dienlich.

Wenn der Vertrag eine Klausel enthielte, dass ich mit den Zahlungen aufhören kann, wenn ich in sechs Monaten mein Wunschgewicht nicht erreiche, dann wäre ich viel eher gewillt, ihn zu unterschreiben – aber die Chancen hierfür sind ungefähr genauso groß, wie dass ich im Mankini den Miss World-Wettbewerb gewinne.

Ich entschuldige mich an dieser Stelle für die schreckliche Vorstellung, die dieser Satz in Ihnen hervorgerufen haben mag, und fahre fort.

Seit März, als diese ganze Sache anfing, habe ich bei dem Versuch, gesünder zu leben und fünfzigtausend Bildchen der Queen zu erhalten, viele verschiedene Sportarten ausprobiert.

Meine Woche mit Alice Pithering verursacht mir noch immer schlaflose Nächte, aber immerhin hat es mir einen Einblick gewährt, wie es ist, einen Fitnesstrainer zu haben. Genug

Einblick, dass ich mir sicher bin, nie wieder einen Personal Trainer haben zu wollen.

Abgesehen davon habe ich auch eine Unmenge an Geräten ausprobiert, mit deren Hilfe man angeblich schnell abnehmen können soll. Die meisten von ihnen versprechen auch, Sport in Spaß zu verwandeln und ihn leichter in unser hektisches Sozialleben einbauen zu können.

All diese Geräte sind teuer.

Keines davon funktioniert.

Betrachten Sie die nächsten paar Absätze sowohl als Warnung als auch als Verbraucherberatung, damit Sie nicht die gleichen Fehler machen wie ich.

Wie alle, die abnehmen wollen, wählte ich zunächst die leichteste Möglichkeit. So ist die menschliche Natur nun einmal. Wenn wir schwere Arbeiten vermeiden können, dann tun wir das auch. Eine ganze Industrie hat sich um diese genetische Faulheit gebildet, eine Industrie, der ich in den letzten sechs Monaten eine Menge Geld in den Rachen geworfen habe.

Wenn es ein Gerät gibt, das speziell für faule Menschen entworfen wurde, dann ist das der Elektromuskelstimulator. Dieser komische kleine Apparat ist nicht halb so schmutzig, wie sein Name klingt. Seine Aufgabe ist es, kleine, elektrische Stromstöße durch den Körper zu schicken und damit die Muskeln zum Zucken zu bringen – was anscheinend das Abnehmen unterstützen soll.

Einfach genial! Man befestigt nur ein paar Elektroden am Körper, stellt den Apparat an und verbrennt Unmengen an Kalorien, während man gemütlich im Sessel sitzt und *Downton Abbey* anschaut. Wenn die Episode vorbei ist (meistens bei im Salon servierten Tee), hat man ohne die geringste Anstrengung mehrere Pfund abgenommen!

Selbstverständlich war ich skeptisch. Aber ich war auch extrem übergewichtig und faul, also gab ich zweihundert

Pfund aus und bestellte den Electromax 2000 von ›Amazon‹ und hoffte das Beste.

Lassen Sie mich das wiederholen: Ich gab zweihundert Kröten für eine Maschine aus, die mir alle paar Sekunden einen Stromschlag verpasst, nur um keinen *richtigen* Sport machen zu müssen.

*

Der Electromax 2000 wird pünktlich drei Tage später geliefert, und *Downton* beginnt um zwanzig Uhr. Ich bin aufgeregt und kann es kaum erwarten. Zwei Elektrodenpads werden an meinem Bauch, zwei weitere an meinen Beinen und die letzten beiden an meinen Oberarmen befestigt. Ich sehe aus, als würde ich auf fünf Jahre Tiefschlaf für die Reise zum Mars vorbereitet.

»Bist du sicher?«, fragt Zoe mich zweifelnd vom Sofa aus.

»Na klar! Ich habe das im Internet recherchiert. Die wissenschaftliche Grundlage für dieses Gerät ist fundiert.«

Oh Mann, ich klinge ganz schön großkotzig, wenn ich beweisen will, dass ich recht habe.

Die Elektrodenpads werden mit Kabeln an die große blaue, freundlich aussehende Electromax-Box angeschlossen, die ich auf die Sessellehne gestellt habe. Als der Vorspann von *Downton* beginnt, stelle ich den großen blauen, freundlich aussehenden Schalter oben auf dem Kästchen auf ›an‹, lehne mich zurück und freue mich darauf, Fett zu verbrennen, während ich vornehmen Leuten beim Höflichsein zusehe.

»*Ah, Lord Angebergesicht, wie nett, Sie wiederzusehen …*«

Bssst.

»*Gleichfalls, Captain Ernstgesicht …*«

Bssst. Bssst.

»*Ich hoffe, Ihrer Frau, Lady Sorgenstirn, geht es gut?*«

Bssst. Bssst. Bssst.

»Ja, es geht ihr gut. Ich habe so sehr bedauert, von dem tragischen Hinscheiden Ihrer Gattin durch die Tat dieses irischen Grobians zu erfahren.«

Bssst. Bssst. Bssst. Bsssssssssssst.

»Aua! Verdammter Mist!«, brülle ich und reiße mir die Elektroden vom Bauch.

»Tut es weh?«, fragt Zoe und hält *Downton* an, offensichtlich krampfhaft darum bemüht, nicht zu lachen.

»Tut es *weh*? Darauf kannst du Gift nehmen, dass es wehtut!« Ich springe aus dem Sessel und reiße die restlichen Elektroden herunter. »Wie zum Teufel soll dieses Ding beim Abnehmen helfen?« Ich halte eine Elektrode hoch und betrachte sie eingehend. »Außer, die Stromschläge verkrampfen einem irgendwann auf immer die Kiefer und man kann nichts mehr essen.«

»Also, jetzt bin ich aber total überrascht«, sagt Zoe spöttisch. »Du hast dir ein Quickfixgerät aus dem Internet bestellt und es funktioniert nicht.«

»Sarkasmus hilft in dieser Situation nicht weiter, Weib. Geh wieder zu deinem Historiendrama.«

Ich sammle den Electromax 2000 ein und trage ihn aus dem Zimmer. Er verschwindet im Schrank unter der Treppe, wo er von mir aus verrotten kann.

Zweihundert Pfund sind aber schon eine Stange Geld, darum will ich es eine Woche später mit dem blöden Gerät noch einmal probieren, während Zoe mit ihren Freundinnen unterwegs ist. Dieses Mal lege ich mich aufs Bett und bereite mich seelisch und moralisch auf den selbstzugefügten Schmerz vor, dem ich mich gleich unterziehen werde.

Acht Minuten halte ich durch.

Ganz im Ernst, in welchem Universum findet irgendjemand, dass es eine gute Idee ist, zum Abnehmen Strom durch den Körper zu schicken?

Was kommt als nächstes? Zum möglichen Blondfärben der Haare große Mengen Helium einzuatmen?

So ziemlich das Einzige, auf das der Electromax 2000 während der paar Minuten des Gebrauchs eine Wirkung erzielt, ist mein Darm. Einer der Gründe, dass ich das Gerät abstellen musste, war der Drang, aufs Klo zu müssen.

Das Gerät verschwindet wieder unter der Treppe, und meiner Meinung nach kann es da bis zum Ende aller Tage versauern.

Außer vielleicht für den gelegentlichen Fall der ernsthaften Verstopfung.

*

Das nächste Teil, für das ich Geld und Zeit zum Fenster hinausschmiss, war ein Gerät für die Bauchmuskeln. Es versprach, durch eine Kombination von Vorwärts- und Seitwärtsbewegungen Fett zu verbrennen und die Bauchmuskulatur zu trainieren. Man kniet sich auf zwei Plattformen, die auf zwei Metallschienen gleiten, fasst den Griff und schiebt sich selbst vor und zurück, wobei die Bauchmuskeln, die Rückenmuskeln und diverse andere unbekannte Muskeln trainiert werden.

Ich kaufte das Ding, nachdem ich spät nachts eine Werbung dafür im Fernsehen gesehen hatte.

Sehen Sie, was Diäten bewirken? Welch wahnsinniges Verhalten sie verursachen?

Unter normalen Umständen fiele mir es nie im Traum ein, irgendetwas aus einer dieser nächtlichen Werbeaktionen im Fernsehen zu bestellen. Nie im Leben. Sie werden nie erleben, dass ich einen Wunderdampfreiniger kaufe, der von verschütteter Milch bis Atommüll alles reinigen kann. Ich werde auch keinen Entsafter erwerben, der selbst Diamanten zerkleinern und innerhalb von drei Millisekunden einen leckeren Bananensmoothie herstellen kann.

Aber wenn es ums Abnehmen geht, verwandle ich mich in einen kompletten Vollidioten. Deswegen habe ich auch für das Bauchgerät hundertfünfzig Lappen hergegeben.

Ich weiß gleich beim Auspacken im Wintergarten, dass ich ein Problem habe: Die Anleitung zum Zusammenbauen des Apparates besteht aus einem beidseitig bedruckten DIN A4-Blatt. Es zeigt eine Reihe dilettantischer Zeichnungen des Trainers in verschiedenen Baustadien und enthält eine schriftliche Anleitung, deren Entzifferung selbst dem Geheimdienst schwergefallen wäre.

Ich brauche drei Stunden, um das Scheißding zusammenzubauen, und dann bin ich so fertig, dass ich absolut keine Lust mehr habe, das Gerät zu benutzen.

Am nächsten Tag trainiere ich aber damit.

Ich begebe mich in etwa in die Position, in der man auf einem Motorrad sitzt. Mit den Händen umfasse ich fest die Griffe und beginne, mich vorwärts und rückwärts, nach links und nach rechts zu bewegen, genauso, wie die Werbung es vorgegeben hatte. Die Links-Rechts-Bewegungen scheinen nicht viel zu bringen, daher beschränke ich mich auf vorwärts und rückwärts. Die Kniestützen bewegen sich ohne Schwierigkeiten auf den Schienen auf und ab und es dauert nicht lange, bis ich anfange zu schwitzen.

»Macht dir das Spaß?«, will Zoe wissen, als sie mit einer Tasse grünem Tee in den Wintergarten kommt.

»Ja! Ja, das ist gut!«

»Ist es das?«

»Ja?«

»Na, so ein Glück. Von hier aus sieht es nämlich aus, als würdest du ein Mountainbike vögeln.«

»Was?«

»Wirklich. Wenn ich dich dazu bringen könnte, dich auf mir auch mit einer solchen Hingabe zu bewegen, dann wäre das ein Wunder.«

»Ach, sei still.«

»Schau dir diesen Hüftschwung an! Pass nur auf, übertreibe es nicht.«

»Sei ruhig!«

»Ich will ja nur nicht, dass wir in neun Monaten einen ganzen Stall voller kleiner Mountainbikes haben!«

»Lässt du mich jetzt vielleicht mal in Ruhe? Ich mache Sport!«

Lauthals lachend lässt Zoe mich allein.

Aber jetzt macht mir das Ganze keinen Spaß mehr. Nachdem sie mich darauf hingewiesen hat, bekomme ich das Bild von mir, wie ich die Fahrradabteilung im Kaufhaus sexuell nötige, nicht mehr aus dem Kopf.

Nach zwanzig Minuten höre ich auf und versuche nach Möglichkeit, meine Frau zu ignorieren. Das erweist sich jedoch als schwierig, denn sie hat irgendwo eine alte Fahrradglocke gefunden und klingelt im Verlauf der nächsten Stunden immer mal wieder damit – und dann fragt sie mich jedes Mal, ob mich das anmacht.

Genau wie beim Electromax 2000 versuche ich es auch mit dem Bauchtrainer eine Woche später noch einmal, als Zoe mit ihren Freundinnen unterwegs ist.

Ich benutze ihn für eine gute Stunde und bin hinterher ganz schön stolz auf mich.

Die Freude verwandelt sich in Entsetzen, als ich am nächsten Morgen aufwache und meine Bauchmuskeln sich anfühlen, als wären sie über Nacht von einem Bohrhammer bearbeitet worden. Schon allein das Aufsetzen schmerzt höllisch. Kacken ist vollkommen unmöglich, da jedes Kontrahieren der Gedärme scharfe Schmerzen im gesamten Bauchraum verursacht. Daraufhin leide ich in den folgenden Tagen unter Verstopfung.

… was mir die Gelegenheit gibt, den Electromax 2000 noch ein letztes Mal zu benutzen.

Der Bauchmuskeltrainer befindet sich jetzt auf dem Dachboden. Ich hatte mir überlegt, ihn auf eBay anzubieten, aber ich bin ein ziemlich ehrlicher Mensch und glaube nicht, dass ich mit meiner Beschreibung viele Angebote bekommen hätte:

Zu verkaufen. Bauchmuskeltrainer. Zweimal benutzt. Würden Sie gerne mal ein Fahrrad vergewaltigen? Hier ist die Gelegenheit! Warnung – kann zu ernsthafter Verstopfung führen.

*

Nachdem ich nun insgesamt dreihundertfünfzig Mäuse für diese nutzlosen Geräte ausgegeben hatte, beschloss ich, mein Geld besser einzuteilen und mir nur noch Sportgeräte zu kaufen, die mich nicht in den Ruin treiben würden.

Ohne groß zu überlegen, konnte ich ein Minitrampolin ausschließen, immerhin bin ich keine fünf mehr und habe nicht das Bedürfnis, bis zum Umfallen auf und ab zu hüpfen. Mit dem Gymnastikball ist es ähnlich. Wenn Zoe sich schon bei meinen Versuchen mit dem Bauchmuskeltrainer fast kaputt lachte, dann würde ihr bei meinem Anblick auf einem riesigen Gummiball, als sei er meine erste große Liebe, wahrscheinlich glatt die Luft wegbleiben.

Und dann entdeckte ich das StretchFit-Fitnessband.

Oh, heiliger Strohsack, ich wünschte, ich hätte es nie gesehen.

Auf den ersten Blick erschien das Fitnessband etwas ganz Besonderes zu sein. Mit zwanzig Pfund war es günstig und als Sportausrüstung schien es einfach in der Handhabung. Es besteht aus zwei langen, kräftigen Gummibändern mit Griffen und Schlaufen. Man zieht an dem Band, welches dann durch den Widerstand die Muskeln kräftigt.

Wenn man so ein Ding kauft, kann man Übungen ohne Ende machen. Man kann die Füße in die Schlaufen stecken und die Griffe halten und so diverse Kraftübungen damit machen, zum Beispiel Ausfallschritt, Rudern, Armbeugen, und Stemmübungen – um nur einige aufzuzählen. Man kann das Band aber auch an der Wand oder am Treppengeländer oder einem ähnlich festen Gegenstand befestigen, um noch mehr Sachen damit machen zu können. Latzüge, Klimmzüge, Seitzüge – es eröffnen sich einem alle möglichen interessanten und unterschiedlichen Übungsmöglichkeiten. Es ist ein ganzes Fitnessstudio in einem!

... Irgendwann werde ich bestimmt nicht mehr auf diesen Marketingmist hereinfallen! Das wird dann der gleiche Tag sein, an dem ich nicht mehr alles glaube, was ich in der Zeitung lese und mir klar wird, dass mein Mechaniker mich seit Jahren bei der TÜV-Überprüfung übers Ohr haut.

Das Fitnessband kommt mit der Post (versandfrei!) und ich mache mich sofort an die Übungen.

Selbstverständlich erweist sich das Ganze als kompletter Blödsinn.

Die Füße kommen in die Schlaufen; man nimmt die Griffe und zieht. Das bringt äußerst wenig. Warum? Bis man einen nennenswerten Widerstand spürt, hat man die Arme schon so weit gestreckt wie es geht. Wenn ich nicht plötzlich die Fähigkeit entwickle, wie der Plastic Man der Comicserie meine Arme und Beine zu verlängern, dann bringt mir dieses Produkt ziemlich wenig.

Nur der Gründlichkeit halber probiere ich auch einige der anderen Übungen, die auf dem mitgelieferten Poster abgebildet sind. Keine davon funktioniert besser als die einfache Armübung. Ich komme zwar ins Schwitzen, aber dann fällt mir auf, dass ich ganz genauso schwitzen würde, wenn ich die Übungen ohne das blöde Band machen würde.

Als letzten Versuch befestige ich das Fitnessband an unserem Treppengeländer. Vielleicht bekomme ich auf diese Weise mehr Zug und Widerstand als mit nur meinem eigenen Körper.

Und es funktioniert! Mit dem Rücken zum Geländer, ein paar Schritten Abstand und den Bändern über den Schultern kann ich diese so weit dehnen, dass ich den Widerstand spüre.

Ich verbringe fünf glückliche Minuten damit, mit den Händen in die Luft vor mir zu boxen. Danach fühlen sich meine Muskeln an, als hätten sie tatsächlich etwas getan.

Dann gehe ich zu Drehübungen über. Dafür muss ich mich seitlich zum Fitnessband aufstellen und es mit einer Drehung an meinem Körper vorbei zur anderen Seite führen, was die Rücken- und Bauchmuskulatur trainieren soll.

Diese Übung geht auch gut, allerdings muss ich nach einigen Minuten unterbrechen und meinen Abstand zum Geländer vergrößern, um den vollen Effekt zu erhalten und mein Training zu maximieren. Das dehnt die Gummibänder extrem. Ich mache mir aber keine Sorgen, denn in der Anleitung steht, dass das Material unheimlich kräftig ist und auf keinen Fall reißen wird, egal, wie sehr man daran zieht.

Die Anleitung ist vollkommen richtig. Die Gummibänder machen keinerlei Anstalten, zu reißen.

Was man von meinem Treppengeländer leider nicht behaupten kann.

Als ich gerade in voller Drehung stehe und das Brennen in meinen Bauchmuskeln so richtig genieße, gibt das runde Ende des Geländers auf spektakuläre Weise nach. Mit einem lauten *Knack!* fliegt es mitsamt dem Ende des Bandes quer durch das Wohnzimmer.

Das Geländerteil fliegt geradewegs durch eines der Doppelglasfenster unseres Wintergartens und zerlegt es in tausend Stücke.

Damit ist der Spaß aber noch nicht vorüber, denn nun schnallt das Gummiband mit rasender Geschwindigkeit wieder zu mir zurück. Der harte Plastikgriff fliegt auf meinen Kopf zu, und wenn ich nicht schnell etwas unternehme, wird er ernsthafte Verletzungen verursachen.

Ich ducke mich so rasch ich kann, um mein Gesicht zu schützen. Ich bin aber nicht schnell genug, und der Griff knallt mir gegen den Hinterkopf.

Einer Gehirnerschütterung nah stolpere ich in den jetzt neu belüfteten Wintergarten und betrachte den Schaden.

Letztendlich kostete das Fitnessband zwanzig Pfund … plus *sechshundert* Pfund an Reparaturen am Treppengeländer und im Wintergarten.

Ich zog in Betracht, die Herstellerfirma zu verklagen. Zoe hielt mich im letzten Augenblick davon zurück, indem sie mich darauf hinwies, dass ich im Moment ja eine gewisse Berühmtheit genösse und die Presse ihre reine Freude an der Geschichte hätte, sollte sie davon erfahren. Es ist eine Sache, wenn die einheimische Bevölkerung weiß, dass man ein fetter Kerl ist, aber eine ganz andere, wenn sie auch noch erfährt, dass man ein Vollidiot ist.

*

Meine Erfahrungen mit dem Electromax, dem Bauchmuskeltrainer und dem Fitnessband haben bewiesen, dass diese Modegeräte überhaupt nicht funktionieren, ganz egal, was die Hersteller behaupten.

Sie wurden alle dafür entworfen, Sport leicht und anstrengungsfrei erscheinen zu lassen. Das Problem dabei ist, dass Sport *nie* leicht und immer anstrengend ist. Sport ist hart und testet die Ausdauer und das Durchhaltevermögen – und genau darum geht es ja, wenn man es sich recht überlegt. Die Arbeit, die man leistet, steht im direkten Verhältnis zu den Kilos, die man abnimmt. Je mehr man sich anstrengt, umso mehr nimmt man ab. So einfach ist das. Immer, wenn man abkürzen oder richtigen Sport vermeiden möchte, verschwendet man nur seine Zeit und leert sein Bankkonto.

Unter Berücksichtigung all dieser Tatsachen beschließe ich, Sport eher von der biologischen Seite anzugehen.

Nein, das heißt nicht, was Sie jetzt denken. Lassen Sie diese schmutzigen Gedanken.

Ich meine, ich möchte einige Tage damit verbringen, die menschliche Biologie zu studieren, um besser zu verstehen, wie unsere Körper funktionieren. Dabei finde ich heraus, für welche Bewegungen unser Körper durch die Evolution überhaupt gemacht ist. Wenn Darwin mir sagen kann, welchen Sport ich machen soll, dann mach ich den auch, verdammt noch mal.

Leider ist die Hauptbewegungsart, für die der menschliche Körper geschaffen ist, das Rennen.

Scheiße.

Lange bevor es Autos und Fahrräder zum Fahren oder selbst Pferde zum Reiten gab, bewegten wir uns auf unseren Füßen durch die Welt. Durch Jahrtausende hindurch verließ sich die Menschheit auf Schusters Rappen, oft mit ziemlichem Tempo, um Beute zu fangen oder um zu vermeiden, selbst zur Beute zu werden.

Tief im Innersten war mir diese schreckliche Wahrheit längst bewusst, aber ich hatte gehofft, ich würde noch eine andere Bewegungsart entdecken, die nicht so schmerzhaft, langweilig oder zeitraubend wäre.

Ich bleibe erfolglos.

Nach dieser äußerst unangenehmen Erkenntnis schnüre ich schweren Herzens mit einem tiefen Seufzer meine (sehr teuren) Laufschuhe und bereite mich auf den Kampf mit dem Gehsteig vor.

»Du siehst aber glücklich aus«, meint Zoe aus der Küche. »Man könnte meinen, du ziehst in den Krieg statt nur um den Block.«

Meine Frau hat sich seit Beginn des Wettbewerbs ein ziemlich ungesundes Verhalten angewöhnt. Sie scheint sich über meine gescheiterten Versuche, die für mich passende Sportart zu finden, sehr zu amüsieren.

»Lass mich in Ruhe. Ich will das nicht machen, aber Darwin sagt, ich hätte keine Wahl, der bärtige Mistkerl.«

»Joggen gefällt dir also nicht?«

»Natürlich nicht. Es tut weh. Und ich komme mir blöd dabei vor.«

»Wieso?«

»Ich sehe wie ein Idiot aus, wenn ich jogge. Es ist peinlich.«

»Aha, dein Ego ist also das eigentliche Problem?«

»Ach, hör schon auf. Was soll ich denn sonst tun?«

»Kauf ein Laufband und renne daheim?«

Das ist das Dumme mit Zoe: Ihre Vorschläge und Kommentare mögen vielleicht vor Sarkasmus triefen, aber meistens sind sie richtig gut.

Ich ziehe die Schuhe wieder aus, schnappe mir meinen iPad und öffne erneut die ›Amazon‹-App.

Vier Tage später habe ich ein Laufband. Mit vierhundert Pfund ist es das teuerste Gerät, das ich für meine Selbstverbesserung bis jetzt gekauft habe, aber ich bin mir sicher, es ist gut angelegtes Geld.

Das Laufband wird im Wintergarten aufgestellt und ich beginne, jeden Tag bis zur Benommenheit darauf zu laufen und erst aufzuhören, wenn ich komische weiße Lichtblitze sehe.

Und Himmelherrgott, es funktioniert!

Ich habe meinen Sport gefunden!

Auf dem Laufband tut das Laufen durch das Band wesentlich weniger weh als auf der Straße. Die Schienbeinschmerzen und Krämpfe in den Oberschenkeln, die mich sonst beim Joggen immer plagen, kommen gar nicht erst zustande. Außerdem kann ich den Steigungsgrad und die Distanz kontrollieren, ich kann also, wenn ich einen schlechten Tag habe, einfach ein paar Kilometer in der flachen Einstellung laufen oder, wenn ich mich wie Superman fühle, sechs Kilometer mit Steigung.

Das Laufband ist sehr praktisch. Ich muss nur meine Laufklamotten anziehen und in den Wintergarten schlendern. Ich kann dabei sogar fernsehen, wenn ich das Gerät im richtigen Winkel zum Wohnzimmer aufstelle.

Tolle Sache!

Irgendwann höre ich auf, meine Laufsachen anzuziehen.

Ich meine, warum denn auch? In unseren Wintergarten kann keiner, von daher sehe ich kein Problem damit, fünf Kilometer in Boxershorts und T-Shirt zu laufen. Warum sollte ich meine Klamotten verschwitzen, nur um sie dann waschen zu müssen?

Hätte ich es damit belassen, dann wäre alles in Ordnung gewesen.

Aber eines Tages fällt mir auf, dass ich die Boxershorts und das T-Shirt ja eigentlich auch nicht bräuchte.

Unser Wintergarten wird ziemlich heiß, vor allem im Sommer. Wenn ich nackt jogge, dann wird mir nicht so warm *und* ich muss mich nicht mit der blöden Waschmaschine mit ihren komischen Knöpfen und unverständlichen Einstellungen herumärgern.

Das ist die perfekte Lösung. Solange ich die Vorhänge auf der Straßenseite des Hauses schließe, kann ich ohne Sorge, entdeckt zu werden, vollkommen nackt laufen.

Und so beginne ich ein neues, vergnügliches und nacktes Sportprogramm – es dauert nicht lange, bis ich mich frage, warum ich jemals in Klamotten gejoggt bin.

Nackt zu laufen, hat etwas unheimlich Befreiendes. Keine Hose, die an den empfindlichen Stellen reibt, kein T-Shirt, das den Schweiß aufsaugt und am Körper hängt wie eine unbequeme zweite Haut. Das Ganze gewinnt eine neue, befreite Seite, die mir wahnsinnig gut gefällt.

Zoe ist sich allerdings nicht so sicher.

»Du machst das aber nur, wenn ich nicht zu Hause bin. Wenn ich Master Chef anschaue, will ich dabei auf gar keinen Fall deinen Penis auf und ab hüpfen sehen.«

Ich weiß gar nicht, was sie hat. Ich freue mich immer sehr, wenn ich nach unten blicke und den alten Kerl fröhlich hin und her schwingen sehe, während ich mir eine schlankere Figur erjogge.

Alles in allem bin ich der Meinung, dass nackt laufen der beste Sport aller Zeiten ist.

*

Das Ende des Wettbewerbs kommt immer näher und Zoe und ich haben unseren Trainingsplan noch intensiviert.

Am Samstagmorgen geht sie zum Beispiel mit Elise zum Schwimmen, daher beschließe ich, dass eine gute Stunde nackten Rennens für mich drin sei.

Um elf Uhr stecke ich Metallica in die Stereoanlage, drehe sie voll auf und hüpfe voller Elan auf das Laufband. Das Wetter ist wunderschön, darum habe ich das Laufband Richtung Garten gestellt, damit ich eine schöne Aussicht habe.

Begleitet von lauten Gitarrenakkorden und schrillen Stimmen renne ich wie besessen los.

Nach zwanzig Minuten bin ich gut verschwitzt. Der Schweiß rinnt mir in Strömen über den Rücken.

Meine nassen Haare stehen mir zu Berge, während mein kleiner Freund im perfekten Takt zum Klang der Heavy Metal-Musik aus der Stereoanlage hinter mir links und rechts gegen meine Schenkel klatscht. Die Erhitzung durch den Sport und die ständige Bewegung haben ihm zu einer angenehmen Größe verholfen.

Ich fühle mich gut.

Ich fühle mich stark.

Ich fühle mich fit.

… und dann blicke ich nach links und sehe Wilf, den Postboten, beim Gartenhäuschen stehen und mich anstarren.

Ich wünschte, ich könnte sagen, er starrt mir ins Gesicht.

»Oh Fuck!«, kreische ich und verliere prompt das Gleichgewicht.

Ich komme ins Stolpern und muss mich an den Griffen des Laufbandes festhalten, um zu vermeiden, dass ich hinterrücks von dem Gerät fliege und mich ernsthaft verletze. Ich haue auf die Kontrollanzeige und halte das Laufband an. Außerdem stelle ich die hämmernde Musik ab.

Schwer atmend und mit einer Hand meine Genitalien bedeckend blicke ich auf und sehe, dass Wilf verschwunden ist.

Seltsam.

Vielleicht habe ich mir das Ganze nur eingebildet?

Vielleicht fehlt meinem Gehirn durch das viele Rennen der Sauerstoff und ich *dachte* nur, ich hätte unseren Postboten im Garten stehen sehen und auf meinen nackten, halberigierten Penis starren sehen. Vielleicht war er in Wirklichkeit gar nicht dort?

Dingdong, macht die Türglocke.

Oh, verdammte Scheiße.

Ich werde aufmachen müssen. Er weiß schließlich, dass ich zu Hause bin.

Ich renne nach oben und schnappe mir meinen Bademantel, der an der Badezimmertür hängt. Beim Hinuntergehen überlege ich, was ich zu dem armen alten Kerl sagen kann, wenn ich die Tür öffne.

Hi Wilf! Wie läuft Ihr Morgen denn so? Sagen Sie mal, fanden Sie meinen Schwanz beeindruckend oder nicht? Wie würden Sie ihn denn auf einer Skala von eins bis zehn einstufen?

Nein, wohl eher nicht.

Letztendlich beschließe ich, mich an die gute altmodische und ungelenke britische Entschuldigung zu halten.

»Morgen, Wilf. Tut mir leid«, sage ich, während er mir Zoes neueste Errungenschaft aushändigt.

»Das ist schon in Ordnung, Mr Milton. Ich hätte öfter klingeln sollen.«

Der Gute. Ich bin derjenige, der sich gerade unsittlich entblößt hat, aber er entschuldigt sich dafür, dass er seine Gegenwart nicht nachdrücklicher angekündigt hat.

Eine niederschmetternde, unangenehme Stille macht sich zwischen uns breit, wie das nur natürlich ist, nachdem ein Mann aus Versehen den Penis eines anderen gesehen hat.

»Ja, also, einen schönen Tag dann noch«, biete ich schließlich ausdruckslos an.

»Ihnen auch, Mister Milton. Viel Spaß noch bei Ihrem … ähm, Training.«

Er sagt *Training*, aber ich merke, er meint *Wichsen*.

»Ja, vielen Dank.«

Da mir nichts weiter einfällt, schließe ich langsam die Tür vor Wilfs Nase und gehe zurück ins Wohnzimmer. Dort verbringe ich gut fünf Minuten damit, mich auf dem Sofa vor und zurück zu wiegen.

Es versteht sich von selbst, dass ich nach diesem Erlebnis gezwungen bin, wieder in Klamotten zu laufen. Meine Eier reiben nun nach einer halben Stunde auf dem Laufband, und die Schweißflecken auf meinen T-Shirts gehen beim Waschen schwer raus, aber wenigstens riskiere ich nicht bei jedem Lauf eine strafrechtliche Verfolgung.

Außerdem habe ich Zoe verboten, noch irgendetwas online zu bestellen, solange Wilf, der Postbote, noch lebt.

Trotz meiner unbeabsichtigten Entblößung vor einem geschiedenen Mann Anfang sechzig habe ich festgestellt, dass das Laufband für mich die beste Sportart darstellt. Sie hat mir geholfen, bereits dreißig Kilogramm abzunehmen und ich beabsichtige, in den nächsten Wochen bis zum letzten Wiegen noch einmal sechs Kilo abzunehmen, ganz egal, wie viele Stunden ich dafür auf dem immerwährenden Pfad, den das Gerät auslegt, laufen muss.

Ich denke, das ist der eigentliche Punkt, den ich hier erörtern wollte. Man muss das finden, das für einen funktioniert. Es gibt da draußen Tausende von Firmen, die behaupten, dass ihr Produkt die perfekte Abnehmhilfe für *alle* ist, aber so geht das nicht. Man kann einfach kein Allerweltsprodukt erschaffen, das für jeden funktioniert.

Wir alle haben unterschiedliche Grenzen, Stärken und Schwächen, und nur durch das Ausprobieren können wir die für uns richtige Methode finden.

Aber ich hoffe, Sie können vielleicht ein wenig aus meinen Fehlern lernen.

Wenn es um Fitness geht, dann gibt es einfach keine Abkürzungen. Man muss sich vollständig darauf einlassen und einsehen, dass man sich wirklich dabei anstrengen muss. Lassen Sie sich nicht von Webseiten, Werbespots oder Anzeigen in die Irre führen, die einen einfachen Weg zum dünneren Körper versprechen. Die lügen Sie nur an und zwacken Ihnen eine Menge Geld ab, das Sie für Besseres verwenden könnten.

Mein neues Motto heißt:

»Besser einfach als kompliziert.«

Genauer gesagt lautet mein neues Motto:

»Trainiere nicht nackt, wenn du nicht willst, dass ein alter Mann sieht, dass du nicht beschnitten bist.«

Aber das macht sich nicht so gut als Werbespruch.

Zoes Diättagebuch

Samstag, 9. August

65 kg (27 kg abgenommen)

Meine Beziehung zu Greg ist im Großen und Ganzen nicht wettkampforientiert. Wir sind nicht die Art Ehepaar, die durch Rivalitäten zusammengehalten wird. Wir wissen es beide zu schätzen, dass es Dinge gibt, die der andere besser kann. Ich bin zum Beispiel beim Kegeln eine Niete. Auch parallel einparken, einen guten von einem schlechten Merlot unterscheiden, Regale zusammenbauen oder ein Ei pochieren kann ich gar nicht. Greg hingegen kann nicht Tischtennis spielen, selbst wenn sein Leben davon abhinge, ist beim Kneipenquiz ein hoffnungsloser Fall, könnte auch unter Todesdrohung kein Pfannengericht zaubern und überlässt mir alle Ferienbuchungen übers Internet.

Über die vielen Jahre als Ehepaar habe ich eine geistige Liste zusammengestellt, auf der all die Dinge stehen, die ich selber erledige und die, die ich Greg überlasse.

Das hat sich weitgehend als erfolgreiche Strategie erwiesen, die jede Menge kleinliche Eifersüchteleien, nächtliche Diskussionen und Türenschlagen verhindert hat.

… und dann ärgere ich mich ohne Ende, als ich merke, dass er anscheinend besser schreiben kann als ich.

Bevor im März der Wettbewerb anfing, hatte keiner von uns beiden jemals Tagebuch geführt, und weder er noch ich hatten je so viel Zeit damit verbracht, über unser Leben zu schreiben. Zu Beginn musste ich ihm jedes Wort aus der Nase ziehen, aber im Laufe der Zeit merkten wir, glaube ich, beide, dass es eigentlich richtig Spaß macht. Außerdem hat es unser Schreiben verbessert, da Übung ja bekanntlich den Meister macht, wenn man sich nur ein bisschen Mühe gibt.

Zusammengerechnet haben wir in den letzten sechs Monaten bestimmt weit mehr als hundertfünfzigtausend Wörter geschrieben, was, wenn man es recht bedenkt, ziemlich unglaublich scheint. Wenn wir nicht gerade Sport machen oder Diät, dann kauern wir vor dem Laptop und *schreiben* über Sport und Diäten.

Die Hörerschaft von ›Stream FM‹ wird natürlich den größten Teil davon nicht zu lesen bekommen. Unsere langatmigen Aufsätze werden normalerweise auf kleinere Häppchen reduziert. Ehrlich gesagt müssten sie wahrscheinlich die Hälfte von dem von uns Geschriebenen löschen, um es familientauglich zu machen. Aber wir beide wissen genau, wie sehr wir uns dabei angestrengt und wie viele Stunden wir über der heißlaufenden Tastatur verbracht haben.

Leider haben Greg und ich nun festgestellt, dass wir beide in der gleichen Sache recht gut sind, was unweigerlich zu Vergleichen und dem bereits erwähnten Konkurrenzverhalten führt.

Ich will besser schreiben können als Greg – und ich bin mir sicher, dass es ihm genauso geht.

Nein, ich weiß sogar, dass es ihm genauso geht, denn ich habe ihn in letzter Zeit mehr als einmal beim mehrmaligen

Redigieren seiner Tagebucheinträge erwischt. Greg ist von Natur aus kein Perfektionist und legt sich nur so ins Zeug, wenn ein Projekt es ihm wirklich angetan hat.

Ich bin auch nicht besser. Während ich am Anfang meine Einträge eilig zusammentippte, nehme ich mir nun die Zeit, sie noch einmal zu lesen und sicherzustellen, dass sie so geistreich wie möglich klingen.

Außerdem lese ich jeden einzelnen von Gregs Einträgen, bevor er ihn bei ›Stream FM‹ einreicht, wo der Text dann zerlegt wird. Im Gegenzug liest Greg meine. Abends bleibt bei uns der Fernseher nun oft aus, stattdessen sitzen wir schweigend im Wohnzimmer, lesen die Einträge des anderen und nippen an einem Gläschen Wein.

Ich lese Gregs letzten Eintrag am Donnerstagabend, die Beschreibung über die diversen Sportgeräte, die er ausprobiert hat. Als ich zu der Stelle komme, wo Wilf Gregs Penis zu Gesicht bekommt, spucke ich fast meinen Wein wieder aus.

»Das hast du mir ja gar nicht erzählt!«, sage ich und er blickt von seinem iPad auf.

»Nein«, antwortet er mit einem breiten Grinsen. »Ich wollte es dich lieber lesen lassen.«

»Ach so, jetzt hältst du Sachen vor mir geheim, damit du sie als Material verwenden kannst, was?«

»Sei nicht so albern. Ich dachte einfach, es käme geschrieben besser rüber.«

Ich muss zugeben, dass er recht hat. Greg ist kein guter Geschichtenerzähler. Ich habe ihn noch nie einen Witz erzählen hören, ohne dass er nicht mindestens einen Fehler machte, bevor er zur Pointe kam.

Als ich mit dem Lesen fertig bin, empfinde ich ein klitzekleines bisschen Eifersucht darüber, wie sehr sich das Schreiben meines Mannes verbessert hat.

»Das ist wirklich lustig, Schatz«, gebe ich widerwillig zu.

»Danke. Es hat auch Spaß gemacht, es aufzuschreiben. Richtiggehend läuternd, würde ich sagen. Ich habe so viel Geld für den ganzen Mist zum Fenster hinausgeschmissen, es tat gut, mich darüber ausmeckern zu können.«

»Das glaube ich dir gern.«

»Du solltest das Gleiche tun, über die vielen dämlichen Diäten, die du ausprobiert hast. Wie hieß die eine noch gleich? Die Chapstone-Diät?«

»Chatman.«

»Ja. Genau. Ich könnte mir vorstellen, die Leute würden liebend gern etwas darüber erfahren.«

Mist.

Ich hasse es, wenn er eine gute Idee hat, auf die ich lieber selbst gekommen wäre.

Also dann.

Ich werde Ihnen alles über meine Diäterfahrungen der letzten Monate berichten – und mich dabei bemühen, so gut ich nur kann zu schreiben, damit Sie nicht denken, Greg sei ein besserer Verfasser als ich. Das wäre einfach *schrecklich.*

Eines wollen wir gleich einmal klarstellen: Die meisten Diäten sind idiotisch. *Vollkommen* idiotisch.

Es gibt nur eine einzige Diät, die wirklich funktioniert, aber dazu später mehr.

Zunächst wollen wir uns auf all diese Programme zum Abnehmen konzentrieren, die auf kurze Sicht wie ein Wunderheilmittel wirken, sich auf lange Sicht aber als reine Zeitverschwendung erweisen.

In einem stimme ich meinem Gatten von ganzem Herzen zu: Die meisten Diäten – genau wie die Sportgeräte, die er beschrieb – basieren auf dem Gedanken, dass sie einem zum schnellen und einfachen Abnehmen verhelfen können.

Warum sollte man sich die Mühe machen, sich gesund und kalorienreduziert zu ernähren, wenn man einfach diesem dreistufigen Programm folgen kann, das man gerade online heruntergeladen hat? Das Programm, bei dem man in zwei Wochen zwanzig Kilo abnehmen und zehnmal attraktiver werden kann?

Menschenskinder.

Über die Kohlsuppendiät habe ich mich ja schon ausgelassen, durch die ich pupste wie eine Kuh und kein Gramm nachhaltig abnahm.

Sie gehört zu einer Gruppe von Diäten, die ich ›Objektdiäten‹ nenne, da sie aus dem Verzehr einer einzigen Nahrungsmittelgruppe bestehen. Jede einzelne dieser Diäten geht davon aus, dass man in kürzester Zeit abnimmt, wenn man sich auf ein bestimmtes Nahrungsmittel beschränkt. Das widerspricht allen Studienergebnissen der Ernährungswissenschaft, aber was soll's: Das Internet sagt, es funktioniert, also muss es stimmen!

Insgesamt probierte ich drei dieser Diäten aus, bevor der gesunde Menschenverstand wieder einsetzte.

Ja, *drei.* Manchmal kann ich anscheinend nicht genug kriegen.

Nach der Kohlsuppendiät kam die Babynahrungdiät.

Warum auch nicht? Cheryl Cole und Jennifer Aniston schwören darauf, warum sollte ich sie also nicht ausprobieren?

Weil sie *eklig* ist, deswegen.

Man nimmt dabei ein Dutzend kleiner Portionen Babynahrung über den Tag verteilt zu sich, wodurch der Stoffwechsel schön gleichmäßig arbeiten soll. Ja, Sie haben richtig gehört … ein *Dutzend.*

Wie um alles in der Welt soll man – wenn man nicht gerade eine stinkreiche Berühmtheit ist – die Zeit finden, zwölf kleine, pürierte, widerliche Mahlzeiten am Tag zu sich zu nehmen?

Vielleicht soll man sich ja schnell ein paar Löffel voll Apfelbirnenmus in den Mund stecken, während man im Berufsverkehr an einer roten Ampel steht? Oder etwas Kürbisbrei, während man mal kurz aufs Klo geht? Auf diese Weise sieht das, was reingeht, genauso aus wie das, was rauskommt.

Ich hielt die Babynahrungdiät einen Tag lang durch. Meine Geschmacksnerven haben es mir immer noch nicht verziehen.

Wenn man die Beschreibung liest, dann klingt sie gar nicht so schlecht. Schließlich ist pürierter Babybrei auch nichts anderes als ein richtig sämiger Smoothie, nicht wahr?

Nein, nicht wahr!

Bei einem Smoothie kann man sich noch einreden, dass man ein erfrischendes Getränk zu sich nimmt, während einem das pürierte Obst die Kehle hinabgleitet. Um die Babynahrung hinunterzubekommen, muss man sich aber richtig anstrengen. Man muss seinen Mund aktiv darauf einstellen, dass er das Zeug in den Magen befördert. Wenn man Glück hat, braucht man dazu nur ein paar Kieferbewegungen und muss schlucken. Wenn man Pech hat – oh, grundgütiger Gott im Himmel –, muss man kauen.

Falls es eine schlimmere Speise als gekochte, pürierte Pastinaken und Steckrüben gibt, dann will ich davon gar nichts wissen.

Im Verlauf des Tages wurde mein Würgereflex mehr auf die Probe gestellt als der eines Schwertschluckerlehrlings. Wenn ich nicht gerade um ein Haar Bananenbrei über die Frühstücksbar erbrach, dann war ich tapfer darum bemüht, den Brokkoli-Spinatbrei nicht über meine Tastatur auf der Arbeit zu kübeln.

Es gibt einen Grund, weshalb Babys beim Füttern so viel weinen. Das liegt an dem schrecklichen Fraß, den sie eingeflößt bekommen.

Für mich persönlich diente der Tag auf der Babynahrungdiät auch als Erinnerung an meinen unerfüllten Kinderwunsch. Ich versuchte also nicht nur, ekelhaftes Zeug runterzuwürgen, es erinnerte mich gleichzeitig an mein Versagen als Frau. *Super.*

Es ist ein Wunder, dass ich bis achtzehn Uhr an dem Abend aushielt.

Mit einem unterdrückten Fluch spuckte ich den Kartoffel-Lauchbrei in den Abfalleimer und beendete den traurigen Tag mit einem herrlichen Hähnchensandwich mit Mayonnaise.

Keine Angst, es war fettfreie Mayonnaise und das Hähnchen war ein Freilandhuhn.

Man sollte meinen, dass ich danach von ›Objektdiäten‹ genug gehabt hätte, aber dann sah ich die Grapefruitdiät.

Grapefruit!

Grapefruits sind gesund, oder?

Was zum Teufel kann man mit einer Diät falsch machen, die das Essen von gesunden Sachen vorschreibt?

Selbst die Wissenschaft unterstützt die Theorie. Anscheinend hat Grapefruit ein Enzym, das Fett verbrennt, was bedeutet, dass man kleine Mengen leckerer ungesunder Sachen essen kann, vorausgesetzt, man isst hauptsächlich Grapefruit, damit man ausreichende Mengen des Enzyms im Körper hat, die dann all die bösen Fettmoleküle vernichten.

Man kann Frühstücksspeck essen, das muss man sich mal vorstellen. Das ist die beste Diät aller Zeiten, Leute!

Oder zumindest scheint sie auf dem Papier so.

Ist Ihnen schon einmal aufgefallen, wie gut viele Dinge immer auf dem Papier aussehen?

Diäten, Pauschalreisen, Autoversicherungspolicen, Modetipps …, die Liste ginge endlos weiter.

Ich frage mich oft, ob die Welt nicht ein besserer Ort wäre, wenn wir nicht die Fähigkeit zu schreiben erworben hätten. Dann müssten wir alles immer erst live erleben, bevor wir uns darauf einlassen würden. Ich kann mir nicht helfen, ich habe das Gefühl, dass unser Leben dann viel einfacher wäre. Die Seiten eines Modemagazins können mich vielleicht überlisten, goldfarbene Römersandalen zu einem paillettenverzierten Poncho zu tragen, wenn mir aber stattdessen irgendeine gutgläubige Tussi in einer derartig schrecklichen Aufmachung auf der Straße entgegenkäme, dann würde ich mich im Leben nie so herrichten.

Ich fing die Grapefruitdiät voller Eifer an. Ich aß brav meine halbe Grapefruit und trank meinen Grapefruitsaft zu jeder Mahlzeit. Ja, gut, mit der Zeit wurde es langweilig, aber ich war gerne gewillt, das auszuhalten, solange ich Speckbrote essen konnte.

Das ging fünf herrliche Tage so, bis ich plötzlich regelmäßige, scharfstechende Magenschmerzen bekam.

Warum?

Nun, Grapefruit mag ein fettverbrennendes Enzym haben oder auch nicht, was sie aber auf jeden Fall hat, ist ein hoher Anteil an Zitronensäure.

Und während ich Eier und Speck zum Frühstück genoss, fand meine Magenschleimhaut die Säure, der ich sie aussetzte, weniger lustig.

Nach einer Woche ähnelte der Prozess, der in meinen Eingeweiden vor sich ging, wahrscheinlich den täglichen Vorgängen einer chemischen Fabrik – einer, die bald wegen Verstößen gegen die Gesundheit und das Arbeitsschutzgesetz geschlossen werden würde.

Ich hatte noch nie in meinem Leben so schreckliches Sodbrennen. Die Menge an Magnesiummilch, die ich dagegen in mich hineinschütten musste, war erschreckend.

Greg mag denken, dass der Electromax 2000 ein gutes Mittel gegen Verstopfung ist, aber im Vergleich zu einer ganzen Flasche Magnesiummilch ist das gar nichts, das kann ich Ihnen versichern. Es war während der Woche ganz besonders gut, dass wir zwei Toiletten im Haus haben.

Es versteht sich von selbst, dass ich mit der Grapefruitdiät vor den vorgeschriebenen zehn Tagen aufhörte. Ich hatte Grund zu der Annahme, dass mein Magen das nicht überlebt hätte.

Das war die letzte ›Objektdiät‹, die ich probierte. Auch wenn ich manchmal nicht genug kriegen kann, habe ich doch auch meine Grenzen.

Man kann einfach nicht davon ausgehen, dass man überleben kann, wenn man auf längere Zeit nur ein bestimmtes Nahrungsmittel zu sich nimmt.

Außerdem ist es dann sehr wahrscheinlich, dass man alles, was man eventuell abgenommen hat, sofort erneut zunimmt, sobald man wieder normal isst. Unsere Körper sind nicht dafür geschaffen, nur eine Sache zu verarbeiten. Wir sind nun einmal Allesfresser und benötigen eine Ernährung, die aus einer großen Vielzahl verschiedener Nahrungsmittel besteht. Sich zu zwingen, nur ein Nahrungsmittel zu sich zu nehmen, weil eine doofe Internetseite behauptet, man könne so sechs Kilo in zwei Wochen abnehmen, ist letztendlich nur eine Übung in selbstverletzendem Verhalten gefolgt von Enttäuschung.

Um ehrlich zu sein, kann man ›Objektdiäten‹ eigentlich ziemlich leicht ignorieren, wenn man sie nur einmal in Ruhe überdenkt. Sie sind zu einfach, um zu funktionieren.

Der Prozess des Abnehmens ist kompliziert und braucht Zeit. Immerhin ist es auch unter den besten Voraussetzungen schwierig, den menschlichen Körper zu beeinflussen, daher ist eine radikale Veränderung durchsetzen zu wollen, auch eine heikle Angelegenheit.

Wenn man diesen Gedanken weiterspinnt, dann müsste jede Diät, die sehr kompliziert und wissenschaftlich aufgebaut ist, eine größere Chance bieten, auf lange Sicht Pfunde abzubauen …, richtig?

Genau.

Richtig …

Und somit kommen wir zur Chatman-Diät.

Oder sollte ich sagen, zum Ansatz des Professors Montague Chatman zur optimalen Ernährung und Stoffwechselgesundheit.

Klingt beeindruckend, oder?

Montague Chatman klingt nach einem ernsthaften Intellektuellen mit Bart, der Jahrzehnte in irgendeinem Labor verbracht und dabei neue, interessante Wege gefunden hat, wie man genug abnehmen kann, um in das schicke kleine Schwarze zu passen, das man letzte Woche bei ›H&M‹ gesehen hat.

Noch beeindruckender ist, dass sein Ansatz zur optimalen Ernährung und Stoffwechselgesundheit in einem dreihundert Seiten starken, gebundenen Buch enthalten ist, das voller Diagramme, Kreisgrafiken, komplizierter Formeln und wichtig klingender Wörter wie ›Glucagon‹, ›Epinephrin‹ und ›Reduktions-Oxidations-Reaktion‹ ist.

Das Buch war in dreißig Ländern ein Bestseller, was der Methode noch mehr Glaubwürdigkeit verleiht.

*

… das glaubt zumindest Zoe Milton, als sie bei ›WH Smith Buch- und Zeitschriftenhandel‹ mit dem Gutschein, den sie von ihrer Mutter zum Geburtstag bekommen hat, eine Ausgabe erwirbt.

Und was für ein toll aussehendes Buch es ist!

Es hat einen knallroten Einband mit grellweißer und grüner Schrift. Die Vorfreude ob der vielen abgenommenen Pfunde springt einen praktisch an, wenn man das blöde Ding nur in den Händen hält. ›Der Multimillionen-Bestseller!‹, teilt eine der Überschriften oben auf dem Umschlag mit. ›Der wissenschaftlich fundierte Weg zu einer schlanken Taille!‹, schreit ein zweiter, nicht minder kühner Slogan am unteren Ende.

Wenn man das Buch dann aufschlägt, sieht man, dass es in einer großen, leicht zu lesenden Schriftart gedruckt ist. Es wurde also darauf geachtet, dass der Leser seine Augen nicht zu sehr belastet. Sicherlich gibt es einen Grund für derartig große Buchstaben. Es kann sicher kaum daran liegen, dass die kleine Menge fadenscheiniger und schlecht recherchierter Information ausgedehnt werden muss, um ein ganzes Buch zu füllen. Oh nein.

An einem langweiligen Sonntagnachmittag setze ich mich mit einem Glas Saft (Mango, nicht Grapefruit) ins Wohnzimmer und beginne, dieses supertolle Buch zu lesen.

Nach zehn Minuten bin ich so durcheinander wie ein konservativer Politiker im ›Lidl‹.

Die Taktik von Montague und Kollegen liegt darin, den Leser so mit langen Wörtern Pseudowissenschaften zu verwirren, dass er alles glaubt, was ihm da aufgetischt wird, nur um nicht wie ein Dummkopf zu wirken.

Was ich schließlich den ersten fünfzig Seiten entnehmen kann, ist, dass es bei der Chatman-Diät darum geht, die Menge an Kohlenhydraten, Fetten und Säuren, die man aufnimmt, zu kontrollieren, was wiederum die Stoffwechselaktivität beeinflusst – und sie so erhöht, dass selbst Sahnetorten nicht den Hauch einer Chance gegen das reinigende Feuer in jedem einzelnen Molekül des Körpers haben.

Wenn man die Chatman-Methode befolgt, dann vermeidet man, was der Professor eine ›Stoffwechsel-Antistase‹ nennt. Das klingt ausgesprochen scheußlich.

Das Buch erklärt dann, wie man diesen Zustand am besten erreicht. Auch hier fliegen wieder hemmungslos komplizierte Ausdrücke herum.

Ich dachte immer, ein Krapfen sei einfach ein Krapfen, aber nun stellt sich heraus, dass ein Krapfen in Wirklichkeit ein ›negativer Stoffwechsel-Induktor‹ ist, der zu einer ›hohen Dichte an Lifoproteinen‹ führen kann.

Ich weiß ja nicht, was Sie davon halten, aber eine höhere Dichte an Lifoproteinen zu haben, klingt mir gar nicht gut. Ich habe nicht den leisesten Schimmer, was Lifoproteine sind, aber ich bin mir verdammt sicher, dass ich ihre Dichte so niedrig wie möglich halten möchte.

Es ist ausgesprochen erstaunlich, wie viele Nahrungsmittel laut Professor Chatman ungesund sind. Die menschliche Evolution müsste ja eigentlich vorschreiben, dass es zumindest *einige* Nahrungsmittel da draußen gibt, die gut für uns wären – sonst wäre die menschliche Rasse ja schon vor Jahrtausenden ausgestorben, sobald sie auch nur einen Bissen der ersten Banane nahm. Aber der gute alte Montague scheint da komplett anderer Meinung zu sein. Laut ihm sei der menschliche Körper überhaupt nicht dafür ausgelegt, alles zu essen, was er in der Natur so finden kann. Das führe unweigerlich zu Wahnsinn – und zu ungesunden Mengen an Körperfett.

Kohlenhydrate seien laut ihm das reinste Teufelszeug, und die Art und Weise, wie er laktosehaltige Nahrungsmittel verreißt, lässt mich befürchten, dass er als Kind vom Milchmann belästigt wurde.

Monty (nach zweihundert Seiten habe ich das Gefühl, wir können uns duzen) beginnt dann eine langatmige Diskussion über Aminosäuren. In seiner unendlichen Weisheit hat er beschlossen, dass meine Stoffwechselaktivität von der Menge der Aminosäuren abhängt, die ich zu mir nehme. Warum? Na, wegen der Enantiomere und der Stereoisomere natürlich!

Sie wissen doch, was Enantiomere und Stereoisomere sind, oder etwa nicht?

Das sind die Nebenprodukte des isoelektrischen Prozesses!

Immer noch verwirrt?

Nicht nur Sie.

Ich habe das starke Gefühl, dass jeder Biochemiker, der Montys Theorien liest, sich vor Entsetzen über die Dummheit des Ganzen die Haare raufen würde – aber ich bin ja schließlich kein Experte.

Wer bin ich denn schon, dass ich die Richtigkeit von Montys Behauptungen infrage stellen wollte? Immerhin wurden Millionen Ausgaben seines Buches verkauft und es ist schwer vorstellbar, dass *so* viele Leute in ihrer Verzweiflung, abnehmen zu wollen, einfach blind einem Haufen pseudowissenschaftlichem Gelaber folgen würden, oder?

Bis ich die zweihundertzweiundfünfzigste Seite erreiche, bin ich beinahe in den Zustand eines Starrkrampfes gefallen. Ich wurde mit einer solchen Menge an Informationen bombardiert, dass ich gar nicht mehr aufhören kann zu schielen. Laut Monty bin ich eine methanogene und kohlensaure Lebensform, arm an Selenocysteinen und Hydroxyprolinen.

Aber dann … die Rettung!

Der nette, freundliche Professor Montague Chatman ist nun bereit, all diese verwirrenden Ausdrücke in einfachen, leicht zu verstehenden Sätzen mit maximal dreisilbigen Wörtern zu erklären.

Es zeigt sich nämlich, dass Chatman und seine Kollegen die ganze schwierige Forschungsarbeit geleistet haben, damit sie uns erspart bleibt! Wir müssen gar nicht wissen, welche Nahrungsmittel negative Induktoren oder isoelektrische Inhibitoren sind! Juchhuu! Gerade als ich angefangen habe zu glauben, dass ich zu jedem Einkauf die ganze Biologieabteilung der Bibliothek mitnehmen müsse, kommt der gute Professor und erspart mir die Zeit und den Aufwand.

Sehen Sie, sein Team aus Nahrungsmittelexperten hat nämlich eine ganze Palette an gesunden Nahrungsmitteln und Getränken entwickelt, die extra dafür erschaffen wurden, den Stoffwechsel anzukurbeln und diese bösen Lifoproteine in die Wüste zu schicken.

Die letzten dreißig Seiten in Chatmans Buch bestehen nur noch aus einer einzigen langen Werbung für gesunde Shakes, gesunde Riegel, gesunde Snacks und gesunde Mahlzeiten seiner eigenen Marke.

Normalerweise achte ich nicht auf Werbung, wenn ich es vermeiden kann, aber ich habe die letzten vier Stunden mit dem Lesen darüber verbracht, wie die Sachen, die ich zu mir nehme, mich sozusagen langsam und schmerzhaft mit Lifoproteinen umbringen. Professor Monty hat mich mehr oder weniger davon überzeugt, dass ich so voller giftiger Aminosäuren werde, wenn ich nicht sofort damit beginne, seine Produkte zu essen und zu trinken, dass sich mein Gewicht in gigantischen Maßen vergrößern und ich innerhalb des nächsten Monats an einer Stoffwechsel-Antistase sterben werde.

Praktischerweise enthält das Buch Links zu Chatmans Webseite, auf der ich die gesunden, Chatman-genehmigten Nahrungsmittel kaufen kann, die ich brauche, um diesem düsteren Schicksal zu entgehen.

Die Webseite empfiehlt, dass ich die Produkte für eine volle Woche kaufe. Dazu gehören Snacks für jeden Morgen, ein Shake zum Mittagessen und eine Mahlzeit für jeden Abend.

Das Ganze kostet …

… spannend, nicht wahr?

Fünfundsiebzig Pfund!

Genau, für schlappe fünfundsiebzig Pfund die Woche kann ich die Bedrohung durch dicke Schenkel *und* stoffwechselgestörtes Zellabsterben bannen!

Da ich nicht in einer Gummizelle großgezogen wurde, bestelle ich stattdessen nur einen Karton mit zehn gesunden Shakes. Der kostet immer noch fünfundzwanzig Pfund. Vielleicht habe ich ja doch einen Teil meiner Kindheit in einer Gummizelle verbracht.

Montys Buch gibt widerwillig zu, dass man auch einfach zwei Mahlzeiten am Tag mit einem gesunden Shake ergänzen kann, vorausgesetzt, man isst eine Mahlzeit aus weniger als fünfhundert Kalorien am Abend. Offensichtlich ist jemandem in der Marketingabteilung aufgefallen, dass nicht jeder sich das komplette Paket leisten kann und dass es deswegen eine günstigere Alternative für die Armenhäusler geben sollte. Immer noch besser, ihnen ein bisschen Geld aus der Tasche zu ziehen als gar keins.

Nach einigen Tagen kommen die Shakes an und ich beginne das sorgfältig ausgeklügelte Programm, das das Buch in einem praktischen Faltprospekt vorschreibt.

Als vollkommen erwachsener Mensch trinke ich jetzt also zwei dicke Shakes pro Tag. Als ich das letzte Mal diese Art Getränk in diesen Mengen zu mir nahm, war ich acht und hatte null Interesse an meiner Figur.

Angeblich haben die Shakes alle notwendigen Vitamine, Mineralien und Spurenelemente, die ich brauche, um durch den Tag zu kommen. Das mag zwar sein, aber leider enthalten sie keinen Geschmack. Außerdem weisen sie eine ziemlich unappetitliche Grauschattierung auf. Ich hatte die mit Bananengeschmack bestellt, da ich schöne, reife Bananen gerne esse, aber ich nehme an, dass eine Banane vor dieser klebrigen Masse höchstens mal kurz hin und her gewedelt wurde, bevor der Verschluss zugedreht wurde.

Mag ja sein, dass es für den Stoffwechsel wichtig ist, den Lifoproteinspiegel niedrig zu halten, aber ein Gaumenschmaus ist es jedenfalls nicht.

*

Trotzdem hielt ich die Diät einen ganzen Monat durch. Das ist offiziell die längste Zeit, die ich während meiner Teilnahme an *Voll Fett!* ein solches Programm durchgehalten habe.

Natürlich nicht, weil es etwas brachte – alberner Gedanke. Nein, der einzige Grund, warum ich dabei blieb, war, dass Professor Montague Chatman mich mit seinem Gerede über Stoffwechsel, Lifoscheißproteine und isoelektrische Prozesse zu Tode erschreckt hatte. Er hatte mich überzeugt, dass, falls ich nicht sein Programm absolviere, ich immer fetter und fetter und mein Gehirn von meinem eigenen Körperfett aufgefressen werden würde.

Man muss dazu sagen, dass ich im Verlauf des Monats durch das Trinken der zwei Shakes und den Verzehr einer kalorienarmen Mahlzeit am Abend tatsächlich abnahm. Nach dreißig Tagen fing ich sogar an zu glauben, dass die Diät es wirklich wert war – dass Chatmans Behauptungen stimmten. Vielleicht war ja etwas dran, an dieser Geschichte mit der Stoffwechselantistase und den Enantiomerdingsbumsen.

Dann sah Greg die Kreditkartenabrechnung und wir hatten eine lebhafte Diskussion darüber.

»Einhundert verdammte Pfund für Milchshakes!«

»Da ist keine Milch drin.«

»Das ist mir egal. Mir wäre auch egal, wenn reines Gold drin wäre und du davon Superkräfte bekämst. Das sind hundert verdammte Pfund.«

»Du hast selber genug Geld mit deinen ganzen blöden Sportgeräten zum Fenster hinausgeschmissen.«

»Genau! Deswegen bin ich mir auch so sicher, dass du mit diesem Chatman-Mist nur Geld verschwendest.«

»Nein, tu ich nicht.«

»Wirklich nicht? Dann google ihn doch mal«, forderte Greg mich heraus.

Also tat ich das!

Scheiße.

Ich brauchte nicht lange, um über die offiziellen Werbeseiten hinunter zu den unabhängigen Meinungsseiten zu scrollen.

Es war nicht gerade schön.

Die Wissenschaft hinter Professor Montague Chatmans Ansatz zur optimalen Ernährung und Stoffwechselgesundheit war ein großer Haufen Pferdemist, genau, wie ich zu Anfang befürchtet hatte. Ich entdeckte seitenweise ernstzunehmende

Studien, die belegten, dass Chatmans Methoden total aus der Luft gegriffen waren.

Und was noch schlimmer war: Professor Montague Chatman war noch nicht einmal ein richtiger Professor. Monty erwies sich als ein in Ungnade gefallener Doktor aus Middlesex, der schon vor dreißig Jahren von der Ärztekammer ausgeschlossen worden war, weil er seinen alten Kommilitonen gegen Kohle Blankorezepte ausgeschrieben hatte.

Und sein Name war auch nicht Montague.

Ich gab über hundert Pfund meines schwerverdienten Geldes für ein Abnehmprogramm aus, das von Barry Chatman erfunden worden war.

Barry. Gibt es im Englischen einen Vornamen, der weniger vertrauenserweckend klingt als Barry?

Und außerdem ist Barry schon 1997 abgekratzt. In Wirklichkeit ging das ganze Geld an die Firma, der jetzt die Chatman-Marke und -Diät gehört. Sie heißt ›ACP Petrochemie‹. Ihr gehören auch noch drei Zuckerraffinerien, eine Fastfoodkette und ein Versandhandel. Der selbe Versandhandel, über den ich im vorherigen Monat meine Shakes bezogen hatte.

Wenn ich mir nicht so blöd vorgekommen wäre, hätte ich mich enttäuscht fühlen müssen.

»Aber die Diät hat funktioniert!«, brachte ich vor, nachdem ich Greg endlich dazu bewegt hatte, mit dem Lachen aufzuhören.

»Hat sie das?«

»Ja!«

Sein herablassender Ton ließ mir die Zähne jucken.

»Also, Zoe, meinst du nicht, du hättest das ganze Gewicht auch so abgenommen? Selbst wenn du Nullachtfuchzehnshakes aus dem Supermarkt getrunken hättest? Oder einfach nur Wasser?«

Ich wollte das bestreiten. Wirklich, ich wollte das nicht so stehen lassen. Aber der Mistkerl hatte vollkommen recht.

Ich war nach Strich und Faden reingelegt worden. Durch meinen Wunsch, abzunehmen – und um nicht zuzugeben, dass mir die wissenschaftlichen Ausdrücke zu hoch waren –, hatte ich mich in einen leichtgläubigen Idioten verwandelt.

Immerhin bin ich nicht die Einzige.

Die Diätindustrie weltweit ist wohl *dreißig Millionen Pfund* wert. Barry und die anderen Gauner seiner Art holen sich einen ziemlich großen Batzen dieser Summe.

Ich hörte auf der Stelle mit der Chatman-Diät auf. Mein Körper – der dank Barry Chatmans Blödsinn wieder in einen fettspeichernden, selbsterhaltenden Modus geschaltet hatte – stellte sicher, dass ich für meine Dummheit zahlte, und häufte über die folgenden zwei Wochen sechs Pfund wieder dazu. Es war vollkommen egal, wie wenig ich aß oder wie viel ich trainierte, ich konnte meinen Stoffwechsel einfach nicht davon abhalten, wie ein Gummiband zurückzuspringen, nachdem er einen Monat lang künstlich überdehnt worden war.

Ich war natürlich am Boden zerstört.

Das war dann der Zeitpunkt, zu dem ich einen Termin mit einer Ernährungsberaterin der Krankenkasse machte. Eine richtige, ganz echte Ernährungsberaterin mit Diplom und Zeugnissen bekannter medizinischer Einrichtungen. Ihr Name war Claire. Ihre Haut sah äußerst gesund aus.

»Können Sie mir sagen, welche Diät ich machen soll, Claire? Ich habe mittlerweile so viele ausprobiert, und keine davon hat für mich funktioniert«, flehte ich sie über ihren ordentlich aufgeräumten Schreibtisch hinweg an.

»Sie müssen überhaupt keine Diät machen, Zoe«, antwortete sie. »Sie müssen sich einfach nur ausgewogen ernähren, mit einer Vielzahl verschiedener Lebensmittel, nicht zu viele Kalorien zu sich nehmen und regelmäßig Sport treiben.«

Das ergab keinen Sinn, also bat ich sie, das Gesagte noch einmal zu wiederholen.

Das tat sie.

Es ergab immer noch keinen Sinn. Es klang viel zu einfach.

»Können Sie mir das noch einmal erklären?«, hakte ich zweifelnd nach.

Die Ernährungsberaterin Claire seufzte.

»Das passiert öfter. Aus irgendeinem Grund glauben die Leute, dass es kompliziert ist, obwohl es das überhaupt nicht ist.«

Dann erklärte sie mir die kalten, harten Fakten.

Beim Abnehmen geht es darum, mehr Kalorien zu verbrennen als man zu sich nimmt. Unsere Körper sind wie Maschinen. Wenn man weniger Treibstoff zufügt als man verbrennt, dann muss der Körper an seine Fettreserven gehen, um den Unterschied auszugleichen. Und so nimmt man ab.

Das ist die *einzige* Art und Weise, auf die Menschen abnehmen.

Das ist sein Anbeginn der Zeit die einzige Art und Weise, auf die Menschen jemals abgenommen haben. Alles andere ist nur ein Sahnehäubchen, wenn ich so deutlich sein darf.

Genau wie bei Greg und seinem Sport geht es letztlich nur um die menschliche Biologie, und dass man sie versteht.

Milliarden an Geldern werden jedes Jahr verschwendet, weil die Leute – einschließlich mich, bis zu dieser erkenntnisreichen Unterhaltung – diese einfache Wahrheit nicht begreifen wollen. Wenn man sich ausgewogen ernährt und mehr Kalorien verbraucht als man zu sich nimmt, dann *wird* man abnehmen. Das ist eine biologische Gewissheit.

Leider ist es keine schnelle biologische Gewissheit. Um Fett zu verbrennen und auf lange Sicht nicht mehr zuzunehmen, braucht es Zeit, Anstrengung und Geduld – drei Dinge, von denen die westliche Welt nicht viel zu bieten hat.

Daher kommen dann auch die dreißig Milliarden Mäuse.

Alle Diäten, Bücher, Webseiten, Videos, Fertiggerichte, Snacks, gesunde Shakes und Pillen der Welt machen nicht den geringsten Unterschied, wenn man den Einsatz, den das Abnehmen erfordert, nicht versteht und ihn unterschätzt. Wenn man das erst einmal erkennt, dann wird alles viel verständlicher und vor allem günstiger.

Ich verließ Claires Büro mit einer ganz neuen Zielstrebigkeit.

Sie hatte mir eine Broschüre gegeben, in der alles stand, was man zum richtigen Abnehmen tun und lassen sollte, und ich nahm mir vor, mich haargenau daran zu halten. Es kam mir zwar sehr seltsam vor, mich an eine Diät halten zu wollen, die mich keinen Cent extra kostete, aber ich bemühte mich nach Kräften, dieses Gefühl zu ignorieren.

Seit jenem Tag vor drei Monaten bemerke ich eine langsamere, aber dauerhafte Gewichtsreduzierung ohne jeglichen Jojo-Effekt.

Außerdem leide ich weder unter schlechtem Atem noch Durchfall noch Sodbrennen oder extremer Müdigkeit. Im Gegenteil, ich habe mich noch nie besser gefühlt.

Trotzdem bin ich ganz schön sauer wegen der ganzen Sache.

Gregs Diättagebuch

Sonntag, 31. August

88 kg (41 kg abgenommen)

Heute Morgen betrachtete ich mich im Spiegel.

Können Sie sich erinnern, wann Sie sich das letzte Mal im Spiegel betrachtet haben?

Ich meine nicht den schnellen Blick am Morgen, um sicherzustellen, dass einem das Frühstück nicht zwischen den Zähnen hängt, oder die dreißig Sekunden in der Umkleidekabine, wenn man entscheidet, ob die ausgewaschene Jeans im einundzwanzigsten Jahrhundert noch modisch ist.

Ich meine, sich vor den eigenen Spiegel zu stellen (vorzugsweise einen in voller Länge) und sich ganz genau und ehrlich zu betrachten.

Es ist ein unwirkliches Erlebnis. Vor allem, wenn man es seit zehn Jahren das erste Mal tut.

Ich war noch nie besonders narzisstisch veranlagt, selbst nicht, als ich noch jung und dünn war und mir solche Sachen wichtig hätten sein wollen. Tage konnten verstreichen, ohne dass ich in einen Spiegel blickte, wenn meine Haare nur kurz genug waren und nicht gerade ein Vorstellungsgespräch anstand.

Dann wurde ich älter und dicker, und das Allerletzte, das ich tun wollte, war, meinen schwabbeligen nackten Körper im Spiegel anzustarren. Das war natürlich keine bewusste Entscheidung. Ich glaube nicht, dass Leute bewusst Spiegel vermeiden, weil sie fett sind. Das geschieht einfach ganz natürlich mit dem Verebben des körperlichen Selbstwertgefühls, während sich die Pfunde anhäufen.

Heute ist jedoch ein besonderer Tag, und an besonderen Tagen kann es passieren, dass man Dinge tut, die man sonst nicht für möglich halten würde.

Ich wachte um sechs Uhr dreißig erfrischt und ausgeruht auf. Ich bin noch nie um sechs Uhr dreißig erfrischt und ausgeruht aufgewacht! Wenn ich in der Vergangenheit gezwungen war, zu solch nachtschlafender Zeit aufzuwachen, dann nur mit vom Schlaf verklebten Augen und einem Stöhnen auf den Lippen.

Und ich fühle mich nicht nur erfrischt und ausgeruht, ich bin auch aufgeregt … und ganz schön nervös.

Der Grund ist einfach: Heute findet das letzte Wiegen statt! *Voll Fett!* endet mit dem heutigen Tag, und es kann gut sein, dass Zoe und ich heute Abend um fünfzigtausend Pfund reicher sind.

Mit diesem erfreulichen Gedanken im Kopf lasse ich Zoe weiterdösen, stehe auf und tappe leise ins Bad, um wie üblich als erstes aufs Klo zu gehen.

Fällt Ihnen an dieser Beschreibung etwas auf?

Ich *tappe leise* ins Bad.

Ich stolpere nicht, stapfe oder watschele ins Bad. Ich tappe leise.

Vor sechs Monaten hätte ich nirgendwo leise hintappen können, außer vielleicht auf einem Planeten mit wesentlich geringerer Schwerkraft.

Im Bad habe ich das Vergnügen, nackt pinkeln zu können. Die Gelegenheit, früh morgens nackt zu pinkeln, ergibt sich in Großbritannien nicht sehr oft. Normalerweise ist es dafür nicht warm genug. Im Moment haben wir eine kleine Hitzewelle, die es mir ermöglicht, mit freischwingenden Körperteilen herumzulaufen. Vom Wintergarten halte ich mich aber fern.

Ich bin fertig und wende mich um, um das Bad zu verlassen. Plötzlich bleibe ich stehen, als mir etwas an der Rückseite der Badezimmertür auffällt, an das ich schon lange nicht mehr gedacht hatte.

Nein, nicht der schäbige Bademantel, den ich seit Monaten nicht mehr anhatte, und auch nicht das fadenscheinige Handtuch, das Zoe beim Haarfärben benutzt. Ich meine das Ding, das hinter den beiden versteckt ist.

Ich nehme den Bademantel und das Handtuch vom Haken und wische über den Spiegel darunter. Er ist sehr verstaubt und ich muss ein Niesen unterdrücken, damit ich Zoe nicht aufwecke.

Nachdem ich die reflektierende Oberfläche ausreichend gesäubert habe, lasse ich Bademantel und Handtuch fallen und richte mich gerade auf.

Der Mann, der mich aus dem Spiegel heraus anschaut, ist ein vollkommen Fremder.

Die Art Kerl, auf den ich wahrscheinlich ziemlich neidisch wäre, wenn ich ihn im Umkleideraum des Fitnessstudios sähe.

Der Mann ist schlank und fit. Er strahlt Selbstbewusstsein aus: Schultern zurück, Kopf leicht schräg gelegt und einen etwas verblüfften Ausdruck im Gesicht. Ja gut, um den Bauch ist noch der Rest eines Schwimmreifens, aber der ist nicht drastisch für einen fast vierzigjährigen Mann.

Das ist der Typ, der so aussieht, als könne er kilometerweit ohne die geringste Anstrengung joggen. In diesen Schultern stecken mindestens dreißig Liegestützen, bevor sie nicht mehr können, und in diesen Bauchmuskeln vielleicht sogar zwanzig Situps.

Alles in allem sieht er ziemlich gut aus. Wie jemand mit einem zu beneidenden Lebenswandel.

… und ich habe nicht die geringste Ahnung, wer er ist.

Eine Gefühlswelle übermannt mich plötzlich. In meinen Augen bilden sich Tränen, und ich muss tief durchatmen.

Ich denke an ein Grillfest Anfang des Frühlings, an ein Mister-Benn-Kostüm und einen zerbrochenen Stuhl – und muss ein Schluchzen unterdrücken.

Sie stürmen alle auf einmal auf mich ein. Die Gefühle der Unzulänglichkeit, des fehlenden Selbstwertgefühls, das sichere und unabänderliche Wissen, dass ich mich zehn Jahre lang wie ein fetter, fauler Versager gefühlt und mich auch so verhalten habe. Alle Neurosen und Zweifel, die man tief, tief im Inneren vergräbt, wo man meint, sie ohne Gefahr ignorieren zu können.

Aber sie sind immer dabei. Immer bereit, willig und in der Lage, aus den verborgensten Ecken der Seele hervorzuklettern, wenn sich auch nur die kleinste Gelegenheit ergibt. Es braucht nur die Entscheidung, etwas zu tun, das man seit Jahren nicht mehr gemacht hat – wie zum Beispiel sich selbst genau im Spiegel zu betrachten.

Ich brauche einige Sekunden, um mich wieder zu beruhigen und mich daran zu erinnern, dass ich seit März und diesem blöden Grillfest so viel unternommen habe, um zu ändern, wie ich aussehe und mich fühle.

Als ich erneut in den Spiegel blicke, tue ich das nicht mehr als der fette, unzulängliche Mann, der ich einst war, sondern als der fitte, gesunde und selbstsichere Mann, der ich *jetzt* bin.

Ein heftiges Gefühl des Stolzes überkommt mich. Es ist ein fremdes und ungewohntes Gefühl, und ich weiß nicht so recht, wie ich damit umgehen soll.

Ich habe das geschafft.

Ich habe vierzig Kilo abgenommen und dabei mich selbst als Mensch für immer verändert.

Jeder Schritt auf dem Laufband, jede Armbeuge mit der Hantel, jedes für unnütze Geräte ausgegebene Pfund. All das findet sich in dem neuen und verbesserten Greg Milton wieder, der mich mit einem Lächeln ansieht.

Ha, jetzt, wo ich so viel weniger Fett auf den Schenkeln und Hüften habe, sieht sogar mein Penis größer aus.

Der Mann im Spiegel ist kein Fremder. Das bin *ich*, und ich bin verdammt stolz darauf!

»Bist du da drin am Kacken, Greg? Ich müsste nämlich mal pinkeln«, sagt Zoe von jenseits des Spiegelbildes.

Ich reiße die Tür auf und umarme meine Frau stürmisch. Ich bin erfreut zu sehen, dass sie wegen der morgendlichen Hitze genauso nackt ist wie ich.

»Oh, lass mich los, du Irrer«, sagt sie und schubst mich weg. »Deinen Körpergeruch riecht man noch in einem Kilometer Entfernung.«

»Komm und schau mit mir in den Spiegel, Schatz«, bitte ich sie.

»Was?«

»Du sollst mit mir in den Spiegel schauen.«

»Ich muss mal, Greg. Hör auf, so komisch zu sein und lass mich vorbei.«

Ich nehme ihre Hand.

»Gleich. Tu mir einfach den Gefallen.«

Ich ziehe meine widerstrebende Gattin ins Bad, schließe die Tür und positioniere uns beide vor dem Spiegel.

Zoe reibt sich die Augen.

»Was zum Teufel soll denn das?«

Ich stehe hinter ihr und lege die Arme um ihre Schultern.

Für einen kurzen Augenblick denke ich an den Tag, an dem wir uns kennenlernten, und die Pose, die wir für die Kamera vom perversen Lionel einnahmen.

»Schau uns doch mal an«, sage ich leise.

Zoe seufzt und zwingt ihre Augen, sich auf ihr Spiegelbild einzustellen. Ich sehe in ihnen die gleiche emotionale Entwicklung, die ich gerade durchgemacht habe. Zuerst sieht Zoe verwirrt aus, als hätte sie diese tolle Frau, die sie anstarrt, noch nie gesehen. Dann kommt die Scham, die Scham des Wissens, dass diese Frau seit Jahren unter dem Fett verborgen war und darum gefleht hat, hervorkommen zu dürfen. Und schließlich erscheint die Mischung aus Stolz und Freude über das Geschaffte und über den neuentdeckten Menschen.

»Wir … wir haben es geschafft, nicht wahr?«, fragt sie und kämpft mit den Tränen.

Ich küsse sie sanft auf den Nacken.

»Ja, Schatz, das haben wir. Ich bin so stolz auf dich.«

Zoe küsst mich mit einer Heftigkeit und Leidenschaft, die mir den Atem nimmt. Tränen laufen ihr über das Gesicht.

»Nicht halb so stolz, wie ich auf dich bin, mein prachtvoller Mann.«

Ich küsse sie erneut und meine Hände wandern ihren Rücken hinab zu ihrem Po. Sie löst sich von mir und umfasst dabei meinen sich versteifenden Penis.

»Ich muss aber immer noch erst aufs Klo, Greg. Geh wieder ins Schlafzimmer und sieh zu, dass du das hier für mich bereit hältst.«

Ich war noch nie ein besonderer Fan von Sex am Morgen, aber jetzt kann ich ihn ohne Vorbehalte empfehlen.

*

Das letzte Wiegen soll im ›Fitness4All‹ um vierzehn Uhr anfangen, somit haben Zoe und ich viel Zeit, um uns darauf vorzubereiten. Wir essen ungesüßten Haferbrei zum Frühstück, weil wir ja so brav auf unser Gewicht achten, dann machen wir einen schönen Spaziergang im Sonnenschein um den See. Ich hatte eigentlich eine Stunde flottes Joggen auf dem Laufband eingeplant, aber Zoe redet es mir aus.

»Wir haben getan, was wir können, Greg. Lass uns den Morgen jetzt einfach genießen, ja?«

Das erweist sich als kluge Entscheidung. Das nervöse Flattern in meinem Magen legt sich nach ein paar Minuten des Spazierengehens. Es ist nicht so einfach, gestresst zu bleiben, wenn man an einem warmen Spätsommertag durch die üppige englische Landschaft wandert.

Und obwohl es diesen Morgen nicht um Sport gehen sollte, haben wir bis zur Rückkehr für ein leichtes Mittagessen trotzdem gut und gerne acht Kilometer zurückgelegt. So ist das, wenn man sich regelmäßig bewegt – je mehr man es tut, umso mehr bewegt man sich, auch wenn man es gar nicht vorhatte.

Auf der Fahrt zum Fitnessstudio kehren die Schmetterlinge in meinem Magen zurück. Zoe geht es genauso. Die nächsten paar Stunden bilden den Höhepunkt von sechs Monaten harter Arbeit. Ob sich unsere Anstrengungen auszahlen werden? Ob wir wohl zusammen genug abgenommen haben, um den Wettbewerb zu gewinnen?

Ich hoffe es wirklich, vor allem, weil ich beim Parken höre, wie die Aufhängung in meinem Focus klopft und bestimmt einen Teil der fünfzigtausend Pfund gebrauchen könnte, wenn ich nächsten Monat zum TÜV muss.

Als wir einen Blick auf den Eingang des Fitnessstudios erhaschen, schnappt Zoe nach Luft. Dort steht eine riesige Menschenmenge. Zehnmal so viele Leute wie am Start des Volkslaufs im Juni. Die Sicherheitskräfte des Studios haben zu tun, die Leute davon abzuhalten, in die Eingangshalle zu strömen und die schicken Sofas zu zertrampeln.

Überall hängen ›Stream FM‹-Banner und Poster, das größte von ihnen hängt über dem Eingang und verkündet in Großbuchstaben, dass heute um vierzehn Uhr das Finale von *Voll*

Fett! stattfindet. Als ob irgendjemand daran erinnert werden müsste – schon die ganze vergangene Woche hat der Sender dafür im Radio Werbung gemacht.

Mir dämmert, dass wir ja durch diese Menge gehen müssen, um in das Fitnessstudio zu gelangen.

»Ich glaube nicht, dass ich das kann«, meint Zoe und rutscht tiefer in ihren Sitz, um sich zu verstecken.

»Uns bleibt nichts anderes übrig, Liebling«, antworte ich, während ich den Wagen parke und durch das Fenster auf die sich sammelnden Mengen starre.

»Nein, nein, ich kann nicht.« Sie deutet mit dem Finger. »Schau. Da sind Angelica und Dominica und wollen hinein. Sie kommen ja kaum an ihnen vorbei!«

»Sie sehen nicht so aus, als ob sie noch mehr abgenommen hätten«, bemerke ich mit einem leichten Ton des Triumphes in der Stimme.

»Die haben doch schon vor Wochen aufgegeben«, erinnert Zoe mich. »Das hier ist zwischen uns und den FrankieBens.«

Es macht wesentlich mehr Spaß, sich mental mit einem Gegner zu messen, wenn man ihm einen cool klingenden Spitznamen verpasst.

Ich öffne die Autotür und nehme unsere Sporttaschen.

»Na komm. Lass es uns hinter uns bringen.«

Zoe rutscht noch tiefer in ihrem Sitz.

»Nein, nein, ich kann das nicht.« Sie verschränkt die Arme über der Brust. »Ich bleibe hier.«

»Sei nicht so albern. Wird schon nicht so schlimm werden. Das ist doch nur eine Gruppe aus Fans.« Ich sehe hinüber und betrachte die Menge genau. »Die sehen vollkommen harmlos aus.«

»Meinst du?«

»Total. Sie sehen aus wie lauter nette Menschen, Schatz. Einer von ihnen trägt sogar einen Zylinder.«

Ich schaffe es gerade noch, Zoe festzuhalten, bevor sie vom Parkplatz rennt. Die Bissspuren an meinem Arm werden in den nächsten Wochen bestimmt wieder verblassen.

Wir nähern uns gemeinsam mit unsteten Schritten der Meute.

»Halte einfach den Kopf gesenkt und zwänge dich durch«, weise ich Zoe an und lege den Arm schützend um sie.

So ähnlich muss es sein, wenn man ein Bodyguard für einen Star ist.

Ich erlebe einen brenzligen Moment, als die Frau mit dem Zylinder versucht, mir ihre Brüste ins Gesicht zu recken und mir fast mit einem Filzstift ein Auge aussticht, aber abgesehen davon schaffen wir es mehr oder weniger unbehelligt in die Eingangshalle.

»Die haben das blöde Pappbild immer noch nicht weggeräumt«, sagt Zoe verärgert und blickt auf den Pappaufsteller mit unseren überarbeiteten Abbildungen, von denen mir immer noch schlecht wird.

»Ignorier sie einfach. Das sind wir nicht mehr.«

»Wenn das hier vorbei ist, dann verbrenne ich das Scheißding«, zischt Zoe.

»Hallo Leute!« Es ist Hayley, die Empfangsdame von ›Fitness4All‹ und Frau der nassen Träume aller Männer. Sie sieht so begeistert aus, dass es mich in der Seele schmerzt. »Ich freue mich, euch zu sehen. Was für ein aufregender Tag!«

»Ja, das ist es wohl.«

»Ihr beide seid die letzten.« Hayley schafft es gut, jegliche Anzeichen von Verärgerung aus ihrem Ton zu verdrängen. »Geht nur durch zu den Umkleideräumen. Wir lassen die Leute rein, sobald ihr außer Sichtweite seid.«

»Danke«, antworte ich.

Zoe starrt immer noch mit einem so glühenden Hass auf die fette Pappkarton-Zoe, dass man daran Würstchen grillen könnte. Ich ergreife ihre Hand, um sie wegzuziehen und führe sie Richtung Umkleideräume.

»Komm, Weib. Lass uns zum letzten Mal diese bescheuerten Tomatenkostüme anziehen.«

Sie folgt mir zögernd und lächelt Hayley kurz zu, bevor wir beide die Treppen hinaufeilen und um die Ecke verschwinden.

Wir trennen uns, gehen separat weiter durch das Gebäude und schließlich komme ich in den ruhigen, entspannenden Räumen der Männerumkleide an.

Shane ist auch da – er hat bestimmt an die 40 Kilo abgenommen, sieht aber leider immer noch ziemlich dick aus – und Benny, der den Eindruck erweckt, gleich drei Marathonläufe gleichzeitig angehen zu wollen.

Ich fühle mich entmutigt. Er hat ganz offensichtlich mehr abgenommen als ich. Ihn und Frankie zu schlagen, wird praktisch unmöglich sein.

Jetzt können wir nur hoffen, dass Zoe mehr abgenommen hat als die andere Hälfte des FrankieBen-Teams.

»Hallo Greg«, strahlt Shane mich an, während er sich umzieht.

Seine Männerbrüste, die er sein ganzes Leben hatte, sind auf jeden Fall kleiner geworden, aber Shane sieht noch immer so aus, als käme er an keiner Sahnetorte vorbei. Bestürzt fällt mir auf, dass er in etwa so aussieht wie ich zu Beginn des Wettbewerbs.

»Guten Morgen, Greg«, sagt Benny ebenfalls und macht einen Ausfallschritt zum Aufwärmen.

Das ist offensichtlich Teil einer psychologischen Kriegsführungsstrategie, aber ich spiele nicht mit.

»Morgen, Benny«, antworte ich fröhlich. »Sei nur vorsichtig, dass du dir vor der großen Show nicht noch irgendetwas zerrst.«

Darauf ernte ich hochgezogene Brauen und ein wegwerfendes Grunzen.

Widerstrebend ziehe ich mein furchtbares ›Fitness4All‹-Outfit aus der Tasche und ziehe mich um. Dank meines Gewichtsverlustes ist das genaugenommen mein viertes Outfit, das ich im Verlauf der letzten sechs Monate hatte, und auch das jetzige sieht mittlerweile zu groß an mir aus.

»Ich kann es kaum erwarten, diese doofen Klamotten nie mehr anziehen zu müssen«, sage ich zu Shane und Benny.

»Ganz meine Meinung«, sagt Benny und schafft es, mich anzulächeln.

»Mum sagt, ich sehe darin aus wie der Bus der Linie zehn«, fügt Shane hinzu, was als Zeichen gewertet werden kann, dass seine Mutter einen Sinn für Humor hat, wenn schon nicht viel Mitgefühl.

Ich seufze schwer und zupfe mit Abscheu an meinem T-Shirt herum.

»Na dann, lasst uns die Massen noch ein letztes Mal unterhalten«, sage ich zu meinen Mitkandidaten.

Und mit diesen Worten treten Greg, Shane und Benny – die drei tomatenroten Gladiatoren – durch die Tür der Umkleideräume und in das Fitnessstudio.

Nicht, dass man von dem Studio viel sehen könnte, da es vollgestopft ist mit Leuten.

Wir sind ja nun bei diesen Veranstaltungen an Menschenmengen gewöhnt, aber die heutige ist mindestens zweimal so groß und dreimal so laut wie alle vorherigen.

Schließlich ist das hier das Finale des beliebtesten Regionalradiowettbewerbs, den die Stadt je erlebte. Elise erzählte Zoe gestern Abend am Telefon, dass vielleicht sogar die ›Daily Mail‹ und ›Sky News‹ dabei sein werden, vorausgesetzt, dass kein Mitglied der königlichen Familie sich in der Zwischenzeit irgendwo öffentlich entkleidet hat.

Kein Wunder, dass sie den Ort des Wiegens vom Radiosender ins Fitnessstudio verlegen mussten. Hätten sie versucht, so viele Menschen in das Gebäude des Senders zu pferchen, dann hätte das ernsthafte gesundheitliche und sicherheitstechnische Probleme gegeben. Ich hätte mich ziemlich geärgert, so viel abgenommen zu haben, nur um dann von einer Horde wildgewordener ›Stream FM‹-Hörer zu Tode gequetscht zu werden.

Die kompletten Kulissen für das Wiegen sind von ›Stream FM‹ herübergebracht worden. Dort steht die gefürchtete Metallwaage mit der Leuchtanzeige darüber. Links davon befindet sich der Arbeitstisch, von dem aus gesendet wird. Ich entdecke mindestens vier Videokameras, mit denen das Ereignis außerdem auf der Webseite von ›FM‹ live übertragen wird.

Alles ist bereit dafür, der heulenden Menge genau das zu geben, was sie haben will – einen Haufen Menschen, die nicht mehr so fett sind, wie sie einmal waren und denen ihre Freude und ihr Unterhaltungswert total peinlich sind.

Denk einfach an die fünfzigtausend, Gregory, sage ich mir und folge Shane und Benny hinüber zu der Stuhlreihe an der Rückseite der Halle.

Ich sehe Zoe mit Angela und Dominica auf mich zukommen. Alle drei sehen vor Angst wie gelähmt aus. Als sie bei den Stühlen ankommen und sich setzen, ist die Gruppe der Zirkusäffchen komplett.

Der Leierkastenmann und seine Assistentin kommen ein paar Sekunden danach.

Will trägt einen adretten grauen Anzug, aber eigentlich schaut ihn gar keiner an, denn Elise scheint sich in einen Filmstar verwandelt zu haben. Ihr Haar ist hochgesteckt, ihr Makeup dick aufgetragen, ihr schwarzes Kleid klebt an ihr wie eine zweite Haut und ihre Schuhe sind spitz und hochhackig. Das Kleid ist für ein Fitnessstudio vollkommen unpassend, aber wen interessiert das schon? Sie sieht umwerfend aus.

Meine Dreierfantasie meldet sich wieder in meinem Hinterstübchen, während ich sie beobachte, wie sie der Menge zuwinkt und zum Übertragungstisch geht.

Ein scharfer Stoß von links gegen die Rippen reißt mich aus meinen Tagträumen.

»Dazu wird es nie kommen, Gregory«, sagt Zoe tonlos. »Nie im Leben.«

Das Leben steckt voller kleiner Enttäuschungen.

Die neben dem Tisch stehende Produktionsassistentin gibt Will und Elise den Zehnsekunden-Countdown zum Beginn der Sendung. Elise richtet ihren Kopfhörer und rückt das Mikrofon zurecht.

Ich atme tief durch.

Sechs Monate harte Arbeit werden sich nun – hoffentlich – gleich auszahlen.

»Einen wunderschönen guten Tag Ihnen allen!«, ruft Elise ins Mikrofon.

Und die Menge dreht durch.

»Ja, hallo zusammen, und willkommen zum großen Finale von *Voll Fett!*«, schreit Will in sein Mikrofon und wedelt mit den Armen, um die Zuschauer noch mehr anzustacheln.

Man kann von ihnen halten, was man will, aber man muss es ihnen lassen: Will und Elise wissen genau, wie sie sich vor einem Publikum zu verhalten haben. Die Erfahrung mit den bisherigen Shows trägt offensichtlich Früchte.

»Ganze sechs Monate lang haben unsere Kandidatenpaare eine riesige Menge an Gewicht abgenommen«, fährt Elise fort. »Wir haben jede Woche von ihnen gehört, wie es ihnen mit ihren Diäten erging. Und wir haben ihre Tagebucheintragungen online gelesen und jeden von ihnen dadurch persönlich kennenlernen können. Ich weiß nicht, wie es Ihnen geht, aber ich habe das Gefühl, jeden Einzelnen von ihnen nun gut zu kennen.«

Weitere Jubelrufe aus der Menge. Offensichtlich stimmen die Zuschauer zu. Neben mir stöhnt Zoe.

»Aber ich bin die Einzige, die ihr zuhören muss, wenn sie über ihr Liebesleben jammert«, sagt sie.

»Das stimmt, Elise«, übernimmt Will. »Wir haben unseren Kandidaten dabei zugesehen, wie sie Sport getrieben und Diäten gehalten haben, um ihr Leben zu verbessern. Wir haben erlebt, wie sie zwei extreme Wettkämpfe überstanden haben, und dabei gestaunt, wie sie sich gegenseitig, allen Widerständen zum Trotz, unterstützt haben.«

Ach wirklich? Allen Widerständen zum Trotz unterstützt? Ich weiß von den anderen armen Schweinen hier außer ihren Vornamen fast überhaupt nichts, selbst nach dieser langen Zeit.

»Und nun, nach sechs Monaten, Tausenden gelaufenen Kilometern, Hunderten Situps und zahllosen kalorienreduzierten Mahlzeiten …«, Elise stolziert jetzt mit hoch erhobener Hand vor der Menge hin und her, »… kommen wir nun zum letzten Wiegen. Ein Paar aus dieser Gruppe wird heute als Gewinner von *Voll Fett!* nach Hause gehen und um fünfzigtausend Pfund reicher sein!«

Gejohle. Gegröle. Jubeln. Klatschen. Und so weiter.

Will übernimmt wieder und kreuzt dabei direkt durch Elises Weg. Die Versuche der beiden, sich gegenseitig auszustechen, sind nicht besonders dezent.

»Das war ›Stream FMs‹ erfolgreichster Wettbewerb aller Zeiten! Und wir hätten es ohne Ihre Mithilfe nicht schaffen können!«, sagt er.

Genaugenommen hättest du nichts davon ohne uns fetten Dickerchen hier drüben schaffen können, Kumpel, aber da du ganz offensichtlich besonders aufgeregt bist, lass ich dir das durchgehen.

»Ja!«, stimmt Elise begeistert zu. »Und natürlich hätten wir es auch nicht ohne die Hilfe, Unterstützung und Schirmherrschaft durch Adam Edgemont und sein Unternehmen ›Fitness4All‹ schaffen können.«

… und seinen Pimmel, Elise, vergiss den Pimmel nicht.

Edgemont gesellt sich zu den beiden Moderatoren. Ich freue mich zu hören, dass sich der Applaus für ihn in Grenzen hält.

»Also, am besten hören wir mit dem Reden auf und fangen mit der Show an!«, ruft Elise der Menge zu.

Der Applaus darauf ist wesentlich lauter.

Gut. Wird Zeit, dass wir das hinter uns bringen.

Leider muss ich mich noch ein wenig gedulden, da wir jetzt erst noch eine unendliche, zwanzigminütige Zusammenfassung aushalten müssen. Sie besteht aus einem Zusammenschnitt der spannendsten Momente der Interviews, des Wiegens und der Wettkämpfe aus den gesamten sechs Monaten – unterlegt mit den dämlichsten Popliedern der letzten zehn Jahre. Ich höre Boyzone, Lady Gaga, Chipmunk, diese dürre Tussi, an deren Namen ich mich immer nicht erinnern kann, und Thirty Seconds to Mars. Es ist komplett erbaulicher, demagogischer Unsinn, aber es summiert auch perfekt und schön kitschig, was wir durchgemacht haben.

Ich erwarte voller Zuversicht, dass das Ganze mit Queens *We are the Champions* enden wird.

»Ich hasse, wie meine Stimme klingt«, meint Zoe, als wir noch einmal erleben dürfen, wie sie Elise von der Kohlsuppendiät erzählt. »Vor allem, wenn ich über Blähungen spreche.«

Ich muss zugeben, ich bin auch nicht besonders begeistert davon, mich über meine Blasen reden zu hören, aber ich beiße die Zähne zusammen und halte durch.

Schließlich kommt die Zusammenfassung unter den Klängen bombastischer Musik zum Höhepunkt und ich stoße einen Seufzer der Erleichterung aus, als Freddie Mercury anfängt zu singen.

Zeit, mit dem Wiegen zu beginnen und festzustellen, ob wir ein bisschen reich sind.

Aber erst kommt die Werbung.

Viele, viele Werbespots.

›Stream FM‹ quetscht jeden einzelnen Penny aus diesem kleinen Projekt. Ich muss sagen, ich kann das verstehen. Der Wettbewerb muss ein Vermögen gekostet haben.

Aber endlich …

»Okay, Leute, es ist Zeit zum Wiegen!«, kreischt Elise, dass es uns fast das Trommelfell zerreißt.

Die Menge tobt, während Will das erste Pärchen aufruft – Valerie und George.

Mein Puls beschleunigt sich.

Es ist durchaus möglich, dass die zwei komischen Käuze uns noch am Ende um Haaresbreite schlagen. Die beiden sehen aus, als hätten sie eine Unmenge an Gewicht verloren. Um ehrlich zu sein, finde ich nicht, dass sie deswegen besser aussehen. Die rosigen Pausbäckchen standen ihnen gut, und dieser neue, dünnere Look hat viel von ihrer gemütlichen Ausstrahlung zerstört.

Val steigt zuerst auf die Waage. Die Zahlen pendeln sich ein und wir sehen, dass sie beeindruckende zwanzig Kilo abgenommen hat. George hat es ihr mit dreiundzwanzig Kilo ziemlich gleich getan. Damit hat das Paar zusammen sechzehn Prozent abgenommen.

Ich glaube, Zoe und ich können das schlagen. Ich bin mir sicher, dass wir zusammen einen höheren Prozentsatz abgenommen haben.

Als nächstes kommen Angela und Dominica. Ihr kombinierter Gewichtsverlust besteht aus schlappen sechsundzwanzig Kilo beziehungsweise elf Prozent ihres Gesamtgewichts. Sie sehen aber trotzdem ziemlich glücklich darüber aus und umarmen und küssen sich auf eine Weise, die Mitglieder der christlichen Kirche sicherlich anstößig fänden.

Lea und Pete sind bis jetzt die große Überraschung des Tages. Sie hat achtundzwanzig Kilo abgenommen, er vierunddreißig. Mein Puls schießt wieder in die Höhe, als ich sehe, dass ihre Anstrengungen in einer Gewichtsreduzierung von dreiundzwanzig Prozent fruchten.

»Ich glaube, damit haben sie uns geschlagen«, sage ich zu Zoe.

»Das ist noch nicht gesagt«, antwortet sie und drückt meine Hand.

Shane und Theresa gehen als nächstes auf die Bühne. Shane hat fünfunddreißig Kilo abgenommen, aber Theresa hatte mit siebzehn Kilo weniger Erfolg. Dadurch liegen sie mit neun Prozent Gesamtverlust auf dem vierten Platz.

Jetzt kommt unsere größte Hürde. Die FrankieBens.

Frankie ist zuerst dran, und die Menge tobt. Die Zuschauer wissen, dass sie und ihr Mann die Favoriten für den Gewinn sind.

Es überrascht mich nicht im Geringsten, dass Frankie zweiunddreißig Kilo abgenommen hat.

Zoe stöhnt.

»Mach dir keine Sorgen«, beruhige ich sie. »Sie war schwerer als du, und es geht schließlich um den Prozentsatz.«

Ich klinge recht überzeugend, aber auch ich lege resigniert den Kopf in die Hände, als der triumphierende Benny einen Gewichtsverlust von vierzig Kilo bescheinigt bekommt. Das ist genauso viel wie ich abgenommen habe, wenn nicht noch mehr. Er hat locker von den bis jetzt Gewogenen am meisten abgenommen.

Damit hat das jamaikanische Pärchen eine kombinierte Gewichtsabnahme von zweiunddreißig Prozent und liegt weit in Führung.

Ich halte Zoes Hand und erwarte, dass ihr Name als nächstes aufgerufen wird. Daher bin ich überrascht, als ich Elise meinen

Namen rufen höre. Ganz offensichtlich hat sie beschlossen, dass ihre Freundin heute als Letzte auf die Bühne gehen soll. Die sich mir in den Handrücken krallenden Fingernägel sagen mir mehr als deutlich, dass Zoe über diese Entwicklung alles andere als erfreut ist.

Mit wackligen Knien stehe ich auf und gehe zur Waage. Aus der Menge höre ich meinen Namen erklingen, immer und immer wieder. Ich suche die Quelle der Rufe und sehe meinen Freund Ali, der genau vor mir auf der Stelle auf und nieder hüpft. Er hat sein iPhone in der Hand und macht mindestens achtzig Fotos meines erstaunten Gesichts, wobei er weiterhin aus vollem Hals meinen Namen schreit.

Ich stelle mich auf die Waage und zwinge mich zur Ruhe. Ich weiß ungefähr, wie viel ich abgenommen habe, aber unsere Waage zu Hause ist alt und sehr ungenau. Jetzt werde ich herausfinden, ob Benny mich geschlagen hat oder nicht.

Die Waage macht ihre Arbeit und ich höre die Zuschauer kollektiv Luft holen.

Die elektronische Datenanzeige pendelt sich ein und hält an. Sie zeigt mein jetziges Gewicht als achtundachtzig Kilo an – und meinen Gewichtsverlust von einundvierzig Kilo.

Ich habe Benny um ein Kilo geschlagen. Ich habe von allen Kandidaten des Wettbewerbs am meisten abgenommen.

Die Menge fängt an zu johlen. Der Lärm ist betäubend. Ali ist komplett verrückt geworden, hat sein T-Shirt ausgezogen und wedelt damit in der Luft herum.

Ich reiße die Faust hoch und juble.

Wellen der Erleichterung, des Triumphes und der Rechtfertigung überrollen mich.

Auf einmal steht Zoe neben mir mit Tränen in den Augen.

Ich beuge mich zu ihr und umarme sie so fest ich nur kann. Ich drücke sie so sehr, dass ich ihr Herz spüren kann, das genauso aufgeregt klopft wie meines.

Das ist wahrhaftig ein ruhmvoller Augenblick. Ein Moment, den ich mein Leben lang nicht mehr vergessen werde.

Schließlich kommt Elise herüber und trennt uns.

»Das reicht, Leute. Tut mir leid, dass ich euch trennen muss, aber wir sind hier noch nicht fertig. Zoe muss noch gewogen werden.«

Ich blicke meiner Frau in die Augen, drücke sie noch einmal und steige von der Waage.

Zoes Diättagebuch

Montag, 15. September

61 kg (31 kg abgenommen)

Als Greg triumphierend die Arme hochreißt, empfinde ich ein tiefes und überwältigendes Gefühl des Stolzes.

Ganz egal, was mit mir passieren wird, mein Mann wird heute von hier mit dem Wissen nach Hause gehen, dass er am meisten abgenommen und alle anderen geschlagen hat. Ich freue mich unendlich für ihn.

Mit verschwommener Sicht eile ich an seine Seite, um den Moment seines Ruhmes mit ihm auszukosten.

Sein strahlendes, glückliches Lächeln bewirkt eine so starke emotionale Reaktion in mir, dass ich die Tränen nicht unterdrücken kann. Ich bin einfach so unendlich stolz auf ihn.

Greg schlingt die Arme um mich und für einen winzigen Augenblick sind die Menge, der Wettbewerb und die fünfzigtausend Pfund vergessen. Dieser Augenblick gehört nur uns, sonst niemandem.

Leider hält er nicht lange an, denn Elise trennt uns und teilt mir mit, dass ich jetzt mit dem Wiegen dran bin.

Ich küsse Greg noch einmal, dann steige ich auf die kühle Metallplattform. Mein Herz hämmert so stark, ich befürchte, es könnte mir aus der Brust springen.

Also dann!

Alles oder nichts.

Ich drücke die Daumen und starre in die unerträglich laute Menge. Ich suche Mum und Dad und finde sie in der ersten Reihe, ganz links. Ihre aufgeregten, lächelnden Gesichter beruhigen mich ein wenig. Ist schon witzig, wie der Anblick der Menschen, die wir lieben, uns zur Ruhe kommen lassen kann.

Die Zahlen auf der Anzeige über mir überschlagen sich. Ich sehe, dass sich die meisten Leute im Publikum nach vorne beugen, als die Zahlen anhalten.

Und plötzlich steht dort, deutlich sichtbar für die ganze Welt, das Endresultat aller Diäten, all des Sports und der Mühen, die ich die letzten sechs Monate auf mich genommen habe.

Zoe Miltons Gewicht beträgt einundsechzig Kilogramm. Das bedeutet, dass mein Körper während des anstrengendsten – und lohnendsten – halben Jahres meines Lebens einunddreißig Kilogramm an Fett abgenommen hat.

Wahnsinn!

Aber.

Frankie hat mehr abgenommen als ich, und wir waren am Anfang in etwa gleich schwer.

Ich recke den Hals, während die Anzeigentafel den Prozentsatz des von mir und Greg zusammen abgenommenen Gewichts kalkuliert.

Mittlerweile gibt es keinen einzigen Zuschauer mehr, der sich nicht erwartungsvoll nach vorne lehnt. Mum und Dad halten sich an den Händen und blicken auf die Anzeigentafel. Ich kann sehen, dass Elise mit einem angespannten Gesichtsausdruck die Daumen hält. Will kaut auf seinen Fingern herum. Sogar Adam Edgemont hält seine Hände umklammert.

Der Einzige, der nicht angespannt die Anzeigentafel anstarrt, ist Greg.

Er sieht mich an.

Ein halbes Lächeln umspielt seine Lippen und seine Augen scheinen ein wenig glasig. Es ist solch ein offener, ehrlicher Blick voller Liebe, dass ich darüber die Anzeigentafel vergesse, zumindest für einen Moment. Sein Mund formt lautlos die Worte: ›Ich liebe dich‹ und verzieht sich dann zu einem Lächeln. Ich werfe ihm einen Luftkuss zu. Nachdem die Zahlen sich eingependelt und alle Anwesenden überrascht Luft geholt haben, steigt mein Mann zu mir auf die Waage und umarmt mich in einer Weise, dass ich mich noch viel leichter fühle als einundsechzig Kilo.

In der nahen Zukunft werden wir die Ereignisse dieses Tages unseren Freunden und Verwandten immer und immer wieder beschreiben, und jedes Mal wird dieser Augenblick der sein, über den wir am meisten reden.

Und ganz egal, wie viele Leute die Geschichte hören wollen, wir werden ihrer nie müde werden.

Ein hörbarer Seufzer geht durch die Menge und ich trenne mich von Gregs warmen, weichen Lippen, um auf die Anzeigentafel zu blicken.

31 %.

Wir haben zusammen insgesamt einunddreißig Prozent unseres Körpergewichtes abgenommen. Und haben *Voll Fett!* um einen einzigen Prozentpunkt verloren.

Frankie und Benny beginnen auf der Bühne herumzuspringen und wie die Irren zu jauchzen und mit den Fäusten in die Luft zu boxen. Die Zuschauer schließen sich ihrem Jubel mit einer Lautstärke an, die jedem Trommelfell zur Gefahr wird.

Elise schaut mich traurig und mit zusammengezogenen Brauen an.

»Mach dir keine Sorgen«, forme ich lautlos die Worte.

Bevor sie antworten kann, nimmt Will sie am Arm und zieht sie zu den beiden Gewinnern des Wettbewerbs für ein zweifellos freudiges Interview.

»Scheiße«, meint Greg mit hängenden Schultern.

»Nicht so schlimm«, sage ich zu ihm.

Und ausnahmsweise glaube ich meinen eigenen Worten sogar.

Natürlich spüre ich einen kleinen Klumpen der Enttäuschung in meinem Magen. Das Geld wäre uns gerade recht gekommen. Aber jetzt, in diesem Augenblick, bin ich nur unendlich erleichtert, dass der ganze Zirkus endlich vorbei ist. Es fällt mir schwer, richtig enttäuscht zu sein, vor allem, weil wir wegen eines so winzigen Unterschieds verloren haben.

Und außerdem ist dies der letzte Tag, an dem ich ein knallrotes T-Shirt tragen muss, auf dem steht, dass ich fett, aber fabelhaft bin. Diese Tatsache allein ist schon eine Feier wert.

Die meisten der Zuschauer haben mittlerweile die Bühne gestürmt und umschwärmen das Gewinnerpärchen. Mitten drin im Gedränge versuchen Elise und Will so gut es geht mit Frankie und Benny, die beide trunken vor Glück und gleichzeitig überwältigt wirken, ein Interview zu führen.

Die anderen fünf Paare werden von ihren eigenen, kleineren Menschenmengen aus Freunden und Verwandten umringt. Überall wird auf Rücken geklopft, umarmt und geweint. Leas und Petes Kumpane sehen so aus, als planten sie auch gleich den Diebstahl einiger Sportgeräte, aber ich ignoriere sie lieber, weil ich viel zu sehr damit beschäftigt bin, meine eigenen Gratulanten zu umarmen und zu küssen.

Mum und Dad beglückwünschen uns natürlich vorbehaltlos, obwohl Dad alle dreißig Sekunden auf seine Uhr schaut.

Diese Art öffentlicher Veranstaltungen war ihm schon immer ein Graus. Ich bin nur froh, dass sie beide gekommen sind. Außer meinen Eltern sind noch die Mädels aus dem Büro hier … und zusätzlich zu Ali auch Gregs andere Kumpel aus dem Rugby-Verein. Die meisten der Rugbyspieler sind bereits betrunken, was eigentlich auch zu erwarten war.

Es dauert nicht lange, dann gesellt sich auch meine beste Freundin Elise zu uns, diejenige, die überhaupt dafür verantwortlich ist, dass wir jetzt hier stehen. Sie hat ein strahlendes Lächeln auf dem Gesicht, als sie sich durch die Menge hindurch zu mir und Greg zwängt.

»Zoe! Greg! Es tut mir so leid, dass ihr so knapp verloren habt! Wie fühlt ihr euch beide?«, fragt sie und streckt uns das Mikrofon vors Gesicht.

»Erschöpft«, sagt Greg.

»Schwindlig«, füge ich hinzu.

»Klar. Ihr wart nur ein Prozent davon entfernt, fünfzigtausend Pfund mit nach Hause zu nehmen. Seid ihr enttäuscht?«

»Unser Hypothekenverwalter wird es bestimmt sein«, meint Greg, während er ein paar harte Fausthiebe von Ali gegen den Arm abwehrt.

»Meint ihr, ihr hättet irgendetwas anders machen sollen?«, fragt Elise mich.

»Nun, ich gebe zu, vor drei Wochen hatte ich ein halbes Orangen-Schokoplätzchen«, erwidere ich. »Das war vielleicht ein Fehler.«

Das bringt sie zum Lachen.

»Aber ihr seid nicht zu enttäuscht?«

»Elise, ich bin dünner, als ich es seit fast zwanzig Jahren gewesen bin. Dafür hätte ich fünfzigtausend Pfund *gezahlt.*«

»Da ist was dran. Und was habt ihr jetzt vor?«

»Tja, ich dachte, ich gehe jetzt mit Zoe nach Hause«, beginnt Greg mit einem Lächeln um die Lippen. Dazu haben sich seine Augen geweitet, und ich weiß, was jetzt kommt. Ich spüre bereits die Schamröte, die sich über mein Gesicht ausbreitet. »Und vögle sie so richtig gut durch«, beendet er den Satz und tätschelt Elises Schulter.

Gregs Rugby-Kameraden quittieren dies mit zustimmendem Gebrüll – warum auch nicht, denke ich, da ich mir sicher bin, dass dieser Satz für sie bestimmt war.

Elises Augen springen ihr fast aus den Höhlen, was ja nicht das erste Mal während eines Interviews mit meinem Mann und mir passiert.

Ich bin mir sicher, dass sie unendlich froh ist, nach dem heutigen Tage nie wieder mit uns beiden live in einer Radiosendung reden zu müssen. Der Sender würde sich die Strafzahlungen nicht mehr lange leisten können.

Sie beendet das Interview mit ziemlich gepresster Stimme und gibt an Will zurück, der nun bei Valerie und George steht.

Sobald das Mikrofon aus ist, sieht Elise uns finster an.

»Wisst ihr was? Manchmal hasse ich euch beide!«

Greg umarmt sie so fest, dass sie quietscht.

»Ach, wir wissen doch, dass du das nur so sagst, Elise. In Wirklichkeit liebst du uns!«

»Lass mich los, du stinkender Mistkerl!«, schreit sie und schlägt ihn mit ihrer freien Hand.

An dieser Stelle mische ich mich besser ein.

Ich schlinge beide Arme um sie, drücke sie dankbar an mich und küsse sie auf die Wange.

»Ich danke dir, Elise, dass du uns für diesen Wettbewerb vorgeschlagen hast«, sage ich in ihr schockiert aussehendes Gesicht. »Du hast uns das Leben gerettet.«

Ihre Augen füllen sich mit Tränen.

»Es … es war mir eine Freude, Schätzchen. Danke, dass ihr mitgemacht habt.«

»Morgen Kaffee?«, frage ich.

Hinter uns liegt eine sehr seltsame Zeit in unserer Freundschaft, und ich kann es gar nicht erwarten, so schnell wie möglich wieder alles beim Alten zu haben.

»Ja, gern, machen wir«, antwortet Elise und wischt sich eine Träne weg.

Sie lächelt, dreht sich auf einem Stöckelabsatz um und rennt Adam Edgemont hinterher, sicherlich um seine Meinung über das Ende des Wettbewerbs einzuholen.

Wenn dabei nicht mindestens dreimal Werbung für ›Fitness4All‹ gemacht wird, würde mich das sehr wundern.

Im Verlauf der nächsten halben Stunde gelingt es uns, kurz mit allen anderen Paaren des Wettbewerbs zu reden. Auch wenn wir uns nicht gerade angefreundet haben, so waren wir doch zusammen auf einer langen Reise und es scheint nur angemessen, dass wir uns am Ende noch einmal unterhalten, bevor alle ihrer Wege gehen.

Frankie und Benny sind ziemlich unausstehlich wegen ihres Sieges, aber das kann ich ihnen nicht verdenken. Ich sehe, dass Greg ebenfalls ein paarmal die Augen verdreht, aber auch ihm gelingt es, höflich zu bleiben. Val und George scheinen einfach nur erleichtert zu sein, dass der Wettbewerb vorüber ist. Angela und Dominica sehen gleichermaßen froh aus, und Lea und Pete können es gar nicht erwarten, mit der Anzeigentafel und dem Radiotisch zu verschwinden, die sie schon in den Wagen eines ihrer Kumpane geladen haben.

Shane und Theresa sind es, die uns überraschen.

»Vielen herzlichen Dank«, sagt Shane zu Greg.

»Für was denn?«

»Den Volkslauf«, antwortet Theresa. »Was Sie da getan haben, hat uns sehr viel bedeutet.«

»Mir wurde noch nie zugejubelt«, fügt Shane mit sehr leiser, aber unendlich stolzer Stimme hinzu.

Daraufhin muss ich gleich wieder weinen.

»War mir ein Vergnügen, Kumpel«, antwortet Greg mit emotionsgeladener Stimme.

Es sind die kleinen Siege, die am meisten zählen. Wenn man es nur zulässt, summieren sie sich zu großen.

Während der Zeit, die wir mit unseren Mitkandidaten verbringen, geben wir auch Autogramme an diejenigen Zuschauer, die nach dem Ende der Show noch geblieben sind.

Das ist für mich ein äußerst bizarres Erlebnis, denn bis jetzt habe ich meinen Namen höchstens unter offizielle Dokumente gesetzt. Meine Unterschrift auf ein Stück Papier zu schreiben, nur weil mich jemand darum bittet, mutet mich sehr seltsam an.

Und ja, am Ende unterschreibe ich sogar auf Veronicas verdammten Titten. Ich nahm an, ich konnte entweder unterschreiben oder sie würde mich bis ans Ende der Welt verfolgen. Ich habe keine Lust, irgendwann einmal durch Sydney zu schlendern und sie plötzlich von der Oper her ihren Busen wedelnd und meinen Namen schreiend auf mich zustürzen zu sehen.

Greg unterschreibt ihre Möpse ebenfalls. Ihm scheint das wesentlich mehr Spaß zu machen als mir.

»Danke, danke, danke!«, ruft Veronica, nachdem wir fertig sind, und klatscht.

Ein plötzlicher Gedanke schießt mir durch den Kopf.

»Veronica?«

»Ja, Zoe?«

»Warum ich?«

»Was meinen Sie?«

»Wir sind zu zwölft in dem Wettbewerb. Warum wollten Sie ausgerechnet meine Unterschrift so dringend haben?«

Einen Moment lang kaut sie nervös auf ihrer Lippe.

»Weil Sie mich an mich erinnern.« Sie hält inne und blickt von mir weg. »Nur … nur besser.«

Mir klappt die Kinnlade herunter.

Was ist denn das für eine Aussage? Was, genau, soll ich damit anfangen?

Statt ihr eine poetische, hochtrabende Antwort zu geben, lächle ich sie an und frage:

»Kann ich mal Ihren Zylinder aufsetzen? Der gefällt mir wirklich gut.«

Veronica lacht und ihre Augen leuchten. Sie nimmt den Zylinder vom Kopf und stülpt ihn über meinen. Die Krempe rutscht mir fast über die Augen und die Plastikblume wackelt munter, als ich den Hut zurechtschiebe.

»Der steht dir«, lügt Greg grinsend.

Veronica steht vor mir und betrachtet mich ein paar Sekunden lang nachdenklich.

»Wissen Sie was, ich glaube, an mir sieht er doch besser aus als an Ihnen«, sagt sie schließlich mit ernster Stimme.

»Da kann ich Ihnen nur recht geben«, antworte ich und gebe ihr den Hut zurück.

*

So gegen sechzehn Uhr dreißig werde ich langsam hungrig und ausgesprochen müde. Es ist Zeit zu gehen. Jetzt, da die ganze Aufregung vorbei ist, lichtet sich die Menge immer mehr. Es wird weitere Wettbewerbe geben, die bejubelt werden können – ich bin mir sicher, dass *Voll Fett!* nächstes Jahr wiederholt wird, schon allein wegen der Gewinnspanne –, aber im Moment ist der Spaß vorbei und alle können nach Hause und zu ihrem normalen Leben zurückkehren.

Das gilt auch für Zoe und Greg Milton, die mit dem größten Vergnügen wieder in den gemütlichen Schoß der Unbekanntheit verschwinden werden.

Wir verabschieden uns von unseren Freunden und Verwandten und machen uns auf den Weg aus dem Fitnessstudio zurück zum Auto. Schwer zu glauben, dass seit unserer Ankunft nur drei Stunden verstrichen sind. Es scheint eher wie ein ganzer Monat.

Auf dem Heimweg halten wir bei einer Pizzeria – weil wir der Meinung sind, dass wir uns das verdammt noch mal *verdient* haben.

Es ist ein Zeichen dafür, wie sehr unser Leben sich verändert hat, dass wir fünf Minuten lang durch das Schaufenster auf die Auswahl an fett- und fleischhaltigen Ungetümen starren, bevor wir wieder ins Auto steigen, zum Supermarkt fahren und uns die Zutaten für ein gesundes Pfannengericht holen.

Gregs Vorhersage über Knutschen nach der Sendung erweist sich als wahr, allerdings handelt es sich dabei in keiner Weise um simples ›Vögeln‹. Im Gegenteil, es gehört zum romantischsten Sex, den wir je hatten. Nicht, weil wir Kerzen anzünden und Barry White hören – obwohl das auch immer recht nett ist –, sondern weil es das Ende einer langen Reise markiert, die wir zusammen unternommen haben. Eine Reise, die uns als Paar viel näher brachte …, schon allein, weil jetzt weniger von uns selbst zwischen uns stehen kann.

*

Eine Woche später.

Es ist sechzehn Uhr dreißig und ich bin allein im Haus.

Greg ist mit Ali und dem Rest seiner Rugby-Kameraden unterwegs. Er hat es gerade in die erste Mannschaft geschafft, ein Erfolg, den er das letzte Mal vor zehn Jahren hatte. Das bedeutet natürlich, dass er in nächster Zeit alle Sonntagnachmittage auf einem Spielfeld mit einem Haufen anderer Männer und einem eigentümlich geformten Ball verbringen wird.

Dagegen habe ich absolut nichts einzuwenden, schon allein weil mir in den letzten Tagen, nach dem Finale von *Voll Fett!*, ziemlich übel war und ich ganz gern ein wenig Zeit für mich allein habe, die ich in der bis zum Rand gefüllten Badewanne mit einem ganzen Stapel Zeitschriften verbringen möchte, die ich noch nicht gelesen habe. Diese Übelkeit plagt mich schon die ganze Woche immer mal wieder, und heute ist der erste Tag, an dem ich Zeit habe, die dringend nötige Pause einzulegen und mich so richtig zu verwöhnen.

Ich schiebe die Übelkeit auf das Ende des Wettbewerbs. Man hört ja oft, dass Stress einen erst hinterher einholt, und mit dem Ausmaß der Aufregung des letzten Wiegens ist es kein Wunder, dass ich mich seitdem nicht so gut fühle. Ich glaube, ich muss mich einfach ein wenig ausruhen.

Die Übelkeit ist vor allem morgens am schlimmsten, und heute war es genauso. Ich denke, ein schönes heißes Bad wird Wunder wirken.

Ich habe vollkommen recht.

Das heiße Wasser ist *wunderbar*.

Früher legte ich mich ungern in die Wanne. Es bedeutete, allein und nackt zu sein und diesen aufgeblähten, entblößten Körper sehen zu müssen. Wenn man dick ist, ist duschen wesentlich angenehmer für das Selbstwertgefühl.

Aber jetzt, mit meinem neuen, schlanken Körper, ist die Badewanne herrlich – vor allem wenn man sich so lange, und ohne gestört zu werden, ins Wasser legen kann, bis die Haut ganz verschrumpelt ist.

Ich lehne mich zurück, schließe die Augen und denke an meinen Mann, der jetzt auf dem kalten, nassen Rugbyplatz herumrennt, und danke dem Himmel, dass ich kein Rugbyspieler bin.

Ich reiße die Augen auf.

Du bist zwar kein Rugbyspieler …, aber du hast irgendwo eine Rugbyuniform versteckt, nicht wahr?

Mein Puls wird schneller, als ich an die Wette denke, die ich im Juni mit mir selbst abgeschlossen habe. Das ist das erste Mal, dass sie mir wieder eingefallen ist.

Innerhalb weniger Sekunden steige ich aus der Wanne und trockne mich ab.

Ich weiß ganz genau, wo die Rugbyuniform ist. Ich sehe die große braune Pappschachtel vor mir, die ich ganz hinten in meinem Schrank unter diversen unnützen Dingen versteckt habe.

Ich brauche nicht lange, um sie zu finden, und lege die Shorts, die Socken und das Trikot auf das Bett und mache einen Schritt zurück, um mir genau zu überlegen, was ich jetzt vorhabe.

Ich merke, dass ich mich nicht von der Stelle rühren kann.

Ich stehe einfach nackt vor der Rugbyuniform und bin nicht in der Lage, mich zu bewegen.

Das ist die Stunde der Wahrheit.

Pfeif auf den albernen Radiowettbewerb; diese Rugbyuniform ist die wahre Herausforderung für Zoe Milton.

Das war sie schon die ganze Zeit.

Aber kann ich das? Kann ich mich dazu zwingen, dieses blöde Ding wieder anzuziehen?

Was, wenn sie nicht passt? Was, wenn ich versagt habe?

Wäre es nicht besser, ich falte sie zusammen und räume sie wieder weg?

Wäre es nicht besser, das Ganze zu vergessen? Stolz darauf zu sein, was ich bereits geschafft habe und es nicht zu übertreiben?

Ist Zoe Milton denn nicht ein Mensch, der sich damit zufrieden gibt, wie die Dinge nun einmal sind? Ist Zoe Milton denn nicht die Art Mädchen, die immer auf Nummer sicher geht?

Ha!

Von wegen! Sie ergreift eine fette Chance, wenn sie sich ihr bietet.

Ich ziehe die Socken an, dann rutscht das Trikot leicht über meinen Kopf und Oberkörper. Ich ziehe ohne Schwierigkeiten die kurze Hose über die Hüften, der Stoff streichelt dabei meine Haut. Ich befestige sie um die Taille und atme so tief ein, dass mir davon schwindlig wird.

Plötzlich bin ich wieder achtzehn. Jung, mutig, verliebt in das Leben und gesegnet mit einer sich ewig vor mir ausbreitenden Zukunft an der Seite des Mannes, den ich vergöttere.

Ich stehe einige Momente lang still und genieße das Gefühl des Erfolges.

Ich denke an das ängstliche, dicke Mädchen, das von all den Plakaten in der Stadt herunterstarrt. Ich staune darüber, dass es für immer verschwunden ist, und wie froh ich darüber bin, dass ich die Selbstzweifel, die es im Herzen so lange mit sich herumschleppte, endlich los bin.

Diese Gedanken führen zu einem längeren Heulkrampf, gegen den ich mit dem Saum des Trikots anzukämpfen versuche.

Ich weiß wirklich nicht, was in letzter Zeit mit mir los ist; ich scheine bei jeder sich bietenden Gelegenheit loszuheulen, egal, ob es einen Grund gibt oder nicht. Meine Hormone spielen verrückt.

Fast im gleichen Augenblick, in dem die Tränen versiegen, übermannt mich der Drang, fieberhaft durch das Schlafzimmer zu flitzen.

Außerdem finde ich, dass ich mit den Armen wedeln sollte. Ja … Armewedeln ist jetzt genau das Richtige.

Das mache ich drei Minuten lang.

Es ist *wundervoll.*

Und hinterher bin ich noch nicht einmal außer Atem.

Niemand bekommt diesen Siegestanz zu Gesicht.

Kein Publikum steht dabei und jubelt mir zu, während ich wie ein Zirkuspferd durch mein Schlafzimmer stolziere. Kein Radiosender überträgt es live im Internet für Tausende von Zuschauern.

Niemand wird je erfahren oder sich darum scheren, dass Zoe Milton wieder in ihr Rugbytrikot Größe sechsunddreißig passt.

Und das finde ich auch gut so.

Es gibt nur einen Menschen, der es erfahren muss, und er wird in etwa einer Stunde zu Hause sein.

Und wenn ich Glück habe, wird er seine Rugbyuniform noch anhaben.

Ich werde meine tragen.

35315484R00195

Printed in Poland
by Amazon Fulfillment
Poland Sp. z o.o., Wrocław